纪念戊戌变法一百二十五年

戊戌六君子遗集

张元济 / 编
林　江 / 点校

商务印书馆
The Commercial Press

图书在版编目（CIP）数据

戊戌六君子遗集 / 张元济编；林江点校. — 北京：商务印书馆，2024
ISBN 978-7-100-23091-9

Ⅰ.①戊… Ⅱ.①张…②林… Ⅲ.①中国文学－古典文学－作品综合集－清后期 Ⅳ.①I215.21

中国国家版本馆CIP数据核字(2023)第186279号

权利保留，侵权必究。

责任编辑：刘　芳
装帧设计：郑子杰

戊戌六君子遗集

张元济 / 编　林 江 / 点校

商 务 印 书 馆 出 版
（北京王府井大街36号　邮政编码100710）
商 务 印 书 馆 发 行
北京盛通印刷股份有限公司印刷
ISBN 978-7-100-23091-9

2024年9月第1版　　　　开本 710×1000　1/16
2024年9月北京第1次印刷　印张 21½
定价：98.00元

出版说明

2018年是"戊戌变法"120周年。"戊戌变法"又称"百日维新",是中国近代史上的重大事件。这场变法维新运动虽然只经历了短短的103天便告失败,但它对中国近代历史走向的影响是深远的。同时,学术思想界对其功过得失的研究和讨论也不断深入,新论迭出。

"六君子"者,指维新志士谭嗣同、康广仁、林旭、杨深秀、杨锐、刘光第六人,戊戌变法失败后为清廷所杀,史称"戊戌六君子"。戊戌变法约二十年后的1916年,"维新孑遗"张元济先生追念"当日余追随数子辇下,几席谈论,旨归一揆",有感于六君子遗文"散佚于天壤间",决定勉力搜求六君子遗著,辑印出版,以尽"区区后死者之责"。其间曾多有困难,幸得朱祖谋、王乃徵、王式通、李拔可、何天柱等襄助,终成《戊戌六君子遗集》六册,于1918年(丁巳年)由上海商务印书馆排印出版。《遗集》(丁巳版)是六君子著作最早之合集,亦为此后陆续出版的六君子个人文集、全集等著作的重要版本来源。迄今,国内也再未见到其他版本的六君子合集。

有鉴于六君子在维新运动中的特殊地位和作用,其著述、诗文也在近年的戊戌变法史研究中成为备受关注的重要文本。为了便利学术研究,同时帮助读者特别是青年读者更好地了解戊戌变法相关历史,我馆在戊戌变法120周年之际,重新出版《戊戌六君子遗集》。

新版《戊戌六君子遗集》以1937年6月上海商务印书馆国难后第一版为点校底本,精校整理,并参阅《谭嗣同全集》(中华书局)、《刘光第集》(中华书局)、《涛园集》(福建人民出版社)等已获得定评的整理本,择善而从。新版《遗集》将丁巳版的六册合为一册,将原版的繁体竖排样式改为现代通行的简体横排样式,以方便读者阅读。

历史学家汤志钧教授、杨天石教授为新版《戊戌六君子遗集》分别撰写了序言,亦可作为对该书的导读。编排时将张元济先生1952年创作的《追述戊戌政变杂咏》附于书后,以期读者能对六君子的文章、事功有更为完整的认识。

新版序一

汤志钧

二〇一八年是戊戌年，一百二十年前的1898年6月11日（光绪二十四年四月二十三日），光绪皇帝"诏定国是"，宣布变法，并命各省督抚"于平日所知品学端正、通达时务、不染习气者，无论官职大小，酌保数员"。6月13日（四月二十五日），徐致靖上奏《谨保维新救时之才请特旨破格委任折》，保举康有为、黄遵宪、谭嗣同、张元济、梁启超五人，称："查康有为、张元济现供职京曹，梁启超会试留京，可否特旨宣召奏对，若能称旨，然后不次擢用。"当日颁布谕旨："翰林院侍读徐致靖奏保举通达时务人材一折，工部主事康有为、刑部主事张元济，均著于本月二十八日预备召见。"6月16日（四月二十八日），光绪皇帝召见康有为、张元济、荣禄等人。光绪问张元济："闻汝设一通艺学堂，有学生若干人，作何功课？"张答曰："现习英语及数学，均是初步。"光绪赞曰："外交事关重要，翻译必须讲求。"又问建设铁路、培养人才等，张一一答复："要开铁路，必须赶紧预备人材，洋工程师，断不可靠，不但铁路，即矿山、河渠、船厂、机器厂，在在均关紧要，应责成大学堂认真造就各项人材。皇上注重翻译，尤为扼要之图，如公使、领事均能得人，外交必能逐渐起色。臣在总署，觉得使、领人才，殊为缺乏，亦须早为储备。现仅有同文馆及外省之广方言馆，断不敷用。"早在一百二十年前，张元济就有诸如此类的真知灼见、建言献策，实在难能可贵。

同年9月5日，赏杨锐、刘光第、林旭、谭嗣同加四品卿衔，在军机章京上行走，参预新政事宜，成为光绪帝在军机处推行变法的得力助手。

意想不到的是9月21日慈禧太后突然发动宫廷政变，重新"训政"，废除新法，并下令搜捕京城及各地的维新派和帝党人士。28日，谭嗣同、康广仁、刘光第、林旭、杨锐、杨深秀于北京菜市口遇难，史称"戊戌六君子"。

10月8日，张元济奉旨"革职永不叙用"，被迫出京赴沪。通艺学堂"无人接办"，他将学堂所有书籍、器具及积存余款开列清单，呈请管学大臣孙家鼐将通艺学堂并入京师大学堂。此后张元济入南洋公学办理译书事宜，后接任公学总理。接着加入商务印书馆，后任经理，主持校印《百衲本二十四史》，影印《四部丛刊》等。张元济辑《戊戌六君子遗集》，汇集了谭嗣同、林旭、杨锐、刘光第、杨深秀、康广仁等六人的遗文遗诗，线装六册，商务印书馆于1918年1月出版。张元济在序言中曰："故輓近国政转变，运会倾圮，六君子者，实世之先觉，而其成仁就义，又天下后世所深哀者。独其文章，若存若亡，悠悠者散佚于天壤间，抑不得尽此区区后死者之责。循斯以往，将溷于丛残旧文，益不可辑，可胜慨哉！……余幸不死，放逐江海，又二十年，始为诸君子求遗稿而刊之。生死离合，虽复刳肝沥纸，感喟有不能喻者矣。"

戊戌变法是中国近代史上的一件大事，"戊戌六君子"是献身于维新运动的志士，六人在维新运动中有着特殊的贡献和作用，其著述也备受关注。闻张元济辑《戊戌六君子遗集》出版一百年后再版，实乃嘉惠士林，功盖大矣。

2018年10月

新版序二

杨天石

《戊戌六君子遗集》,张元济先生编,用以纪念戊戌政变时的六位牺牲者。这六位,有四位是光绪帝破格提拔的参与中枢决策的维新派:

谭嗣同,湖南浏阳人,同治四年(1865年)生,湖北巡抚谭继洵之子。南学会的倡立者。

杨锐,四川绵竹人,咸丰七年(1857年)生,举人出身,张之洞的门生,蜀学会的创立者。

刘光第,四川富顺人,咸丰九年(1859年)生,进士出身,任刑部主事。

林旭,福建侯官人,光绪元年(1875年)生。举人出身,闽学会的倡立者。

另两位,一是康广仁,广东南海人,同治六年(1867年)生,康有为之弟;一是杨深秀,山西闻喜人,道光二十九年(1849年)生,进士出身,关学会的创立者。

光绪二十四年八月十三日(1898年9月28日),西太后假借光绪帝的名义下令,将谭嗣同等六人,斩杀于北京宣武门外菜市口。

谭嗣同等六人,是在日益深重的民族危机中力图拯救中国的爱国者,是试图对顽固深厚、绵延久远的中国专制主义政体进行改革的先行者,是牺牲小我、英勇就义的英烈。

二〇一八年是戊戌变法120周年,商务印书馆拟再版《戊戌六君子遗集》。这是对戊戌变法和谭嗣同等六烈士的纪念,也是对张元济先生的纪念。商务印书馆命我作序，我很荣幸。怎么写？反复思考之后，觉得近年来戊戌政变史研究的成绩很大，基本面目已经清楚，因此，拟参考先贤、时贤诸家学说，结合自己做过的部分研究，从与变法失败相关的几个问题谈起，借以帮助读者，特别是青年读者了解相关历史。

光绪帝变法心切，罢免礼部六位"堂官"

光绪二十一年（1895年），甲午战争失败，中国被迫签订《马关条约》，其主要条款有：割让辽东、台湾、澎湖等地给日本；赔偿白银二万万两；开放沙市、重庆、苏州、杭州为通商口岸；允许日本获得在中国的领事裁判权和最惠国待遇等。这是继《南京条约》之后又一个苛刻的不平等条约。中国朝野上下普遍视为奇耻大辱，变法维新、救国图强的呼声随之兴起。四月初八日（5月2日），康有为联络各省举人，上书光绪帝，要求下诏鼓气、迁都、练兵、变法。在此前后，举人、官员上书者共161次，2519人。 光绪二十四年四月二十三日（1898年6月11日），光绪帝颁布《明定国是诏》，宣称"五帝三王不相沿袭"，"冬裘夏葛，势不两存"，要求大小诸臣，"各宜努力向上，发愤为雄"。

光绪帝虽然将"变法"定为国策，但是，守旧因循势力顽强、深厚，官员们的各类改革建议屡上，光绪帝的改革诏书屡下，但是，动静不大，进展很慢。六月十五日（8月2日）光绪帝下诏：各"部院司员"有条陈事件者，由各"堂官"代奏；"士民"有上书言事者，赴都察院呈递。光绪帝特别提醒："毋得拘牵忌讳，稍有阻格"。清制，不仅老百姓没有上书皇帝的权利，连级别低一点的官员也不行。光绪帝下此诏令，目的在改革陋习，开放言路，广泛听取意见，扩大议政范围。七月五日（8月21日），礼部主事王照上书，建议光绪帝侍奉西太后出国考察，从日本开始，体会"皇太后"意旨，进行变法。按照光绪帝的新规定，礼部"堂官"应该"代奏"。但是两位"部长"——满人尚书怀塔布和汉人尚书许应骙却加以拒绝。王照接受康有为的弟弟康广仁的建议，上书严厉批评礼部，不料，两位副部长——左侍郎和右侍郎仍拒不收转。王照遂在礼部大堂面斥许应骙等违抗"圣旨"，许应骙不得已，被迫代奏，同时反诬王照"用心不轨"，"妄请"最高领导人"出游异国，陷之险地"。七月十六日（9月1日）光绪帝下令将怀塔布等"交部议处"。七月十九日（9月4日），大学士徐桐建议"降三级调用"，光绪帝嫌处分太轻，下令将礼部的六个堂官"即行革职"。同时表扬王照"不畏强御，勇猛可嘉"，赏给三品顶戴，以四品京堂候补。第二天，赏谭嗣同、杨锐、刘光第、林旭四个维新派人物四品卿衔，在军机章京上行走，参与新政事宜。清制，军机处总览国家军政大权；章京，满语，有司员、秘书、助理等多重含义。"在军机章京上行走"，地位虽不高，但却进入中枢决策圈了。光绪帝确实心急，也不太善于容纳不同意见。军机大臣翁同龢与光绪帝部分意见不合。他是光绪帝的老师，"情同父子"。四月二十七日（6月15日），光绪帝居然下诏，批评翁"每于召对时，咨询事件，任意可否，喜怒形于辞色，渐露揽权狂悖情状"，将他"开缺回籍"。

光绪帝一面大力提拔维新人士，一面决定裁撤北京中枢的詹事府、通政司、光禄寺、鸿胪寺、太仆寺、大理寺等冗余衙门，一时涉及官员近万人，京外的官员则涉及更广。

光绪帝的这些举动，表明他急于改革，但他操之过急，对六堂官的处罚过重，严重触犯了当时的既得利益集团——满洲贵族和汉族官僚的利益。被罢官的怀塔布和西太后同属叶赫那拉一族，正蓝旗人，他的老婆经常出入颐和园，陪西太后吃饭、解闷，是个通天人物。怀塔布被罢官后，立即赶赴天津，与西太后安排在天津、掌握兵权的直隶总督、北洋大臣荣禄密谋，他的老婆则到颐和园向老佛爷哭诉，造谣说：皇帝将"尽除满人"。

在王照和礼部"堂官"矛盾中,光绪帝显然是正义的,但是,他没有报告西太后,没有和其他臣僚商量,个人专断。自然,智者千虑,必有一失,个人专断总要捅娄子,出问题。

康有为的两手:尊君权与密谋围园杀后

儒家著作《礼记》有《礼运》篇,其中设想人类的未来必将进入"大同世界"。光绪十年(1884年),康有为以《礼运》篇为基础,吸取欧洲空想社会主义、民主主义和达尔文的进化论等思想资料,开始写作《大同书》。他设想,人类进入那个阶段,就"天下为公,无有阶级,一切平等"了。这在当时,自然是一种很高远的理想。但是,在现实的政治改革中,康有为却步履谨慎,而且不断后退。例如光绪二十三年(1897年),康有为向光绪帝第五次上书,建议效法俄国与日本,在中国实行君主立宪政体,"建立国会以通上下之情","采择万国律例,定宪法公私之分",这自然是企图向中国移植西方的民主政体,改革中国传统的专制制度。但是,到了第六次上书,却改为只建议皇帝,向天下征集"通才"20人,"开制度局于宫中",规模比之选举议员,建立"国会",显然缩小多了。到了最后,康有为却只建议,在宫中设立懋勤殿,"选集通国英才数十人,并延聘东西各国的政治专家,共议政治制度"。为何如此?无非因为懋勤殿是康熙、乾隆时皇帝有过的书斋,皇帝可以在那里与儒臣谈古论今、作诗赋词、泼墨挥毫而已。从这些地方可以看出,康有为等既渴望进行政体改革,又力图小心翼翼,不会惊世骇俗,遽遭反对。

尽管如此,康有为等人知道,中国专制势力深厚,随时可能扼杀改革这一新生婴儿,因此做了两手准备。一手是尊君权,利用光绪帝的权威保护和推进改革,一手是利用军队和军阀,武力夺权。二月二十日(3月12日)康有为向光绪帝进呈《俄彼得政变记》，声称俄国"君权最尊"，希望光绪帝效法彼得大帝，毅然变法。三月二十日（4月10日），康有为进呈《日本变政考》，希望光绪帝效法明治天皇，"采鉴于日本"。康有为变法的目的本来是要限制君主的权力，现在发现光绪帝可用，就转而主张提高君权了。

康有为的另一手是以武力除掉西太后。康有为等认为，当时中国的大权在西太后手上，只要除掉西太后，变法的阻力就微不足道了。他们最初看中的是淮军将领聂士成，要王照利用和聂的把兄弟关系去做说服工作，许以事成后提拔聂为直隶总督。王照的思路和康有为迥然不同，拒绝见聂，康有为等转而将希望寄托在袁世凯身上。

袁世凯是淮军将领袁甲三的侄孙，曾带兵驻扎朝鲜。《马关条约》签订之后，袁提倡用西洋办法治军，被委任为新建陆军督办，在天津附近的小站训练新军。康有为成立强学会时，袁世凯捐过五百元钱，因此，被康有为视为维新人士。康曾派人到袁世凯军中，和袁厮混，借机摸底，决心向光绪帝推荐。八月初一日（9月16日），光绪帝召见袁世凯，命他以侍郎候补，专办练兵事务。八月初二日（9月17日），袁世凯向光绪帝谢恩，光绪帝夸奖袁世凯"练的兵、办的学堂甚好"，要袁"此后可与荣禄各办各事"。

这以后，康有为和谭嗣同制订了一个两步走的计划：先命袁世凯在天津起兵，杀死荣禄；然后命袁世凯带兵进京，包围颐和园，命湖南来的好汉毕永年率领敢死队百人，乘机逮捕并杀掉西太后。

确实，这是一个冒险，但不无成功可能的计划。

杨崇伊上书西太后，西太后抢先发动政变

改革是利益和权力之争。任何时代，要改革，就必然有人反对改革。戊戌时期，积极出面反对改革的是广西道监察御史杨崇伊。

杨崇伊，字莘伯，江苏常熟人。进士出身，和李鸿章是姻亲。光绪二十一年（1895年）康有为和翰林院侍读学士、光绪帝的亲信文廷式等成立强学会，杨崇伊上书弹劾文廷式，迫使强学会一度被封禁。怀塔布等礼部六大臣被撤职后，杨崇伊继怀塔布之后到天津与荣禄密谋。光绪二十四年八月初三日（1898年9月18日），杨崇伊通过庆亲王奕劻，上奏西太后，攻击维新人士"变更成法，斥逐老臣，借口言路之开以位置党羽"。奏章无中生有地攻击文廷式成立"大同学会"，"外奉广东叛民孙文为主，内奉康有为为主"，勾结康广仁、梁启超来京讲学，"将以煽动天下之士心"。奏章特别提出：听说日本下台的宰相伊藤博文即日到京，"将专政柄"，"祖宗所传之天下，不啻拱手让人"。他要求西太后即日训政，密捕"大同学会"中人，分别严办。除奕劻外，向西太后一起哭诉的还有端王载漪。

杨崇伊指责维新变法"变更成法，斥逐老臣"，显指光绪帝罢免怀塔布等事。至于所谓伊藤博文"将专政柄"，则指当时正流行于北京官场的传说。伊藤原任日本总理大臣，《马关条约》时李鸿章的谈判对手，下野后于七月二十九日（9月14日）到北京，预订于八月初五日（9月20日）觐见光绪帝。当时，北京官场中确有聘任伊藤为"客卿"之类的议论。杨崇伊的上奏并不是个人行为。他的背后，有满族亲贵和汉人官僚集团中的保守派。

八月初四日（9月19日）下午酉刻，西太后从颐和园还宫，紧急处置。

西太后早年曾主张抵抗英法联军入侵，支持以引进西方科技和军事工业为主要内容的"自强运动"（洋务运动）。维新变法开始时，也曾同意裁撤绿营，废除八股文。据光绪帝告诉起草变法诏书的翁同龢说，太后主张"今宜专讲西学"，可见，她并不一概反对改革。但是，她有一个底线，这就是：不能损害她本人的权力，不能损害满洲贵族的利益，不能违背"祖宗成法"，进行反对专制主义方面的改革。现在她觉得，光绪帝已经越过底线，她要出面干涉了。

谭嗣同夜访袁世凯，袁世凯向荣禄告密，西太后加强镇压

光绪帝罢免怀塔布等礼部六大臣，事先并未报告西太后，征求意见和同意。七月二十九日（9月14日），光绪帝到颐和园，向西太后"请安"，提出开懋勤殿的意见。西太后立即怒形于色，批评光绪帝对怀塔布等人处罚过重，乱了家法。光绪帝意识到大祸临头，于次日召见杨锐称："近来朕仰窥皇太后圣意，不愿将法尽变，并不欲将此辈荒谬昏庸之臣罢黜，而用通达英勇之人令其议政，以为恐失人心。"他在"密诏"中自述为难处境说："将旧法尽变"，"尽黜此辈昏庸之人"，"朕之权力实有未足"。那样做，"则朕位且不能保，何况其他！"他十分焦急地要杨锐与诸同志，妥筹速商，找出既能罢免守旧大臣，变法图强，而又能不触犯太后的"良策"。八月初二日（9月17日），光绪帝召见林旭，命他转给康有为一道"密谕"，要他"迅速出外，不可迟延"，内称："汝一片忠爱热肠，朕所深悉"，特别嘱康"爱惜身体，善自调摄，将来更效驰驱，朕有厚望焉"。八月初三日（9月18日），林旭到北京南海会馆，将"密谕"和"密诏"都交给康有为。康有为计划第二天离开北京，同时找来谭嗣同、梁启超、康广仁等人，决定启用原定计划，营救光绪帝。

八月初三当晚，谭嗣同到法华寺会见袁世凯，声称"皇帝有大难，非公不能救"。他要袁世凯先杀荣禄，然后包围颐和园，表示除去"老朽"之事，由自己负责。袁世凯要知道光绪帝的态度，谭嗣同便出示光绪帝给杨锐的"密诏"抄件。谭嗣同故意反激袁世凯，声称袁若到颐和园告变，可以得富贵。袁世凯慷慨表示："我三代受国家深恩"，"但能有益于君国，必当死生以之"。谭嗣同谈及光绪帝九月将到天津阅兵一事，袁表示："阅兵时，如果皇上到了我的军中，杀荣禄如杀一狗耳！"

八月初四（9月19日）晚，西太后回到官中，立即下令送呈新近到任的

军机四卿签署的文件。八月初五日（9月20日），袁世凯入宫"请训"，光绪帝已经处于西太后的监视之下，一句话也没说；在会见伊藤博文时，有庆亲王奕劻陪同，也只说了一些外交套话。当日，西太后命人以光绪帝的名义拟诏。八月初六日（9月21日），召见大臣，由光绪帝宣读诏书，称颂西太后此前两次垂帘听政，"无不尽美尽善"，自称"因念宗社为重，再三吁恳慈恩训政，仰蒙俯如所请，此乃天下臣民之福"。这样，西太后就抢先发动政变，从光绪帝手上夺回了政权。同日，西太后仍以光绪帝的口气发布"上谕"，命人捉拿杨崇伊所指控的康有为、康广仁弟兄，交刑部治罪。

袁世凯在向光绪帝"请训"的当天，返回天津，第一件事便是到总督衙门拜见荣禄，半吞半吐地说了点"群小结党煽惑，谋危宗社"的"内情"，约好第二天早晨再来拜访。初六一早，荣禄主动来见袁世凯。袁世凯当即将与谭嗣同会面的状况和盘托出。当晚，杨崇伊因为西太后已经"训政"，赶到天津，向荣禄报喜。荣禄邀袁世凯来，共同会见杨崇伊。

初七日（9月22日），杨崇伊返回北京。自然，带回袁世凯向荣禄告密的全部讯息，报告奕劻，由奕劻报告西太后。初八日（9月23日），西太后立即审讯光绪帝，下令逮捕谭嗣同等人。谭嗣同闻讯，建议梁启超避入日本使馆，劝其出走日本，对梁说："不有行者，无以图将来；不有死者，无以酬圣主。"他将生的希望推给了梁，将为变法牺牲、激励国人的责任留给了自己。其后，谭嗣同等陆续被捕。十一日（9月26日），西太后加派军机大臣会同刑部、都察院严刑审讯。次日，加派御前大臣会审。不久，又通知"勿用审讯"。十三日（9月28日），清政府将谭嗣同等六人杀害。

谭嗣同是君主专制制度的强烈批判者，认为君由民共举，可由民共废，君主不为民办事，可以更换，不善，人人得而戮之。他是超出了维新派思想范畴的思想家，被捕后，密函康有为："嗣同为其易，先生为其难。魂当为厉，以助杀贼。裂襟啮血，言尽于斯。"就义前留言："有心杀贼，无力回天。死得其所，快哉快哉！"

张元济编辑《戊戌六君子遗集》

张元济，字菊生，浙江海盐人。同治六年（1867年）生，进士出身，入翰林院，先后任庶吉士、刑部主事、总理衙门章京等职。光绪二十四年四月二十五日（6月13日），徐致靖向光绪帝保荐张元济"熟于治法，留心学校，办事切实，劳苦不辞"。四月二十八日（6月16日）受光绪帝召见，光绪帝所谈，大意为："外患凭陵，宜筹保御，廷臣唯诺，不达时务（讲求西学人太少，言之者三）。旧党阻挠，部议拘执，帖括无用，铁路当兴。"张元济则答以"皇上现在励精图治，力求改革，总希望国家能够一天比一天进步"。他劝光绪帝"坚定立志，勿淆异说"。光绪帝听得很高兴。七月二十日（9月5日），张元济向光绪帝上《时局艰难，变法自强，亟宜痛除本病，统筹全局以救危亡而成盛业折》，提出"设议政局以总变法之事""融满汉之见""通上下之情""定用人之格""善理财之策"等五条意见。八月初四日（9月19日），张元济向光绪帝上《为新政衙门酌设额缺，亟宜慎选贤能，以理要政而祛积习折》，反对将裁余冗员安排到铁路矿务总局等机构中去。

政变发生，传说将要逮捕张元济，有人建议张效法康、梁出逃，张拒绝。他说："余有母在，此求生害仁之事，余何能为？惟有顺受而已。"他担心抄家时惊扰母亲，便每天到总理各国事务衙门上班，"早到晚退，俾知余在署中，可以就近缚送，不必到家查抄也"。八月二十三日（10月8日），张元济被革职，永不叙用。此后，张元济便离开北京，南下上海。光绪二十五年（1899年），任南洋公学译书院院长。二十七年（1901年），任南洋公学代总理。二十八年（1902年）春，正式进入上海商务印书馆，自此开创出一个时代的出版伟业。

张元济属于维新运动中的稳健派，和康有为的变法思路有所不同，对康有为的喜好自我张扬的特点也有看法，但他仍然高度肯定康有为倡导的维新变法事业，怀念为这一事业牺牲的谭嗣同等六位烈士。1916年，张元济回忆当年与"六君子"等在北京意气相投，同谋救国的经历，担心文献流失，开始收集六位烈士的诗文。1918年是戊戌变法20周年，张元济出版《戊戌六君子遗集》，成为六位英烈诗文的第一部合集。在序言中，张元济肯定了谭嗣同等人的历史地位，誉为"世之先觉，而其成仁就义，又天下后世所深哀者"。他在说明编辑《遗集》的经过与感慨时说：

> 默念当日，余追随数子辇下，几席谈论，旨归一揆。其起而惴惴谋国，盖恫于中外古今之故，有不计一己之利害者，而不测之祸果发于旋踵。余幸不死，放逐江海，又二十年，始为诸君子求遗稿而刊之。生死离合，虽复刳肝沥纸，感喟有不能喻者矣。

字里行间，流露出对六位英烈的崇高敬意和深切怀念。如今，张元济先生所编《遗集》再版，不仅"六君子"的诗文将永远传布，他们的精神也将成为宝贵遗产，在中华民族子孙后代的血液中，永远流淌、遗传。

历史证明，反动派的屠刀可以奏效于一时，但是，胜利终将属于推动历史潮流前进的改革者。

2018年9月

原版序

张元济

丙辰，余将谋辑《戊戌六君子遗集》，先后从归安朱古微祖谋、中江王病山乃徵、山阴王书衡式通、闽县李拔可宣龚、南海何澄意天柱得谭复生、林暾谷、杨叔侨〔峤〕、刘培村四参政、杨漪村侍御遗著，独康幼博茂才诗若文未之或见，仅获其《题潘兰史独立图绝句》一首。屡求之长素，谓家稿散漫，且无暇最录，以从阙为言。然培村之文，经病山驰书其弟，索久不获。漪村之诗则止于壬午以前，书衡求后集于其嗣子，亦不可得也。

戊戌距今才二十年，政变至烈，六君子之遇害至惨且酷，其震骇宇宙，动荡幽愤，遏抑以万变，忽忽蹈坎阱，移陵埋谷，以祸今日；匪直前代之钩党株累，邪正消长，以构一姓之覆亡已也！故輓近国政转变，运会倾圮，六君子者，实世之先觉，而其成仁就义，又天下后世所深哀者。独其文章，若存若亡，悠悠者散佚于天壤间，抑不得尽此区区后死者之责，循斯以往，将溷于丛残，旧文益不可辑，可胜慨哉！默念当日，余追随数子辇下，几席谈论，旨归一揆。其起而惴惴谋国，盖恫于中外古今之故，有不计一己之利害者，而不测之祸果发于旋踵。余幸不死，放逐江海，又二十年，始为诸君子求遗稿而刊之。生死离合，虽复刳肝沥纸，感喟有不能喻者矣！复生遗著尚有《仁学》一卷，《石菊隐庐笔识》二卷，兹编所录止于诗文。丁巳初夏，海盐张元济谨识。

目录

001 | 出版说明
003 | 新版序一　汤志钧
005 | 新版序二　杨天石
015 | 原 版 序　张元济

谭嗣同　　寥天一阁文　卷第一
　　　　　　　东海褰冥氏三十以前旧学第一种

002 | 报贝元徵书
005 | 与沈小沂书一
007 | 与沈小沂书二
011 | 报刘淞芙书一
013 | 报刘淞芙书二
015 | 上欧阳瓣姜师书
017 | 《史例》自叙
018 | 《仲叔四书义》自叙
020 | 记洪山形势
022 | 刘云田传
024 | 代大人撰赠奉政大夫任君
　　　　墓志铭并叙
026 | 城南思旧铭并叙

　　　　　　　寥天一阁文　卷第二
　　　　　　　东海褰冥氏三十以前旧学第一种

028 | 启寰府君家传
030 | 崇安侯壮节公家传

033 | 新宁伯荩臣公家传

036 | 太傅新宁伯庄僖公家传

037 | 新宁伯平蛮公家传

038 | 逸才府君家传

040 | 浚轩府君家传

043 | 熙亭府君家传

044 | 步襄府君家传

046 | 绍泗府君家传

048 | 海峤府君家传

050 | 忠义家传

052 | 节孝家传

054 | 《浏阳谭氏谱》叙例

063 | 先妣徐夫人逸事状

066 | 三十自纪

莽苍苍斋诗　卷第一
东海褰冥氏三十以前旧学第二种

069 | 潼关

069 | 雪夜

069 | 兰州庄严寺

069 | 病起

069 | 秋日郊外

070 | 冬夜

070 | 古意

070 | 道吾山

070 | 江行

070 | 角声

070 | 夜泊

071 | 别兰州

071 | 马上作

071 | 秋夜

071 | 老马

071 | 西域引

071 | 登山观雨

072 | 画兰

072 | 夜成

072 | 赠入塞人

072 | 和景秋坪侍郎甘肃总督署
　　　拂云楼诗二篇

072 | 陕西道中二篇

073 | 蜕园

073 | 宿田家

073 | 洞庭夜泊

073 | 随意

073 | 儿缆船并叙

074 | 三鸳鸯篇
074 | 罂粟米囊谣
074 | 溯汉
074 | 宋徽宗画鹰二篇
075 | 秦岭
075 | 陇山
076 | 六盘山转饷谣
076 | 寄仲兄台湾
076 | 崆峒

076 | 自平凉柳湖至泾州道中
076 | 骊山温泉
076 | 出潼关渡河
077 | 淮阴侯墓
077 | 井陉关
077 | 卢沟桥
077 | 河梁吟
077 | 别意
077 | 残魂曲

莽苍苍斋诗　卷第二
东海褰冥氏三十以前旧学第二种

079 | 湘痕词八篇并叙
080 | 古别离
080 | 文信国日月星辰砚歌并叙
081 | 安庆大观亭
081 | 武昌夜泊二篇
082 | 登洪山宝通寺塔
082 | 潇湘晚景图二篇
082 | 残蟹
082 | 览武汉形势
082 | 武昌踏青词
082 | 鹦鹉洲吊祢正平

083 | 咏史七篇
084 | 汉上纪事四篇
084 | 桃花夫人庙神弦曲三篇
084 | 晨登衡岳祝融峰二篇
085 | 公谳
085 | 论艺绝句六篇
086 | 极蠢歌并叙
087 | 湖北巡抚署六虚亭晚眺同
　　　饶仙槎作
087 | 和仙槎除夕感怀四篇并叙
088 | 邓贞女诗并状

莽苍苍斋诗补遗

089 | 寄人五绝
089 | 兰州王氏园林五律
089 | 白草原五律
089 | 陇山道中五律
090 | 秦岭韩文公祠七绝
090 | 又五律
090 | 湘水五律
090 | 岳阳楼五律
090 | 到家七绝
090 | 又
091 | 山居五律
091 | 道旁柳七绝
091 | 枫浆桥晓发五律
091 | 洞庭阻风七绝
091 | 碧天洞五古
091 | 怪石歌七古
092 | 武关七绝
092 | 蓝桥七绝
092 | 牡丹佛手画幛七绝
093 | 甘肃布政使署憩园秋日七绝
093 | 哭武陵陈星五焕奎七绝
093 | 又
093 | 又
093 | 憩园雨五律
093 | 又
094 | 又
094 | 马鸣七绝
094 | 秋热五律
094 | 桂花五律
094 | 得仲兄台湾书感赋五律
094 | 又
095 | 邠州七绝

远遗堂集外文　初编
东海褰冥氏三十以前旧学第三种

097 | 述怀诗一
097 | 述怀诗二
097 | 赠邱文阶诗
097 | 报邹岳生书
098 | 附录
　　　先仲兄行述
　　　清故直隶州知州谭嗣襄墓
　　　志铭并叙
　　　谭子泗生哀辞并叙

远遗堂集外文　续编
东海褰冥氏三十以前旧学第三种

- 105 ｜ 菊花石秋影砚铭
- 105 ｜ 菊花石瘦梦砚铭
- 105 ｜ 菊花石瑶华砚铭
- 105 ｜ 菊花石观澜砚铭
- 105 ｜ 菊花石长秋砚铭
- 105 ｜ 菊花石砚铭
- 105 ｜ 菊花石砚铭
- 106 ｜ 邹砚铭并叙
- 106 ｜ 停云琴铭
- 106 ｜ 单刀铭并叙
- 106 ｜ 双剑铭
- 107 ｜ 谗鼎铭
- 107 ｜ 萧笠轩像赞
- 107 ｜ 画像赞
- 107 ｜ 三人像赞并叙
- 107 ｜ 彭云飞像赞
- 108 ｜ 先从兄馥峰遗像赞并叙
- 108 ｜ 附录
  - 题先仲兄墓前石柱
  - 挽刘襄勤公

林　旭　晚翠轩集

- 110 ｜ 龙王洞
- 110 ｜ 题三游洞
- 110 ｜ 还家题斋壁
- 111 ｜ 再题
- 111 ｜ 寄梁节庵武昌
- 111 ｜ 宿张侯府
- 111 ｜ 南闹市口小寓
- 112 ｜ 新济轮船逢绩九丈和予宿侯府诗感其辞尤哀更答之
- 112 ｜ 闵月湖荷花
- 112 ｜ 宜昌城南有汉景帝庙
- 112 ｜ 暑夜泛姜诗溪
- 113 ｜ 节庵来江南久不见作长句代简并讯叔峤三丈
- 113 ｜ 北行杂诗
- 113 ｜ 叔峤印伯居伏魔寺数往访之
- 113 ｜ 约游西山会文学士宅闻和议成学士愤其余辈亦罢去
- 113 ｜ 旭庄四丈公事往汉口有诗留别

114 | 感秋
114 | 病起漫书
114 | 效太夷丈
114 | 感事
115 | 八月十五夜呈陈冯庵
115 | 索桂花家人不与
115 | 与方慕韩
115 | 寄题宜昌姜孝岩涛园外舅所作亭子
116 | 重九出游既夕泛舟秦淮见月
116 | 逃席
116 | 堂子巷郑七丈宅小楼
116 | 九月十六日雪和冯庵
116 | 是日寒甚
116 | 节庵送钟山书院祭肉赋谢
117 | 灵泽夫人庙
117 | 太夷丈属和其移居诗逾岁乃呈一绝
117 | 张园梅花
117 | 无题
117 | 申前意呈石遗
117 | 虎邱道上
118 | 二月十八日读史
118 | 写经居士赠诗盛道闽派而病予为涩体谓学芜湖袁使君因答及之
118 | 往岁郑太夷丈居江南督幕赋枇杷诗绝爱之顷来大通督销局所见殊夥欲去乃题此
118 | 冯庵先生日成数诗辄呼予视之
118 | 叩冯庵门就睡矣诵一律使予书之和作
118 | 题陈公宽小照
119 | 荷叶洲杂诗
119 | 将去大通久雨始晴治诗就毕
119 | 舟中读诚斋诗
119 | 冯庵移居穿虹滨以诗贺之是日四月八也
120 | 日本绵笺制画殊有古意
120 | 自穿虹滨步归王家库书所见
120 | 见月有感
120 | 雨夜醉归
120 | 怀仲奋
121 | 所居草树特盛

| 121 | 相知行
| 121 | 和人观张园车马
| 121 | 雨至
| 121 | 偶得旧纸扇是往年柳屏义门所写题以寄之
| 121 | 蝶二首
| 122 | 绝句三首
| 122 | 述哀
| 123 | 得三叔父书
| 123 | 柳屏在宁波度其必过此得书已归太仓矣因寄
| 123 | 柳屏问刻诗
| 124 | 携诗视石遗出门为风吹去属有所思竟弗觉也
| 124 | 所居往高昌庙路上作
| 124 | 张园呈石遗即效其体
| 124 | 和友人韵
| 124 | 海西庵东偏小院梁伯烈榜曰藏山伯烈二年不归矣
| 124 | 露筋祠
| 124 | 清口舟中
| 125 | 高堰晚泊
| 125 | 叙舟中往复诗
| 125 | 河柳
| 125 | 蜡梅
| 125 | 龙仁陔方伯挽词
| 126 | 拔可言某寺有鹤又有蜡梅荒城得此足珍也
| 126 | 鹿港香
| 126 | 二月三日出游
| 126 | 戏赠拔可
| 127 | 正阳关孔子庙诗
| 127 | 拔可将以三月归闽赠之
| 128 | 和冯庵
| 128 | 花朝饮散
| 128 | 和冯庵三月水仙花
| 128 | 赴饮沫河大雨夜归
| 129 | 即目与拔可
| 129 | 拔可束装再赠之
| 129 | 南塘诗三首
| 129 | 南堤桃花
| 130 | 送春拟韩致光
| 130 | 四月雨
| 130 | 赠周少蕃
| 130 | 赠别三弥彦侯归试
| 130 | 坐月与归试二君
| 130 | 墙下金丝蝴蝶一本冯庵移理之开花予为赋诗

131 │ 友人送末利栽之谓不活矣近渐有萌牙祝之	137 │ 与石遗大兴里饮罢过宿有叹
131 │ 窗前细竹	137 │ 洋泾桥与太夷丈对月
131 │ 和冯庵十五日晏起涛园扣门之作	137 │ 沪寓即事
131 │ 冯庵诗云轩于晚翠早劬书	137 │ 张园同旭庄四丈
131 │ 和外舅䕺花之作	137 │ 舟行一首
132 │ 和两先生讽早睡之作	137 │ 上海胡家闸茶楼
132 │ 石榴请冯庵作诗	138 │ 还福州海行二首
132 │ 读外舅石榴诗因述	138 │ 福州寄内
132 │ 外舅哀余皇诗题后	138 │ 八月十四夜拔可宅中露台
132 │ 述祖德诗	138 │ 与拔可别后却寄
134 │ 申报送至冯庵相次成诗	138 │ 再寄拔可并讯仲奋
134 │ 六月初一日	139 │ 寄陈仲奋
134 │ 初三日呈冯庵	139 │ 丁酉九日泊舟烟台寄鹤亭二首
134 │ 初四日	139 │ 呈黄太守国城
134 │ 先师陈幼莲观察遗文缀言	139 │ 邻鹤吟
135 │ 留别冯庵	139 │ 代书与里中亲友
135 │ 谢冯庵菜羹	140 │ 戊戌元日江亭即事
135 │ 客有询幼莲师世兄者书忆	140 │ 同陈清湘饮唐沽酒楼
135 │ 留别南堤	140 │ 寄内
135 │ 与熊子椴	140 │ 同琴南拔可稚辛至云栖题名而去
136 │ 马房沟	
136 │ 洪泽湖遇风	140 │ 礼莲池大师塔

140 | 答幼遐前辈示词
141 | 直夜
141 | 呈太夷丈

141 | 颐和园葵花
141 | 狱中示复生
141 | 西湖断句

杨　锐　说经堂诗草

144 | 定远道中晓行
144 | 游顺庆白塔归渡嘉陵江大风作
144 | 登阆苑十二楼
145 | 丁丑将赴酆寄怀叔云京师时方由水道还蜀
145 | 舟望
145 | 泊宅
145 | 入峡
145 | 江雨
146 | 闻官军收复准部四城
146 | 拟梁简文纳凉
147 | 拟梁简文蜀国弦
147 | 院中秋暝
147 | 腊月十五夜月
147 | 读杜工部入蜀诗拟作四首
148 | 二月十九日行次宁羌远闻朱詹事师之丧以是日发成都归葬余姚泫然泚笔情见乎词率成二十韵
148 | 长安寄严雁峰秀才
149 | 始发长安至灞桥
149 | 过太原作歌
149 | 客述越南战事
149 | 闻倭灭流求
150 | 定兴道中
150 | 暮至城西古寺
150 | 南苑
150 | 西海子
150 | 九月十七日出都叔云茂菱晦若孟侯送于彰武门赋此却寄
150 | 过卢沟
151 | 窦店早发
151 | 过白河
151 | 旅夜

151 | 登北极阁四首
152 | 登镇海楼
152 | 题家书后
152 | 和南皮师除日大雪元韵
153 | 潞河舟中
153 | 读谢康乐游览诗拟作
155 | 读李长吉十二月乐词拟作数首

156 | 汴梁怀古
156 | 晋阳怀古
156 | 钱塘怀古
156 | 闽中怀古
156 | 粤中怀古
157 | 红叶
157 | 前蜀杂事诗
158 | 后蜀杂事诗

刘光第　介白堂诗集　卷上

162 | 夜坐
162 | 题友人山庄
162 | 石王溪夜步
162 | 桂香池
163 | 竹岩洞
163 | 拜周泗瀹丈墓
163 | 留别友人
163 | 峡门
163 | 滟滪石
163 | 峡江巨石奇恶赋诗纪之
164 | 水程
164 | 河南夜发
164 | 河间赠友人别

164 | 洋芍药感赋
164 | 舟夜
165 | 巫峡石
165 | 至家
165 | 赋盆池中小巫峰石
165 | 题过伯安画鱼
166 | 山居秋夜客至
166 | 读史
166 | 寄题友人山庄
166 | 偕放廷游东山寺山下人家有花不入
166 | 罗汉寺
166 | 福田寺

167	读易洞	172	黑竹
167	宝鹅山访曾处士	173	梦中
167	晚晴别墅诗	173	排闷
168	露坐	173	述怀咏物诗
169	天河	173	哭胡正之秀才
169	睡起	174	梦正之
169	大观楼叙州	174	山居
169	叙州主黄镜湖因赠	174	山行
169	饮杜寉斋同年家偕镜湖	174	感事
169	泸州登忠山感赋时海南用兵也	174	述张静山
170	泸州忠山访来青园过江山行泛龙马潭游古冲虚宫四首	175	望峨眉山
		175	峨眉山麓
		175	虎溪桥
171	游方山题名庆云岩下览新旧云峰二寺	175	观蒋超书伏虎寺颜
		175	华阳山人墓
171	泸州载书归泊通滩夜雨江涨时过白露节矣	176	大峨寺
		176	清音阁
171	买舟载花归口占	176	又
171	蟋蟀	176	双飞桥
172	蜻蜓	177	又
172	蝉	177	独临宝见溪危石上小坐
172	鹦鹉	177	登化游坡小憩会佛寺斯地为全峨至险处自诸香客外文人游山者多惮不敢到原
172	八哥		
172	松鼠		

　　　　名猴子坡余弗雅也举列子
　　　　化人意而易之
177 | 玉液泉
178 | 龙升冈
178 | 古化成寺
178 | 罗汉三坡
178 | 大小云鑿
178 | 大坪
178 | 又
179 | 仙姑弹琴池
179 | 象鼻崖
179 | 钻天坡
179 | 洪椿坪
180 | 九老洞
180 | 又
180 | 九老洞阴崖积雪
180 | 接引殿
181 | 雷洞坪
181 | 又
181 | 华严顶
181 | 金刚台
181 | 小金刚台
181 | 天门石

182 | 锡瓦殿
182 | 白龙池
182 | 一白龙浮水如蜥蜴龙种也
　　　　瞥忽不见
182 | 由八十四盘阅沉香塔天门
　　　　石诸胜渐达山顶
182 | 宿光相寺
182 | 华藏寺
183 | 华藏寺铜殿
183 | 宝云庵
183 | 峨眉山顶见月
183 | 峨眉最高顶
183 | 夜灯
184 | 接引殿望绝顶
184 | 华严顶
184 | 白水寺
184 | 龙门峡
184 | 古犀角河
184 | 青城山口
185 | 游青城山
185 | 又
185 | 游峨眉归偶成
185 | 自题游峨眉诗后

介白堂诗集　卷下

- 186 ｜ 老松
- 186 ｜ 白莲
- 186 ｜ 秋江怨别
- 186 ｜ 戊子三月赴京始发宿泸州偕内子登忠山作
- 187 ｜ 忠州
- 187 ｜ 一舟
- 187 ｜ 瞿唐
- 187 ｜ 峡中阻雨
- 187 ｜ 峡中见桃花
- 187 ｜ 巫峡
- 188 ｜ 巫峡舟中望江上九峰
- 188 ｜ 新滩
- 188 ｜ 晚泊汉阳
- 188 ｜ 游思
- 188 ｜ 九江望庐山
- 188 ｜ 天津吊谢忠愍公
- 189 ｜ 京寓
- 189 ｜ 悯忠寺
- 189 ｜ 天宁寺
- 189 ｜ 绳儿生
- 189 ｜ 送张安圃师由给事中出任桂平梧道
- 190 ｜ 偕寉斋过万柳堂
- 190 ｜ 怀钱辛伯先生扬州
- 190 ｜ 九日京师
- 190 ｜ 城南行
- 190 ｜ 美酒行
- 191 ｜ 感怀
- 191 ｜ 重阳风雨志感
- 191 ｜ 神山
- 191 ｜ 百感
- 191 ｜ 庚寅五月京师大雨水
- 192 ｜ 朝气
- 192 ｜ 秋夜忆弟
- 192 ｜ 游翠微山
- 193 ｜ 卧佛寺
- 193 ｜ 卧佛寺夜宿听人谈关外形胜
- 193 ｜ 碧云寺溪桥
- 193 ｜ 登碧云寺塔座有感
- 194 ｜ 天僖昌运观
- 194 ｜ 听崔仪臣谈黄山之胜
- 194 ｜ 仪臣惠黄山白术
- 194 ｜ 重葺张烈公墓诗
- 195 ｜ 京师菊花
- 195 ｜ 先祖生日感赋

196	白雪吟	204	厚村屡有北来之约年余不行既书促之复寄此篇
196	水仙	205	遣愤
196	寒宵京寓	205	猿鹤
196	杂诗	205	守拙
200	壬辰九月偕袁吉云王慕韩林康甫游翠微山二日而返后二年康甫出西山纪游图记索题	205	闻人说永定河决堤之异
		206	过卢沟桥观今夏大水情状有作
201	林玉珊惠鸡毫笔	206	送宋检讨充英法等国参赞
201	庚寅除夕守岁作	206	送蒋达宣同年改官广东同知
201	有感		
201	雨后杏花树下作	207	潞河舟夜
202	不酒思饮	207	泛海舟中怀寄张大成孝廉清溪
202	万寿山		
202	寄之寄庐坏圃	207	黑水洋
202	京寓小园	207	杭州买陆放翁诗集即题其后
202	屯海戍		
203	远心	208	乘鲤门轮船至广州
203	隐思	208	海色
203	不见	208	偕蒋达宣紫璠游粤秀山过江观海幢寺
203	得趣		
203	感事	208	舟过苏村
204	送杨挺之之官溧阳	208	夜发峰市
204	送曾笃斋兵部改官山东	208	望罗浮

| 209 | 罗浮山半大风不得上
| 209 | 罗浮山中听客弹琴
| 209 | 黄龙观
| 209 | 黄龙观前梅树高五六丈大数十围殆数百年物也
| 209 | 宿黄龙观
| 210 | 白鹤观
| 210 | 冲虚观
| 210 | 又
| 210 | 九子潭舟中作
| 210 | 博罗
| 210 | 朝云墓
| 211 | 南来
| 211 | 过当风岭
| 211 | 白云山吊赖义士崧
| 211 | 瑞金龙头山中
| 212 | 登南康府门台望五老峰出郭观王太守作湖崖水嬉
| 212 | 闻雁念舍弟光筑北上未至九月八之夜也
| 212 | 赠傅桐澂
| 213 | 题紫芊建南行役图
| 213 | 答澂兰睹余宅杏花见怀之作
| 213 | 厚村还蜀作诗四首送之
| 214 | 送唐融川大令之任来宾
| 215 | 京师蔬菜有最美者漫赋
| 215 | 送桐澂之任凤翔族弟刚甫同往
| 215 | 送云坳出守梧州
| 216 | 楚枏大令将行因其乞诗作此以赠
| 216 | 送邓畅甫员外归湖南
| 217 | 沪上舟中
| 217 | 汉口
| 217 | 上鲍爵帅春霆时方大修第
| 217 | 飘湖
| 218 | 介白堂诗集跋

杨深秀　雪虚声堂诗钞

| 220 | 雪虚声堂诗钞序
| 222 | 童心小草序
| 223 | 白云司稿序
| 224 | 并垣皋比集序

童心小草庚申至甲戌汰录本
雪虚声堂诗钞卷一

225 | 初应童试以默经能赋入学学使江夏彭子嘉师赐手书观世音经因题后
225 | 论婚
225 | 冻脚
225 | 壬戌元日
226 | 赴省试过韩侯岭谒庙时甫念史记
226 | 亲迎杂诗
227 | 田间作四首
227 | 闻邑竹枝词
229 | 表兄翟海田师岁贡就职族人感其经理祠堂之无私也制屏以赠属作题句
229 | 妻兄李雨艇茂才属题尊甫明轩外舅遗像集唐人句成转韵体
230 | 赴都留呈海田师
230 | 赴都留题斋壁
230 | 烈女赵二姑诗
231 | 京师寄表兄翟海田师
231 | 怀旧诗
233 | 题刘景韩师像
233 | 读华陀传
234 | 座师曹朗川夫子命画马因腠以诗
234 | 三月晦日送刘小渠比部旋里
234 | 赠常小轩
234 | 落第
234 | 下第次日送卫庄游游天津
234 | 送周康侯西归
235 | 热河赠刘秀书司马
235 | 送许桂一孝廉
235 | 送杜英三拔贡
236 | 近闻房师陶公商岩卒安邑任所不审旅榇何似其幕友夏渊如先生亦久不见消息
236 | 次韵沈云巢方伯重宴庚午鹿鸣纪恩之作四首录三
236 | 送家春樵孝廉归里
237 | 赠贾小芸
237 | 生日至赵州桥次壁间韵

237 | 汤阴夜过未能瞻礼岳祠用店壁韵书意
237 | 雪夜寄刘选之猗氏
238 | 寄讯山阴陆子善出都兼以宽之
238 | 九日有作奉送曹朗川太史师出守南康兼呈吉三太史师叔
239 | 朗川师将赴南康任以诗留别次韵二首
239 | 朗川师命画扇一面书前九日奉送之作以当别念画成又系小诗
239 | 热河留别金元直西归
240 | 齐镈诗为寻管香给谏作
240 | 再为管香给谏题齐镈拓本
241 | 岁寒三友诗
241 | 为外祖母孙太孺人撰书事一篇撰毕凄然赋此
242 | 里门外有郭景纯碑因题长句
242 | 谒裴赵二公祠

白云司稿乙亥至戊寅
雪虚声堂诗钞卷二

243 | 刑曹初直四首
243 | 赠家秋湄孝廉兄
244 | 柬柴赋嘉茂才
244 | 刑曹直宿读秋湄诗及所撰西宁志辄题四首
244 | 题柴子芳明经杂临诸帖卷子八首
245 | 戏柬贾小芸员外四首
245 | 满洲同年常小轩屯田今总宪皂荫坊先生犹子也总宪新遭丧明之痛小轩又将假归热河祖席口号三首送之实以留之云
246 | 和贾小芸寓斋即目原韵
246 | 墨牡丹障子为王槐堂孝廉题
246 | 自题所作画
246 | 送乔翰卿大令游天津就幕南皮八首录三
247 | 虞部刘小山大兄见问诗法

酒次成转韵体答之
248 | 负米谣
248 | 哺饭歌
248 | 挽车吟
249 | 守窑词
249 | 蒿庐哀
249 | 药肆铭
249 | 举孝诗
250 | 自题所作画三首
251 | 赠家秋湄学博大兄八首录四
251 | 题黄太守采芝图八首录四
252 | 中秋对月有怀杨大笃蔚州乔八畯保安州
252 | 和陈小农计部秋晚元韵
252 | 和许韵堂同年秋怀元韵二首
252 | 无题
252 | 出塞行
253 | 寄秋湄蔚州志局二首
253 | 送许韵堂南归二首
253 | 鞠歌行四首
254 | 滦阳怀人诗十五首

255 | 自题所作画
255 | 题画
255 | 除夕感怀四首
256 | 春暮得秋湄太原书却寄
256 | 和陈小农海淀二首元韵
257 | 再和陈小农海淀元韵
257 | 陈小农三索和海淀元韵
257 | 送梁曦初侍御出守兴化二首
257 | 祁子禾侍郎招祀顾亭林先生因嘱绘顾祠雅集图慨然有作
258 | 下第绮感八首
258 | 边拙存兄见示秋雨夜话之作次韵书怀
259 | 再叠前韵送令弟竹潭同年改官浙蹉
259 | 有怀雨夜
259 | 怀旧
259 | 题常小轩庶常所藏欧阳九成宫醴泉铭
260 | 外姑李母杜太孺人寿诗

并垣皋比集 辛巳壬午
雪虚声堂诗钞卷三

- 261 | 题冯鲁川廉访所藏米芾芜湖县学记为武养斋大令作
- 261 | 题成哲亲王杂临诸帖七首为养斋大令作
- 262 | 题英煦斋相国所刻刘文清帖为养斋大令作
- 262 | 寿王遐举先生
- 263 | 外姑杜太孺人三周禫祭令嗣制屏索诗拟垂家范内子亦寄书代乞因案来状件系之得截句十四首
- 264 | 母舅刘公讣至云临终哭念余也泣作
- 264 | 哭卫庄游学博
- 265 | 拟何大复明月篇
- 266 | 题吴道子画佛像帧
- 267 | 前题乃王鼎丞观察课试之题闻意主论画再拟示诸生
- 267 | 卫静澜中丞课试晋阳书院有晋中景物四题拟示诸生各二首
- 268 | 题冯习三广文诗集令息佩芸夫人婉琳属题也四首
- 269 | 武养斋借得宋拓娄寿碑双钩见示因题四首
- 269 | 养斋因余诗故尽模祥瑞及画像为跋长句
- 269 | 拟杜秋兴五首
- 270 | 景龙观钟铭歌为养斋大令作
- 270 | 题欧阳询虞恭公碑为毛寔生学博作
- 271 | 游恒山诗
- 272 | 仿元遗山论诗绝句五十首

杨漪春侍御奏稿

- 279 | 请御门誓众折
- 281 | 请惩阻挠新政片
- 282 | 请厘定文体折
- 284 | 劾局绅贾景仁折

康广仁　康幼博茂才遗文

288 | 致□易一书　　　　　291 | 与经莲珊太守书

康幼博茂才遗诗

297 | 题潘兰史独立图　　　297 | 马嵬驿

298 | **附录　追述戊戌政变杂咏**　张元济

譚嗣同

寥天一阁文　卷第一

东海褰冥氏三十以前旧学第一种

报贝元徵书

元徵仁兄足下无恙：

　　霜英遂徂，抚序曾喟，况乃远道，云胡不思？

　　昔奉第一书，会尊舅氏王先生辱过，发缄共省，薄言永叹。以谓足下资性卓绝，造德隆崇，出之渊渊，等辈咸伏。犹尚戢翼天衢，纡步尘鞅，兼抱齐衰之戚，空谷涟洏，同方雅故，畴不乡风傶唈乎？溯曩岁盍簪之盛，既皆暌迳，王先生复之官山东，于兹朝发，居今谈昔，相与不欢而罢。以足下遂当西迈，振策在涂，故不以时报，谅之谅之！

　　旋奉第二书，猥荷包蒙，存问周挚，感不可已。所布诸书，分达如旨。爪霖顷上京师，还当畁之。足下改辕河南，允云胜算，既近尊外舅蔚庐先生之德光，又中原山川纯厚，益以自敦其蕴。比当税息嵩高，敷赋梁苑，一邀一观，莀非进道之资矣。然则砭顽之责，足下宜为嗣同肩之，乃反见督耶？谨斋心以俟。

　　今奉第三书，忠告谠言，果如私望。然又咎己进止不决，有类谰嚻。夫事有万端，遇之者一，万无适形，一有定理。迨遇随事改，理以赴形，固非立乎其先者所能钩取逆观。宦学逭土，去留殆难自由，称心而言，无嫌参差也。嗣同神形疏放，靡有羁束，恒安冀不即弃于大雅，时复攻所阙略，饥渴情愔，匪异朝昔，往所酬答，尚未餍其佽心。今闻纷扰之规，恢扩宏义，开通鄙怀，不惜降志自责，宛曲引喻，揽察艾萧，中臣要害，此诚嗣同毕岁营营，期自制而不能者。获足下毅色呵止，为之涤衷易情，识奋勉之攸在，敢不钦登嘉贶，不惭以忻。特虑意久且懒，违谬厥初，和缓逝而疾复萌，电雷收而震遂泥。素丝何常，惟所染之。故忻者今兹，而惭者来日也。乃若足下自状，愚以为降志相诱，非其本怀。何者？足下降质纯一，夙德坚定，似与嗣同微反，而失亦因之。嗣同失既在此，则足下之失宜在彼矣，此对待之说也。且嗣同之失，往往不自觉，而足下自能省察如此，此又疏密之辨也。讯病推原，然与？不然与？

夫大《易》观象，变动不居，四序相宣，匪用其故。天以新为运，人以新为生。汤以日新为三省，孔以日新为盛德。川上逝者之叹，水哉水哉之取，惟日新故也。未生之天地，今日是也；已生之天地，今日是也，亦日新故也。喜怒哀乐，发不中节，不必其乖戾也。方其机已勃兴于后，乃其情犹执滞于前，何异鸿鹄翔于万仞，而罗者视乎薮泽？则势常处于不及矣。智名勇功，儒者弗重，不必其卑狭也。方其事之终成，即其害之始伏，何异日夜相代乎？前而藏舟，自谓已固，则患且发于无方矣。此又皆不新故也。早岁之盛强，晚岁已成衰弱；今日之神奇，明日即化腐臭。道限之以无穷，学造之以不已，庸讵有一义之可概、一德之可得乎？常异善岂一而已，择之何云固执？俯仰寻思，因知固执乎此，将以更择乎彼。不能守者，固不足以言战；不能进者，抑岂能长保不退耶？此拳拳服膺之颜子，必待欲罢不能而后纯；惟恐有闻之仲氏，且闻何足以臧而后进也。圣人重言性天，非能之而不言，殆亦言之而不能。盖日新者，行之而后见，泛然言之，徒滋陈迹而已。庄生者，疏人也，然其行文，时近日新，为其自言之而旋自驳之也。

嗣同之纷扰，殆坐欲新而卒不能新，其故由性急而又不乐小成。不乐小成是其所长，性急是其所短。性急则欲速，欲速则躐等，欲速躐等则终无所得。不得已又顾而之它；又无所得，则又它顾；且失且徙，益徙益失。此其弊在不循其序，所以自纷自扰而无底止也。夫不已者日新之本体，循序者日新之实用，颇思以循序自救，而以不已赠足下，不已则必不主故常而日新矣。墨墨乎株守，岂有一当哉？然在足下自治甚严，自观甚密，觉万一有近似于纷扰者。嗣同至愚极妄，以为乃明之未融，非守之不确。若夫读书忙乱，少沉潜玩索之味，此病不难医，苟挥斥著书工文之念，霍然立瘳矣。

嗣同深感不遗在远之惠，又恃往日挚爱之雅，妄欲上慕仲、颜赠处之风，下规苏、李倡和之美，远取圣贤之所黾勉，近陈彼己之所忧患。竭心尽言，忘其自丑，将以大叩，敢云浅报。加久冻新煦，品汇向苏，筋力畅固，视听精明，兴至命笔，已不能休。故曼衍尔尔，世俗笺答，都不复效。惟时时思闻德音，少解独学岑寂。

谭嗣同谨上

与沈小沂书一

小沂仁兄同门足下：

东都祭轨，殷勤须臾，口血未干，陵跦以去。夫以道路常常之人，牵裾道款曲，犹尚眷焉不息，况我惠子，曷止悢悢！执雉始见，志同道合。识孟嘉于广坐，标刘尹之云柯，千顷汪洋，已可涯涘。虽以嗣同之质朽形秽，百靡一当，犹乐与从容文酒，臧否人伦。雕龙白马，互逞其辞；夕秀朝华，苛持其辨。意有所得，狂呼野走。于是般桓乎夕照之寺，弭节乎圆松之邱。决眦鸟飞，天穷于远莽；索群兽走，物感乎暮气。相谓此亦寻常，行复见思，不日不月，斯会邈然，遂已陈迹。可胜叹哉！可胜叹哉！

道出天津，地形平衍，空明四鉴，托体若虚。车中倦卧，仰见游丝百尺，亭亭若苦，婵娟裔漾于九天之上。谓是偶尔谛视，则处处有之，惟背日乃得见。今年春暮，江南看杨华，风日俱素，正复类之。目力故胜，静且加明，初可十许丈，久之辨及百丈，内外平视，亦二三十丈，何时不有游丝，静便了了尔许。曩及足下讨论，苦乏精采，正坐不静耳。夫侃侃之余，曷尝不遗物外己，摄心一粟？然遇于所触，歌哭纵横，独抽之茧，那复成绪。当此之时，自觉鞭之不痛，杀之无血，莫悲于心死，而身死次之，此既为哀感中伤，心不若人矣。

又嗣同弱娴技击，身手尚便，长弄弧矢，尤乐驰骋。往客河西，尝于隆冬朔雪，挟一骑兵，间道疾驰，凡七昼夜，行千六百里。岩谷阻深，都无人迹，载饥载渴，斧冰作糜。比达，髀肉狼藉，濡染裤裆。此同辈所目骇神战，而嗣同殊不觉。今车行未二日，计程财百里，筋骸欹骸，若不自胜。年未三十，颓弛若此，异时倘遂有济耶？足下英年绩学，独秀无双，时时自省，神非完固，灵府噎不得开。愿持之以缓，胜之以不战，徐出而求友以自辅。同县有贝元徵者，足下见后必当有异，此又目不见睫而侈论泰山，臣死药亦不灵者也。日来离忧结轖，魂依左右，口占此书，用致绸缪，宜发为谈，未止此耳。

嗟嗟！怀哉于役，天风海山之歌；去矣皇都，铜辇秋衾之梦。务崇明德，请自此辞。

谭嗣同谨上

与沈小沂书二

小沂仁兄同门足下：

岁暮得奉答教，柄德谦谦，盈而冲用之，自处善矣，而非下走所克承。自惟薄劣，未遑《诗》《礼》，恃以无恐，多师而已。前书云云，与足下长赖友朋之言，若同质剂，非敢以诿人者谤人也，嗣是请一切罢去。献岁开春，兴致颇复佳否？《纬候解题》当已写定，质直见示，所获愈多。今复有数事请益。遵义黎氏《古逸丛书》目录称高似孙《骚略》，《四库存目》遍翻不可得，烦懑欲绝，由不审应入何部。足下专精此书，望指陈所在。近自家大人使蜀，颇富闲暇，忘其专辄，粗欲有事捃拾，而官事转捩，时复与达官往还，哇言尸貌，实违鄙心。署中度岁，薪米要会，性尤不近，论说之友，又终阙如，以此居恒邑邑。内计心力渐顿，便再咿唔一百年，亦不过如是尔尔也。悲夫！

荧荧之露，既未容把玩；殇伯鬼中，亦会有穷期。正色苍苍，熟视无睹；坤灵抟抟，蹴我则胜。曾几日月，乃曰今古；通乎昼夜，乃曰幽明。暌车丰斗，圣人语怪于前；虙妃娥女，骚客媟亵于后。陆通见圣，犹发却曲之狂谈；平子何愁，厥有龙丸之诡制。巨灵高掌，六鳌短趾，海垂天仰，云止峰流，俯仰旷观，谁不应有。区区曼羡荒唐，曷尝不为志士焉归矣。因得奇理二件，试与足下嬉笑剖之。

地球冯虚而运，所以不坠，大气举之。气何从生？日月五星地球之相与吸也。吸不力，地球坠；吸不均，偏而不能运。八面缭绕，彼牵此曳，蓬槁团飞，略无停晷。地球与日月五星，正各各相赖。借使一面吸力畸重，地球必偏向重之一面，愈偏愈重，愈重亦愈偏，势必肤切肺附而后止。然则欲至月中，固可以人力为之。地球重率视月加三之一，其斤数九、八一四、五六〇、〇〇〇、〇〇〇、〇〇〇、〇〇〇、〇〇〇、〇〇〇有奇，今不具论。试取小数易明者为比例，定为百斤，亦须百斤之吸力乃能举之。粗剖球体为百面，面应受吸力一斤。以一斤离心力之气球，安于百面之一面，择空漠无人之区，窍地缒绳。绳之巨细，视窍之多寡；窍之多寡，视离心力之大小。系气球于地球，即是系地球于气球。伺月行至此度，鼓气球令充足，欲绝地上腾，而下繋于地，必引地之一面而俱上。地球与月，本来相吸，得此一面助之，此一面之吸力，自重于余九十九面。一有所重，即有所偏。偏向月，吸力即专属于月。月将不复旁行而趋于下，一上一下，翕合无拒，余九十九面之吸力，自愈远而愈懈。不惟愈懈，地球一离本位，九十九面之空气必争赴填其虚。因其填虚，又以得挤送之力，力既有定向，虽撤去气球，自然相即不能已。大致造端离位最难，故气球宜绝大。大或难造，分无数小气球，其比例仍同。但能掣动分寸，一得势，万万里无难矣。此就地球往月言之。月来地球，亦复吸者一面，挤者九十九面。非此往则彼来，必辨为孰往孰来，或两俱来而遇于隙地，若国君之会境上，华夷之交瓯脱，尚无由逆亿，惟月较小较轻，来体多耳。月去地面八十万里有奇，以轮船速率日八百里计之，千日可达。况行于寥廓，非有轮船行水之阻力，抑非若火车轮碾轨道之相滞，其速当数倍。迨愈近吸力愈重，行亦愈速，不过数月，已联串如珠。惟胖〔胖〕合之顷，其来势远，则相趋力猛，恐一击两碎。是所设之气球，仍不可撤，日有曾益，以为抵御，若两舟相切，隔以浮伐，固无害也。既已联串，性无可改，即终古无暌析之道。由是复与它星相引，累累固结，如布棋以平，如累卵以长，如堆垛以方，以圆，以尖，以鳖臑，以秧马。纵横如志，惟所使之。欲自占一国，则自取一星，人满之患以息，争城争野之患以息。华、夷各有所骛，而陵杂之患亦息。于是与足下朝蹑赤霞之标，暮度青霓之梁，倏星倏月，掉臂行游，是诚可以破拘挛之俗，驰域外之观矣。足下其有意乎？

凡物春夏则涨，秋冬则缩，寒暑燥湿使然也。大者有草木之荣落、江河之涸溢，其实小物亦然。木为凿枘，水之苦不可入；金为牝牡，火之坚不可拔。时辰钟表不能无差，机轮刚柔有时也；木尺量纸不能无差，木纸盈朒殊科也。故绘图之家以纸为尺，然此纸非彼纸，仍不能无差。惟即画其尺于所图之纸，图尺同在一纸，久久如故。其实人身亦然，肌寒而粟缩也，皮暑而泽涨也。然涨缩分度甚微，人遂以为止此耳。所谓微者，特两两相较而见为微，是各体涨缩不齐之余差，非即本体涨缩之真数。本体涨缩之数，必一涨缩、一不涨缩，始可相较而得其真。今既无是物，则吾身涨之与缩，安知不相去数十百丈、数千万丈、数恒河沙丈。小而虫豸尘芥无不然，大而日星山河无不然。无不然，则虽相去数十百丈、数千万丈、数恒河沙丈，犹不涨缩，此谓日用之而不知也。必欲知之，惟鬼而后可。鬼无适形，无可涨缩。故世之说鬼，有数丈、数十丈者，有首大如车轮者，有掌如箕者，拇如椎者，亦有小如婴儿者，财数寸者，鬼岂如此哉？以涨缩视不涨缩，转谓不涨缩者涨缩，人涨视鬼小，人缩视鬼大，鬼岂如此哉？于是与足下召巫阳于帝阍，问实沈之所郊，匿微踪于幽隐，睹情状之昭昭。以静拟动，以逸知劳，非于物而有迫，而物或莫逃。见夫跂行而喙息，暴长而暴消，昔孰屈而卑，今何抗而高，方将运肘布指絜其度，占星刻晷纪其由，举手厥愈，喜则斯陶。足下能强起从之游乎？

斯二者持之非无故，申之则有章，言似谬悠，实根理要。又尝以方波黎瓶口安活叶，用汽机筒抽去空气，旋即自碎，圆瓶则否。盖方者受外气之挤力独多，圆即自相旋转，无所用其挤也。西人识此理，因论日月星地所以必为圆体。愚谓日月星地，古未必无方者，特皆被挤碎，今不见耳。是以知十日并出，其九不存，必皆为方体。惟今之日月星地，悉毁圭角，苟圆取容而已。

嗟乎！凡今之所谓已修已齐已治已平者，其不为苟容几何矣。世宙信促,避之无所,一庐蛰伏,疑遂颓废,稍自激昂,故具说如前。盖曰以诧其振奇,适状此中之无所得也。足下怜之否?莫笑其骏否?

谭嗣同谨上

报刘淞芙书一

淞芙仁兄足下：

乃者奏记申酬，辞渫义陋。将以博孙郎帐下之嗤，何意辱季重东阿之答？伏见文虎蠻采，苞凤骞华。书规河北，薄山阴为妩媚；章溯当涂，异元和之弦急。煌煌丽制，古今奚间焉！远惟《诗》《书》之所垂戒，蒙史之所纪诵，胖情缔谊，莫不以斯文为盛轨，其称赓歌扬休，尚矣。嗣是《式微》启联句之篇，宣尼炳会友之诏。至若盲左所甄，难可悉述。故宁戚《白水》，索解于童奴；子赣抽琴，征辞于浣妇。发言为志，莫近于兹。自非终葵论象，谬诘于陋儒；金楼迫观，见穷于伧父。亦畴不乐有多闻之友、鸿厖魁硕之侣，推襟送抱，兴往情来，析皋比未曙之疑，申细席旧传之学，玉琢于石，锦浣于灰，用胥益其性情，而雪其聋聩之辱者哉？

嗣同不自鉴观，怀此弥岁。远无获于尚论，近几失于觌面。乃承大度包荒，曲见矜许。渔父延缘之棹，且张皇于漆园；协律已厄之诗，犹褒赞于笠泽。刘昼《六合》，魏收未鄙其名愚；卫瓘《三都》，太冲莞颜于覆瓿。扨谦冲挹，受者曷任。被饰薰沐，逾量为惄。夫操簨钟者非期于倾赏，而倾赏者遇之；书举烛者无当于治国，而治国者效之。同类日孚，不行而至。言念施报，则亦有可述者。嗣同少禀惛惰，长益椎鲁，幸承家训，不即顽废。然而家更多难，弱涕坐零；身役四方，车轮无角。虽受读于瓣姜、大围之门，终暴弃于童蒙无知之日。东游江海，中郎之椽竹常携；西极天山，景宗之饿鹞不释。飞土逐肉，掉鞯从禽。目营浩罕所屯，志驰伊吾以北。穹天泱漭，矢音敕勒之川；斗酒纵横，抵掌《游侠》之传。戊己校尉，椎牛相迎；河西少年，擎拳识面。于时方为驰骋不羁之文，讲霸王经世之略。墨酾盾鼻，诡辩澜翻；米聚秦山，奇策纷出。狂瞽不思，言之腾笑，以为遂足以究天人之奥、据上游之势矣。既而薄上京师，请业蔚庐，始识永康之浅中弱植，俶睹横渠之深思果力，闻衡阳王子精义之学，缅乡贤朱先生暗然之致。又有王信余、陈曼秋、贝元徵诸君以为友。困而求亨，幡然改图，愧弄戟多少之讥，冀折节勤学之效。如何不淑，变生海外。原隰悼痛，踉跄来归，基础遂隳，何期云构！自顷以来，精力苶于当年，锋锐顿于一蹶。子桓曾逝者之唏，公干卧幽忧之疾。后得复事瓣姜，续欢王、贝。益以涂君质初，相勖亟勤；他州豪俊，存问不绝。而临觞撤御，都无好怀；发策未竟，已复忘弃。耀灵急节，蹉跎至今，三十之年，行见舍去。君苗之砚未焚，余子之步终失。亲知雨散，益复无聊。虞思慷恨，不其嗟矣！

足下被褐怀玉，质有其文。畣受凿楹之书，高视都讲之肆。艺文数通，虽一斑片羽，可由意其深造。同里之彦，实多君子；家公之学，遂有传人。夫何张衡之《四愁》顿释，陈蕃之鄙吝斯固。见《灵光》之赋，为之辍翰；景说士之风，甘于食肉者也。然嗣同至愚，尤伏愿足下恢八纮以贞度，综群说以为郛。博取四库之精，约以一家之旨。不汲汲于浅效，不沾沾于细名。同舍生学有异同，无伤观感。任彼讥诃之来，转资多识之益。竺信不惑，终底大成。他日汝南先贤，襄阳耆旧，与所称同县诸君，后先骖靳，左右齐轸。嗣同不敏，亦将凭轼以观，以丐洪河之余润，而瞻桑梓之殊光，岂不懿与！岂不懿与！刘君瑾先，元徵亟称之，曩岁枉过，会亲疾在视，不获晤语为怅。然累年天假之缘，终当一识乡间之贤者，念此用不切切也。属书少作，不骍其丑，勉思效命。附呈《白香亭诗》，此老本原深厚，虎步湘中，当代作者，殆难相右，知拟先睹之也。

迨日肆业，遂及何书，有得不吝见教，于斯道宜重有发明，若嗣同则徒云云而已。山能受壤，终泽隐豹之毛；陆不如河，虚抱法蛇之志。裁书布往，主臣如何！诸在口宣，不复一一。

谭嗣同谨上

报刘淞芙书二

淞芙仁兄足下：

奉来教论陶靖节诗，与嗣同所见若重规叠矩。今更申之：

真西山称陶公学本经术，最为特识。足下所举"区区诸老翁"云云，他若"道丧向千载，人人惜其情"，"汲汲鲁中叟，弥缝使其醇"，"遥遥沮溺心，千载乃相关"，皆足为证。而嗣同尤有谬解，以谓陶公慷慨悲歌之士，非无意于世，世以冲澹目之，失远矣。朱子据《箕子》《荆轲》诸篇，识其非冲澹人。今案其诗，不仅此也。"本不植高原，今日复何悔"，明可以无死之故也；"若不委穷达，素抱深可惜"，怀宝而无其时也，伤己感时，衷情如诉，真可以泣鬼神，裂金石，兴亡之际，盖难言之。使不幸居晋之高位，则铮铮以烈鸣矣。今其诗又觉中正和平，斯其涵养深纯，经术之效也。张南轩讥其委心之言，不知皆其不得已而托焉者也。且南轩能知其所委为何心乎？后此若王、孟、韦、柳、储、苏，特各各成家，于陶无涉。浅者辄曰"原出于陶"，真皮相之言也。尝谓学诗宜穷经，方不为浮辞所囿，闻者或不信之，今于陶公既验其然矣。即有宋儒先以性理为诗，至为才士訾诟，然平心论之，惟《击壤集》中有过于俚率者，至于朱子、陈白沙，于声调排偶之中，仍不乏超然自得之致，此诣又何易几及也。

同县蔚庐、瓣姜两先生，实能出《风》入《雅》，振前贤未坠之绪。瓣姜先生，雅自秘惜，不欲以此皮肤粗迹表襮于人，故传钞未广。以愚观之，经义湛深，柴桑后未尝有也。蔚庐先生称心而言，绝无依傍，雍容真挚，适肖其中之所存，《翠华》《黄屋》《屯蒙》《隐见》诸篇，非学穷奥域、贯彻天人，亦乌能言之？我辈兀兀雕镌声律，殆终无以企之矣，谨检以呈阅。惟知德者乃能知言，当不责其阿好。嗣同昔有妄言，后世无乐，文辞即乐，善察者不惟可得人品之高下，兼可卜世运之盛衰。瓣姜先生致为赏叹。持此以观两先生诗，若《遣兴》三十章，《海国》八章，匪风无王，下泉无霸，讽咏三复，不知涕之何从。《海国》犹显，《遣兴》志文俱晦，在作者久官京朝，词无泛设，然亦断不肯自言其不得已之故。以意逆志，十仅得二三，遂已感人若此。巢居知风，穴居知雨，哀思之音，发于贤者，此殆非天下之小故。夫以两先生之才，使不得为《关雎》《鹿鸣》之声者，时为之也，悲夫！

　　嗣同于韵语，初亦从长吉、飞卿入手，转而太白，又转而昌黎，又转而六朝。近又欲从事玉谿，特苦不能丰腴。类皆抗而不能坠，辟而不能翕。拔起千仞，高唱入云，瑕隙尚不易见。迨至转调旋宫，陡然入破，便绷弦欲绝，吹竹欲裂，猝迫卞隘，不能自举其声，不得已而强之，则血涌筋粗，百脉腾沸，炭炭无以为继。此中得失，惟自知最审，道之最切。今时暂辍不为，别求所以养之者，必且有异。不然，匪惟寡德之征，抑亦薄福之象。尊师巨湖山樵亦觉微有此失。无此失而又不靡薄者，唐初四杰，宋初西昆，明初青邱，国初渔洋，开国隆盛之时，顺气成象，万物昭苏，确有朕兆，不可诬也。昧者求其故不得，乃泥于一句一字之险夷华朴，以为吉凶妖祥之占，其于声音之道奚当哉？由斯以谈，则《击壤集》之俚率，要未可全非，而陶公益偶乎远矣！

谭嗣同谨上

上欧阳瓣姜师书

夫子大人函丈：

  舟维甫鄂，辙环逮湘，仲路为之后从，荣趑因而失问。坐晓令德，悚惮如何？前日里门时诣笠耕世兄，歆其风气日上，掇皮皆真。秉荀氏之规，有万石之谨。通家厚谊，道款推诚。率尔造门，辄与李膺之燕；外存宾客，辱损马援之贻。事会纷纭，来去仓卒，竟不及一笺言谢，愧悚而已。顷见函丈与黄佩豹书，兼示嗣同，藉审道履休邕为慰。读至"既经展拜新茔，稍遂昊天瞻仰，则此后无论升沉夷险，可以少安于心"，我瞻四方，蹙蹙靡骋，何辞之凄苦而心之仁厚也。

  夫锋颖者顿猝，滑疑者图耀，赴几者迅奋，委运者后时，蹈海者狭节，却金者止赎，昌言者亡等，默塞者违实。天元地黄，五角六张，势趋于极，虽造物不能以自纲，则志士仁人之所为长顾而审虑。要必经纬万端，衷于一是，特非事变未至而先设一成格待之之所能毛皇矣。然而有不能不自疑者，东征之师既挫衄不复可振矣，则天下有大患，不在于战，而专中于始事主战之人。来书云："深夜思之，芒刺在背，可愧惧也。"在某某岂不知如此举止之面，犹隔一笺，不了家事之意，未宣外庭。乃逆抉其隐微，使无复容匿，而忍惭于一逞。亦必深观密计，见夫机之已发，情之已急，言之如此，不言亦如此，是不若明白慷慨，直斥无隐，天下因晓然于是非之所在，庶几一意奉戴，得以改图易虑于人心向背之机。其济则天，不济亦何惜一身为三监藉口之资，盖其深心矣。

  嗣同一齐民，何与人家国事？窃恐刈蓍而遗蓍簪，尚不若故剑前鱼之可念。一旦卿何以处我之问，瞠目而不能答，不知不觉，遂与于不仁之甚，而身长为罪人。悲夫！既不能高飞远走，不在人间，斯贞之与邪，亦止争毫发。反复推求，思所以终身自靖之道，了不可得。鸣毂复闻，纳肝谁属？已矣绕朝之策，徒有士燮之祈，愤激即万万不敢，而细席之言，虑忘于临难；倚楹之叹，转疑于思嫁，又抑郁谁语乎？若夫运策帷幄，折冲尊俎，何以图恢复，何以靖海氛，中权有寄，六翮顿张，自智勇不世出之事，非鄙心所敢任。惟冀天祚我国，使和议速就，日月朗县〔悬〕如初，草泽无词可执，则杞人诚愚也。幸甚幸甚！

奉教在迩，余不缕写，遥通江水，毋任钦迟。

谭嗣同谨上

《史例》自叙

韩宣子观《易》象、《春秋》，曰："周礼尽在鲁矣。"故凡纪载皆史，而礼则由以著焉者也。少受《易》，因及《三礼》，于《春秋》独不喜言例。以为例者史臣之通法，非圣人褒贬之精意所存。顾于杜元凯《释例》数数观之。以为例者非圣人褒贬之精意所存，固史臣之通法也。法具而史明，史明而礼起。圣人吾不得见之矣，秉此失其鲜乎？尝病条目疏简，又刓夺不完，不足规周公制作之全，而给后世纪传之用。辄研校四库辑本，罗列杜氏所释，辅以陆氏《春秋集传纂例》、刘氏《春秋传说例》，益推衍伦类，广求诸经史百家，择其尤雅，详以训诂小学阐说字义，本诸《易》以究天人古今之变，而一折衷于《礼》。疏别部居，附于诸例之后，于以补阙略，通废滞，俾学者不失依据，傥云万一焉。乃若崔氏之《本例》及《例要》，张氏之《五礼例宗》，丁氏之《公羊释例》，许氏之《穀梁释例》，说人人殊。今专标史例，非曰治经，故揽取言例之最先者，而余不悉及。

夫《易》，言变者也；《礼》，不变者也。变者周流六虚，不可为典要，所谓新意变例，归趣非例也。故笔削微显，不惟其文惟其道，圣人之《春秋》以之。不变者，质文损益，万变不离其宗，所谓发凡正例也。故科律严谨，皆足以远示来裔，史臣之例以之。欲发其例，必先稽以小学，著其指事类情之所在，然后紬绎史籍，征信于三代、两汉之书。于《礼》得其体，于《易》得其通，史学固然，凡学莫不然也。神而明之，又岂例云例云而已！

《仲叔四书义》自叙

　　孔冲远作《正义》,闲肖经传声口,反覆申析其意。王介甫效为新学,易诗赋声病刡薄之习,凿空说经,益张其名曰义,祸七八百年未渫。二者皆无当生人之用。新学尤能汩人性灵,而阴使售其伪,惟鄙儒小生,惰于殖学,易其速办而捷给,乃独好之。虑皆故矜秘其术,抗为孤诣奥传以自重,夜晦无人,私挟八寸《论语》,转相授受,传弟子数百人,偃然自跻于文学之科,雄视四民之首,愈益陵躐古今天下才士。黠者渐觉其愚陋,小变体貌,刺取司马子长、韩退之颓率不经意之一二字窜其中,号于人曰:"古文!古文!"人或弗能察也。上焉者应科举中第,举所习一切拉杂摧烧之,庶乎知耻之勇者。

　　嗣同兄弟,生用新学之时,舍之无以操业。受书以来,未尝不掊其有用之精力,钵心镂肝,昕夕从事,以薪一当。嗣同顾好弄,不喜书,冀盖所短,时时诡遁他途,流转滑疑其辞,与当世大人先生辩论枝柱。仲兄泗生不幸先生八年,为新学梏独久,致力亦独深,记诵所谓名大家义千,自为亦数百,取径独峻绝幽隘,乃至不容人思,投之南北闱考官及学政府县吏,又佹得而复失,或不能句读。嗣同所为,薄小芜俚,宜易识。然年自二十有一至今三十年,十年中,六赴南北省试,几获者三,卒坐斥;仲兄则且傫然蹇抑死矣!

　　方今天下多故,日本蹜我朝鲜,袭我盛京,海上用兵无虚日;民迫穷困,且向乱,群族盱目而环伺,大臣席不暇暖,食不逮晨。搜卒乘,峙刍粟,缮甲械,折冲决胜,徂内辑外,机牙四出,百心莫照,此岂新学能任其万一者哉?

　　窃惟不废新学,无以发舒人人聪强。弦久懦,则更张之。新学不为不久矣，效亦可睹矣，更张之时，其在斯乎！嗣同行与新学长辞，不复能俯首下心奉之，因纂辑所为若干，别为一通，仲兄仅乃著录其二，知不欲以此见也。

夫日月之迈，疾不容瞬，当宋之始更制，岂知延延绵绵，用弗绝至今日。若嗣同兄弟共案，厉呼愤读，力竭声嘶，继以喑咽涕洟，回顾一镫荧然，几二十年所，犹尚如昨日事。尝感船山"忽念身本经生"之言，以为有无穷之悲，宁可复然哉？益悲而已！后之人幸见新学之废，其心得免于戕贼，端居泛览，或逮兹流，失今无述，将不知前乎此者被毒酷烈若此。上之亦足究识当时取士之具，其间体势不一，各有所至，今昔风气，变迁略备矣。

记洪山形势

洪山违武昌会城四三里，塔于其脊，登者于环城百里可一览尽。夫建国必有所依据以为固，武昌国于江、汉之冲。江水南来，掠城西而北，折而东，汉水又在其西。其它涧溪陂泽，夹持左右，惟道洪山而东。陆达咸宁、通山，以联湖南、江西之势。自魏晋南北割据，策士以武昌上控荆、襄，旁制湘、粤，睥睨秦、蜀，鞭辟中原，为南戒山河之上游，而英雄用武所必争。沿及今兹，屹为重镇。而咸宁、通山，又为武昌之吭背。洪山岿然扼其生死呼吸之所由，且逼城而峙，俯瞰城中，一一在列，诚主得之为要，客得之为害者也。

昔洪秀全窜踞武昌，湘乡罗忠节公驻军洪山，断其饷道，虽赍身锋镝，而城卒以复。然而洪山，绝地也，立于必败，败而不可为者也。主之利，非客之利也。何也？争利莫惨于前，自完莫良于后。狼之善顾，非怯也，不有可退，无以为进也。洪山蜿蜒以东，势雄而单，夹两水间，无冈阜以为之辅。远山皆在数十里外，且阻水莫能达，使城贼潜军断其后，则不攻自破矣。罗公之奏效，非洪山之为之，而金口之为之也。方罗公之未至也，益阳胡文忠公已先据金口，且下及沌水。罗公既得洪山，益南攻贼垒，以自达金口军，于是犄角之势成，而武昌以南皆非贼有矣。贼伺其北，则道险不利仰攻，由北而绕出其后，不惟无以自反，而洪山既通金口，则以金口为后，它非所恤。今按其垒皆在洪山南。盖垒于南，则可以取远势；垒于北，则徒自保而已。故金口可袭洪山，洪山必不能远争金口，此险易之辨也。

然论武昌于今日，又非天下所必重。古之重武昌者，以其挈长江之要领也；今则中外互市，轮舟上下，而长江尽失其险。长江尽失其险，则武昌者，主固无以御客，即客得之亦不能一日守。故武昌譬则斗也，而其柄不在此。将欲操其柄以斟酌海内，挹注八荒，必先以河南、陕西、四川、云贵、湖南、江西为根本，而以武昌为门户，合势并力，以临驭长江之下流，然后东北诸行省恃以益重。

嗟乎！古今之变，亦已极矣。变者日变，其不变者，亦终不变也。强变者不变，持之斷斷，且卒不能无变，况强不变者变哉。余谓毋遽求诸变也，先立天下之不变者，乃可以定天下之变。观于斯者，苟权其本末顺逆，则又若洪山、金口之辨矣。

刘云田传

光绪初元，山西、陕西、河南大饥，赤地方数千里。句萌不生，童木立槁；沟浍之殣，水邕莫前；朔歹横辙，过车有声；札疠踵兴，行旅相戒。四年夏，大人上官甘肃，道河南、陕西。触暑前鞭，并日而食。宾从死二人，厮隶死十余人。它仆皆病惫无人状，又时时思逸去，莫肯率作。维时以宾从躬厮隶之役者，为益阳刘君云田。云田羸瘠若不胜衣，独奋发敢任，无择劳辱。大人卧疾陕州，一家皆不能兴，资斧行竭，药又不时得。云田日削牍告急戚友，夜持火走十里市药，践死人，大惊，绝气狂奔，踣于地。火熄，以手代目，揣而进，连触死人首，卒市药归。归则血濡袜履，盖踣伤足及践死人血也。而云田亦卒不病。自是客大人幕府前后十有三年，入粟得从九品职，出榷关税，卒乃赞安定防军军事。十有六年，大人巡抚湖北，云田以疾不能从。三月，殁于安定军中，年三十有七。云田名丙炎。考某，县学附生，早殁；以云田得官，貤赠登仕佐郎。母氏赵，貤封孺人，用节孝著称。

云田既以行谊为大人所重，而仲兄泗生及嗣同尤昵就云田。中表徐蓉侠，从子传简，亦皆与莫逆。嗣同兄弟少年盛气，凌厉无前，蓉侠亦敏毅自喜，传简年尤少，益卞隘，自卓荦法度外。云田性独迂缓，短小貌寝，般辟行圈豚，恶豪迈人如寇仇。时时称道村儒腐语规切人，听者唾涕欠伸，犹絮聒不休。而数人者，或数年十数年，日益亲密罔间。聚则绐以非理，戏谑百出，又嬲使骑，鞭马奔驰，观其伛偻伏鞍，啼号战栗，以为笑乐。云田则庄色陈论不可，终不以为侮。

安定防军隶大人部。嗣同闲至军，皆橐鞬帛首以军礼见，设酒馔军乐，陈百戏。嗣同一不顾，独喜强云田并辔走山谷中，时私出近塞，遇西北风大作，沙石击人，如中强弩。明驼咿嚘，与鸣雁嗥狼互答。臂鹰腰弓矢，从百十健儿，与凹目凸鼻黄须雕题诸胡，大呼疾驰，争先逐猛兽。夜则支幕沙上，椎髻箕踞，胊黄羊血，杂雪而咽。拨琵琶，引吭作秦声。或据服匦，群相饮博，欢呼达旦。回顾云田，方蛙坐瞑目，诵《大学章句》。嗣同亦不诧其不合，益乐亲云田。

云田殁前一年，嗣同战艺走京师，以传简从，别云田安定，话往年道中事。云田感念畴昔，悲不自胜。及行，云田送上马，立马前泣，不可仰视。嗣同大怪，寻常别耳，云田不当若此。悠悠昊天，别几何时，仲兄先云田一年死，传简后云田一月死，蓉侠不忍汶汶之故，窜迹穷谷，为老死不出之计，而嗣同亦且规规然绳墨中腐儒矣。呜呼！

代大人撰赠奉政大夫任君墓志铭并叙

　　光绪十有八年，巴陵任本垚自甘肃奉其妣彭宜人丧归，祔其考律清赠君之兆。初，赠君以贫故，渴葬未有铭；今将累其家世子姓卒葬，封赠行谊刻于幽堂，而征辞于某某。某某友本垚且十年，闻赠君事故习。往者布政甘肃，事无险易，一倚本垚。本垚亦乐就某某，而奉宜人居官署。闻宜人事又习，其可不铭。

　　赠君姓任，讳某，字某，世为巴陵人。曾祖某，祖某，考某。世基徽懿，文采敛缄，至赠君遽罹颠顿，不竟所学，挈弟力作，没齿晏如。道光中，大饥且浸，人庶流迸，行殣弥野。赠君连遭闵凶，痛瘵负土，敛窆用举，卒未尝勖于人。邻人黎文星者，富而侠，雅重赠君，赠君终未一往。比黎氏中落，向所周叚，操剂迫责，室家为毁，而赠君以无负独完。盖其贞介自植，不苟资藉，蹋步于穷林幽壑，以深树其进取一概之义，而待时研几，发舒开布，所得于痛刻奔走者，扞涉同生斯世之人。其于艰窭冻馁，极人所不能忍而能忍。则其用也，视险阻阽危，丛胠歧骈，纷而相环，猝不得其首尾，莫不泊然相遭，犁然有当，而震烁之权熌以平。咸丰初，洪秀全犯岳州，新墙晏仲武阴附之。里人某又附仲武，翘其攫金，召诱奸宄，期于里之慈云庵揭竿首难，日率数十辈缮治供具。或陟高呼啸，迟仲武至。有问者，拔刀叱曰："少选当识乃公也。"时府城不守，乡兵未兴，距所期又已迫。黔民悍夫，雄顾思逞，椎埋剽房，匪夙则暮，闾巷汹惧，莫必其命。赠君既廉其状，因从兄某与仲武习，夜遣就仲武、訹以诡辞，仲武疑不敢发。官军寻至，诛仲武，夷其党。赠君亦计缚某，斩于军。由是里中清晏，罔敢暴横，深识之士，益知众志之本固，乡之人之可与有为，藉以安坐画策，徐收乡兵之效。如所谓团练者，或以扞卫墟井，或乃奋戈四战。后先飙举云迈，莫不表表然著忠勤、隆称号于世，而赠君已前殁矣。时咸丰几年某月某日，年五十有九。以子赠为奉政大夫，葬某乡某原某首某趾。妻彭氏，封宜人，后赠君二十有几年某月某日殁于甘肃布政使署，年七十有二。以光绪十有九年某月某日祔于赠君之左。子一，即本垚，同知衔候选知县。女一，适甘肃候补县丞李琢。孙一，德厚。女孙三。

宜人亦巴陵人。道光十有二年进士江西河口同知昌运之孙，岁贡生安仁县教谕浣之子。来嫔赠君，即悉鬻衾饰，佐植生业，椎髻布裙，操作而前。县故产名布，宜人所织，辄倍它值。永夜冱雪，未始休废。故赠君坦坦行其洁清之志而无所干求，宜人之力多焉。赠君既没，本垚年财十有四，宜人益自镌刻，励本垚一如赠君之操。及本垚佐治甘肃，迎养历数州，崇奉日益腯厚。宜人弥务劓抑，余以禀恤困乏。真泠之辰，顾谓本垚毋纳赠赙，玷而翁清节。初，赠君疾笃，不御方药，曰："岂以死故累亲属？"若宜人可谓匹休齐烈者矣。方宜人家居时，违所居数十武，有溪焉。霖潦阗溢，砅揭病叹，宜人盡乎深恻，梁以柟榴，然苦易摧朽，谓本垚曰："它日当勉易石。"今本垚竟石之，如宜人命云。铭曰：

噫！祚微而尚可持，德卷而卒莫施；虽则莫施，以泽其牟裔而罔弗宜。隆厐之封，畴艰畴疑；绵融之佑，畴际厥涯。谓天或爽鉴此辞。

城南思旧铭并叙

往八九岁时，读书京师宣武城南，塾师为大兴韩荪农先生，余伯兄、仲兄咸在焉。地绝萧旷，巷无居人，屋二三椽，精洁乏纤尘。后临荒野，曰南下洼。广周数十里，苇塘麦陇，平远若未始有极。西山晚晴，翠色照地，雉堞隐然高下，不绝如带，又如去雁横列，霏微天末。城中鲜隙地，民间埋葬，举归于此。蓬颗累累，坑谷皆满，至不可容，则叠瘗于上。甚且掘其无主者，委骸草莽，狸狳助虐，穿冢以嬉，髑髅如瓜，转徙道路。加北俗多忌，厝棺中野，雨日蚀漏，谽谺洞开，故城南少人而多鬼。余夜读，闻白杨号风，间杂鬼啸，大恐，往奔两兄，则皆抚慰而呵煦之。然名胜如龙泉寺、龙爪槐、陶然亭、瑶台枣林，皆参错其间，暇即浼两兄挈以游。伯兄严重不常出，出则健步独往，侪辈皆莫能及。仲兄通傥喜事，履险轻矫，陂池泽薮，靡不探索。城隅井甘冽，辇以致远，毂鸣啾啾，和以吟虫凄楚，动人肝脾。当夫清秋水落，万苇折霜；毁庙无瓦，偶像露坐；蔓草被径，阒不逢人；婆娑宰树，唏歔不自胜。欣欣即路，惘然以归；仆本恨人，僮年已尔乎。顾成人同游，盖莫不尔，皋壤使乐而墟墓生哀，抑所处殊也。

自伯兄不禄，韩师旋奄忽即世，余绝迹城南十有五年。后携从子传简入京师，寻所经历，一一示传简，且言余之悲。传简都不省意，颇怅恨，以为非仲兄无足以语此，而仲兄竟殁。素车星奔，取道南下洼。佛寺梵呗，钟磬朗澈，参以目所睹，瞿然大惊，谓是畴昔，徐悟其非，一恸几绝。今传简殁又四年，余于城南，乌乎忘情，又乌乎与言哉！湖广义园，亦城南僻壤也。亲属殁京师，寄葬园中，岁时持鸡酒麦饭上冢，俗礼乘小车白布盖，纸钱飘飓左右，及冢，挂纸钱树枝，男妇皆白衣冠再拜哭祭。祭已，哭益哀，良久乃去。有少妇弱子，伏地哭不起，供具又倍盛，则新冢也。

方余读书城南际，春蛙啼雨，棠梨作华，哭声殷野，纸灰时时飞入庭院，即知清明时矣。起随家人上冢已，必游于大悲院。院邻义园，其僧与余兄弟久故，导余遍履奥曲。僧墓兆数十顷，众木翳之，昏雅〔鸦〕欢咽，弥见虚静。蓬蒿长或蔽人，雉兔窜跃蓬蒿中。归受高菊磵诗，至"日墓〔暮〕狐狸眠冢上，夜归儿女笑镫前"，触其机括，哽噎不复成诵。塾师骇责，究其所以，复不能自列。长大举问仲兄，兄怃然有间，乃曰："三复令骨肉增重。"乌乎！其曷已于思，抑曷已于铭？

　　峨峨华屋，冥冥邱山；人之既徂，鬼鸣其间。曰鬼来前，予识汝声；二十之年，汝唱予听；予于汝旧，汝弗予撄。昔予闻汝，雍穆群从；妄谓永保，交不汝重。岿然惟汝，孑然亦予；予其汝舍，予又奚趋？星明在天，雾暗覆野；被发走呼，寂无应者。噫嘻吁嗟，予察厥原；汝之不应，汝亦匪存。寒暑晦明，来以赓去；人道已然，鬼独能故？岂无魌魌，新死者歔；岂不魊魊，后寒之骨。噫嘻吁嗟，鬼无故人；忧谁与写，不辍如焚。卷地沙飞，索群兽寒；缺碍眠陇，白露弥阡。我之人兮，于兹焉托；面土厚丈，长幽不廓；酾酒荆榛，畴言可作。缅怀平生，亦富悲冤；泪酸在腹，赍以入泉。泉下何有，翳翳昏昏；息我以死，乃决其藩。闵予之留，实肩斯况；豪乐纤哀，奔会来向。明明城南，如何云忘？城南明明，千里恻怆！

寥天一阁文　卷第二

东海褰冥氏三十以前旧学第一种

启寰府君家传

　　府君名启寰，字佚，福建路汀州清流县人。今福建汀州府清流县。考妣，妣欧阳。宋末从主管殿前司，《宋史·职官志》，殿前司都指挥使，以节度使为之，而副都指挥使都虞候，以敕〔刺〕史以上充，资序浅，则主管本司公事。苏刘义出师御元兵，水战不克，死之。旧谱云，与诸将并殉。无子，世绝。始祖避金兵而迁，至是复有元兵，南宋百五十年间，已阅八世，则府君年必甚少，谱又不详其配，盖未娶也。

　　二十世族孙嗣同曰：自迁福建之始祖，七传至府君，崛起单微，用节烈显，伟矣！财百年而崇安壮节侯及弟楚川府君死夹河之战，又二百年而新宁伯弘业公死流寇之难。大节炳炳，前后相望，遂以武功著望于有明。二百余年间，位侯伯者九世十人。建幢节，握牙璋，慷慨奋兴于功名之会者，肩相翼而足相踵。青史勒于当年，英风扇乎来叶。入国朝，渐即零替，卒无有放辟邪侈，陷刑辟罔有司者。咸、同之际，兵事孔亟，宗族子弟，执干戈效死于四方十有二人。传本江西阵亡，传生陕西阵亡，传立浙江阵亡，传伦江西抚州阵亡，传清江西瑞州阵亡，传录广西阵亡，传位福建阵亡，传舞江西九江阵亡，传海甘肃阵亡，传健福建阵亡，传贽江西阵亡，恒达陕西阵亡，自有传。固旧谱云："铭盘府君，义方是训。敦实府君，英贤卓荦。有以启佑我后人，而成仁取义，开一族忠义之风，要莫夙于府君也。"府君固长子，礼无无后，似续阙如，殆未冠而殇之与？失勿殇汪踦之义矣。与身名俱寂。虽府君一往自靖，无所藉待，后者不述，又乌知兴起之所自？有如此哉！有如此哉！

崇安侯壮节公家传

公讳渊，字溥泉，号时庵，福建汀州府清流县人。今同。考如嵩，明洪武间，太祖纪元。官燕山今直隶顺天府大兴县西南。右护卫《明史·兵志》，隶后军都督府北平都司。副千户。《明史·职官志》，从五品。据钦定《续通典》，明制，武散官从五品有武毅将军，有武略将军。妣裘。考殁，公嗣职。公躯干修伟，膂力过人，骁勇善战，引两石弓，射无不中。建文元年惠帝纪元。七月癸酉，年月日据《明史·成祖纪》补。燕王起兵，从夺九门，今京师。八月壬子月日据《明史·成祖纪》补。破雄县。今直隶保定府雄县。甲寅，南军都指挥日及官职据《明史·成祖纪》补。潘忠、杨松自鄚州今直隶河间府任邱县。来援，公帅壮士千余人伏月漾桥在雄县水中，人蒙荚草一束，通鼻息。南军已过，即出据桥。忠、松战败趋桥，因禽之。南军大将军耿炳文，屯真定滹沱河北。今直隶正定府。壬戌，公与张玉大破之，获副将李坚、宁忠及都督顾成，斩首三万级。滹沱之战，《明史》本传及旧谱不载，据《明史·成祖纪》补。《成祖纪》，壬戌，王至真定，与张玉、谭渊等夹击炳文军，大破之，获其副将李坚、宁忠及都督顾成等，斩首三万级。又公事成祖，靡役不从，则前此之拔居庸，破怀来，取密云，克遵化，降永平；后此之围真定，援永平，入大宁，击陈晖，败李景隆，降广昌，克蔚州，败平安，溃郭英，入德州，攻济南，败盛庸，袭孙霖，连败吴杰，宜皆有功。不应独沧州一役，夜坑降卒三千人，见于本传也。识以备考。以功累进都指挥同知。《明史·职官志》，从二品。据钦定《续通典》，明制，武散官从二品有定国将军、奉国将军。建文三年三月辛巳，《明史》本传不详年月，旧谱有年月而无日，今据《明史·惠帝纪》《成祖纪》补。从燕王南出保定，今直隶保定府。遇南军平燕将军官职据《明史·惠帝纪》补。盛庸于夹河。今直隶保定府南。南军列盾以进，王令步卒先攻，骑兵乘间突之。公见南军阵动尘起，遽前搏战，马蹶，薨于阵。《明史·惠帝纪》，建文三年三月辛巳，盛庸败燕兵于夹河，斩其将谭渊。《成祖纪》，建文三年三月辛巳，与盛庸遇于夹河，谭渊战死。《朱能传》，复从战夹河，谭渊死，燕师挫，能至，再战再捷，军复振。《盛庸传》，建文三年三月，燕兵复南出保定，庸营夹河，王将轻骑来觇，掠阵而过，庸遣千骑追之，为燕兵射却。及战，庸军列盾以进，王令步卒先攻，骑兵乘间驰入，庸麾军力战，斩其将谭渊。王悼惜。《明史·张玉传》，其后，谭渊没于夹河，王真没于泲河，虽悼惜，不如玉也。即位，赠都指挥使，《明史·职官志》，正二品。据钦定《续通典》，明制，武散官正二品，初授骠骑将军，升授金吾将军，加授龙虎将军。追封崇安侯，崇安，今福建建宁府崇安县。谥壮节，建祠以祀。《明史》有传，《明史》本传，谭渊，清流人，嗣父职为燕山右护卫副千户。燕兵起，从夺九门，破雄县。潘忠、杨松自鄚州来援，渊帅壮士千余人，伏月漾桥水中，人持菱草一束，蒙头通鼻息。南军已过，即出据桥，忠等战败，趋桥，不得渡，遂被禽。累进都指挥同知。渊骁勇善战，引两石弓，射无不中，然性嗜杀。沧州破，成祖命给牒散降卒未遣者三千余人，待明给牒，渊一夜尽杀之。王怒。渊曰，此曹皆壮士，释之为后患。王曰，如尔言，当尽杀敌，敌可尽乎？渊惭而退。夹河之战，南军阵动尘起，渊遽前搏战，马蹶被杀，成祖悼惜之。即位，赠都指挥使，追封崇安侯，谥壮节，立祠祀之。子忠，从入京师，有功，又以渊故封新宁伯，禄千石。永乐二十年，将右掖从征沙漠。宣德元年，从征乐安。三年，坐征交址失律，下狱论死，已得释，卒。子璟乞嗣，吏部言忠罪死，不当袭。帝曰，券有免死文，其予嗣。再传至孙祐，成化中，协守南京还，掌前府提督团营，累加太傅，嗣伯，六十九年始卒，谥庄僖。子纶嗣，嘉靖十四年，镇湖广，剿九溪蛮有功，益禄，坐占役军士夺爵。数传至弘业，国亡，死于贼。案见于《续通鉴》者，无异《明史》，不悉录。并入《功臣世表》。《明史·功臣世表》，崇安侯谭渊夹河战死，成祖即位，追封，谥壮节。钦定《续文献通考》，渊从成祖起兵，战死于夹河。永乐初，追封崇安侯。《明史·职官志》，公侯伯凡三等，以封功臣及外戚，皆有流有世。功臣则给铁券，封号四等，从成祖起兵曰奉天靖难推诚功臣。《大明会典》，永乐间定功臣封号，曰奉天靖难推诚宣力武臣。视《职官志》，多"宣力"字。季弟汉，字楚川，夹河之难殉焉。

十六世孙嗣同曰：公于启寰府君，为族元孙，傥风其雄武者与？兄弟并命，抑又加酷，茅土虽世，于公乎奚当？若夫君子之泽，九世未沫，国君死社稷，有明之天下且与俱贾。以是始，以是终，而五等之封，乃足为世贵。赫赫然矣！

新宁伯荩臣公家传

公讳忠，字荩臣，崇安壮节侯长子，妣氏杨、氏瞿，杨无出，公及弟恕皆瞿出。明建文四年惠帝纪元。从燕王入京师，今江苏江宁府。力战有功，又以壮节故，当封。九月甲申月日据《明史·成祖纪》《功臣世表》补。封新宁伯，新宁，今福建邵武府新宁县。赐铁券，《大明会典》，凡铁券形如覆瓦，刻封诰于其上，以黄金填之，左右各一面，右给功臣，左藏内府。禄千石。《明史·成祖纪》，九月甲申，论靖难功，封邱福淇国公，朱能成国公，张武等侯者十三人，徐祥等伯者十一人。《功臣世表》，新宁伯忠，九月甲申封，禄千石，宣德八年五月卒；璟，宣德十年二月丁卯袭，正统十四年六月卒；裕，正统十四年十月丁巳袭，景泰三年三月卒；祐，天顺元年六月癸巳袭，成化十七年领前府，屡与军职，加太保，正德四年七月管五军营，嘉靖四年卒，谥庄僖；纶，嘉靖四年闰十二月甲戌袭，十一年三月领南京前府，二十七年卒；功承，嘉靖二十七年八月辛未袭，三十六年十二月领南京左府，隆庆元年二月丙午卒；国佐，隆庆元年七月戊午袭，万历二十七年六月甲申卒；懋勋，万历二十七年八月乙酉袭，天启三年卒；弘业，天启中袭，崇祯末死于贼。钦定《续文献通考·封建考》，新宁伯谭忠，渊之子，成祖即位，封禄千石，宣德三年从征交址，失律下狱论死，已得释，八年卒；传璟，宣德十年袭，正统十四年卒；裕，正统十四年袭，景泰三年卒；祐，裕之弟，天顺元年袭，嘉靖四年卒；纶，嘉靖四年袭，二十七年卒；功承，嘉靖二十七年袭，隆庆元年卒；国佐，隆庆元年袭，万历二十七年卒；懋勋，万历二十七年袭，天启三年卒；弘业，天启中袭。臣等谨案表传，于成祖朝所封每阙予世券之文，于《谭渊传》亦无之，然传言璟袭封时，部臣言忠以罪死，不当袭。帝曰，券有免死文，其予嗣。则其予世券可知矣。又按《成祖纪》，靖难功臣徐祥等伯者十一人，自徐祥至刘才是也。但谭忠与刘才，何以不列于功臣叙次之内？王圻《续通考》，于刘才亦云靖难广恩伯，于谭忠封号则亦无"靖难"字。永乐二十年成祖纪元。三月丁丑，月日据《明史·成祖纪》补。将右掖从征阿鲁台，《明史·成祖纪》，二十年三月丁丑亲征阿鲁台，阿鲁台元主本雅失里之臣属，《明史·壮节公传》及旧谱作"从征沙漠",举其地之大略也。宣德元年宣宗纪元。八月己巳,月日据《明史·宣宗纪》补。从征乐安,《明史·宣宗纪》,元年八月己巳亲征高煦,辛巳至乐安,乐安今山东武定府惠民县。皆有功。十二月乙酉,月日据《明史·宣宗纪》补。副征南将军总兵官官职据《明史·宣宗纪》补。沐晟讨黎利。《明史·宣宗纪》,元年十二月乙酉,征南将军总兵官黔国公沐晟,帅兴安伯徐亨、新安伯覃忠;征虏副将军安远侯柳升,帅保定伯梁铭、都督崔聚,由云南、广西分道讨黎利。案《功臣》中无覃忠,《封建》又无新安伯,况《壮节公传》有征交址之文可据,知"安"为"宁"之讹,"覃"为"谭"之讹,惟《外国传》尚不误。《外国传》,又命沐晟为征南将军,兴安伯徐亨、新宁伯谭忠为左右副将军,从云南进兵。案公为副将军,《壮节公传》及旧谱皆不言,今不知为左为右,未便辄增,然名列徐亨后,疑为右副将军也。黎利,安南叛寇僭称平定王者,后为安南王。三年,坐交址今越南国地。失律,下狱论死。《明史·宣宗纪》,二年十月戊寅,王通弃交址,与黎利盟。三年闰四月庚戌,论弃交址罪,王通等及布政弋谦,中官山寿、马骐,下狱论死,籍其家。《外国传》,三年夏,通等至京,文武诸臣合奏其罪,廷鞫具服,乃与陈智、马瑛、方政、山寿、马骐及布政使弋谦俱论死,下狱,籍其家。帝终不诛,长系待决而已。骐恣虐激变,罪尤重,而谦实无罪,皆同论,时议非之。案安南一役,始终误于王通及沐晟,至水尾则和议已成,不得已引退,遂为黎利所乘,今牵率与通同罪,宜时论非之。已得释,《明史·外国传》,廷臣复劾沐晟、徐亨、谭忠逗留,及丧师辱国罪,帝不问。案此劾盖在已释之后,故帝不问,然公之下狱,惟见《壮节公传》,《宣宗纪》《外国传》皆不言,亦可见罪所不在也。八年五月年月据《明史·功臣世表》补。薨。《明史》附壮节公传,并入《功臣世表》。弟恕,官名青,字如心,积功至都督佥事。《明史·职官志》,正二品。据钦定《续通典》,明制,武散官正二品,初授骠骑将军,升授金吾将军,加授龙虎将军。永乐十二年二月庚戌,月日据《明史·成祖纪》补。从征瓦剌,《明史·外国传》,瓦剌,蒙古部落也。以都督《明史·职官志》,正一品。据钦定《续通典》,明制,一品武散官,用文资。《大明会典》,文散官正一品,初授特进荣禄大夫,升授特进光禄大夫。领左掖,《明史·成祖纪》,十二年二月庚戌,亲征瓦剌。安远侯柳升领大营,武安侯郑亨领中军,宁阳侯陈懋、丰城侯李彬领左右哨，成山侯王通、都督谭青领左右掖，都督刘江、朱荣为前锋。《王通传》，领右掖，则青所领为左掖。大破敌兵，追奔至土剌河。《明史·成祖纪》，六月甲辰，刘江遇瓦剌兵，战于康哈里孩，败之。戊申，次忽兰忽失温。马哈木率众来犯，大败之，追至土剌河。马哈木宵遁。庚戌，班师。土剌河，旧谱作图拉河，盖夷语无正字，可随书之。土剌河，在蒙古地。师旋，受上赏。《明史·成祖纪》，八月辛丑朔，至北京，戊午赏从征将士。子源璟，官名璟，字怀光，嗣爵。时吏部言父罪死，不当嗣，宣宗援铁券免死文，特予嗣。宣德十年二月丁卯，年月日据《明史·功臣世表》补。嗣封新宁伯。正统十四年英宗纪元。六月年月据《明史·功臣世表》补。薨。孙荫裕，官名裕，字元吉，正统十四年十月丁巳，年月日据《明史·功臣世表》补。嗣封新宁伯。景泰三年代宗纪元。三月年月据《明史·功臣世表》补。薨。无子，传弟荫祐，自有传。

　　十五世孙嗣同曰：觥觥烈祖，启宇新宁；蹈厉扬休，克都厥成；亦有介弟，扶翼专征；庞绪无绝，勋于券铭。

太傅新宁伯庄僖公家传

公讳荫祐，官名祐，字履吉。考源璟，妣夏。明天顺元年英宗后元。六月癸巳，年月日据《明史·功臣世表》补。袭兄荫裕爵，为新宁伯。成化中宪宗纪元。协守南京。《明史·职官志》，南京协同守备一人，以侯伯、都督充之，又与主将同守一城者为协守。南京，今江苏江宁府。成化十七年，年据《明史·功臣世表》补。还掌前府。还，谓还北京。前府，即前军都督府五军营之一。正德四年武宗纪元。七月，年月据《明史·功臣世表》补。提督团营，《明史·功臣世表》作管五军营。五军营即团营。明制，京营凡三，五军其一，自于谦团练京营，遂有团营之称，悉以勋臣掌之。累加太保，至太傅。《明史·职官志》，太傅太保，皆正一品。据钦定《续通典》，明制，一品武散官，用文资。《大明会典》，文散官，正一品，初授特进荣禄大夫，升授特进光禄大夫。嘉靖四年世宗纪元。薨，谥庄僖。《明史》附壮节公传，并入《功臣世表》。

公好读书，言动必以礼法自持，善抚士卒，威不掩恩。薨之日，五营哀恸，声震原野。身历五朝，无豪发过失，《明史》欸其嗣爵六十九年始薨。盖硕德耆龄，在位长久，为近古未闻也。十三世孙嗣同谨述。

新宁伯平蛮公家传

　　公讳宗纶，官名纶，同时更有一谭纶，字子理，官兵部尚书，谥襄敏，彼自宜黄人。字诏音。新宁庄僖伯长子，妣李。公幼即轩昂，忠勤劢志。明嘉靖四年世宗纪元。闰十二月甲戌，月日据《明史·功臣世表》补。嗣封新宁伯。十一年三月，月据《明史·功臣世表》补。领南京前府。即前军都督府。十四年佩平蛮将军印，旧谱讹"征蛮"，据《明史·职官志》改。充总兵官，镇守湖广，《明史·职官志》，总兵官无品级，总镇一方者为镇守，其总兵挂印称将军者，湖广曰平蛮将军。又，镇守湖广总兵官一人，驻省城。考《明史·地理志》，湖广省城为武昌，今湖北武昌府治。剿九溪蛮，今湖南永顺府地。有功益禄。坐占役军士夺爵，已而复封，二十七年薨。公剿九溪蛮，盖久于湖南，故子功安、功完留居焉，则薨亦必在湖南。《明史》附壮节公传，并入《功臣世表》。

　　子功承，字光烈，嘉靖二十七年八月辛未年月日据《明史·功臣世表》补。嗣封新宁伯，三十六年十二月年月据《明史·功臣世表》补。领南京左府，即左军都督府。隆庆元年穆宗纪元。二月丙午年月日据《明史·功臣世表》补。薨。传国佐，隆庆元年七月戊午年月日据《明史·功臣世表》补。封，万历二十七年神宗纪元。六月甲申年月日据《明史·功臣世表》补。薨。传懋勋，万历二十七年八月乙酉年月日据《明史·功臣世表》补。封，天启三年熹宗纪元，年据《明史·功臣世表》补。薨。传弘业，天启中封，崇祯十七年庄烈帝纪元。三月丙午流贼陷京师，殉节，明亡，国除。

　　十二世孙嗣同曰：公官湖广，子以绥府君留为湘人，十传至光禄公，遂以湘人巡抚湖北，兼摄湖广总督。江之永矣，汉之广矣，旧公建旌节之地也。予末小子，泳绎世芬，罔克负荷，则惟数典忘祖是惶。夕惕若，不敢康，辟不敏也，而谱由此其兴焉。

逸才府君家传

府君名国表，字兴基，号逸才，湖广长沙府长沙县人。今分湖南。考功安，肇迁兹土。妣氏卢、氏杨，卢无出，府君昆弟三人皆杨出。府君以嘉靖二十二年世宗纪元。生。少有大志，念先世以武功显，日以绍述为事，遂投身为防守操练营，卒以功官明保定今直隶保定府。参将。《明史·职官志》，参将无品级。又案《职官志》，保定参将凡四：曰紫荆关参将，曰龙、固二关参将，曰马水口参将，曰倒马关参将，不知所官为某。又参将无品级，必别有本官，若《职官志》称明初虽参将、游击、把总，亦多充以勋戚都督等官者，旧谱言由都司迁参将，则似据国朝之官制为言，明制无都司也。惟《职官志》，洪武八年十月，诏各都卫并改为都指挥使司，凡改设都司十有三，行都司三，则都司者，都指挥使司之省文也。且都指挥使司衙署之名，或都指挥使，或都指挥同知，或都指挥佥事，或经历、都事、断事、吏目、司狱、仓库、草场、大使之属，皆都司署中之官，不得径称某官为都司也。疑当时必以都司署中之官充保定参将，其本支子孙不识明制，妄据国朝官制增损旧文，而修谱者未考耳。旧谱于其配云封淑人，是为三品封。考《明史·职官志》，都指挥使司，惟都指挥佥事为正三品，或者为是官与？毋亦其后据国朝参将三品之制而妄益之也？识以存疑。民怀吏畏，去而见思。天启二年熹宗纪元。殁，旧谱云殁年未详，而家传又云寿八十，则必殁于是年。又其官品级究不可知，未敢同于大夫书卒之例，故书殁。年八十。

兄子懋武，字继乔，体貌魁梧，勇力兼人。幼习举业，不得志，乃从府君习骑射。挽弓数钧，矢无虚发。时人推文武材。明吉藩英宗第七子见浚，封于长沙，国号吉。闻而召之，擢为护卫百户，《明史·职官志》，正六品。据钦定《续通典》，明制，武散官，正六品，曰承信校尉、昭信校尉。积功至副总兵。旧谱作副将，误沿国朝之名。在明称副总兵。《明史·职官志》，副总兵无品级，则不知本官为何，又不知官于何地，其配云封夫人，亦不知为一品二品。生于嘉靖四十二年五月，殁于天启四年，年六十二。

　　旧谱叙逸才府君官，殆失实，又褒然特为传。继乔府君，为嗣同迁浏阳之祖所自出。旧谱浚轩府君序，继乔府君创宇舍于四方塘及八角亭，置田产于大贤都及东山段，据此可知未迁前之故居。然家传易"创宇舍"为"增宇舍"，则似继乔府君以上即居其地，而特有增加。案迁后四方塘之宇舍归于未迁者，旧谱经济等跋称为祖居，盖旧有四方塘之宇舍，其余为继乔府君所创。今则烽烟乔木，都不可复识。逸才府君曾孙俄从迁焉。今是正误文，隶以事类，夫岂徒哉，期不坠地云尔。

浚轩府君家传

府君讳世昌，字长发，号浚轩。考逢琪，越自湖广长沙府长沙县今分湖南。迁于浏阳，至今为县人。妣张。先世将门，闳于武烈，文学无闻焉。自府君之考为长沙县学生，旧谱不言入学在明代否，然入国朝，年已六十二，必明诸生。府君复继为府学生，旧谱亦不言入学年代，考顺治十三年修谱诸序，盖国朝诸生。始以诗礼启厥家。府君慨念宗祊，毖芬禋祀，族属交孚，傲修谱牒，爰著家训，都二十二则。初著家训八则：一、孝顺父母，曰，父母之德，同于昊天。人生百行，孝顺为先。跪乳反哺，物类犹然。凡我族姓，孺慕勿迁。二、友爱兄弟，曰，岂无他人，不如同父。连气分形，可御外侮。姜被田荆，终身无违。友爱克敦，比隆前古。三、教训子孙，曰，名门右族，每赖后贤。父兄之责，教训为先。贻谋燕翼，世泽长绵。蒙以养正，勿负髫年。四、惇笃宗族，曰，大宗小宗，谁非一本。行苇方苞，葛藟勿损。远近亲疏，形迹尽浑。人道亲亲，各宜思忖。五、持身恭敬，曰，维桑与梓，不忘敬恭。况属戚党，敢存惰容。岁时伏腊，晋接雍雍。持身有道，庶几率从。六、居乡洽和，曰，同井之风，相维相恤。粤稽成周，太和洋溢。出入往来，毋生嫌隙。共睦乡邻，其旋元吉。七、治家勤俭，曰，克勤克俭，禹乃成功。矧列士庶，财力不充。谨身节用，可致丰隆。吾侪共勉，善始图终。八、裕后诗书，曰，人求多闻，学古有获。诲尔谆谆，载籍极博。遗子一经，金玉靡乐。属在本支，须勤探索。又家戒四则：一、毋事豪饮，曰，禹疏仪狄，狂药非佳。三揖百拜，笑语无哗。宾既醉止，威仪忒差。戒尔勿耆，饮酒孔嘉。二、毋即惽淫，曰，耆欲既深，天机必浅。淫佚骄奢，面目有觍。我心匪石，不可以转。弗纳于邪，非礼是远。三、毋贪货财，曰，古人垂训，富贵在天。虽有机事，难与争权。一掷百万，终窭谁怜。守分安命，勿效鹰鹯。四、毋好争讼，曰，天水违行，事须谋始。君子无争，妄人自止。横逆虽来，存心仁礼。即命安贞，介尔繁祉。又家规十则：一、礼让宜明也：本族尊卑长幼，当分谊各安。凡在尊长之前，须知行后坐隅，言逊色柔，以尽卑幼之道。非特下不可犯上，少不可陵长,即尊长亦不得欺压卑幼。或财产未清,应听房族公剖,毋轻致讼,以伤和好。二、雍睦宜讲也:族人原出一祖,岂可视同秦、越?须有无相通,缓急相济。吉凶庆吊,尤当休戚相关。往来应酬,自必彼此相谅。即无礼仪,不妨亲至赞襄,以昭亲睦,主家断无嫌忌。三、困穷宜恤也:子姓繁衍,贫富安能如一?族内鳏寡孤独,无所依归者,果其生平正大,无疵可指,族众须设法任恤之。若漠不关心,路人相视,谓宗谊何?但穷者亦不得恃尊恃强,借端冒索。四、承祧宜慎也:我族荷先荫,椒衍瓜绵,固已生聚甚众。但恐偶有艰于嗣息,需人承继者,亦必昭穆相当,外姓及随母子概不许立,即本宗子孙亦不得出抚他姓。慎之慎之!五、品行宜端也:夫礼义廉耻,生人之大节,不独为士子当知自重,即农工商贾,亦必恪守礼法。毋得轻薄妄为,致玷家声,贻讥后世。六、交游宜择也:朱子云,屈志老成,急可相倚,狎昵恶少,久必受累。且近朱者赤,近墨者黑,苟内无贤父兄,外无贤师友,而能有成者鲜矣。七、本业宜勤也:古人云,有田不耕仓廪虚,有书不读子孙愚。余族承世业,代续书香,凡秀者当习诗书,朴者务宝稼穑,即妇人亦宜操井臼,司纺绩,以章内助。八、持身宜俭也:人而不俭,不能兴家。故贫者须知从俭,富者亦当撙节。若于饮食衣服,居室器用,任意奢侈,则富者必不能久,贫者必至于终贫,本身难免饥寒,子孙亦受累矣,可不省哉!九、祭扫当虔也:子孙之昌炽,皆赖祖宗之积累。各房坟墓,每届清明,各自挂扫修理。而太祖茔墓,亲支子孙,挨房轮扫,不得推诿。至每年冬至祭期,族众齐集,以致孝享,必诚必敬,毋得忽忽。十、内外宜肃也:妇人之道,从夫从子。故内言不出于梱,外言不入于梱,所以正闺门,端家范。若牝鸡司晨,则惟家之索矣。至女生十岁,为父母者,须教训防闲,使他日咸称贞淑,亦足为宗族光。垂绪于兹,以无颠贾,可曙其本末矣。其学盖出程、朱,故训辞深厚,日可见诸行事。砥厉名谊,不旌殊峻,出之为敦笃,为雍睦,宗族犹能言之。明万历四十六年三月二十日生,入国朝康熙四十六年殁,年九十。

七世孙嗣同曰:府君行事多佚,旧谱又无传,辄缀拾谱叙诸杂说及耳于父兄者,百得一二,补为斯篇。率是而吾族乃有问学之士,则府君教泽远焉。然老师宿儒,湮于寒素,又不胜纪。今即所知最著者表出之,是皆衍府君之学，而思有光焉者也。

文章，字华国，号黻亭，府君之孙。县学增生。举优行，循守理道，乡里敬爱。重新学官及书院，以货财筋力为人倡。耄期勤学，日手简策课诸孙。年八十二。

经权，号平山，府君曾孙。疏食没齿，贫而无怨。以字定衡，颜所居曰"衡门"。豁达善戏谑，工为楹联，今有传诵者。年七十九。

学炳，一名日新，字若星，号朗轩，府君元孙。操履刚方，奋发有为，善殖生产，济众不匮。道光中大水，发仓振困，全活无算。家庙祭费，悉出己资，至今赖之。年九十。

继谦，字坤山，号益臣，府君来孙。绩学有文，清迥不谐俗，族人多从之学。年六十七。

继志，字竟成，号立君，亦府君来孙。天资开敏，善属文，下笔千言，难与曹偶。利器不遇，郁伊以终。年三十四。

学淮，字济川，号柏山，县学附生。弟学洲，字登瀛，号仙舫，府君五世族孙。暗然自修，诲人不倦，从游者多所成就。兄年六十八，弟年七十二。

继雍，字培元，号介亭，府君六世族孙。隐居教授，博极群书，尤工诗。所著有《字义考》五卷，《故事蒙求》二卷，《箓竹山房诗》一卷，《文》一卷。书法骏整茂密，似文衡山。又善摹印，篆刻精审，似文三桥。常以意编辑世表，手录一通。嗣同犹获睹之，点画工致绝伦，下至阑格界线，无或苟简，修谱者资焉。年六十。

熙亭府君家传

府君讳文明,字斗煌,号熙亭。考之美,妣氏黄、氏陈,府君陈出。县学附生,以光禄公贵,累赠光禄大夫。夫人金氏,讳牡,赠一品夫人。

府君笃学固穷,文行有斐,所居深山,人问绵隔,荣垂不蕲,箪瓢宴如。阶下植松一,出入抚弄,遂署楹曰:"数间茅屋蔽风雨,一个松兜傲雪霜。"闻者高其致焉。初补生员,信使至,会府君近出未归。夫人樵山中,圭荜外闭,若未始居人,使逡巡疑且非是,退遇夫人负薪于途,因问:"媪知谭秀才家不?"夫人应尔尔,便导至家。曰:"此是。"使曰:"媪为谁?"具道所以,乃惊拜。夫人徐释所负薪,为治具,操作落落,初无遽容。家谱失修近百年,赖府君督成之。

府君生康熙三十二年十月二十九日丑时,殁乾隆三十三年七月初七日巳时,年七十六。夫人生康熙三十二年十一月初七日戌时,殁乾隆三十一年正月初二日巳时,年七十三。

子经义,字镇方,号矩斋,累赠光禄大夫,教授乡里,以还遗金见称于时。其弱子学聚,被邻舍牛抵触,腹洞肠流,宛转遽毙。邻惶怖欲死,赙葬惟命。则自致哀而已,坚不少受,亦终无一言。识命归厚,为能嗣厥家响矣。生雍正七年十二月初三日辰时,殁乾隆五十三年正月初十日酉时,年六十。元孙嗣同谨述。

步襄府君家传

涂大围先生曰："启先凤耳谭赠公逸事。往与修县志，议不合，不问人物志。友人欲为先君子立传，引嫌却之。时赠公长子海峤先生实主志事，谓亦当代为引嫌，而赠公竟不著。顷馆赠公三子敬甫先生家，会修谭氏谱，亟传之以补吾过。且谂来者，知志所以阙焉。"

传曰：赠公氏谭，讳学琴，字步襄，别字贵才。上祖功安，自福建迁湖南长沙县，数传迁浏阳。祖讳文明，始居南乡吾田市。考讳经义，妣氏黎，无出，氏李，生子六，赠公实仲。考病瘵，食必甘美，赠公典衣以供，至污浣必以夕，益贫不能终读。伯兄居城，为县吏，时往佐之，遂亦为吏。考殁，诸弟幼，偕徙城中，俟诸弟成立，始听析居，则独奉母，曲事之罔懈。久之，家渐裕。赠公质重，寡言笑，无赖子恒避之。而乞人知赠公慈，日踵门不绝，出则环而丐，赠公亦辄与之。族戚求贷，与尤厚。逋券累累，塞楔溢笥，卒未尝一追。遇讼争，或倾囊为解。乡有窭者，设辞诱使至家，强与之钱粟。先茔侧有某氏墓，谋迁而货兆域于赠公，拒之。则又谋它鬻，乃使书券偿值而不听迁，故墓至今存。尝过市，见或刲羊而趋，羊逸，跪赠公前，泣，反救之。屠恨羊狡，坚欲剚刃，重赎不许，遂终不食羊，盖拂其所不忍则不快如此。

初，谭氏有家庙，祀无资，赠公倡为墓祭，徒步往，斩荆覆篑，岁以为常。既酿金权子母，供家庙祀，晚岁益新家庙。时家西城，家庙在东城，日食于家，而督于役，相木计甓，往复不遑，甚且助运土石，寒暑风雨弗辍。家庙成而劳疾作，竟殁道光八年九月十二日亥时也。生以乾隆三十一年六月二十三日亥时，年六十三。

赠公之事母也，母丧明，卞急，初不令怫。旦伺门启，入问安否，必敬询所欲，亲求诸市。出入必以告，暇则负母周历堂序内外。告以所至，告以所有，或为小儿嬉戏，笑声达户外。母忘无目之苦者十有余年。又时资诸昆弟乏，母益乐，诸子迎养，不旬日留也。赠公年五十，始举子，人咸以为孝征。

及疾革，召其孤前，令展诸债券，焚于匦。夫人毛氏止之不得，亟呼赠公季弟至，则灰沉水矣。大诟曰："乃不念藐诸孤乎？"赠公曰："吾子当不患贫。"平时自奉俭约，食不兼味，曰："吾何忍溷吾腹？"独喜儒术，见应试者，恒乐为之主。华竹艺庭，晨自拂溉，吉日良辰，必数延文士吟赏，供馈不赀。至是，语夫人曰："勿令儿子废学，十年后，汝当稍安。"殆自信有以贻之矣。始援例为国子监生，以子继洵贵，累赠光禄大夫。又承遗志助振，奉旨旌表"乐善好施"。

孙嗣同曰，光禄公曰："吾不幸六岁而孤，于吾父言行，不得一二。然闻乡之人，荷薪入市，日暮弗售，皇皇路岐，神志俱失，吾父辄昂其值买之，慰藉使归。吾少壮时，间至城隍庙，壁书劝善语，丛人聚观。或大言曰：'是惟谭某允躬蹈之，安可望于今之人哉？'则字吾父也。距吾父殁已二十许年，犹称颂如此，所造可略睹焉。"

谨案：府君殁二十二年，夫人亦殁。夫人讳开，累赠一品夫人。生乾隆五十三年十月初一日子时，殁道光三十六年六月二十日寅时，年六十三。事亲之孝，匹德府君。先曾祖妣故喜洁，既无睹，益疑馔具不洁，时时发怒。夫人烹溉精审，曲承其欢，盥沐抑搔，无或弗谨，易它先后，不一当意也。迨府君背弃，家暴落，抚幼迄长，以养以教，及府君困苦始末有不胜言者，世世万子孙，毋忘迈种之所自。

绍泗府君家传

律例独子出继，坐不应情，重仍更正。乾隆三十八年，和珅骤柄用，浙江某为户部员外郎，世父死，无子，遗产余八十万金。以半贿和珅，倡同父周亲一子两祧之议，曰："大宗无子，小宗止有独子，而同族实无可继之人，不可令大宗绝嗣。俟小宗独子生有二子，过继一子为大宗之孙。倪独子并无所出，或仅生一子，则当于同族孙辈中过继一孙，以承大宗之祀。"是犹依托大宗为词，且必独子生二子，始以一子后大宗。无二子，则已与立孙之义差近，非一身两父，如后来部臣双祧之说敢公坏礼防也。迨部臣议服制，泥于不贰斩之文，擅增大宗双祧小宗，为议曰："兄之子为弟双祧，则仍为大宗，持重服；若弟之子为兄双祧，则降其父之服。"夫降其父之服，则与出继何异？是独子出继之律例阴废矣。又不识古宗子之尊，必无后小宗理。甚至不能得大宗小宗之解，贸贸然以兄弟少长当之，使父子之亲，忽彼忽此，其于《礼经》抑又疏舛。首创于奸相之贪贿弄权，加厉于部臣之不学无术，由是民间争继争祧，讼狱日繁。或一人而两妻，又各有妾，则封赠无骈膺；或一子而两母，又有所生，则三年无适服。至嘉庆十九年山东黄氏，道光元年河南俞氏，有三祧之案，各有三妻三妾。其子呈请服制，应否皆比适母，虽部臣亦语塞气结，无以应之。先立法于必穷，势必至此也。然而笃于仁爱者，又因以伸其憾矣。其本非独子，可出继，亦可兼祧，例无明条。光禄公遂疏请曰："臣少孤，兄弟四人，女兄弟又四人。家贫，臣母力难兼畜，故臣育于叔母彭，以迄成立，而叔父母无嗣。季弟殇，仲兄早出，后它叔父，今伯兄又故。请以臣兼祧叔父母。"特旨俞允。

嗣同谨案：兼祧之从祖考绍泗府君，先曾祖考之四子也。讳学新，字绍泗，别字日池。少佣力于人，初不知书。县南产石炭，肩运不绝于道，府君亦以任担受值。年既二十五，忽发愤思学，同人咸非笑之。府君不顾，读益奋，夜欲寐，倾敧不自持，愤炷香自创，豁然振寤。或隐几臂枕香，刻以分寸，爇至臂，觉殊痛，起复读。及试，辄不利。愤以一题为二艺，并一格挤书之，学政虽大惊叹，卒坐非例黜。年且四十，始以高等补县学附生，然精力则既惫甚。以乾隆三十九年六月十七日巳时生，嘉庆二十一年二月二十一日殁，年四十三。累赠光禄大夫，奉旨旌表"乐善好施"。

彭夫人，讳七，累赠一品夫人。夫人之抚光禄公也，凡为母之道无不备。光禄公苦羸疾，则日夜保抱而呴煦之。寐或惊寤，虽深夜必抱而越室就乳，已复返。伺光禄公寐熟，潜起夜绩，且以易药饵，供衣服。光禄公稍长，则教之礼义，使就傅，慈爱训迪，三十年如一日。故兼祧者济人伦之穷，发于至情，不容已也。夫人以乾隆四十一年三月十七日午时生，咸丰六年五月二十日申时殁，年八十一。

光禄公既兼祧，遂以嗣同仲兄嗣襄为之后。

海峤府君家传

光绪十二年六月十四日寅时,海峤府君殁,距生嘉庆二十一年七月二十六日子时,年七十一。以助振议叙九品顶戴,以团练奏保,即选盐运使司经历,加同知衔,加保尽先选用知县。以弟封为朝议大夫,累赠光禄大夫,以子封为奉直大夫。殁既八年,其弟之子嗣同,谨为府君传曰:

府君讳继昇,字子惺,别字曙冈,海峤其号也。当道光、咸丰间,天下骚然用兵。然兵日益少,盗贼日益多,府厅州县,乃始各为团练,或以在籍大臣领之。蟊则守,纾则援,使贼无往不遇敌。名材辈出,卒集于大功。浏阳团练,则府君为主,奸外犯,宄内讧,连创之,不得逞。洪秀全犯长沙,分党疾窜浏阳,夜抵城西北二十里之蕉溪岭下。官民汹惧,不知所为,府君遣卒遍张镫岭上,熊熊林谷,光焰彗天,杂以金鼓阗聒,贼大震,即夜遁去。府君管带威镇营,既禀一不入己,息而取赢,得田二十余亩,出以佐防守费。县之公费且尽,综其出入,月丰而岁有余。治礼乐局,贸藏书,课经学,拓宾兴费,创会馆于京师,修县志。实义仓,数十年用无弗给,一县大和。岁大水,又出己赀以振,兼集群力,以饱直隶、河南、山西之饥,而家亦未尝或乏,固才智之过人与?抑仁者必有勇,其笃挚之性有以发之也。光禄公昆弟四人,府君实伯,生有奇表,目深碧,久视日不眩。临事速决,应繁无跲。然先祖考见背,年十三耳。家政丛脞,一埤遗我,日用斗匮将不支。府君愤而弃学,悉货先业为居积,忘其身以图之。养亲当大事,饮诸弟诵读,完婚姻,遣嫁诸妹,食指累数百,坐而仰之。又以其余易先墓,增祭田,资宗族,赡内外戚属,济孤寒之无告者。晚更新家庙,订族谱,兴清明祀,广始迁之祖宅,其心以为一不具,即无以见祖宗于地下。故虽癯老笃病,数展坟陇,流涕唏歔,移时不忍去。苦念光禄公官甘肃，垂殁，犹诵《诗》曰："岂不尔思，室是远而。"声噤而气绝。乌乎！吾世父海峤府君，可以传矣。

忠义家传

嗣同曰：自有湘军以来，司马九伐之威，畅于荒裔；踔厉中原，震詟水陆；剑械西域，戈横南交；东挞瓯粤，北棱辽海。四五十年中，布衣跻节镇，绾虎节，以殊勋为督抚提镇司道，国有庆，拜赐恒在诸侯群牧上，生拥位号，死而受谥者凡数百人。至若膺大衔虚爵，极武臣之伦品，归伏邱陇，或潜身卒伍，其数乃又不可纪录。所至通都大邑，洒乡炎徼，一鄙一鄌，莫或无有湘人之踪。遂周二十三行省，莫或不然，亦莫或不惮慑之。岂有它故？风气劲剽，无生还之心，出百死以贸之耳。故慨夫世之歆其显铄，以为万世而一遭，下而妒媚诋諆不息。乌知两军交绥，炮石雨集，阗然鼓之，断吭绝胠，残创支体。谁无父母，谁非人子，抱血肉轻脆知痛痒之躯，瞬息齑糜于丛矢交刃，肝脑膏原野，以争一旦夕之胜负，而奉扬国家威灵，其惨割哀号，或祈速一瞑而不得，乃至不容睹不忍闻乎？又不幸遇非其将，委之而去，并其死事之勤否，不一为表之，故湘军其衰矣。狃于积胜之形，士乃嚣然喜言兵事，人颇牧而家孙吴，其朴拙坚苦之概，百不逮前，习俗沾溉，且日以趋于薄。读圣人之书，而芜其本图，以杀人为学，是何不仁之甚者乎？

浏阳县于山谷间，耕植足以自存，民颇庞谨，不乐去其乡，更数世老死，不见干戈。故应募从军，视它县无十之一，而以能战博厚赀大官，亦鲜有闻焉。吾谭氏又衰族，丁男始得逾二百，尤惴惴不敢远出。然且死于四战十有二人。其它久戍不返，卒莫悉其死状，尚十数人，不在此列。六品军功传本，考嗣彬，从军江西，殁，因葬焉。妣刘。道光六年正月初十日亥时生，江西阵亡。六品军功传生、传立，皆传本弟。一道光九年二月二十日亥时生，陕西阵亡；一道光十二年正月十六日亥时生，浙江阵亡。传伦，传本之从兄，考嗣松，妣罗。道光二年十二月初八日子时生，咸丰十年六月二十八日江西抚州府阵亡，年三十九。获归骨者，传伦一人而已。传清、传录，皆传伦弟。一道光十八年十一月二十三日辰时生，咸丰十年十月初十日江西瑞州府阵亡，年二十三；一道光二十年十月十五日巳时生，广西阵亡。守备传位，传本之从弟，考嗣椿，妣李。道光十三年十二月十二日戌时生，福建阵亡。六品顶戴外委传舞，传位弟，道光十七年十一月初一日午时生，江西九江府阵亡。守备传海，传舞弟，道光二十年二月十四日巳时生，甘肃阵亡。传健，传海弟，道光二十七年三月十一日寅时生，福建阵亡。传赟，字辅臣，亦传本从弟，考嗣枫，妣陈。道光二十二年九月初二日巳时生，江西阵亡。恒达，传本从子，考传祫，妣周。道光二十四年十二月二十八日子时生，陕西阵亡。

　　嗣同于诸人为无服之尊属，而齿特季，无由亲挹其风，及闻父子兄弟相勖于王事，传本父嗣彬，从弟传众，皆从军死；传伦弟传富、传仪，传赟弟传珠，从子恒发，久征战仅得归。酷者至骈殒锋镝，暴露莫收，未尝不壮而悲之。又皆文学之裔，文学妻廖氏，始以节孝著望邦族，语在《节孝传》。不五六世而虞殡渴义，萃于一门，以为其本支必代有兴者，何今转单微，类皆困不自振？惟传舞有子一人，余或未娶，宗祀斩焉。当时无大力者为请，恤死之典弗之及，志乘阙略，报功未祠，沦翳草莽，将谁复知之也哉！抑天之偏于吾宗溪刻与？古今兵祸，虑无不然，又况湘军炎炎之隆隆乎？

节孝家传

　　文学之妻廖氏，名泰，年二十七，文学殁。殁三月，始生子经世。初名经猷。忍死字育，用底成立。初，母怜其稚且贫，谕令嫁，涕泣矢之。翁姑每哭子，未尝不强颜出慰，然返室辄悲不自胜。康熙四十一年正月十七日生，乾隆四十七年十月殁，年八十一。有司汇上节孝，奉旨旌表建坊，入祀节孝祠。《湖南通志》《浏阳县志》皆有传。

　　学健之妻易氏，名早，年十六，学健殁，无子，守节十七年。乾隆十八年正月十三日亥时生，四十九年四月二十日戌时殁，年三十二。学杰之妻徐氏，名春，年十七，学杰殁，无子，守节二十二年。乾隆二十一年四月初三日申时生，五十八年七月二十六日酉时殁，年三十八。继如之妻邓氏，名恩英，年二十，继如殁，无子，守节十二年。乾隆五十四年十月十三日午时生，嘉庆二十五年五月十一日寅时殁，年三十二。学健、学杰，一乳所产，继如其兄子也。并速夭殄世，又并有贤妇如此。亲支终斩，续绝无从。翳翳百年，光韬幽壤，旌淑之典，莫可追逮。宗族遂无有复称者。幸旧牒未湮，匪无可述，卒斯以征。吾族厉之死之誓，而蕴不见甄，抑亦繁有。或文网方密，格于年例；或单系不振，坠于绵褫。未敢率尔登录，等诸不信，此故著其纪年独弱而罹毒畸至者。夫其违心席石，抱信渊泉，骈析迦陵之翔，踵告若敖之馁，兹冤易遣，岂曰其天。至于鲁人之袝，冥聚终期，简策烂然，风霜蠹蚀之所不害，此又其自为之，天弗能耳矣。

　　继志之妻黄氏，年二十四，继志殁。继志有文无遇，语在《浚轩府君传》。黄氏守节二十年。嘉庆四年十一月二十六日未时生，道光二十二年十一月初三日巳时殁，年四十四。行应旌例，而两子嗣笏、嗣鹤早死，无后。湮纪弥衰，孰为章矣？人能宏道，其如命何！继志夫妇，斯乃酷焉。

继芊之妻卜氏，年二十六，继芊殁。守节三十年，抚孤嗣柏成立。乾隆五十二年六月二十六日辰时生，道光二十一年殁，旧谱云殁年未详，而报节孝呈词又言殁年五十五，是殁在是年矣。年五十五。有司汇上节孝，奉旨旌表建坊，入祀节孝祠。《浏阳县志》有传。

传德之妻杨氏，年二十一，传德殁。守节十八年，无子，以夫兄传绮子恒楠后。道光二十一年正月初二日申时生，光绪五年闰三月二十三日辰时殁，年三十九。有司汇上节孝，奉旨旌表建坊，入祀节孝祠。

文训之妻何氏，名祉，年二十六，文训殁。守节三十八年，抚孤经正成立。康熙三十五年十一月二十七日亥时生，乾隆二十三年殁，年六十三。行辈独先，孙子其丽，何旧谱虽褒其节，而旌表无闻焉，岂非采风之责与？

学藻之妻曾氏，年二十九，学藻殁。守节四十七年，抚孤继丙成立。嘉庆十一年正月初十日戌时生，光绪六年六月十五时〔日〕戌时殁，年七十五。亦符旌例而未被旌者。

之纬之女，适刘士铭，士铭早殁，守节。奉旨旌表建坊，入祀节孝祠。

《浏阳谭氏谱》叙例

谱牒古为专门之学，今澌灭久矣尽矣。《周礼》小史掌邦国之志，定世系，辨昭穆。媒氏凡男女自成名以上，皆书年月日名焉。凡娶判妻入子者，皆书之，是即谱也。小司徒、乡师、乡大夫、族师之属，咸有校稽夫家之职。向使无谱，复何由悉其登耗哉？隋、唐而上，官人以族别流品，立中正，官有簿状，家有谱系。簿状据以选举，谱系资以婚姻。兼有图谱局，置郎令史掌之，仍命博通古今之儒知撰谱事。凡百官族姓之有家状者，上之官，为考订详实，藏于秘阁，副在左户。若私书有滥，则纠之以官籍；官籍不及，则稽之以私书。其矜尚也如此。司马子长著《史记》，全采《世本》为说，是以唐以前史详于氏族。或衍公侯而成世表，或舍占籍而书族望，史且不能不赖乎谱。斯谱牒之学，史之根渊，何啻支流余裔而已。

五季云扰，斯义用沦，千余年来，官书充秘阁，日孳乳至不复可容，目录家并肩林立，收四部书无算，犹称多所未觏，独谱牒奄然阙焉。郑渔仲作《通志》时，尚著录谱牒百七十部，然率存空目，故《四库全书总目》竟削谱牒一门。惟飞文之士，撰录专集，劣具家传一二，如斯已尔，夫不重可唏乎？尝谓谱学莫精于六朝，六朝莫邃于刘孝标。其注《世说新语》，引吴氏谱、羊氏谱、谢氏谱、陈氏谱、王氏谱、孔氏谱、许氏谱、桓氏谱、冯氏谱、殷氏谱、陆氏谱、顾氏谱、庾氏谱、诸葛氏谱、刘氏谱、杨氏谱、傅氏谱、虞氏谱、卫氏谱、魏氏谱、温氏谱、曹氏谱、李氏谱、袁氏谱、索氏谱、戴氏谱、贾氏谱、郝氏谱、周氏谱、郗氏谱、韩氏谱、张氏谱、荀氏谱、祖氏谱、阮氏谱、司马氏谱、挚氏世本、袁氏世纪至三十余家。北朝藻耀，宜若不逮。然郦善长《水经注·鲍邱水》篇引阳氏谱叙、《淮水》篇引嵇氏谱，它若《史记》《汉书》《后汉书》《三国志》《文选》诸注及《圣贤群辅录》，并繁称引，既列官书，虑无不研覃于兹。又其文辞，根据典要，组斐可诵，非若今之私记子姓，不能通示于人，人亦无欲观之矣。

谱牒，又宗法所赖以不终坠也。王者封建、井田、学校、财赋、礼乐、政刑，事神理人，萃天下之涣，纲天下之目，一以宗法为率，宗法又一寄于谱牒。《礼记》："别子为祖，继别为宗，继祢者为小宗。"夫继别之宗，百世不迁者也，不容有二；继祢之宗，五世即迁者也，故继祢祖曾高而有四。此班孟坚之旧说，而纪慎斋所力为发明者也。然四者举一人焉以为例也，人皆有祢祖曾高，亦皆有为祢祖曾高之日，则小宗不止四也。四者举一人焉以为例也，别子有三：一公子之别子，大夫不敢祖诸侯，别为族而身为别子；一始迁之别子，别于本宗而为别子；一始为大夫之别子，别为庙而为别子。顾亭林遵而是之，而毛西河独以为非，訾始为大夫之别子为宋儒臆造。于是无封建即不得有宗法，所当弃置勿复道，而宗法斩矣。至许酉生、汪钝翁、纪慎斋，又一反其说，必庶姓起为大夫，始得谓之别子。甚至诋前二别子为注疏之误，虽未必合古，而实可行于今。故曰：王者封建诸政，必依乎宗法，非宗法依封建。封建可废，宗法不可废。宗法者，王政之精微而博大，又易易者也，非繁重迂缓之类也。举之则立行，行之则立效。邓潜谷封建废宗法格之论，又未尽然也。变而通之，无封建之世，宗法曷尝不可治天下哉？程易畴所图宗法近是矣，而偏主兄道立论，仅得旁杀之情，于上杀下杀犹疏也。至若解有大宗而无小宗，有小宗而无大宗，有无宗亦莫之宗，以为三公子在后世，亦犹别子为祖也。与万充宗诸侯世子之兄弟，不分适庶，皆称别子，同为深得《礼》意。今虽无公子之别子，固有始迁始为大夫之别子。嗣同迁浏阳之祖，昆弟四人，初不同居，宜各为族。其族子世贤后迁，又自为一族。使泥于兄道之说，不皆为别子，必将舍其祖而祖他人之祖，情所不协，尤事所必不行。今家庙，共祀迁长沙之祖，为迁浏阳之祖所自出，是犹始祖庙也。五别子之裔，法当各立祖庙，乃臻明备。嗣同撰世系，第详本支，亦此意矣。夫大宗，犹易明也，小宗难明。非明之难，明之者难之也。诸家聚讼，得失不遑备论。统之人皆有祢祖曾高，亦皆有为祢祖曾高之日。则小宗不止四，非大宗，即人人皆小宗。假别子有三子，伯为一族，所宗为大宗，仲叔各为其子孙曾元所宗，兼宗大宗，为小宗。小宗有三子，伯为继祢之小宗，仲叔又各为其子孙曾元所宗，兼宗继祢之小宗，自为小宗。继祢之小宗有三子，伯为继祖之小宗，仲叔又各为其子孙曾元所宗，兼宗继祖之小宗，自为小宗。继祖之小宗有三子，伯为继曾祖之小宗，仲叔又各为其子孙曾元所宗，兼宗继曾祖之小宗，自为小宗。继曾祖之小宗有三子，伯为继高祖之小宗，仲叔又各为其子孙曾元所宗，兼宗继高祖之小宗，自为小宗。至继高祖之小宗，有子则祧其父之高祖，而宗其父之曾祖，亦为继高祖之小宗。以下皆仿此。自为小宗者有三子，伯亦为继祢之小宗，兼宗继高祖之小宗；仲叔亦自为小宗，兼宗其继祢之小宗。以下皆仿此。凡五世则祧其始为小宗者，而宗其第二世，凡六世并祧其第二世，而宗其第三世，由是递嬗以至无穷。大宗则无不宗之者，小宗已祧之祖，已毁之庙，其所衍之支裔，于我为无服之疏属，我不宗之，而亦不复我宗。所谓祖迁于上，宗易于下，庶姓别于上，戚单于下，非大宗即人人皆小宗矣。古今言宗法者，明邱文庄差平易近情，顾黄公图诸《白茅堂集》，今少采其说为谱。惟所列世数，不数别子，而以继别为第一世，以言宗别子者始此则可耳，于世数无取。嗟乎！天下祸乱相寻，不知所届，由亲亲之谊薄，散无友纪，而宗法不行于今也。宗法不行，宗法之不明也。使无谱牒，又乌从明而行之？是足为宗法之本焉。

《说文》："鄠，国也，齐桓公之所灭。从邑，覃声。"徐铉氏曰："今作谭，非是。《说文》注义有谭长，疑后人传写之误。"段玉裁氏以为鄠、谭古今字。《史记·齐世家》作郯，《白虎通德论》名号宗族两引《诗》作覃，《仪礼经传通解》引《尔雅》郭注亦作覃，皆通假字。徐锴氏《系传》："杜预曰：东海襄冥是也，不知何据。子爵。"范宁氏《穀梁传集解》，谭子国灭不名，盖无罪也。杜预氏《左传注》，谭国在济南平陵县西南。《春秋释例》，土地名，谭，济南平陵县西南谭城。《玉篇》，鄻在济南平陵县南，通作谭。郦道元氏《水经注·济水》篇，武原水出谭城南平泽中；又曰：汉文帝十六年，置为王国，景帝二年为郡，王莽更名乐安。《汉书·地理志》同。《郡国志》，东平陵有谭城，故谭国。李吉甫氏《元和郡县志》，齐州全节县，本春秋谭国之地，齐灭之，汉以为东平陵县，属济南郡。杜佑氏《通典》，齐州全节县，春秋时谭国，城在县西南。郑樵氏《通志·氏族略》，今齐州历城有古谭城，子孙以国为氏。乐史氏《太平寰宇记》，历城县谭城，在县东南一十五里。欧阳忞氏《舆地广记》，汉末平陵县本谭国，二汉为济南郡治，其后郡徙历城，而平陵又废。唐武德二年，置谭州，复平陵县；贞观六年，州废，属齐州；十七年，齐王祐起兵，平陵人李君求据县不从，因改名全节。罗泌氏《路史》，今齐之历城，武德中为谭州，东南十里有故城；罗苹氏注引杜预氏作济南东平陆西南有古谭城。案陆，陵之讹，文亦小异。窦苹氏曰："今齐州东平陵镇也。"《齐乘》，东平陵城在济南东七十五里，春秋鄻国，齐桓灭之，古城在西南龙山镇相对，汉为东平陵县。秦嘉谟氏《世本辑补》，谭氏国在济南。范〔顾〕祖禹氏《读史方舆纪要》，东平陵城府东七十五里，春秋时谭国地也。《一统志》，故谭城在济南府历城县东七十里，东平陵故城在县东七十五里。案今山东济南府治东南七十里，有故谭城，东平陵故城在今济南府治东七十五里，后世以之封建，则有唐谭国公邱和。

《诗》有谭公，《毛序》有谭大夫，《急就篇》有谭平定，《汉书·古今人表》有谭大夫。《说苑》，桓公曰："昔者吾围谭三年，得而不自与者仁也。"据此虽灭于齐，尚存宗祀，故孟尝君时，齐有谭子。《新序》，吴有士曰谭夫吾。《风俗通义》，孟尝君逐于齐，见反，谭子迎于洍。邵思氏《姓解》，汉有河南尹谭闳；《广韵》同。《后汉书·逸民传》有太原谭贤，《南齐书》及《南史·孝义传》皆有零陵谭宏宝,《五代史·闽世家》有正一先生谭紫霄。道家又称著《谭子化书》之谭峭为紫霄真人,不知是一是二。沈汾氏《续仙传》,称峭为唐国子司业谭洙之子,或传其诗曰:"线作长江扇作天,靸鞋抛在海东边。蓬莱信道无多路,只在谭生拄杖前。"《五代史·卢光稠传》又有南康谭全播。《宋史》有朝城谭延美、谭继伦,长沙谭世勣;《文苑传》有谭用之,至若谭稹,又其败类者矣。《元史》有怀来谭资荣、谭澂、谭克修;《孝友传》有茶陵谭景星。《明史》自吾祖崇安侯、新宁伯外,有丹徒谭广;《何孟春传》有谭缵,《姜绾传》有谭肃,《吴岳传》有始兴谭太初,《袁洪愈传》有著《明大政纂要》之四川巡抚茶陵谭希思,《安希范传》有大庾谭一召,《文苑传》有竟陵谭元春,《忠义传》有谭丝、谭恩、平坝谭先哲。《明史》又同时有两谭纶:一为吾祖,嗣新宁伯镇湖广,原名宗纶,其后遂迁长沙;一为宜黄人,字子理,官兵部尚书,谥襄敏,与戚继光齐名,称谭戚者也。

又《南史·王俭传》,政府见一选人姓谭,戏曰:"齐侯灭谭,那得有卿?"对曰:"谭子奔莒,所以有仆。"辩对俊敏,惜不得其名。其它见于杂书者,隋大业当阳铁镬款识有伯达谭俗生,唐《麻姑仙坛记》有谭仙岩,《裴镜民碑》有谭公大将军,《云溪友议》有吴门秀士谭铢《题真娘墓诗》:"武邱山下冢累累,松柏萧条尽可悲。何事世人偏重色,真娘墓上独题诗。"宋有长真子宁海谭处端,皇祐进士始兴谭侁,绍兴进士高要谭惟寅,七岁应童子科茶陵谭昭宝。《枫窗小牍》有童子科之泰州谭孺卿。《长沙府志》有谭顺妃,为明洪熙帝妃,湘潭人,父福,官御史。《南疆绎史》有殉桂王难昆阳谭三谟,《皇朝通志》有同知谭丝,主事谭文化,皆通谥节愍。国朝仕宦至显达者,福建陆路提督谥恭悫三台谭行义、吏部侍郎云南巡抚南丰谭尚忠、尚书谭廷襄、新疆提督湘潭谭拔萃、兼护云贵总督云南巡抚镇远谭钧培、今太子少保四川总督茶陵谭钟麟、太子少保江南提督湘潭谭碧理。仕宦不显而国史有传者,嘉兴谭吉璁、成都谭公义。谭氏古今闻人,略备于此,亦云仅矣;

而犹非吾谱所有。

旧谱乃远溯洪荒，称谭氏系出颛顼，遍稽故籍，不悉所本，又不详何姓。顾栋高氏《春秋大事表》，以谭为子姓，尤不悉所本。秦嘉谟氏曰："《左传》，郯子来朝，称少昊为吾祖。杜预以为己姓，《史记》《潜夫论》以为嬴姓，方以为疑。及校《史记·齐世家》有云：'二年伐灭郯，郯子奔莒。'始悟二书所称之郯，即《左传》之谭也。"案鄣、郯声同形近，故易讹。段玉裁氏亦曰："《齐世家》讹作郯。"可证司马所据正作鄣，是秦说信矣。然郯子来朝之郯自己姓，特司马迁氏、王符氏所称之郯为即谭耳。以此确知谭是嬴姓矣。《通志》列于周不得姓之国，殆未考。《路史》郯、谭皆嬴国，是又误《史记》《潜夫论》之郯，为《左传》己姓之谭，而并以为嬴姓。又云："覃、谈、佼三姓，皆谭所衍。"《通志》亦云："覃氏本谭，或去言为覃。"又云："巴南六姓，有谭氏，盘瓠之后也。"此是别谭。陈士元氏《姓觿》，覃韵有谭，引《千家姓》云"宏农族"；侵韵又有谭，音寻，引《千家姓》云"广平族"。案谭去言，犹曰谭衍，况一字遂两读而分二族乎？覃韵又别出鄣，引《姓考》云："齐大夫食采鄣城，因氏。"案谭行而鄣废，非有二字，已不识字，乃别纪一姓，且杜撰食采鄣城之说以实之。廖用贤氏《尚友录》，至称鄣国在平阴县，为秦所灭，诞陋无稽，至此蔑加矣。

谱学绝，宗法亡，于是有大宗无后，或有后而不详于谱，一族遂莫知所宗。拟以某宗推补之，又嫌乖于事实，仍复空其系，冀后之人能继。继之不能，则以次近大宗之小宗，敬之如大宗。今特引其议端而已。推此凡详略存佚，一仍旧谱，无所于革，愈近则愈详，势固然也。惟一事此不言而彼言，则援彼以证此，或彼此两注，它篇又注者，更端也。别见它书，确凿足征，亦复引以校补，时代、舆地、官制、史事，尤讨索不避复累。别同异，明是非，决嫌疑，定犹豫。在本篇文近，乃不更疏，具前也。其有抵牾踳驳，疑莫能明，则从盖阙，间下子注，少效匡正，而仍附原文于下，辟专也。世系丙篇，崇安侯不称别子，而图称别子，穷于称也。弟嗣兄爵，而列为一世者，顾亭林、万充宗同庙异室之指趣也。世系不讳，公言也。家传讳，自我言之也。生殁年月日时葬所，及嫁娶之族，必详书之，无书乃已，庶几媒氏旧例也。其它随事见义，无取发凡。

今世谱式横而左行者，云始欧阳氏，名"欧谱"；纵而下行者，云始苏氏，名"苏谱"。虽纪文达不能不援用为谱，其实皆图表也，非世系也。今撰世系悉准宗法，首书别子为第一世，系以大宗为第二世、三世，可至于万世。别子之余子，为第二世小宗。小宗非一，以数纲之，称第二世小宗。几小宗之余子，及二世大宗之余子，又别为第三世小宗。小宗非一，以数纲之，称第三世小宗，几亦可至于万世。至于序次前后，同父则以年，不以宗；指兄夭绝，而弟嗣宗子为父后者。非同父则以宗，不以年。无子则无宗，附书于父系。一人而数妻数妾，其子女则分隶于所生。夫存，妻妾醮，书出；夫殁，则书去。凡易一宗，则跳行更端，条其人之出于第几世大宗，或第几世小宗，几小宗所出，远则兼溯其始为小宗者。小宗不言继祢祖曾高，而言第几世，取明世数，齐长幼，不言迁祧，义自见也。合之则横，析之则纵，上统乎一，下御乎纷。故曰："非大宗即人人皆小宗矣。"世系或易紊，又质之以图，古书之繁博者，类为图以杜讹夺，使得据以勘校，非为人省烦，而遏其寻汲之勤也。《尔雅》《列女传》尚矣！使《山海经》无图，何以言首之某向？使初封平原无图，孙德达亦无以决鸣犊之诈。在史家谓之表，表亦图也。《史》《汉》缺误时，赖表以自纠，所以独高于群史，故曰图杜讹夺也。六朝以图谱名局，则图尤谱所必重。世系若干篇，篇皆有图。

谱牒之学，有大蔽二。一曰攀附。遥遥华胄，流为讥谑，郭崇韬、狄青所由判贤否也。一曰夸大。虽孝子孝孙之心，称美不称恶，其体比于鼎铭。然既不为王充之自贬所天，亦不当如阳休之贿佳父传，贤而勿伐，庶几既美其所称，又美其所为也。乃或非所出而觍属之，非所有而横诬之，失各不同，其为不仁其先则同。旧谱颇崇严谨，不骛繁缛，上溯仅及宋靖康而止。始祖思永府君孝成，避金乱，自宋之江南西路洪州新建县樵舍本籍，迁宋之福建路汀州长汀县。再传铭盘府君承新，迁清流县。十四传以绥府君功安，迁明之湖广长沙府长沙县。又三传祥瑞府君逢琪昆弟及族子世贤，避明季之乱，乃迁今浏阳县。谱始成于以绥府君。顺治十三年，修于浚轩府君世昌，佐者世禄、世贤。乾隆十四年，再修于熙亭府君文明，佐者文开、文章、文徵、文阜、文卓、文庠、文翠、经邦、经济、经权、经诗、经书、经恒、经庸、经方、经世、经正、经鼎、经渭、经铎、经体、学纲、学诚、学姬、学奎、学荣、学博。光绪六年，三修于海峤府君继昇，佐者继芨、继塽、继棠、继权、嗣荣、嗣栥、嗣楚、嗣曦、嗣煋、嗣炯、嗣德、传信、传甲、传绮，及兹又十四年矣。

有为之先，莫或赓衍，非情也。且自东方用兵，四宇骚然不靖，强邻环窥，权阉内蛰，财涸军䴊，京师震动，诸侯卿大夫士庶人咸鞠鞠无以自必。念昔先人郁德丁患，望烽转徙，用播斯土，早世志乘，亦少散失焉。仁泽贯累代，迄育于蒌躬，质在凡近，名窃副介，郦亭侍节，麦铁陪麾，被服金玉，驱猎秘笈，幸获绎此遗文。不效服膺，宛同遏佚。夫诸父诸兄之相为聚处，敬宗收族之相与周旋，任恤睦姻，欢以相即，乐酒今夕，君子维宴，此自戒溢持满之事。我生不辰，焉可源源如此哉？分崩离析之谁止，还定安集之无时，纂录弗就，刘子元所以亟愤于修史，至泣尽而继之以血。况谱牒前无所踵，难十于史，绪千载之绝，成一家之言，不可不夙讲也。士食旧德，所由兢兢宝守，罔敢坠殁。不自知其拿陋，稍易旧规，主明宗法，文或损益，其事则故，近事谨阙不录，以符三十年增修之议。惟三长之资，天人交困，于考订《礼经》，句稽故实，比次体例，粗尽心焉。嗟乎！企壁经之孔甲，未理惑于牟融，弱草栖尘，枯泉飞液，傥后之群从诸子，不我差池，完其草创，策其不逮，益廓而大之，兼综众美，不蹈二蔽。嗣同今日愚僭，冀有蔽乎！某须矣，未敢幸也。

起光绪二十年仲冬，讫岁除，成《浏阳谭氏谱》四卷，凡为世系十，图十，家传十三，叙例目录终焉。

先妣徐夫人逸事状

光绪纪元二年春，京师疠疫爨起，暴死喉风者衡宇相望。城门出丧，或哽噎不时通。遭家凶害，笃实颠虐，所尤残割腐心，呜邑不忍言者，则先妣徐夫人卷德遭蹇，遂以斯疾委弃不肖等弗子，伯兄仲姊亦先后数日殁。"悠悠昊天，曰父母且。何辜于天，我罪伊何？"然则古言疟不病君子，虚也。嗣同伊蒿伊蔚之质，生既十二年，染疫独厚，曾不能一起侍先夫人之困危创楚，亲承末命。且使向少自力，颇调剂汤液，或不遽罹摧裂。若此攫发之辜，故应万有余死。然短死三日，仍更苏，戕其根而弗槁，此棘荆之所以丛恶，大人以是字嗣同复生矣。

先夫人贤行之大，即又坠于嗣同之昏顽不识，虽其较略已具欧阳瓣姜先生所为墓志铭。其略曰："同治甲戌中鹄计偕至京师，时父执同县谭君继洵，字敬甫，以进士官户部员外郎，居浏阳会馆。中鹄往见，主其家。是年七月，中鹄官中书，谭君延教其子嗣襄、嗣同，因得谒见其夫人。夫人恭俭诚朴，居常梱内肃然，家人皆秩秩有法，以是心常敬之，窃谓其有古贤女之风。未几，谭君转本部郎中，旋监督坐粮厅，夫人偕至署。岁丙子，夫人唐氏女得喉疾，入京师往视，染焉，遂卒于故所居浏阳会馆内寝。是疾也，夫人之女先之，元子继之，前后六日间，皆不起，谭君悲不自胜，几成疾。其年九月，归夫人丧于浏阳。明年八月，谭君奉旨补授甘肃巩秦阶道，加二品衔，乃请假回籍修墓。既将之任，豫卜期葬夫人，属志于中鹄，为志其要者。夫人氏徐，讳五缘，浏阳人。父韶春，国子监生，从九品职衔，貤赠中宪大夫；母熊，貤封恭人。夫人年十九，适谭君，以夫官累封恭人，赠夫人。子三：长嗣贻，附贡生，中书科中书衔，后夫人一日殁；次嗣襄，国子监生，候选通判，为叔祖学新后；三嗣同。女二：长嗣怀，字候选府经历同县宋德康，在室殇；次嗣淑，适翰林院庶吉士灌阳唐景崶，先夫人四日殁。孙一，传赞，嗣贻出。夫人生于道光九年十一月二十五日寅时，卒于光绪二年二月初一日卯时，春秋四十有八。以光绪四年五月二十九日，安厝本县南乡十五都石山下之原，艮山坤向，礼也。呜呼！夫人之归谭君也，食贫者十余年，随于京师者十余年，佐夫治家，条理毕具，一旦遘厉虐疾以死，且死其克家子，自时厥后，谭君巨细必亲，隐然有内顾忧，虽欲勿悲也，得乎？既志且铭，铭曰：夫人之行，殆女中贤耶！何女先子后相弃捐耶？岂修德获报而亦有不然耶？"嗣同谨案：先夫人旋晋赠一品夫人。嗣襄后十三年亦殁。庶出子嗣准，殇；嗣囧，国子监生，候选主事；嗣揆，殇。女嗣莩，殇；嗣嘉，适候选州判湘乡刘国祉。孙传觉，嗣贻长子，因殇不书；传炜，光禄寺署正衔，嗣襄出；传怿，殇，嗣同出。女孙传瑜、传瑾，嗣襄出。抑闻见所及，犹尚不止于此。

先夫人性惠而肃，训不肖等谆谆然，自一步一趋至植身接物，无不委曲详尽。又喜道往时贫苦事，使知衣食之不易。居平正襟危坐，略不倾倚，或终日不一言笑。不肖等过失，折萐操笞不少假贷。故嗣同诵书，窃疑师说，以为父慈而母严也。御下整齐有法度，虽当时偶烦苦，积严惮之致，实阴纳之于无过之地，以全其所事。一旦失庇荫，未尝不或流涕思之。光禄公起家寒畯，先夫人佐以勤慎作苦，鸡鸣兴爨，泛扫浣涤，纫绩至夜分不得息。恒面拥一儿，背负一褓，提罂自行汲，筋力强固，十余年不以厌倦。迨随光禄公官京朝，禄入日丰，本无俟先夫人之操劳，而先夫人不欲忘弃旧所能力之可及，则勉没如故。食仅具蔬笋，亦不得逾三四肴。每食以布自卫，云恐涴衽。衣裙俭陋，补绽重复。有一丝緼衣，缕缕直裂，依稀出緼，自嗣同知事即见之，卒未一易。家塾去内室一垣，塾师云南杨先生，闻纺车轧轧，夜彻于外。嗣同晨入塾，因问汝家婢媪乃尔劬耶？谨以母对，则大惊叹，且曰："汝父官郎曹十余年，位四品，汝母犹不自暇逸，汝曹嬉游惰学，独无不安于心乎？"是以嗣同兄弟所遇即益华腴，终不敢弛于慆淫非辟，赖先夫人之身教夙焉。方嗣同七岁时，先夫人挈伯兄南归就婚，置嗣同京师，戒令毋思念。嗣同坚守是言，拜送车前，目泪盈眶，强抑不令出。人问终不言，然实内念致疾，日羸瘠。逾年，先夫人返，垂察情状，又坚不自承。先夫人顾左右笑曰："此子倔强能自立，吾死无虑矣！"嗣同初不辨语之重轻，乌知其后之果然耶？哀哉！名德不昌，所生以尗，及今遂俨然三十矣。每思恭述懿范，辄愧怆不自持。两兄两姊皆不幸早世，先夫人逸事将无有见知者，遂茹痛状之。三子嗣同谨状。

三十自纪

古无集部书。《七略》虽有诗赋,而班氏所叙,仍判赋家、歌诗为二,称某赋若干篇、某歌诗若干篇而已。列传中亦第称所著诗赋箴铭颂赞若干篇,初不言集。若夫汉武帝命所忠求相如遗书,魏文帝诏天下上孔融文章,渐昭风轨,犹无集名。自荀况诸集,编题后人;张融《玉海》,标目己意,乃始波颓雾靡,不可胜遏。宋、明以还,降而鄙滥,粗了文义,莫不各有专集。精识雅才,所当借鉴其失,何复更效之也。嗣同少颇为桐城所震,刻意规之数年,久自以为似矣。出示人,亦以为似。诵书偶多,广识当世淹通婞壹之士,稍稍自惭,即又无以自达。或授以魏、晋间文,乃大喜,时时籀绎,益笃耆之。由是上溯秦、汉,下循六朝,始悟心好沉博绝丽之文,子云所以独辽辽焉。旧所为,遗弃殆尽。续有论著及弃不尽者,部居无所,仍命为集。亦以识不学之陋,后便不复称集。昔侯方域少喜骈文,壮而悔之,以名其堂。嗣同亦既壮,所悔乃在此不在彼。窃意侯氏之骈文特伪体,非然,正尔不容悔也。所谓骈文,非四六排偶之谓,体例气息之谓也,则存乎深观者。既悔其所为,又悔其成集。子云抑有言,雕虫篆刻,壮夫不为。处中外虎争、文无所用之日,丁盛衰互纽、膂力方刚之年,行并其所悔者悔矣,由是自名壮飞。

五岁受书,即审四声,能属对。十五学诗,二十学文,今凡有《寥天一阁文》二卷,《莽苍苍斋诗》二卷,《远遗堂集外文初编》一卷,《续编》一卷,《石菊影庐笔识》二卷,《仲叔四书义》一卷,《谥考前编》二卷,《浏阳谭氏谱》四卷,都十五卷。又《纬学》,翼经也;《史例》,书法也;《谥考正编今编》,名典也;《张子正蒙参两篇补注》,天治也;《王志》,私淑船山也;《浏阳三先生弟子著录》,欧阳、涂、刘也;《思纬壹壹台短书》,甄俗也;《剑经衍葛》，武事也；《楚天凉雨轩怀人录》，思旧也；《寸碧岑楼玩物小记》，耆古也，未成，无卷数。惟《史例》有叙。

同治四年春二月己卯，嗣同生于京师宣武城南懒眠胡同邸第。旋徙库堆胡同，今为浏阳会馆者也。光绪元年春，随任北通州，犹时往京师。三年冬，归湖南，取道天津，浮海径烟台至上海，易舟溯江，径江苏、安徽、九江至湖北，又易舟仍溯江泛洞庭，溯湘至长沙，陆抵浏阳。四年春，赴甘肃，舟至长沙，易舟流湘泛洞庭，流江径湖北，溯汉至襄阳，陆径洛阳入函谷、潼关至陕西。秋，至兰州，回抵秦州。五年夏，归湖南，取道徽县，流嘉陵江至略阳，陆至汉中，流汉至襄阳，易舟仍流汉径湖北，溯江泛洞庭。秋，至长沙，陆抵浏阳。七年秋，游长沙，寻归。八年春，赴甘肃，舟至长沙，易舟流湘泛洞庭，流江径湖北，溯汉至襄阳，又易舟仍溯汉，溯丹至荆紫关，陆径陕西。夏，抵秦州，从行县伏羌。秋，赴兰州，冬返。九年春，赴兰州。十一年春，归湖南，径陕西至龙驹寨，流丹径淅川，流汉至襄阳，易舟仍流汉至湖北，又易舟溯江泛洞庭，溯资至益阳，又易舟流资溯湘至长沙。夏，陆抵浏阳。秋，赴长沙，寻归。冬，赴甘肃，陆至长沙，流湘泛洞庭，流江径湖北，溯汉至襄阳，易舟仍溯汉，溯丹至荆紫关，陆径陕西。十二年春，抵兰州。十四年夏，归湖南，径陕西至龙驹寨，流丹径淅川，流汉至老河口，易舟仍流汉至沙洋，又易舟至荆州，又易舟溯江，出太平口泛洞庭，流资溯湘至长沙，陆抵浏阳。秋，赴长沙，寻归。冬，赴甘肃，同十一年。十五年春，抵兰州，寻上京师，径陕西，出潼关，渡河径山西，夏抵京师，寻归湖南，同三年。秋，抵浏阳。十六年春，赴湖北，舟至长沙，易舟流湘泛洞庭，流江抵湖北。夏，归湖南。秋返，赴安徽，流江径九江抵安徽，寻返。十七年秋，归湖南，抵长沙，游衡岳，冬返。十九年春，赴芜湖，流江径九江、安徽抵芜湖，寻返。夏，上京师，流江径九江、安徽、江苏至上海，易舟浮海，径烟台至天津，又易舟溯潞至北通州，陆抵京师。秋，返湖北，取道天津，浮海径烟台至上海，易舟溯江，径江苏至安徽，易舟仍溯江，径九江抵湖北。二十年秋，归湖南，抵长沙，陆赴湘乡，寻流涟，流湘，返长沙，陆抵浏阳。冬，返湖北。为此仆仆，迫于试事居多，十年中至六赴南北省试，惟一以兄忧不与试，然行既万有余里矣。合数都八万余里，引而长之，堪绕地球一周。经大山若朱圉、鸟鼠、崆峒、六盘、太华、终南、霍山、匡庐无算；小水若泾、渭、漆、沮、浐、灞、洮、潼、沣、蓝、伊、洛、涧、瀍、恒、卫、汾、沁、漙沱、无定、沅、澧、蒸、渌无算；形势胜迹益无算。制情偷惰，未付简毕，退缅游乐，难忘于怀。风景不殊，山河顿异；城郭犹是，人民复非。续此以往，仍有前之升峻远览以写忧，浮深纵涉以骋志，哀鸣箫于凌霞，翼叠鼓于华辀者乎？不敢知也。聊复登录，识一时欣遇，云补游记焉尔。

　　东海褰冥，厥系孔多。姓嬴氏谭，作浏于家。乃名嗣同，锡由俶鼗。死而复生，字余维嘉。复子自目，聊欲婆献。复思复思，罙悪是仪。径言复复，故旧谥哦。马永卿《嬾真子》，唐《中兴颂》，复复指期，引《匡衡传》所更或不可行而复复之，又何武为九卿奏言宜置三公官，又与翟方进共奏罢刺史置甘州牧，后皆复复故为证。曰通眉生，卫诗匹蚁。辰在轧纽，维吾则讹。核理达艺，笃念编摩。隶首竖亥，摘洛钩河。博弈角抵，钟律鸟蜩。典坟莫莫，篇章峨峨。妄心骀吾，渺思鸾铄。孰是不类，变乱骈苛。屿属渚族，瀺灂谰讹。瘦噬京周，滂沱泣嗟。触藩赢角，行棘荷戈。豫章之蠹，不拨奚为？焦冥嬉巢，虻糜掌挝。川蟹不归，繄独逢罹。反袂告绝，凄矣其歌！

莽苍苍斋诗　卷第一
东海褰冥氏三十以前旧学第二种

潼关
终古高云簇此城，秋风吹散马蹄声。
河流大野犹嫌束，山入潼关不解平。

雪夜
雪夜独行役，北风吹短莎。冻云侵路断，疲马怯山多。大地白成晓，长溪寒不波。澄清杳难问，关塞屡经过。

兰州庄严寺
访僧入孤寺，一径苍苔深。寒磬秋花落，承尘破纸吟。潭光澄夕照，松翠下庭阴。不尽古时意，萧萧雅满林。

病起
萧斋卧病久，起听咽寒蝉。伫立空阶上，遥看暮树边。万山迎落日，一鸟堕孤烟。秋雨园林好，携筇感逝川。

秋日郊外
寒山草犹绿，长薄树全昏。鸿雁迟乡信，牛羊识远村。边风挟沙起，河水拆冰喧。野老去何许，日斜归里门。

冬夜

班马肃清霜，严城暮色凉。镫青一电瞬，剑碧两龙长。调角急如语，寒星动有芒。遥怜诸将士，雪夜戍氐羌。

古意

鳞鳞日照鸳鸯瓦，姑射仙人住其下。素手闲调雁柱筝，花雨空向湘弦洒。六幅秋江曳画缯，珠帘垂地暗香凝。春风不动秋千索，独上红楼第一层。

道吾山

夕阳恋高树，薄暮入青峰。古寺云依鹤，空潭月照龙。尘消百尺瀑，心断一声钟。禅意渺何著，啾啾阶下蛩。

江行

野犬吠丛薄，深林知有村。岸荒群动寂，月缺暝烟昏。渔火随星出，云帆挟浪奔。橹声惊断梦，摇曳起江根。

角声

江汉夜滔滔，严城片月高。声随风咽鼓，泪杂酒沾袍。思妇劳人怨，长歌短剑豪。壮怀消不尽，马首向临洮。

夜泊

系缆北风劲，五更荒岸舟。戍楼孤角语，残腊异乡愁。月晕山如睡，霜寒江不流。窅然万物静，而我独何求。

别兰州

前度别皋兰，驱车今又还。两行出塞柳，一带赴城山。壮士事戎马，封侯入汉关。十年独何似，转徙愧兵闲。

马上作

少有驰驱志，愁看髀肉生。一鞭冲暮霭，积雪乱微晴。冻雀迎风堕，馋狼尾客行。休论羁泊苦，马亦困长征。

秋夜

何来风万壑，城北涌惊涛。众籁当秋爽，孤吟入夜豪。寒中鸡口噤，雨背雁声高。无梦欲忘晓，诗肠转桔槔。

老马

败枥铜声瘦，危崖铁色高。防秋千里志，顾影十年劳。厮养封俱贵，牛羊气自豪。咸阳原上骨，谁是九方皋。

西域引

将军夜战战北庭，横绝大漠回奔星。雪花如掌吹血腥，边风冽冽沉悲角。冻鼓咽断貔貅跃，堕指裂肤金甲薄。云阴月黑单于逃，惊沙锵击苍龙刀。野眠未一辞征袍，欲晓不晓鬼车叫。风中僵立挥大纛，又促衔枚赴征调。

登山观雨

老树秋阴村路黯，残霞岭表夕阳红。人盘绝磴出云背，鸟堕寒烟没雨中。入塞万山青露顶，穿林一磬响摩空。不应更恋浮生乐，好御泠然列子风。

画兰

雁声吹梦下江皋，楚竹湘舲起暮涛。
帝子不来山鬼哭，一天风雨写《离骚》。

夜成

苦月霜林微有阴，镫寒欲雪夜钟深。此时危坐管宁榻，抱膝乃为《梁父吟》。斗酒纵横天下事，名山风雨百年心。摊书兀兀了无睡，起听五更孤角沉。

赠入塞人

一骑龙沙道路开，王庭风雨会群才。笔携上国文光去，剑带单于颈血来。柳外家山陶令宅，梦中秋色李陵台。归舟未忘铙歌兴，更谱防边画角哀。

和景秋坪侍郎甘肃总督署拂云楼诗二篇

作赋豪情脱帻投，不关王粲感登楼。烟消大漠群山出，河入长天落日浮。白塔无俦飞鸟迥〔回〕，苍梧有泪断碑愁。碧血碑在楼下，肃妃殉难于此。惊心梁苑风流尽，欲把兴亡数到头。楼本肃藩后苑。

金城置郡几星霜，汉代穷兵拓战场。岂料一时雄武略，遂令千载重边防。西人转饷疲东国，甘肃军饷，岁四百八十万，皆仰给东南诸省。时总督为家云觐年伯，方请假归里，是以有取于谭大夫小东之义。南仲何年罢朔方。未必儒生解忧乐，登临偏易起彷徨。

陕西道中二篇

曾闻剥枣旧风流，八月寒螀四野秋。翻恨此行行太早，枣花香里过豳州。
虎视龙兴竟若何，千秋劫急感山河。终南巨刃摩天起，怪底关中战伐多。

蜕园

水晶楼阁倚寒玉，竹翠描空远天绿。湘波湿影芙蓉魂，千年败草萋平麓。扁舟卧听瘦龙吼，幽花潜向诗鬼哭。昔日繁华余柳枝，水底倒挂黄金丝。

宿田家

暮色满天地，征人去未已。川原窈回荡，人烟丛薄里。树隙款荆扉，茆檐坐可喜。肫挚存野人，繁冗见乡礼。皎月东方来，华云动如水。开轩望平野，皓皓一千里。鸥号灌木暗，虫荒幽草靡。悠然得真我，忽忘身在此。无惑古昭氏，哀丝弃不理。

洞庭夜泊

船向镜中泊，水于天外浮。湖光千顷月，雁影一绳秋。帝子遗清泪，湘累赋远游。汀洲芳草歇，何处寄离忧？

随意

随意入深壑，山空太古春。幽居在何许，红叶自为邻。村吠当门犬，桥通隔岸人。桃源亦尘境，不必有秦民。

儿缆船并叙

友人泛舟衡阳，遇风，舟濒覆。船上儿甫十龄，曳舟入港，风引舟退，连曳儿仆，儿啼号不释缆，卒曳入港，儿两掌骨见焉。

北风蓬蓬，大浪雷吼，小儿曳缆逆风走。惶惶船中人，生死在儿手。缆倒曳儿儿屡仆，持缆愈力缆縻肉。儿肉附缆去，儿掌惟见骨。掌见骨，儿莫哭，儿掌有白骨，江心无白骨。

三鸳鸯篇

辘轳鸣，秋风晚，寒日荒荒下秋苑。辘轳鸣，井水寒，三更络纬啼井阑。鸳鸯憔悴不成双，两雌一雄鸣锵锵。哀鸣声何长，飞飞入银塘。银塘浅，翠带结。塘水枯，带不绝。愁魂夜啸缺月低，惊起城头乌磔磔。城头乌，朝朝饮水鸳鸯湖。曾见莲底鸳鸯日来往，忘却罗敷犹有夫。夫怒啄雄，雄去何栖，翩然归来，闷此幽闺。幽闺匿迹那可久，花里秦宫君知否？不如万古一邱长偕三白首。幽闺人去镫光寂，照见罗帏泪痕湿。同穴居然愿不虚，岁岁春风土花碧。并蒂不必莲，连理不必木。莲可折，木可劚，痴骨千年同一束。

罂粟米囊谣

罂无粟，囊无米，室如县〔悬〕磬饥欲死。饥欲死，且莫理，米囊可疗饥，罂粟栽千里。非米非粟，苍生病矣！

溯汉

汉水落天上，飞桡下急滩。嗟予溯流者，终日半程难。前度此行役，孤舟迫岁阑。岂期境重历，风雪更漫漫。

宋徽宗画鹰二篇

落日平原拍手呼，画中神俊世非无。
当年狐兔纵横甚，只少台臣似郅都。

禽兽声中失四京，夔夔曾笑艺徒精。
锦绦早作青衣谶，天子樊笼五国城。

秦岭

秦山奔放竟东走,大气莽莽青嵯峨。至此一束截然止,狂澜欲倒回其波。百二奇险一岭扼,如马注坂勒于坡。蓝水在右丹水左,中分星野凌天河。唐昌黎伯伯曰愈,雪中偃蹇曾经过。于今破庙兀千载,岁时尊俎祠岩阿。关中之游已四度,往来登此常悲歌。仰公遗像慕厥德,谓钝可厉顽可磨。由汉迄唐道谁寄,董生与公余无它。公之文章若云汉,昭回天地光羲娥。文生于道道乃本,后有作者皆枝柯。惟文惟道日趋下,赖公崛起斸沉疴。我昔刻厉蹶前蹢,百追不及理则何。才疏力薄固应尔,就令有得必坎坷。观公所造岂不善,犹然举世相讥诃。是知白璧不可为,使我奇气难英多。便欲从军弃文事,请缨转战肠堪拖。誓向沙场为鬼雄,庶展怀抱无蹉跎。生平渴慕罍铄翁,马革一语心渐摩。非曰发肤有弗爱,涓埃求补邦之讹。班超素恶文墨吏,良以无益徒烦苛。谨再拜公与公别,束卷不复事吟哦。短衣长剑入秦去,乱峰汹涌森如戈。

陇山

古来形家者流谈山水,云皆源于西北委于东,三条飞舞趋大海,山筋水脉交相通。我谓水之流兮始分而终合,夫岂山之峙兮愈岐而愈弱。吁嗟乎!水则东入不极之沧溟,山则西出无边之沙漠,错互乾坤萃两隅,气象纵横浩寥廓。昔我持此言,密默不敢论。足迹遍陇右,了了识本原。陇右之山崛然起,号召峰峦俱至此。东南培塿小于拳,杂沓西行万余里。渐行渐巨化为一,恍若朝宗汇群水。其上宽广不可计,肉张骨大状殊异。欲断不断势相麗,谁信人间犹有地。譬如亡秦以上之文章,鼓荡寥天仗真气。不复矜言小波磔,横空一往茫无际。策我马,曳我裳,天风终古吹琅琅。何当直上昆仑巅,旷观天下名山万叠来苍茫。山苍茫,有终止。吁嗟乎!山之终兮水之始。

六盘山转饷谣

马足蹩，车轴折，人蹉跌，山岌嶪，朔雁一声天雨雪。舆夫舆夫尔勿嗔，官仅用尔力，尔胡不肯竭？尔不思车中累累物，东南万户之膏血。呜呼！车中累累物，东南万户之膏血。

寄仲兄台湾

孤悬沧海外，洲岛一螺轻。狂飓宵移屋，妖氛昼满城。依人王粲恨，采药仲雍行。所愿持忠信，风波险亦平。

崆峒

斗星高被众峰吞，莽荡山河剑气昏。隔断尘寰云似海，划开天路岭为门。松拏霄汉来龙斗，石负苔衣挟兽奔。四望桃花红满谷，不应仍问武陵源。

自平凉柳湖至泾州道中

春风送客出湖亭，官道迢遥接杳冥。百里平原经雨绿，两行高柳束天青。蛙声鸟语随鞭影，水态山容足性灵。为访瑶池歌舞地，飘零《黄竹》不堪听。瑶池，俗传在泾州城外。

骊山温泉

周王烽燧燎于原，楚炬飞腾牧火昏。
遗恨千年消不尽，至今山下水犹温。

出潼关渡河

平原莽千里，到此忽嵯峨。关险山争势，途危石坠窝。崤函罗半壁，秦晋界长河。为趁斜阳渡，高吟《击楫歌》。

淮阴侯墓
得葬汉家土，于君已厚恩。黥彭俱化醢，暴露莽秋原。

井陉关
平生慷慨悲歌士，今日驱车燕赵间。无限苍茫怀古意，题诗独上井陉关。

卢沟桥
河流固无定，人亦困征鞍。残月照千古，客心终不寒。山形依督亢，天影接桑干。为有皋鱼恨，重来泪欲弹。七岁时，侍先夫人过此。

河梁吟
沙漠多雄风，四顾浩茫茫。落日下平地，萧萧人影长。抚剑起巡酒，悲歌慨以慷。束发远行游，转战在四方。天地苟不毁，离合会有常。车尘灭远道，道远安可忘。

别意
志士叹水逝，行子悲风寒。风寒犹得暖，水逝不复还。况我别同志，遥遥千里间。揽袪泣将别，芳草青且歇。修涂浩渺漫，形分肠断绝。何以压轻装，鲛绡缝云裳。何以壮行色，宝剑丁香结。何以表劳思，东海珊瑚枝。何以慰辽远，勤修惜日短。坠欢无续时，嘉会强相期。为君歌，为君舞，君第行，毋自苦。

残魂曲
漆镫昼瞑白玉釭，殡宫长掩金扉双。深夜怪鸱作人语，白杨萧萧苦月黄。残魂悄立冷露坠，酸风搯脸吹红泪。山萤一点照青磷，翁仲稳藉莓苔睡。秋花霄草覆虫声,鬼车魆魆人不行。梦烟愁雾织幽径,惨歌啼怨凄寒更。人生穷达空悲慕,金碗荒凉同古墓。君不见深林哀唱鲍家诗,晓来魂气迷江树。

莽苍苍斋诗　卷第二

东海褰冥氏三十以前旧学第二种

湘痕词八篇并叙

　　悲夫！人困吁天，岂不信哉？余以降大功之丧，辍业有闲。既终丧，乃定十有五岁至二十有五岁十年之诗为一卷。此十年中，时往事易，怅感遂深。少更多难，五日三丧。惟亲与故，岁以凋谢。营营四方，幽忧自轸。加以薄俗沴气，隐患潜滋。迂学孤往，良独怅然！夫内顾诸家既如此，外顾诸世又如彼，故发音鲜宣平之奏，摛辞有拂郁之嗟。客岁之夏，仲兄泗生，告终海外，同母五人，偶影坐吊。尝自念阅世既深，机趣渺邈。独兹艺事，降鉴自天。圜则九重，亦劳人瘁士所不默也。生于骚国，流连往躅，水绝山崩，靡可拟似。成挽歌八章，命曰《湘痕词》。时光绪十有六年春三月。

　　亦知百年内，此生无久理。犹冀及百年，虽死如不死。丰林秋故凋，嘉卉霜乃委。孰谓少壮人，一去不可止？哀哀父母心，有子乃如此。

　　中夜候村鸡，晨兴戒涂潦。灵辀轧轧鸣，送子入山道。道亦不辽远，山亦非峻嶩。如何一挥手，终古音容杳。依依河畔柳，郁郁田中草。夙昔同游处，践之劳心悄。悄悄复如何，幽宫阒人表。

　　今有涂之人，其死吾犹叹。朔风悴朱秀，乃在骨肉间。昔为连理枝，郁郁桂与兰。今为泉下土，蔓草霜露寒。深谷或可陵，容光觌无端。亦有阡与陇，徒作异物观。慷慨重意气，至此何漫漫。英才发奇妙，黯然闷一棺。棺中者谁子？嗟我平生欢。

小时不识死，谓是远行游。况为果行游，讵解轸离忧。崇云西北没，河水东南流。既逝不复合，乃知生若浮。平居日相习，澹焉忘匹俦。及其判襟袂，中情挚以周。绣襦岂不暖，益以云锦裘。珍肴与琼浆，惟恐莫予求。依恋亦须臾，握手方夷犹。奈何物化后，沦弃同松楸。

纤条茁初颖，但知有同根。缠附茑与萝，继起乃相缘。同根不相保，妻子安足论。俯仰周旷宇，孰塞此烦冤。少小相呴煦，爱至责亦繁。谓是陈腐言，掩耳敓其喧。良觌会有穷，德音不再宣。嗟彼日因依，胡为若弃捐。倏忽繁霜霣，异路各朝昏。一处夏屋中，一瘗榛莽原。难及不可代，徒令为弟昆。

丽景明朱晖，仓庚响深树。万类欣向荣，而独恻情素。谁言阳春时，乃是肃杀处。弱女戏复啼，亲串唏以慕。纵复日相临，终亦委之去。所爱非形骸，形骸况难驻。聊用酹一觞，冥冥或予顾。

人生贵适意，不以物重轻。胸中有哀乐，外物讵能分。矧彼遣与赠，何足竭其情。岂惟情不竭，适使忧心萦。含凄坐永日，所恶赘此生。

夙昔有噩梦，泱澜席上涕。晨风振林鸣，欣幸不胜计。奄忽能几何，斯境遂真莅。安知今日悲，非我梦中事。达观亦殊暂，觉梦终成异。欲知泉下恨，蜀魄血犹哜。试聆独征鸿，则知生者意。

古别离

浮生莫远离，远离不如死。死时犹得执手啼，远离徒为耳。原何高？隰何卑？高者绿缛卑涂泥，西云驾雨东云曦。惊蓬卷天起，坠羽沦渊池。痛楚与欢乐，迢迢两不知。张筵会良辰，撤瑟亦兹期。谁谓精神通，山川莫闲之。

文信国日月星辰砚歌并叙

　　砚藏醴陵张氏，长五寸，广半之，博又半之。质细腻微白，圆晕径寸。黑白周数重，中微黄，又中则纯白，圆匀朗润，皎若秋阳。星二，一径分，一半之。背晕益大，黑白纷错，宛然大地山河影。太极图一，径二分，赤白各半。余类云霞类沫者，乍隐乍见，莫得名目。右侧镌铭曰："瑞石成文，星辰日月，不磷不缁，始终坚白。"末署"文天祥识"。昔杨铁崖以七客名寮，玉带生居其一，吾不知视此奚若？而铁崖不矜细行，厥号"文妖"。张氏宝此砚，尤愿有以副此砚也。余旧蓄信国焦雨琴，亦旷代罕觏，行出相质，而诗以先焉。

天地既以其正气为河岳、为星日，复以余气为日月星辰之怪石。河岳精灵钟伟人，伟人既生石亦出。吁嗟乎！石不自今日而始，石亦不自今日而终。信国与之亦偶逢，遂令千载见者怀清风。当年喋血戎马中，与尔坚白之质相磨砻。方谓事定策尔功，天枢一绝徒相从。天枢绝，坤维裂，潮无信，海水竭，御舟覆，崖山蹶。丰隆伐鼓呼列缺，云师狂奔风烈烈。双轮碎碾蔚蓝屑，万星尽向沧溟灭。竹如意断冬青歇，叠山之外谁见节。斯时日月星辰安在哉？赖此片石独留不夜之星辰、长明之日月。

安庆大观亭

漠漠秋潮送夕晖，片云斜趁水天飞。远山如画月将上，野店初镫人欲稀。异代忠魂应有泪，元余忠宣公墓在亭下。十年血战感无衣。咸丰间，安徽乱最久。霜严露冷犹常事，劫火烧残草不肥。

武昌夜泊二篇

秋老夜苍苍，鸡鸣天雨霜。星河千里白，鼓角一城凉。镫炫新番舶，磷啼旧战场。青山终不改，人事费兴亡。

武汉烽销日，舟因览胜停。江空能受月，树远不藏星。露草逼蛮语，霜花凋雁翎。但忧悬磬室，兵气寓无形。

登洪山宝通寺塔

颓乌西堕风忽忽，吹瘦千峰撑病骨。半规江影卧雕弓，郊原冷云结空绿。楚尾吴头入尘壒，一铃天上悬孤籁。凭栏俯见寒鸦背，余晖驮出秋城外。

潇湘晚景图二篇

袅袅箫声袅袅风，潇湘水绿楚天空。向人指点山深处，家在兰烟竹雨中。
我所思兮隔野烟，画中情绪最凄然。悬知一叶扁舟上，凉月满湖秋梦圆。

残蟹

篱落寒深霜满洲，南朝风味忆曾留。雁声凄断吴天雨，菊影描成水国秋。无复文章横一世，空余镫火在孤舟。鱼龙此日同萧瑟，江上芦花又白头。

览武汉形势

黄沙卷日堕荒荒，一鸟随云度莽苍。山入空城盘地起，江横旷野竟天长。东南形胜雄吴楚，今古人才感栋梁。远略未因愁病减，角声吹彻满林霜。

武昌踏青词

陌上春风骢马嘶，鄂君画舸共逶迤。江山和淑归裙屐，荆楚嬉游属岁时。觅径雨迷乌舅寺，耕烟梦绕白蛮祠。余里中祠名。偏于嫩绿残红外，宿草茫茫一怆思。从子传简亡一年矣。

鹦鹉洲吊祢正平

云冥冥兮天压水，黄祖小儿挺剑起。大笑语黄祖，如汝差可喜。丈夫皆窳偷生，固当伏剑断头死。生亦我所欲，死亦贵其所。侧闻汉水之南，湘水之浒，桂旗靡烟赴箫鼓，若有人兮灵均甫。波底喁喁双鬼语，岁岁江蓠哭江渚。江渚去邺城，迢迢复几许？有血不上邺城刀，有骨不污邺城土。邺城有人怒目视，如此头颅不敢取。乃汝黄祖真英雄，尊酒相仇意气何栩栩！蜮者谁？彼魏武。虎者谁？汝黄祖。与其死于蜮，孰若死于虎。鱼腹孤臣泪秋雨，蛾眉谣诼不如汝。谣诼深时骨已销，欲果鱼腹畏鱼吐。

咏史七篇

始雷奋群蛰，百昌缛春煦。乃知造物心，大用存喜怒。佃佃功名士，属情但珪组。慷慨策治平，试之无一补。问其所以乃，灵源方自斧。喜怒不已持，物终受其蠹。迟哉鲁两生，韬修谢干羽。

嫠不恤其纬，宵中独汲澜。漆室非明堂，乃闻忧国叹。矧彼衣缝掖，而忘危于安。抚兹意屏营，当乐不能欢。顾己岂有余，奈此悲悯端。先师炳遗训，果哉末之难。

违山果十里，蟋蛄岂云喧。毋亦竞新好，古处遂相捐。齐国饮醇醪，治开文景先。茂陵崇儒术，刑徒日以繁。嘉种苟不熟，不如稊稗焉。诗书浅而猎，孰与黄老贤。

长安有游侠，飞鞚连钱骢。短剑曼胡缨，举世难可双。借问当何往，税驾赵城东。闻有赵主父，意气人所雄。引弓衣旃裘，鲜卑语亦工。长跪前致词，少安子毋匆。胡服岂不好，其效亦已穷。

宣防迫冬日，乃在登封后。由来事泰侈，灾眚与之耦。冯夷歌以嬉，太白日见蔀。洪水与兵戎，两者自交纽。孰为防川策，先戒防民口。

岳岳万户侯，不及狱吏尊。干戈既云戢，令甲遂纷纭。寥寥三章约，恢恢大度存。相国小吏耳，购若毋乃勤。黄虞邈然逝，法以贤于人。

杳矣爽鸠乐，凄其雍门歌。百年倏已徂，流慨当如何。朔风赴严节，嘉植不复华。宠利患不得，既得哀始多。岂无一可悦，生也亦有涯。用世苟无具，虽用终蹉跎。堂堂两大夫，淹翳同委波。

汉上纪事四篇

沧海横流日，长城入款年。雁臣皆北向，马市亦南迁。冒顿雄心在，余皇夜语传。耀兵骄未已，江上试投鞭。

微闻夏元昊，少小即凶残。法令轻戎索，威仪辱汉官。行看飞羖䍽，岂是召呼韩。帛树休相拟，熙朝礼数宽。

辽儿曾奉使，主父竟窥邻。厚德终归宋，无人莫谓秦。桥门虚入侍，汉室重和亲。转悼南征者，凄凉问水滨。

蹈海闻高义，斯人亦壮哉。岂知宾日地，犹有报韩椎。蕞尔蜻蜓国，居然獬豸才。一声燕市筑，千古尚余哀。

桃花夫人庙神弦曲三篇

江城寒食冷烟碧，雨丝罥柳横江织。帝子灵旗千里遥，渚宫玉露苹花泣。山鬼啼月望桂娥，回风裊裊吹女萝。灵之来兮惨不语，铜鼓一声双燕下。

神乌哑哑檐上啼，靡云小旆垂雌霓。酿恨为酒泪为浆，寡妇丝里弦铜鞮。楚宫阍人何自苦，烧瓦不作鸳鸯泥。残阳独自下章华，汉南草树春萋萋。

纸马旋地风萧骚，幽香一缕初振箫。十二峰头寒暮雨，秋梦不上巫山高。孤鸾映月飞春霭，骑鱼撇波下琼海。天河落处是家乡，山上蘼芜望相采。

晨登衡岳祝融峰二篇

身高殊不觉，四顾乃无峰。但有浮云度，时时一荡胸。地沉星尽没，天跃日初镕。半勺洞庭水，秋寒欲起龙。

白帝高寻后，三年得此游。芒鞋能几两，踏破万山秋。独立乾坤迥〔回〕，坐观江海流。朱陵有遗洞，怀古一搜求。

公讌

华月流绮疏，置酒临高台。剑佩拂零露，冠盖纷以来。园木郁茏葱，清晖濯氛埃。文鳞没澄波，驯麋嬉两阶。惊飙下纤云，瑶瑟声为哀。宾从请皆赋，繁音润琼瑰。匪此径寸翰，奚由罄所怀。

论艺绝句六篇

万古人文会盛时，纷纷门户竟何为。祥鸾威凤兼鸡鹜，一遇承平尽羽仪。经学莫盛于国朝，不知史学、道学、经济、辞章以及金石、小学，无不超越前代。自王船山、黄梨洲诸大儒外，虽纯驳不齐，要各有所至，不可偏废，故尝论学亦学今学而已。

千年暗室任喧豗，汪、江都汪容甫中。魏、邵阳魏默深源。龚、仁和龚定庵自珍。王湘潭王壬秋闿运。始是才。万物昭苏天地曙，要凭南岳一声雷。文至唐已少替，宋后几绝。国朝衡阳王子膺五百之运，发斯道之光，出其绪余，犹当空绝千古。下此若魏默深、龚定庵、王壬秋，皆能独往独来，不因人热。其余则章摹句效，终身役于古人而已。至于汪容甫，世所称骈文家，然高者直逼魏晋，又乌得仅目曰骈文哉？自欧、曾、归、方以来，凡为八家者，始得谓之古文，虽汉魏亦鄙为骈丽，狭为范以束迫天下之人才，千夫秉笔，若出一手，使无方者有方，而无体者有体，其归卒与时文律赋之雕镂声律、墨守章句、局促辕下而不敢放辔驰骋者无异。于是鸿文硕学耻其所为，而不欲受其束迫，遂甘自绝于古文。而总括三代、两汉，咸被以骈文之目，以摈八家之古文于不足道。为八家者，不深观其所以，而徒幸其不与争古文之名，遂亦曰此骈文云尔。呜呼！骈散分途，而文乃益衰，则虽骏发若恽子居，尚未能蠲除习气，其它又何道哉！

姜斋微意瓣姜同县欧阳师。探，王壬秋。邓武冈邓弥之辅纶。翩翩靳共骖。更有长沙病齐已，湘潭诗僧寄禅。一时诗思落湖南。论诗于国朝，尤为美不胜收，然皆诗人之诗，无更向上一著者。惟王子之诗能自达所学，近人欧阳、王、邓，庶可抗颜，即寄禅亦当代之秀也。

意思幽深节奏谐，朱弦寥落久成灰。灞桥两岸萧萧柳，曾听贞元乐府来。新乐府工者，代不数篇，盖取声繁促而情易径直，命意深曲而辞或呻缓，二难莫并，何以称世？近人如李笙仙外舅，以工新乐府名，然亦至铁崖、西涯、西堂而止。往见灞桥旅壁尘封，隐然若有墨迹，拂拭谛辨，其辞曰："柳色黄于陌上尘，秋来长是翠眉颦。一弯月更黄于柳，愁杀桥南系马人。"读竟狂喜，以谓所见新乐府，斯为第一，而末未署名，不知谁氏，至今恨恨。

渊源太傅溯中郎，河北江南各擅场。两派江河终到海，怀宁邓与武昌张。蔡、锺书法，无美不具，厥后分为二宗，晋人得其清骏，元魏得其雄厚，判不合，用迄于今。国朝邓顽伯石如，近人张濂卿裕钊，庶几复合。

旧曲新翻太古弦，《云门》高唱蔚庐同县刘师。传。若无小阮精论乐，布鼓终喧大雅前。音律之说，家异人殊，今古苍茫，如堕烟雾。乡先生邱榖士之稑，索隐探赜，希复正声，候气定律，审律求音，大合乐于瞽宗，著《律音之汇考》，彬彬乎抗迹风人矣。而于琴理，造端发议，犹待引申。刘艮生师著《琴旨申邱》，尽启其蕴，援据《管子》《史记》订大琴、中琴之制，辨太古弦、通用弦之别，重谱《鱼丽》之诗，务趋昌和，无取纤促，七徽以上之子声，方之紫闺，备位而已。于是榛莽重辟，雅音虽微不坠，始知世传琴谱，皆靡靡之余，无关兴替焉。

极蠹歌并叙

先仲兄手书，亦既联为大卷，乃开罪脉望，毁于柔口，生而不阅，死无幸焉。相苦抑何迫耶？《诗》不云乎："作此好歌，以极反侧。"泫然嗟痛，用有斯篇。

中妍不复实，外美有余貌。笈策甫豁辟，蟫蠹正超趯。害多终可祛，字灭讵堪校。形势龠鸾龙，文采碎圭瑁。嗟尔微齿角，端然坐侵暴。酣豢小人儒，诗礼君子盗。么么朋而从，渠魁前以导。躬弱惟馋余，援强乃居奥。蠡测未云深，蚕食转相效。语涩尚吐吞，篇佳益咀嚼。至其独工整，卒亦莫椎剽。偶思掇所遗，殊复领其妙。今想作书时，神应先笔到。平生雄千夫，兹事真一豹。犹然姬华藻，况乃见才调。溟鲲抟扶摇，坎蛙横责诮。仙人黄鹄举，下士苍蝇笑。颠贯理亦宜，排挤情可料。惟兹䖟蠕蠢，为物仅翘肖。箕舌胡为张，鸱吻谁与噪。精金既焚铄，素纨宛衰耗。妄谓死易欺，盖同犯不较。远有万古期，耻为寸简悼。俯瞰江苍茫，仰观日焜耀。湍流有诡波，健行无私照。金薤署琅函，歌钟勒清庙。永言怀断编，不息咨汝燥。

湖北巡抚署六虚亭晚眺同饶仙槎作

秋云不能高，日暮泊隆栋。平楚翳人踪，暗鸟沸寒哢。好音一何勤，了无片羽矼。寂永未碍喧，觉独乃疑梦。临高意慨慷，收远目纵送。野势浩无极，山形纠相贡。遐心抚四海，莽眇乘飞鞚。

和仙槎除夕感怀四篇并叙

旧作除夕诗甚夥，往往风雪羁旅中拉杂命笔，数十首不能休，已而碎其稿，与马矢车尘同朽矣。今见饶君作，不觉蓬蓬在腹，忆《除夕商州寄仲兄》："风樯抗手别家园，家有贤兄感鹡原。兄日嗟予弟行役，不知今夜宿何村。"风景不殊，幽明顿隔，鸣邑陈言，所感深焉，亦不自知粗放尔许。

断送古今惟岁月，昏昏腊酒又迎年。谁知羲仲寅宾日，已是共工缺陷天。桐待凤鸣心不死，泽因龙起腹难坚。寒灰自分终销歇，赖有诗兵斗火田。

我辈虫吟真碌碌，高歌《商颂》彼何人。十年醉梦天难醒，一寸芳心镜不尘。挥洒琴尊辞旧岁，安排险阻著孤身。乾坤剑气双龙啸，唤起幽潜共好春。

内顾何曾足肝胆，论交晚乃得髯翁。不观器识才终隐，即较文词势已雄。逃酒人随霜阵北，谈兵心逐海潮东。飞光自抚将三十，山简生来忧患中。

年华世事两迷离，敢道中原鹿死谁。自向冰天炼奇骨，暂教佳句属通眉。无端歌哭因长夜，婪尾阴阳剩此时。有约闻鸡同起舞，镫前转恨漏声迟。

邓贞女诗并状

贞女名联姑，湖南善化县人。字同县龚家悢。家悢夭，贞女夜闻风飒飒户牖间，顷之，帐钩锵然有声。询得实，涕泣持服，父母拟夺之，即卧不食，幽忧昼哭，发为之童。卒归龚氏，行时复有闻如昔声。寻殁，年二十有六。

独茧之幕钩珊瑚，酸风微曳鸣声孤。阴磷四逼镫无华，邓女此夕为贞姑。宛然新妇登帷车，即死地下女有家。呼嗟死非人所无，匪难其竟难其初。临机立断识所趋，果力自策无滞濡。安步缓心气不粗，久且弥厉同须臾。家人不识疑可渝，鬓发凋落中自痡。俯视断断群小儒，孤持一义相牵拘。礼所未备义以敷，嫁殇之禁胡为枯。先圣平情用永图，整齐贤智不肖愚。至于精诚有独徂，鬼神无力使勿乎！穷今亘古乾坤俱，遑计举世毁与誉。尧舜揖让汤征诛，安有往制供追舒。六月飞霜冰出鱼，天行且以回其途。不信其心尽信书，坐守常例如守摹。林中挂剑云赠徐，鬼安用此将非诬。此心既发不可虚，岂以无济生趑株。况是系属葭中莩，煌煌名义何当辜。处士殉国良艰劬，敢云未仕宜谓趄。夫妇谊不君臣殊，我思夷齐两匹夫。

莽苍苍斋诗补遗

天发杀机，龙蛇起陆，犹不自惩，而为此无用之呻吟，抑何靡与？三十前之精力，敝于所谓考据辞章，垂垂尽矣！施于世，无一当焉，愤而发箧，毕弃之。刘君淞芙独哀其不自聊，劝令少留，且捃拾残章为补遗，姑从之云尔。光绪二十年十二月也。

寄人五绝
边色苍茫夜，悲歌慷慨余。
鲤鱼三十六，江上报秋书。

兰州王氏园林五律
幽居远城市，秋色满南郊。野水双桥合，斜阳一塔高。天教松自籁，人以隐而豪。为睹无怀象，苦吟深悔劳。

白草原五律
白草原头路，萧萧树两行。远天连雪暗，落日入沙黄。石立人形瘦，河流衣带长。不堪戎马后，把酒唱《伊》《凉》。

陇山道中五律
大壑宵飞雨，征轮晓碾霜。云痕渡水湿，草色上衣凉。浅麦远逾碧，新林微带黄。金城重回首，归路忆他乡。

秦岭韩文公祠七绝
绿雨笼烟山四围,水田千顷画僧衣。
我来亦有家园感,一岭梨花似雪飞。

又五律
登峰望不极,霁色远霏微。古庙留鸥宿,征人逐雁归。碑残论佛骨,钟卧蚀苔衣。何处潮阳界,千山立夕晖。

湘水五律
天地莽空阔,飘然此一舟。野烟因树起,远水入山流。影事悲今日,临风忆昔游。乐忧都在眼,闲话且登楼。

岳阳楼五律
放棹洞庭湖,湖空天欲无。登楼望落日,暧暧远村孤。水气昏渔浦,南风长嫩蒲。君山渺何许,青入《十眉图》。

到家七绝
孤岭破烟石径微,湾头细雨鸬鹚飞。
有人日暮倚门望,应念归人归未归。

又
别来三见流火星,秋风猿鹤哀前汀。
谁知骨月半人鬼,惟有乱山终古青。

山居五律

云生秋谷雨，树拂晓河星。自欲辟佳境，因之上草亭。虚怜一室白，坐拥万山青。为觅松根史，携锄种茯苓。

道旁柳七绝

破晓寒烟罨画楼，残蝉低咽不胜秋。
当年去伴陶彭泽，无复斜风细雨愁。

枫浆桥晓发五律

桥上一回首，晓风侵骨寒。送人意无尽，惟有故乡山。野水晴云薄，荒村缺月弯。役车休未得，岁暮意阑珊。

洞庭阻风七绝

灵妃作恶石尤顽，日暮行人滞往还。
烧透红霞天半壁，要凭返照赭湘山。

碧天洞五古

远树小于拳，数峰伸似掌。一峰起其前，浓绿秋自上。扪萝栗巉岩，欲往不得往。我非慕仙者，随遇寄清赏。颓曦薄虞渊，征鸟厉高敞。振衣踏残雪，樵唱逸幽响。

怪石歌七古

神人绿章宵驰奏，平明谪下苍龙宿。寔地屹然贲奇兽，历万万劫犹未宥。如何剥落商山右，无有鬼物为留守。谁其知者吊荒堠，敲火砺角亘白昼。似此英姿天所富，沦没蒿莱不见售。我来幽谷昏黄候，睹之不敢摄衣就。疑是战士披甲胄，又疑河朔横行寇。若非山魈出世宙，定类木客鼻齈齈。北溟大鸟濡其咮，南华真人短其胆。或者骅骝逸内厩，昆明石鲸逃禁囿。不然天竺亡灵鹫，月黑深林啸猿狖。心折神骇莫敢噈，樵乃诏余此石瘤。急趋往视颠且仆，抚摩叹嗟信良遘。石兮石兮何疴偻，女萝纷披带青绶。我与子兮今邂逅，殊胜弯弓命镞镞。手持木杵宣大叩，雷雨夜鸣狮怒吼。怪哉补天女娲后，此石不炼绝悠谬。地不载兮天不覆，古有樗材石其又。自我钦之若危岫，浊酒以醉歌以侑。石其正我谬，石其欹吾酬。其首秀而瘦，其腹漏而透，其貌陋而绉，其气厚而茂，其肤绣而皱，其纪旧而寿。天孙过〔遇〕之支机授，浮邱遇之纳诸袖，精卫遇之翼为覆，初平遇之叱以咒。苏髯供佛重金购，米颠再拜祈灵佑。今虽弃蠲侧清溜，嵌崎碨砢世罕觏。幸而逢我味同臭，我其携尔返岩窦。八九云梦谁共究，高枕江流含尔漱。

武关七绝
横空绝磴晓青苍，楚水秦山古战场。
我亦湘中旧词客，忍听父老说怀王。

蓝桥七绝
湘西云树接秦西，次第名山入马蹄。
自笑琼浆无分饮，蓝桥薄酒醉如泥。

牡丹佛手画幛七绝
妙手空空感岁华，天风吹落赤城霞。
不应既识西来意，一笑惟拈富贵花。

甘肃布政使署憩园秋日七绝

小楼人影倚高空，目尽疏林夕照中。
为问西风竟何著，轻轻吹上雁来红。

哭武陵陈星五焕奎七绝

和门长揖将军客，画舫追随一笛横。
座上顿增知遇感，江南苏柳动公卿。

又

霜华满地小园空，一枕河声惨不东。
却忆去年风雨里，秋窗摘阮夜镫红。

又

萧萧白草欲黄昏，柿叶摇风泪有痕。
肠断依稀旧游处，虫声满地此招魂。

憩园雨五律

淅沥彻今夕，哀弦谁独弹。响泉当石咽，暗雨逼镫寒。秋气悬孤树，河声下万滩。拂窗惊客话，短竹两三竿。

又

憩园三月雨，四壁长苔衣。积水循阶上，低云入户飞。钟鸣龙欲吼，屋漏鼠常饥。一发青山外，层阴送夕晖。

又

深林初过雨，宛宛碧苔新。依岸残云湿，平桥一水春。看山浓似黛，种竹短于人。好续齐民术，桑麻万绿匀。

马鸣七绝

边城苜蓿自秋深，何事长随画角鸣。
差胜排班三品料，玉阶春曙悄无声。

秋热五律

长沙号卑湿，淫雨况连宵。千嶂晓忽霁，朝阳秋益骄。残蝉带暑咽，梦鸟随枝摇。一洗郁蒸气，乘风借海潮。

桂花五律

湘上野烟轻，芙蓉落晚晴。桂花秋一苑，凉露夜三更。香满随云散，人归趁月明。谁知小山意，惆怅遍江城。

得仲兄台湾书感赋五律

少小思年长，年增但益悲。我年今廿五，四顾竟安之。无命愁相慰，非才愧所知。犹疑沧海客，栖息已高枝。

又

连遇荆南刖，仍空冀北群。十年赓塞曲，今日逐燕云。飘荡嗟如我，蜚腾时望君。谁知万里外，踪迹困尘氛。

邠州七绝

棠梨树下鸟呼风,桃李蹊边白复红。
一百里间春似海,孤城掩映万花中。

远遗堂集外文　初编
东海褰冥氏三十以前旧学第三种

叙曰：夫忧伤之中人，有飘忽冲荡，缠沉盘蛰，挟山岳之势，挈烈风雷雨之暴，举血气心知所能胜以干事者，猝不能当其一击。气息苶然，若存若亡，抗之则无上，按之则无下。其来也不得其绪，而引之则不可究极，合而为苍然之感，吾平生遘其二焉。五六岁时，居京师宣武城南，与先仲兄俱事毕筠斋师。夏雨初霁，嬉戏阶下，兄适他去，四顾孑然，情不可已，遂嗷嗷以哭，此其一也。后遭死生离异之感，辄一形焉。仲兄撤瑟之岁，以应试挈从子传简至京师，览童年之遗迹，怅岁月其不淹，以今准昔，喟焉远想。忆夫烟雨在帘，蛙声夜噪，或败叶窸窣，霜钟动宇，然镫共读，意接神亲，追溯所及，方怦怦于中，而兄之讣至矣！创巨痛深，瞢不省事，哭踊略定，则志臲形索，清刻至骨，自顾宛五六岁孺子也。于时苍然之感，不可以解。当其幽思潜抽，莫可告语，道逢林叟耕夫，辄欲流涕，引与话旧。睹禾黍布陇，废冢断碑，以及坏牖蛛丝，皆若与我有一日之好。使得见曩之童仆，且将视为肺附，而不能一日离。然自恃尚有传简在，未几而传简亦殁。呜呼！机发必先，情极则返，折心之痛，行三年矣。乃克检仲兄遗文手书一通，单辞夺简，莫成卷帙，言行之大，见于行述志名及哀诔之文，无所离丽，命曰《集外文》尔。光绪十有七年冬十有一月叙。

述怀诗一

黄鹄鬻云汉，白鹤鸣九皋。嗟彼燕雀群，安能测其高。息翼荆莽中，剥落伤羽毛。一枝亦可借，几疑同鹪鹩。浏浏飘天风，云路将翔翱。高飞语众鸟，饮啄非吾曹。

述怀诗二

海外羁身客影孤，模糊谁辨故今吾。事如顾曲偏多误，诗似围棋总讳输。燕市臂交屠狗辈，楚狂名溷牧猪奴。放歌不用敲檀板，欲借王敦缺唾壶。

赠邱文阶诗

抛却愁魔又病魔，一生才力半消磨。少年感慨犹如此，老日悲凉更奈何！边月意随千里远，大人方提刑陇右。夜台心想十年多。文阶尊人方泉先生，殁十年矣。怜余孔李通家子，各有伤怀莫放歌。又有"盟心朗似申〔中〕天月，立脚难于上水船""谗言未免堪销骨，定论终须俟盖棺"之句，余佚。

报邹岳生书

来书谨悉。每念足下忧贫甚切，窃以为过矣。人生世间，天必有以困之：以天下事困圣贤困英雄，以道德文章困士人，以功名困仕宦，以货利困商贾，以衣食困庸夫。天必欲困之，我必不为所困，是在局中人自悟耳。夫不为所困，岂必舍天下事与夫道德文章功名货利衣食而不顾哉？亦惟尽所当为，其得失利害，未足撄我之心，强为其善，成功则天，此孟子所以告滕文也。可见事至于极，虽圣贤亦惟任之而已，况足下之事，尚未至于极哉。天壤间自多乐趣，安用此长戚戚为耶？又如某事，嗣襄不过随意行之，初无成见，亦不预期其将来如何，纯任自然，未必不合圣人绝四之道。故遇事素无把握，惟发端则以此心有愧无愧为衡。若某事，请代思之，其有愧乎？其无愧乎？至足下所虑，是诚不可解矣。昌黎《伯夷颂》曰："举世非之，力行而不惑者，天下一人而已。"盖古人以理为断，不闻以人言为断。心为我之心，安能听转移于毁誉哉？倪足下必欲止此事，则请深思至理之极以相晓，便当伏首听命也。

附录
先仲兄行述

兄讳嗣襄，初名嗣彭，字泗生。系出春秋时谭子，以国为氏。自宋为闽人，明季迁今湖南浏阳县。曾祖讳经义，赠光禄大夫；妣氏黎、氏李，赠一品夫人。祖讳学琴，赠光禄大夫；妣氏毛，赠一品夫人。父继洵，光禄大夫，赐进士出身，今甘肃布政使，升任湖北巡抚；妣氏徐，赠一品夫人。咸丰七年九月辛卯，徐夫人梦蛇而生兄。主后从祖，祖父讳学新，县学附生，赠光禄大夫；妣氏彭，赠一品夫人。兄生四岁，始能言。同治二年侍徐夫人至京师，教以《诗》《书》，初不在意，及责其默诵，朗朗不失。为陈大旨，略指示，即领悟。然颇选事，好攀登屋脊上，又善骑，挥鞭绝尘，穷马力然后止。父师约束严，终不自戢，鞭挞之余，随以嬉笑。或嗤其材劣，或称其天全，而识者则以为志高才挺，阔达不矜细节也。

光绪二年，五日之间，徐夫人及伯兄仲姊先后亡。兄哀毁逾恒，而部署丧事，有条不紊。是年，护徐夫人丧归，亲属殁京师者六人，皆以归。京师去家几四千里，林麓之阻，江河之险，南北行者咸惴惴。兄以好弄为人轻，皆惧其不胜任。而兄戒惧辄翼有虔，祖荐至家，营葬丰俭，不失其宜。卜兆高爽，时促而事举。前后共葬九棺，久暂有序，厚薄有差，而皆坚实可经久，乡先生翕然称之曰"才"，而向之轻之者，亦稍稍惊异焉。四年，光禄公之官甘肃，送于襄阳。时襄阳乏车，载行装皆挽辂，御夫亡去，乃并所载于他车，车迟重，御夫嗟怨不前，俄又亡数人。税车旷野，彷徨无策。远见虚车辚辚然来，方谋僦以任重，至则兄遣也。其谋画周详，而切中机宜，大率类此。归理家政，勤敏异常。米盐钱刀琐屑之事，儒生或鄙而不为，兄乃并核兼综，算无遗策，出纳弃取，权时之赢绌而消息之，条理粲然，人莫能欺。未及十年，增置田百余亩，益务为慷慨好施，以义自任。尝言曰："用财之道，必留有余，以纾一己之力，乃能补不足，以济万物之穷。"从子某学贾折阅，贷数百金偿所负。族子某死无以殓，为贷钱治丧。外家贫窭，岁时助之。凡义举必争先为人倡，而爱才尤切。秀才陶甄，仰以举火，频数不厌。族戚告匮乏者，无弗应。由是获奇士称，而忌其才者，窃窃讥议，以为耗祖父业。然所费实自己出，己无所出，不得不称贷于人。人既以信义重兄，咄嗟之顷，千金立办，然亦颇负累矣。两次省亲甘肃，均能有所服助。四方函牍，及书记得失，僮仆勤惰，下逮烹饪洒扫之役，莫不亲察而详课之。

读书精研义理，不屑为章句之学，工制艺，精密沉郁，近明大家。偶为诗，辄鲜明可喜，顾不自惜，有作旋弃去。尤究心经世学，与客谈天下事，终日不倦。其论海防，主联络海军，首尾一贯。其论通商，以为红茶出口，洋烟入口，宜皆由官经理。盖彼所需者茶，价值低昂，权操于彼，而我以困。洋烟之来，既不能止，则当核其出入，使其权亦操于我。可视烟茶之低昂多寡，使两相当，以定其值。其论兵法尤详，书策所纪战事，殚思详讨，究其兴废之故，发而为论，皆具卓识。所经山川险阻，指画形胜，以决主客胜败之势，证之古书，询之父老，以及宿将老兵，若合符节。其于兵制，则主用乡兵，而以武科所取士为将，以武生为兵，斯兵不劳择，而武科亦不虚设。十年，法犯闽、粤，当道有民自为战之议，兄倡义助饷，旋闻议和，遂中止，为之扼腕太息，以为失此机，则长为人役矣。

三就乡试不第，十有四年，试罢，发愤出游。初欲上京师谒选，因乏资，折而至台湾。台湾道唐景崧，戚属也，以兄进于布政使沈应奎，沈进于巡抚刘铭传，刘一见奇之，与纵论时事，移晷乃退。明日，即委榷凤山县盐税。凤山地居台南，民贫赋重，莅斯土者，皆视盐税为利薮。分局二十有余，辗转胶葛，不可究诘。兄语人曰："数月之间，司榷者三易其人，择而使我，我必有以报命。"乃严约章，杜侵蚀，亲会计，勤考核，不数月而弊绝。当道深赏其才，遂留台湾候补，且欲荐于朝，而以改委台南府盐务为信，比公牍至，而兄殁矣。初，兄至台湾道署，患寒疾，医云无伤。兄笑曰："吾肾经绝矣，其能久乎？"作书与其弟嗣同曰："吾一病不起，岂非天乎？愿汝善事父，以慰我九原之心。吾别无长物，惟文徵明画为友人物，当畀还。吾负累已偿，有质剂可证。"既而欲移居，挽之不可，盖不欲殁于官廨，以身累人也。殁之日，犹与宾从笑谈，怡然自得。卓午，移居蓬壶书院，逾时而殁。时十有五年五月庚戌也，年三十有三。

夫圣人不轻言命，惟于颜渊则曰天，于伯牛则曰命。岂不以反诸心无可死之道，而死及之，则诚哉乎其为天命也。昔伯兄之殁也，曰："吾一病不起，岂非天乎？"今兄亦云。兄孝友英笃，至性过人，弥留之际，首以老亲为念。平生好交游，重然诺，虽一图画之微，濒死犹恐遗失，以负其初心。聪明才力，颠沛不衰，顺受正命，而无偷安畏恋之情，是可以觇其所养矣。羸弱多疾，不彻药物。自幼至长，每食辄逆。遭遇不偶，居恒忽忽，悲歌感慨，以发其堙郁之气。不祥之机，兆于曩昔，称之曰天，与伯兄皆无愧辞尔。以国子监生充实录馆眷录，议叙通判。于河南赈捐报捐盐运使司提举衔，嗣由新疆巡抚刘锦棠奏保以直隶州知州用。妻黎氏，子传炜，女二人。兄长身玉立，容光照人，目炯炯如岩下电，颖悟绝伦。幼见人围棋，试下数子，辄胜其偶。台湾语类鸟音，久客者莫辨，兄数日即能效其言。善诙谐，能言难言之理，往往出人意表。每当朋好聚谈，议论风生，四座披靡。好苦思，探索精奥，无微不入。读书为文，呻吟如病，好学短命，有余惋焉。其殁也，台湾大吏叹息不置，沈布政尤惜其才。乡之长老曰："未必非一乡之运也。"呜呼悲哉！他人且尔，况其亲焉者乎。叔弟嗣同以丧归葬于冷水井之原，谨述行谊，俟秉笔者采焉。

清故直隶州知州谭嗣襄墓志铭并叙 欧阳瓣姜师撰

中鹄门人曰谭嗣襄，浏阳人，光禄大夫、赐进士出身、今甘肃布政使升任湖北巡抚继洵公次子也。其先春秋时列于诸侯，自宋以下为闽人，明季迁湘，家于兹土。世有隐德，令闻不昭。至光禄公策名天府，称洪族焉。光禄公悯从父之不祀，援义继绝，命嗣襄后。七岁，母夫人徐氏携从京师。初尝怯羸，日浸奇侅，执梃跳踉，夜起升屋，驰马绝尘，穷力不止。陆润庠对策第一之岁，光禄公令受业门下，观听有移，遽自敛戢，以古方今，殆周处之，遇二陆也。间二年，唐氏姊卒死喉风，徐夫人与伯兄嗣贻三日继殒。泣血还殡，差葬九棺，耇长达人嘉其诚信。未几，光禄公授甘肃巩秦阶道，嗣襄送至襄阳，任辇道亡，事豫无废。光禄公度堪家政，命归经纪，明发愀焉。度陇者再，涂中览战争之山川，察兴废之吏治，规夷夏之得失，权烟茶之消长，骎骎乎有远志矣！夫其禀性精明，赋才磊落，善劝而易迁，过攻而知改，故尝戒以太察则伤于仁、轻疑则损于恕，徐度所为，信足以发。嗣襄之生，徐夫人梦有蛇异，故其体修而癯，行文蜿蜒，方物惟肖，居恒卷坐曲卧，若不自振。倏忽感触蹶兴，狂歌稠座，发议锋颖四出，尚气独前。大事尤奋，法越之役，倡义助边，会和而止，愤惋滋厉。郁居乡闾，靡可自试，造端取謽，慨振乏绝。然以不有私财，礼在难越，若酌行潦，歉然不自愉快。光绪十有四年，乡贡罢黜，求自创业，言游九门。以戚属唐景崧为台湾道，渡海从之假资。台湾自改行省，有才难之叹。布政使沈应奎一见奇之，进于巡抚刘公铭传，与语大悦，即委榷凤山县盐税。兴革数月，刘公曰能，宜荐于朝，而以改委台南府盐务为信。官牒始下，疢疾已深，以十有五年五月庚戌，殁于台南府安平县蓬壶书院，春秋三十有三。上官闻之，嗟悼弥日。嗣襄初名嗣彭，字泗生，国子监生。以实录馆眷录议叙通判加盐运使司提举衔，旋保直隶州知州。所后王父，讳学新，县学附生，赠光禄大夫。妣彭氏，赠一品夫人。妻黎氏。有子一人，曰传炜，女二人。逾年二月壬午，窆岑十四都冷水井之原，艮首坤止为茔，礼也。昔者嗣贻疾革，示诸弟曰："其善事父。"又曰："岂非天乎！"今嗣襄亦云，若合符节。同母弟嗣同迓孤棺于沧海，图正首于山邱，痛死丧之何威，横八表以安俦。睇白云于秦陇，揽遗书而百忧。请为铭以刊石，傥捐憾于重幽。铭曰：

悠悠昊天，是生才士。如何忌之，不予修齿。齿则不修，名则信美。季布之诺，重于乡邻。平原之风，歆于贵人。被服荣问，实文其身。风流悼叹，没世相保。谁曰牖下，安于远道。谁曰百年，多于速夭。土中玉树，昔人伤心。杉山之阴，无复人琴。松声四起，墓门萧森。

谭子泗生哀辞并叙 涂大围师撰

光绪十四年，谭子泗生与其弟复生秋试报罢，复生将回侍亲于甘藩，泗生则谋北上博一官，谒余于长沙汤氏馆，谈移晷，悒悒若不忍别。余以泗生疏敏之才，气盛而志远，平居慷慨，谈经济咸能见其大，此行固必有合也。益究心于道，以立其基，其学方进而未已，其志殆未可量，遂勉之以不朽而别。其明年，泗生竟卒于台湾。呜呼！泗生盖北行以资竭折而南，立谈动台抚听，试以事而事治。台抚将闻于朝，而泗生遽以病死也。岂非天哉！岂非天哉！泗生伉爽不羁，喜任事。往者闻马江之役，裂眦切齿若私愤。方与余谋募邑中万金助海防饷，为行省倡，走书促索檄，不数日，闻和议成，事以未就。然当是时，司农百方筹饷，搜括节缩无弗至，至于不得已预支典税、加牙帖，度支可谓绌极。二三大臣仅有能出私财助军实者，令人人心泗生之心，以毁家纾难，则巨款可集，众志可恃，朝廷声威可益震。然则泗生之忠愤乌可没已？向使天假之年，动心忍性，操尺寸柄以报天子，视世之营营于利禄以赡其身家者，必大有异也。呜呼！何天夺之速耶！泗生伯兄癸生，恂恂儒雅，多究心当世事。岁甲戌，余应贡京师，癸生遇我特厚。明年，癸生以喉疾暴卒，余闻之怆然。今十六年耳，泗生又怀才将遇而死。死何足恸？一门之中生才不偶，如泗生伯仲，皆吾浏后来之秀，而皆不永其年，斯真可恸也已！泗生既卒，复生归其丧，余道远不及会葬，触绪生哀，乃为之辞曰：

剑气腾其不可淹兮，孰则阏之？豫章生其不可御兮，孰则札之？天既畀子以淑姿兮，志郁郁而弗施。瞻皇路以求一遇兮，涉瘴海其如饴。苍苍者信难测兮，嗟人生之如客。叶埙篪于九泉兮，任夜鹃之啼血。

远遗堂集外文　续编
东海褰冥氏三十以前旧学第三种

叙曰：《远遗堂集外文初编》，为先仲兄作也。吾之哀吾兄也止此乎？呜呼！难言矣。吾之抒吾哀也，笔焉而中止，与不止而卒毁其草，不知其几。则四五年来独游子处，仰而叹，俯而悲悯，方今思昔者，心绵之而益孤，遇参之而弥舛，目之而形枯，耳之而声恻，其始也微动，而其究也无穷。所为敛口而啸，哆口而歌，哭非哭，笑非笑，轮囷樛葛，以塞喧于灵台之中，欲笔焉而不能者，又不知其几也。呜呼！难言矣。少勤业诗，然自吾兄之殁，气偾而吟不能长，音啴而举不能数，遂一发其迫于不忍者，于铭赞有韵之文，得若干篇，为《远遗堂集外文续编》，兼以俗所谓挽联者附之。既成，叙其意曰：人之于言也，非一端而已。或近而远，或显而微，或约之入毫发而无余，或扩之弥邱山而不可尽。然其归也，一固一，不一亦一也。方其有所触而兴，游焉处焉，仰焉俯焉，今焉昔焉，心焉遇焉，目焉耳焉，无往而非其所触，不必其啸以歌也，不必其哭以笑也。无以自解于己，益无以授解于人。人之闻其言，或惝恍缪悠，相去甚远，徐而迹之，若有可睹，而卒不得其意之所存。夫意之所存，己且无以得之，又何以为乎人哉？然则余虽久不为诗，而前此而有作，亦若是而已矣，继此而有作，亦若是而已矣。何也？一固一，不一亦一也。故吾之哀吾兄也，遂止于此。呜呼！难言矣。光绪十有九年春正月叙。

菊花石秋影砚铭

我思故园，西风振壑。花气微醒，秋心零落。郭索郭索，墨声如昨。菊二，备茎叶，水池在叶下，池有半蟹，其半掩于叶，名之曰"秋影"。

菊花石瘦梦砚铭

霜中影，迷离见。梦留痕，石一片。制极小，厚才分许，任石形之天然，无取雕琢，觚棱宛转，不可名以方圆，色泽黯澹，有凋敝可怜之意，残菊一，大如指，名之曰"瘦梦"。

菊花石瑶华砚铭

投我以琼英，以丹以黄，以莫不平。文质并茂，光润次玉，名之曰"瑶华"。

菊花石观澜砚铭

落英之泛泛，风行水上涣。文不在兹乎，才士也夫。墨池琢之甚光坦，余任其巉岩蠢叠，然序次鳞鳞有波澜奇趣，一花敷浮其上，名之曰"观澜"。

菊花石长秋砚铭 为龙爪霖作

秋何长也，不陨故不黄也。君子之道，暗然而日章也。铭则谭而赠则王也，谓同县王信余。厥家与石皆浏阳也，以是为龙子之藏也。

菊花石砚铭 为吴小珊作

谓其顽而又觚，谓其逸不隐而文以华。墨之墨之当其无。汤汤者浏，曰惟厥家。噫！信余不余畀，而以縢于吴。砚为王信余所赠。

菊花石砚铭 为唐筠庐作

身将隐，焉用文。然其笃实之辉光，终不以磨涅掩其真。以赠唐筠叟而铭云云。盖曰如其人,如其人!

邹砚铭并叙

邹岳生畀嗣同砚,质黔文质,形体如带两纵不同之立方。不琢不潢,制甚朴野。嗟乎!斯石之不外饰也,有取疏之道焉。岳生以其太素之质,辱与贱兄弟游,死生契阔,不易其度。卒累于嗣同之顽愚,为世所讥。凤兮凤兮,于鸩奚难,而断金之谊,遂邈以山河,可云悲哉!抚物追悼,幸不坠失,窃取虢钟郜鼎之义,名曰"邹砚",而系以辞。

倏墨兮倏丹,式凭兹兮永叹。诎然兮虽其声,块然兮虽其颜,而硁硁之节兮卒以完。

停云琴铭 为黎壬生作

欲雨不雨风飔然,秋痕吹入鸳鸯弦,矫首辍弄心悁悁。同声念我,愿我高骞。我马驯兮,我车完坚,汗漫八表周九天。以琴留君,请为君先。

单刀铭并叙

余有双剑,一曰麟角,一曰凤距,取抱朴子之论刀盾戟杖曰:"知之譬如麟角凤距,何必用之也。"若夫单刀,北方之剞器绝术,亦惟稚川始称之。且自言乃有秘法,其巧入神,由来古矣。铭以自贻。

单刀神者葛稚川,谭复后以千有年。

双剑铭

横绝太空,高倚天穹,矧伊崆峒。蕤宾之铁,蚁鼻有烈,服之有截。

谗鼎铭

曾不出刀，曾不出薪，天下为秦相割烹。

萧筼轩像赞

神清而华，其贫则鹤。貌肃而挺，其屈则蠖。岂存诸中者，不足副其外欤？抑时犹未至也，故遇之莫人若。吾亦负奇表者，乃患难忧危日相寻而致蠢。吾与子长为天弃乎？斯已矣，而孰谓其才之适，宜夫所遭之寥寥而萧萧而漠漠。吁嗟乎！来者不可期，往者不可作。匪合孰获，孰获非合。如无所合也，亦无所获也。归去来兮，同我沦落。

画像赞

噫！此为谁？崿崿其骨，棱棱其威。李长吉通眉，汝亦通眉。于是生二十有七年矣，幸绯衣使者之不汝追。天使将下，上帝曰咨。其文多恨与制违，然能独往难可非。放之人世称天累，海枯石烂孤鸾飞。

三人像赞并叙

光绪十有九年，与饶仙槎、李正则同写照于上海。既而焚轮振槁，雨绝于天，旋有议饶甚口者，词连嗣同，怔惧之余，弥用悁悒，遗此戒之云尔。

三子并立饶者髯，右者维李左者谭。洸洸之海天所涵，于此取别相北南。既南既北用不咸，相语以目旁有箝。髯乎髯乎尔何谈，平生已矣来可砭。右者阓汕其口缄，左者之铭神则监。

彭云飞像赞

莽莽大野，天高地卑。默寄其间，若有所思。其思维何，请为陈辞。丈夫磊落，千载为期。于时不利，庸也奚奇。没齿独清，孰捐其泥。永怀前躅，信迪无疲。萧然无人，兰香自吹。

先从兄馥峰遗像赞并叙

　　光绪十有五年冬，从子传简病且死，出其父遗像丐一言，人事卒卒，未即以为，而传简殁。乃撏掇百十字，为延陵之剑。从兄名嗣萊，县学增生，沉默强识，能属文，父子皆以忧患促年，尤可悲云。

吾门不幸耶，何以有君？吾门幸耶，君何以不存？超忽厌世，若无足群。谓天盖高，呼之则闻。谓君盖幽，有煜其文。令誉不忘，则庶几乎睹此，不犹愈于抚遗编而穆然以长勤。

附录
题先仲兄墓前石柱

恨血千年，秋后愁闻唱诗鬼；空山片石，苍然如待表阡人。

挽刘襄勤公 昔巡抚新疆时，余兄弟皆蒙其疏荐。

西域传是兰台一家之书，县度纪师程，铭石还应迈前古；东汉人行举主三年之服，深知惭荐剡，酒绵何止为情亲。

林旭

晚翠轩集

龙王洞
去城四十里，戴石若菌苔。空青落眼中，尘翳荡先澹。欲近势转下，渐陟路轲轃。呀然数百尺，金碧烟中嵌。龙居洞里潭，激水洞上糁。有如春雪融，清茗楼头揽。吾欲寻其源，但怖水色黕。山深积嘘吸，形埒气所感。稍上有二洞，松茑蔽黮暗。天光豁重眯，风力集众喊。楚境清江流，巫山白日晻。南望见苗疆，五色莎萝毯。归来夸腰脚，独往负志胆。丈人谈龙德，清味自渊醰。弱年罕壮游，如此实未览。新诗谁先成，岩松可用斝。

题三游洞
闭门不看宜州山，临去还来访窟颜。聊欲向僧寻枕簟，溪轩暂卧听潺潺。

还家题斋壁
嘉树殖有誉，故都望生喜。行人四月至，夏雨洒芳庀。最念手移梅，旁出芽如指。海棠枝上虫，斑绿状踶跂。笋生不择地，廊陉石尽起。治芜理芳草，坐定青袭几。南邻荔支熟，高伞张红紫。筠笼亦相及，馋眼慰无俚。去年大雪寒，实小酢如李。

书声诸弟好，灯窗无隙地。旋旋行复坐，我自知何意。登盘主簿果，饱啖万事置。赤嵌客亦还，_{五叔父自台湾归}。团团五日泊。但言肥无加，欣慰举杯杝。少孤依大母，西日追无骥。梦归见生存，欢笑家人侍。梦境不可寻，归日却涕泗。

再题
相去常悲天一涯，如今可是到家时。畏人客子成何著，耐向闲庭数日思。

寄梁节庵武昌
高言不止众人心，折杨皇荂易为音。我见斯人每有得，可知语上资堪任。眼中时贤愿识少，于水譬见潇清深。先生伟杰风天下，求匹于古非于今。寒泉旧井不自恻，汲引后进犹钩沉。窥公性情实至厚，忧时念友恒钦钦。去年苏州诔循吏，王忍盦丈。高台流水朱弦喑。我今师丧重茧赴，服勤一念空差参。感我远行忘新岁，招上湖楼邀客吟。骋妍抽秘盈众态，游心窅句费几斟。北海酒尊谁擎举，颍川公子相追寻。陈伯严丈。明朝辞去船下水，回看大别春阴阴。武昌三度食鱼美，宿留桑下惭精谌。微籀回衍声病澈，撞钟试可绳题襟。

宿张侯府幼莲师在殡
巡视空堂阅月移，依稀曾是别师时。半年行役思心切，一恸空来侍疾迟。绝学千金成岂见，人生三釜泊犹悲。但凭雨夜彭城感，谓邵亭叔。试为探寻满箧诗。

南闹市口小寓
二月长安撄户眠，几多情绪放还牵。宁知车马喧喧度，只听风光畹畹迁。白发四娘闲自得，朱笼百舌巧谁怜。夭桃秾李皆同院，寂寞无言伴惘然。

新济轮船逢绩九丈和予宿侯府诗感其辞尤哀更答之

先生发白不鬖鬖，心绪千头老弗戡。失第尚羞行卷谒，无官终被小儿惭。天涯旅食惟身赖，海上相逢各泪含。我是哭师君悼友，此情可许别人谙。

闵月湖荷花 同游为林昭通绍年

月湖六月南风吹，红裳翠盖浮涟漪。昔闻其语今见之，眼前反覆人得知。壮夫腰镰方纵意，渔父拿舟自垂泪。哀哉斩艾不自保，纷纷载去如束薪。风水之说讵有凭，邦人波靡诚可憎。花神伉爽诉炎帝，妖气天阍反见挤。苍苍岂必矜君子，我恝祸端由自取。中通外直得之性，蒲稗虽多何足竞。一朝谗口巧中伤，坐令丧气及群芳。藏山居士倘见此，为尔痛哭摧肝肠。

宜昌城南有汉景帝庙

城南汉景祠，郁郁依大栗。婆娑舞巴童，迎神激清瑟。普土皆王臣，瘴陬犹荐芯。惟王禘其祖，礼先所自出。从王肃说。郡国奉禋祀，我疑章武日。孔明礼乐材，斟酌得疏密。儒生许孟辈，会议想奋笔。惜哉无史官，宪章坐散逸。罙恩此仅存，取证谅难必。猇亭战后，此地东属。或孙休庙，岁久讹为汉也。

暑夜泛姜诗溪

清溪十里几多盘，收束将穷却放宽。山要拦人拦不住，侧身让过乞人看。击汰声齐力未孱，扁舟催进几湾湾。我们冠者偕童子，只有篙师束手闲。大家莫把仙源说，那有仙源到两回。昨日好山撑不近，明宵须换小船来。桥柱孤栽细石平，相将上去卧纵横。不防山贼防洋鬼，犬吠儿啼锣乱鸣。本来沙路有人行，溪水长干江水平。过去中元游十日，中秋毛水月空明。

节庵来江南久不见作长句代简并讯叔峤三丈

街头大雪一尺余，相思不见不怨渠。先生东门种茹藘，翛然不异山中居。忧时百念弗一摅，却缘病起心眼舒。行将徙宅通明车，载来家具一半书。可许借读资钞胥，南村舍人复何如，西山载酒宁忘诸。

北行杂诗

杨村一夜雨，张湾三尺泥。向来戎马迹，能畏鹧鸪啼。东风复北风，广野号众窍。岂无白日光，吹土翳清昼。屯幕临官道，柳阴卧橐驼。莫将笳鼓竞，空唱天山歌。客店骡马滚，公徒何振振。皆言防帝畿，那复愁行人。绝似乌龙潭，陂池相映带。可惜好西山，蹉跎斜日外。道旁千万柳，能作几多春。明岁还如此，行人非去年。

叔峤印伯居伏魔寺数往访之

窗外丁香玉雪色，窗下两生坐太息。可怜太息空尔为，舍人县令官秩卑。朝出空遮御史车，莫归还草相公书。宗庙神灵三百春，即今将相未无人。言战言守言迁都，三十六策他则无。深宫追念先朝痛，根本关中敢轻动。掷鼠忌器空持疑，喂虎割肉有尽时。书生不自有科第，能为国家作么计？东家翰林尽室避，犹闻慷慨排和议。

约游西山会文学士宅闻和议成学士愤甚余辈亦罢去

都言踏破西山石，"踏破西山石"，都下有此语。我望西山势不行。
争怪忧时文学士，但看烟翠亦何情。

旭庄四丈公事往汉口有诗留别

莫遣吟诗鼻易酸，客怀好逐看江宽。居人犹觉心情恶，六月西风雨作寒。晴川虚阁记峥嵘，未忘将军醉客情。谓常彤翰军门，今已没。略述前游发长叹，应知芳草绕阶生。月湖荷花千顷生，摧残人岂是无情。凭君为勘今年状，他日还书寄一声。

感秋

清晨负手行，蟋蟀鸣我门。因知秋气厉，感此悲流年。病夫日掩户，一月不窥园。颇闻梧桐树，飘叶聚其根。岁寒皆黄落，而汝胡为先。我将种长松，不与时推迁。小庭数盆花，青青亦堪怜。但觉凄清意，莫向西风前。

病起漫书

耳目与口鼻，不思何录录。苟能得其养，心亦即快足。四者彼何知，惟心实有欲。所以养心者，必先此四族。愚奢厚自奉，反以滋垢黩。一鸟能遗音，岂必奏丝竹？一花可慰眼，岂必陈绮縠？诵诗味芬芳，闻香气清淑。领略信靡穷，我亦我能愐。

病后关门趣自深，天明即起似幽禽。食单寂漠添乡思，诗句颓唐趁倦襟。检点旧书看复放，商量佳客遣相寻。更欣秋月光辉足，不惜窥窗夜夜临。

效太夷丈

松生依涧谷，上为干霄枝。
摇落尚不与，繁华岂尝知？

感事

昔人治国戒察察，鞋纩塞耳冕前旒。聪明蔽近不蔽远，肘腋往往藏奸谋。水清无鱼信所鉴，网漏吞舟亦可忧。贤人君子常不悟，一朝负败为身尤。

八月十五夜呈陈冯庵

今宵月慰一年愿，滂沱溃作秋光曼。中庭桂树亦何有，桁格交横杂藤蔓。无言清影自徘徊，便觉玉阶寒未逊。幽居兀兀忘时日，佳即读书饥呼饭。偶然吟咏但自适，冯庵老人论契券。清狂值得病魔讶，稍稍去之不余恩。感渠夜夜来窥寻，为洗从前幽独恨。应须一字论一缣，始抵婵娟价千万。老人老去诗律细，渐有少年笑才钝。我今此事当推谁，立待挥毫宁用巽。

索桂花家人不与

诚斋诗句要商量，尽道春花艳未强。谁识维摩病居士，不应闻取木樨香。瓶里花空意自存，节庵惩惩手书烦。谁人怜我双眸倦，推出天边白玉盆。

与方慕韩

我始就傅出，君实连墙居。同年一月小，共学兄弟如。先生君长兄，爱我常并誉。太翁白发健，携我坐床敷。分甘预一割，锦绅再拜趋。不见八九载，谁谓同州闾？乐群日可数，在远迹愈疏。言念小秦君，欲从治《汉书》。今我不强学，殖落殆成樗。见日抚手怜，口呿穷须臾。闻君秋当婚，孟姜玱琼琚。登高夥新诗，缘情故自殊。风流老司马，骆小浦师。厚子意有余。放衙接佳语，探怀出明珠。恨恨身万里，蓣问何止歫？

寄题宜昌姜孝岩涛园外舅所作亭子

梦见孝岩萝树青，偃松闻已化龙形。
宜州近日添新语，一郡游人上沈亭。

重九出游既夕泛舟秦淮见月

佳节心随物色摇，出门四望未萧条。新霜红尽冶城树，商略独游畏路遥。人闲别自有婵娟，平视谁曾见月圆。与我共安喧里寂，更无人赏亦儵然。病发丝丝随叶落，客怀漠漠借船眠。镜中原著通明我，多事看成彻两边。

逃席

逃席原无仇饷情，向来意兴实纵横。登楼自借清宵赏，不饮甘当恶客名。虫穴书明骄月亮，鸟摇林动误风生。归途此物犹堪念，塘水荒寒野蛤鸣。

堂子巷郑七丈宅小楼

东山莫霭堆沉墨，西崦残霞画赭黄。并入小池两边色，分明图画画难详。

九月十六日雪和冯庵

玉琢参差衔瓦明，风吹块重坠还轻。不逢闰岁交冬节，若话家山感客情。冯庵诗有"纸鸢风色"语。墙下空尊眠自冷，阶前残菊压都倾。道人缩手看难足，却笑冰寒镂不成。

是日寒甚

中庭滴沥雨交并，虚室来风色更莹。却忆谁家楼上好，稍晴要看玉峥嵘。鼻涕知寒拭更流，团蒲曲几道相谋。难从羔酒求风味，空废持螯数日游。

节庵送钟山书院祭肉赋谢

无由陪祭从门生，逮贱分尝感盛情。一一斯文斯道寄，有神尚冀锡聪明。

灵泽夫人庙
故国何人与奉匜，竹竿从此钓于淇。
韦昭吴史应书卒，不见春秋宋伯姬。

太夷丈属和其移居诗逾岁乃呈一绝
窗前种竹经年活，舍后栽花近水便。占着青溪如谷口，百般忙里作神仙。

张园梅花
张家园里数株梅，岁岁相逢总盛开。花上盈盈歌一阕，风前艳艳酒千杯。芳波照影知谁见，斜日攀条却独来。眼底风光浑不是，一回思念一回灰。

无题
海上今年二月寒，出门何地有花看？思先清晓车轮转，意共黄昏烛本阑。世界愁风复愁雨，肝脾为苦亦为酸。东邻巧笑频相讶，倚柱哀吟故未宽。

申前意呈石遗
流水游龙去等闲，同车惠我待君还。王官行李愁奔命，胡妇燕支笑破颜。宿雨反风寒作雪，高楼含雾远如山。纵然沾醉忧能入，不及逃虚日掩关。

虎邱道上
吴人艳说山塘好，不到山塘恐受欺。向日搜寻无一字，却来此地得新诗。愿使江涛荡寇仇，啾啾故鬼哭荒邱。治倭人租界，暴骨千万。新愁旧恨相随续，举目真看麋鹿游。

二月十八日读史
韩诛彭醢瞻言渐,东海萧生致可忧。
但有太师驭边手,门生何术更吹求?

写经居士赠诗盛道闽派而病予为涩体谓学芜湖袁使君因答及之
夫子论诗笑口开,叨逢目色却低回。涪翁不忘弦歌旨,杜老谁区排比才?底用为藩防楚舍,更羞酌水溯强台。似闻辛苦腻颜帢,要傍东家司寇来。

往岁郑太夷丈居江南督幕赋枇杷诗绝爱之顷来大通督销局所见殊夥欲去乃题此
荒洲风物见枇杷,青实茸茸指有加。
欲傍小轩题晚翠,已成昨日忆天涯。

冯庵先生日成数诗辄呼予视之
闭户空参曹洞禅,从人嗔劝乐吾便。诗题满眼浑无字,那对先生万斛泉。
顷刻催成纸面花,咿唔唤起笔间霞。撚须自向灯前读,想见潘郎果满车。
随舟芍药伴诗翁,更盗酴醾阳虎东。冷淡生涯人四个,谁家翠幕覆重重。
三诗均有本事。

叩冯庵门就睡矣诵一律使予书之和作
诗翁不慕酒中仙,贪把深杯取易眠。灯下杜鹃对娇绝,碗中荴叶饮泠然。是他魔著难成梦,愧我墙窥但及肩。说似诚斋吾亦允,心头约略识清妍。

题陈公宽小照
红袖满楼同醉日,要论僧舍读书时。相看一笑知身世,烟柳斜阳景付谁?

荷叶洲杂诗

云绕青山山绕江，一洲中著四淙淙。登楼忽忆青龙阁，宜昌盐局临江一小阁。清景原来亦有双。

新建勒中丞方锜。词中唱卖盐，雕镂荷叶我犹嫌。只从和悦渠侬语，土人音转为和悦。春尽潺潺不卷帘。来此未尝见月。

九华见说春茶盛，新摘毛尖一日程。慰我窗中吟望意，风生两胁即飞行。

依然天际识归舟，落日荒山柱础稠。足底江流似裙带，何人朱字写空侯？瀼山矶有亭，名识舟。兵后改作，题非其旧。

将去大通久雨始晴治诗就毕

一春不恨不曾晴，晴去荒洲作么生。今日肯晴宁有意，可知天也速人行。诗无数首那言删，吟到三年岂便安。早日何曾知句法，旁人谓不费心肝。君看象教但涂金，法教谁知个里深。我为世尊还白净，何方能免一尘侵。

舟中读诚斋诗

装中一卷荆溪集，拂拭船窗得暂披。
不道霞光侵漆几，忽看赤鲤出清池。

冯庵移居穿虹滨以诗贺之是日四月八也

碧鸡光景日迷离，白鞁山梁翔集时。桃印施门须湿字，商量端合署钟馗。薄薄猪肝要自供，先生约法灶君从。今朝有喜何人共，酹酒西头寿士龙。石遗生日。法王降世恒星隐，诗老移家气象干。添与今朝作故事，可知位力一般般。客窗共咏枇杷树，风味依依故可思。此后诗成驰急足，便令辟重也嫌迟。冯庵三益里中径，无闷四条巷里春。定识写经居士叶，无穷诗句出清新。

日本绵笺制画殊有古意

捣绵为质茧为肤，小景精工俗制无。春浅桃花轻著粉，江寒凫影婉将雏。法传撮掞书原好，字盛迦卢用自殊。玩好故知能弱国，从人画革亦区区。

自穿虹滨步归王家厍书所见

归路幢灯火始然，长街过雨步轻便。本来高柳黄尘地，误入桃花薄暝天。鸣镝场开承浅草，留犁酒绕滴清泉。兽旗飘飐知何世，辟地还从受一廛。

见月有感

一饷搅林闻淅沥，几时泻地踏晶寒？指头尽有千幢现，云里惟将一鉴看。地旷蛙声来鼓吹，池深蟆影窟盘蟠。太阴圆阙干渠事，却笑卢仝泪不干。

雨夜醉归

桃蹊无语叶如帏，淞水东流翦不归。时世画眉将半额，春寒呵手不成围。雨声月色和同好，马足镫光一并飞。只合腾腾随俗去，休论西子与南威。

怀仲奋

平生少交友，仲奋实和唱。久别虽无书，夙意知不忘。近闻废蒙楚，能复轻悼丧。一年作客三四归，日暮高堂正尔望。好学深思世所希，蚤白已作星星样。年来万事况违心，难从问讯知何状。故山雨湿梅子熟，忆否同看三峡涨。昏因洽比得相从，年家君是丈人行。岂惟共学事文句，更期适道正薪向。始君嘿嘿尚自谦，感我殷殷不多让。深于训诂作词章，孙孔本朝相颉颃。箧中纂述今当成，只恐恶怀多废放。怀君作诗不寄君，君见诗时增怆恨。

所居草树特盛

寄居嘉荫托清圆,商略无妨过夏天。日出先明千叶露,雨余尽绿四围烟。山中只异辚辚垒,鼻际常闻栩栩鲜。西学人所谓养气也。也比城南老居士,闭门抱瓮乐真全。

相知行

相如昔日家成都,四壁独具长物无。若非文君夜奔往,聘钱难借何论逋。郁林女儿生照井,青州公子识光景。明珠百斛不与宝,更退翩风作房老。书生穷薄不足道,化为鹧鸪啼芳草。黄金在手失娉婷,人生几见多财好。乐莫乐兮新相知,将新比故犹有疑。佳人一去岂再得,只有延年语可悲。

和人观张园车马

春去初添车马狂,幔缨御者意扬扬。看街楼阁人垂手,过眼云烟鉴眩光。趯趯散眠芳草地,盈盈归去牡丹坊。难知此日园林价,莫转诗人锦绣肠。

雨至

树顶黑云舒忽白,斜光一片化溘濛。窗间客子卷书帙,江上渔翁收钓筒。初见白烟流碧海,俄还青叶绕红墙。雷霆剩遣蚊虻寂,高枕眠过三日凉。

偶得旧纸扇是往年柳屏义门所写题以寄之

章台拊马当时物,不逐春归柳色空。我友别来诗句旧,三年怀袖过秋风。

蝶二首

暂借茅亭坐夕晖,被涯芳草水深围。
花香处处元无见,栩栩何来此地飞?

轻衫自爱楼头立，团扇频烦女手挥。
车马沸天灯胜昼，闲闲一蝶傍墙飞。

绝句三首
深藏歌舞翠帘垂，耳熟风柔遣得知。
不望一斑疏处见，堤〔提〕防捉去罚吟诗。

总被春归愁勿聊，对他春鸟厌哓哓。
情知吉语来何暮，除为填成万里桥。

大谢风流举世传，胡床素髻坐翛然。
看渠婉婉名驹子，已觉駸駸老辈前。

述哀故观察东湖王公定安
海风吹夏寒，闭户听瑟飔。哀从静中生，有若井泉溢。斯人王夫子，白日谢昭质。哭寝忽几时，余怆托简毕。昔岁客江宁，闲居重九日。高轩隆隆过，文场之魁率。幼卑不敢见，僮仆笑喽嘿。敦敦拈髯髭，风雅意无匹。扬榷极古今，头纷而绪密。百川秋灌河，乃睹会归一。海内宝宋斋，牙签三万帙。招我坐其中，竟日常折垫。巍巍文正公，遗教为称述。宗法司马迁，文章综事实。学诗杜与韩，万化本六律。私淑愧非才，再拜心空䀣。别公夷陵去，千里风吹鈌。有美见山川，崒崒而潗汨。行公钓游处，作诗附归驲。中闲再见公，钟山雪花融。客坐见小同，髣髴垂如茁。试文中学官，钟爱时加膝。顾言此儿异，老夫让跨轶。子昔年如渠，定是更秀出。昨日得佳章，开缄怵复咥。子自求庄逵，我已任蓝荜。蹉跎两仪迁，凄怆九言卒。疚心音问寥，极目邱坟窟。平生良史才，叙述纷四七。古人贵报恩，蔡邕岂直笔。国家权煮海，为治至纤悉。历载有成书，辛苦见次比。义与桓生殊，颇亦言民疾。公卿虽不用，退省初无失。化行颖〔颍〕水清，彻珮如私恤。空舲有夜猿，泪尽血油油。

得三叔父书

叔父归乡里，我心日悠悠。昨者寄书至，惟其疾之忧。跪读三四遍，涕下不能收。出门已三载，倦翮乐暂休。诸弟肯读书，但苦饥肠漱。选官缘资格，争席伤蛙黾。还如稻粱雁，因风俟九秋。衣食非粗足，安作马少游？吾党二三子，进取力所勠。书问久不具，爱我犹怨恚。怀哉刘牢之，孝仪舅。少孤实命犹。扶将偕我母，门户枝相樛。读书成后进，云路视何嗲。操心病咯血，新来可愈不？吾师杨夫子，用霖。好学罕比俦。《汉书》写百过，记诵如水流。穷经志不堕，皓首谁见酬？小夫拥皋比，妄用相踶齵。近来乡校议，怳若寐而瞅。远惟循循意，欲见皆何繇。南斋千竿竹，风来声飔飔。上有百好鸟，终日鸣啾啾。去年防火道，斩伐若去仇。好鸟四飞去，巡视安所投。向来怜惜之，闻此心内抽。今年新笋长，庶几复有鸠。因声问此君，岁寒盟可求。

柳屏在宁波度其必过此得书已归太仓矣因寄

随俗蹉跎会面违，坐才奔走寄声稀。徒劳设伏遮归路，不觉平明敌溃围。加减多君问短长，闲人心力倦论量。要知县巷胭脂色，便是江南时世妆。

柳屏问刻诗

自怜蚓语与蝉嘶，百首烦人为整齐。不畏仙官来摄取，夜深疑有树精啼。清风明月无穷物，临水登山自得之。万里更堪经九折，王良独有辔如丝。

携诗视石遗出门为风吹去属有所思竟弗觉也
运乖只恐沟渠污,思至须防坑谷伤。缘汝痴呆却无益,不教建鼓觅逋亡。

所居往高昌庙路上作
坡陀回伏车轮侧,田水清深树色蓝。忽忆天津二月道,说他风景似江南。

张园呈石遗即效其体
深篁傍水摇蛛网,三两拒霜照眼明。穷巷幽姿端可比,秋风斜日若为情。残荷昔日看犹在,远客临行思自生。且欲留诗当报礼,仁人一序敌连城。

和友人韵
锦车使者归来晚,雾阁云窗又起家。楚岫梦回洵美矣,汉宫望久讵非邪?君王自失河南地,颜色能骄西海花。生不逢时尚倾国,也将续命托琵琶。

海西庵东偏小院梁伯烈榜曰藏山伯烈二年不归矣
端坐能穷万物妍,江波日日看洄漩。信知丈室维摩诘,得傍瓜庐焦孝然。贤守早亡惟远客,山僧深闭自安眠。枇杷千树真过我,来值繁霜十月天。先生许为晚翠轩作记,言焦山多枇杷树,当以轩属我。

露筋祠
篝火深宵叩庙门,拜瞻环佩自然尊。
诗成不得夸神韵,只好从人笑钝根。渔洋斥后山为钝根。

清口舟中
晴日张帆意自新,雨中牵埭力犹辛。垂杨不断怀终古,白鸟相烦谢有神。土陇时逢烧蔂地，客嘲真作嗅烟人。腾腾枉自超江海，未识风轮胜火轮。"有钱难买嗅烟客"，舟中候风语。

高堰晚泊
迎客都君风肃然，杨舟澹淡夕阳天。辨帆日下边何阔，觅港泥中腹渐坚。换蟹馋思须近市，伐芦生计羡连船。寒湾水宿怀空渺，岂有高人夜扣舷。

叙舟中往复诗高堰作
劳者之歌事必传，天下今无征役篇。飞轮绝辔不到处，诗家物色天予全。浅娱居士今少年，挎蒲屡负宵无眠。吾投以机俄汩汩，有如群鲋涌井泉。顷刻百篇皆手写，夸诧儿女呼为仙。古云为诗亦为政，主人脱袜晴窗偏。篇成波澜湖水阔，纵观未已生云烟。李子钝学谅如我，謇涩不出亦可怜。晓闻伐鼓声渊渊，有日无风夜不前。岸上指挥逢豪首，疑是博士江村船。

河柳
复艚水落自潺湲，河柳青黄尚可攀。圆月欲升先绚彩，莫〔暮〕烟回带稍留殷。玲珑疑有楼台出，寂漠惟看鸦雀还。摇落物情但如此，飘飘客子岂能闲。

蜡梅
雪压黄茅淮水浑，废诗一月寂关门。
明窗小盎谁分饷？初续江南断后魂。

龙仁陔方伯挽词
精力平生小物穷，空余丹旐返寒风。黄泉祖括知迎母，太夫人后一月亡。青史循良合传公。火烈犹存辍舂爱，水清自励斩刍忠。我稽祀典勤官在，不讼甘陈昔日功。

拔可言某寺有鹤又有蜡梅荒城得此足珍也
寒洲春至还归去，只共僧房岁晚天。一树婆娑原不醉，三更独自恐无眠。

鹿港香
拌和花香飘细细，雨窗残梦被惊回。欣然援笔夸乡物，猛省今从异域来。

二月三日出游
新春瞥眼二月三，粿耳吃完腹历鹿。"二月二，吃粿耳"，乡谚如此。卧闻棚窍风叫鸱，起视墙头云走麤。抠衣勉后二三子，步出城门里五六。黄茅白水冰始澌，桤木森森一极目。风筝百尺拽河干，有似牵船车转轴。空中闪闪鳞之而，谁知糊纸还缚竹。淮南鸡犬尚升天，东海鱼龙定游陆。妄凭噫气上叫号，不畏晴雷下追逐。青云仰首不自致，托命长绳终娓嫉。高飞未免丈夫惭，何况瞻相多蹙蹙。徘回〔徊〕畏雨遂先归，贪恋无风还偃伏。岂伊身世犹寥廓，坐念冬春客兹局。窗前高下晒衣袴，室中左右堆箱簏。青氲梦见草侵阶，春色意生日照屋。吾妻忆母只叹嗟，我友攻文极彬彧。笑余度岁资唐史，未夜先眠烛不掭。何人邮致水仙栽？无事燂汤日再浴。遨头风味又若此，藉口无令诟孤独。冯庵先生亦不出，肯和新诗粲盈幅。

戏赠拔可
昆弋名辈今已希，秦腔三十年来尚。高弦急板声尤悲，吹律微畏北风飏。空龄老人王鼎丞师侯生曲，颇详叙述知泛旺。南人新贵五月仙，北人自喜天明亮。嗟予快耳实非知，止似文章爱奔放。荒城作客乐官拙，有耳甘聋目甘睒。舍中无事弦索鸣，堂上伊优谁最强？异哉李子尔何才，独作乌乌能揣状。天生长颈必有谓，日日羁禽转哀吭。自言师法极矜夸，似恃乡愚恣欺诳。摇头顿足了不惭，听者颇亦嗤其妄。我思此意正堪伤，寂寂谁能且复狂？善书殿体必贵人，行看飞去九天上。不愁执笏作参军，刺史帘前事吟唱。

正阳关孔子庙诗

城头簌簌风沙鸣，城边淡日连庙甍。红砖黄瓦制可识，闻人称谓殊莫明。宫墙大署微堕剥，肃然瞻拜门灵星。异哉州县王命祀，区区有此疑非经。党庠遂序必有奉，按诸古制良可行。或云盗者构苗沛霖，此说非无征。盗亦有道颇附会，棼云教令多经营。包遏地险拥盐利，周遭楼橹终朝成。往往伪迹未铲尽，因知喜乱缘民情。盗也尝为士，士习袭狰狞。诗书所不泽，十逢九可憎。至人坚白犹不享，由矛求剑宁无灵。官军虽至莫敢废，巡检主祀无登鉶。南城骈阗礼天主，老胡传教像悬膺。榻房旧寺近修复，梵呗经过时可听。徘回〔徊〕庙下何寂漠，鼯鼠飞殿草生庭。通都大邑岂异此，啐酒礼毕门长扃。差免园蔬与马厩，博士寒冻无薪烝。我思圣德如天地，南郊有事享惟精。诚当俎豆戒烦数，何须祠宇论废兴？饮食必祭意固厚，朝夕而奉礼反轻。在人未坠苟有恃，日月奚与爝火争。世士矫诬百可笑，拜跽但知利与名。固宜志士慷慨起，引臂疾呼寐者醒。去年海内兴学会，推原讲习为膺惩。纪年上溯孔子卒，见者适适疑且惊。过之而反中乃得，不见揩屋木引绳。归来伸纸书此意，明朝不复事荒乘。

拔可将以三月归闽赠之

李子少于我，其才殊清美。云何遭天酷，心事如暮齿。嗟我亦鲜民，羡子乃有恃。子言忧实深，门户方子倚。有妹须择郎，有弟仅断奶。全家待衣食，远道谋甘旨。孤生怆闻此，不如子多矣。作客得所依，万事如家里。所欠体俱弱，长者忧弗喜。子有晨昏事，归路见桃李。得归归亦悲，我诚不如子。哀情展复收，惟学语可纪。自我始见子，回顾已千里。天资苟有余，学问宁无底？昔我有所为，微睨不谓尔。子实工为文，彬缄世莫比。又复善书翰，得第即太史。天下艺固多，安用穷人技？我时喻其意，渐渐道之迩。翩反颇多姿，幡然忽自改。年辈但相若，下问曾不耻。自叹日皇皇，与子共愤悱。江西与西昆，分别知避取。古人虽去遥，发箧一一在。吾乡今陈伯初先生郑太夷丈，有作亦模楷。当思膏与根，韩公岂妄耳？自得乃变化，万象奔傲诡。字句得失间，固可助壤累。我言日渐狂，子色常甚妩。即今所有者，如林见蓓蕾。吁吾忧道孤，赖子能不怠。作诗叙区区，惟以永相矢。如或传示人，嘻啧必梦起。高识幸不摇，陋体任成痏。子如谓我非，焚灰掷流水。

和冯庵
踽觚寂寂先生耄，啮指由来巧有余。能作千门万户者，不妨堂上拜公输。

花朝饮散
雷电云端里，歌呼屋后头。意如生物动，愁到醉人休。读史轻陈亮，论才爱马周。何曾关遇主，直自不相侔。适读《宋史·儒林传》。

和冯庵三月水仙花
荒荒春色钟冬卉，眸眸迟开得后残。并世不知桃李闹，深居犹畏雪霜寒。琴高变化愁将去，神女迁延愿久看。书幌因依瓦盆养，不阶尺土岂为难？

赴饮沫河大雨夜归
龙祠冻雨惊狂客，六扇门窗隔疾雷。五月秦淮河亭饮，只强红粉与传杯。碛石停舟摇客梦，风波月色一时并。归程五里城三鼓，今夜还听瓮盎鸣。

即目与拔可

墙阴地下潴春潦，便被儿童唤作池。微雨复来时点缀，好风肯至亦涟漪。白鹅绿鸭容相就，蚯蚓虾蟆圣早知。江海自方吾与子，看渠泛泛得多时。

拔可束装再赠之

晴天自起行人意，小疾偏逢寒食时。直想见期先一快，犹存别色得无痴。归宁堂上多君庆，致縢装中有我诗。为何词人王又点，暂时觌面窃相思。

南塘诗三首并序

南塘者，正阳关圩外舟楫避风，春夏时咸入于此。塘上大王庙，盐务官商宴集所在，兹地特为佳胜。岁三月，李子拔可、沈子羧甫将归福州，同人连日出饯。爰为诗三章，抒情写景，或以遗后来之好事者焉。

南塘水涨多新景，河渎神祠压淼漭。桅影涎涎过屋角，水鸥跕跕下花间。铺行什器堆船卖，士女春衣上冢还。风物荒城惟有此，却思归路可追攀。

南塘水涨多新景，连日无妨取醉吟。穷眼难逢花满院，春愁谁见柳成林？依依酒半将移晷，采采阑前欲去心。上巳清明归并了，只除行乐总休侵。

南塘庙里花争好，我与樱桃独有情。来度清明思略似，回寻诗句梦频更。"谁念离人愁断绝，樱桃花下过清明"，甲午京寓诗。舵楼惊艳阑前过，弦柱含声醉后鸣。并合要将愁力胜，不堪风景满前生。

南堤桃花

堤根数树对泱泱，傅粉施朱自试妆。淮水东流思不尽，春阳欲暮日初长。山僧栽种开谁管，游女经过折或强。自被诗人诮轻薄，柳阴不妒有鸣榔。

送春拟韩致光

循例作诗三月尽，眼遭飘落太惊心。拆成片片思全盛，缀得疏疏祝久禁。肯记帽檐曾竞戴，无情屐齿便相侵。冬郎谩把伤春酒，早日池塘已绿阴。

四月雨

日出浣衣雨复下，天公不愁灶婢骂。勃姑将妇来觑人，持竿驱之了不怕。雨晴于我何所分，亦爱窗间有夕曛。下笔时时成一笑，雕虫应不与斯文。江南雨热梅初黄，淮北雨冷川涨长。人言日发二三尺，盐船衔尾还两塘。故园大水年年汹，昔日儿童那知恐。夜半官河浸入庭，起抱花盆垫书笼。

赠周少蕃

画地学书闻兖国，磨砖作纸见周生。吴钩自厉谁知苦，柳脚能传世谩惊。手冻寒天资熨斗，质莹深夜映灯檠。他时图画酬贤母，记我诗篇劝力成。

赠别三弥彦侯归试

壮志开归路，居人抑别情。云开逢月好，风到送弦清。便有无涯思，真非常日声。赠言期一得，剖璞见连城。

坐月与归试二君

暗坐无灯思一静，暑生得月意成凉。垂帘教作窥人态，闭户因嫌隔壁光。欲下沉吟如顾影，送归微叹想回肠。行人明夕江头望，照我迟迟尚念乡。

墙下金丝蝴蝶一本冯庵移理之开花予为赋诗

初看默默随春绿，肯顾无人开始知。桃叶前生犹可辨，亦呼金丝桃，叶似之。雄蜂无偶亦相思。由来评色惟推淡，一日承恩不怨迟。头白老人欣对汝，闲庭荫喝伴思诗。

友人送末利栽之谓不活矣近渐有萌牙祝之
包寄逾淮及始春，搔肤摇本敢云频。也逢夏至为生日，欲说南强太愧人。水阁醉魂惊扇重，<small>秦淮曲中如此。</small>街棚茶话斗球新。<small>福州南街夏夜景物。</small>旧游乡事皆难得，慰我无言或有神。

窗前细竹
相遇惟期共岁寒，雨风也获一窠安。觉来便有凌云思，莫作娟娟墙角看。稻芒差小兰芽大，细数频来亦有情。一样风吹兼雨洗，只余坠箨不闻声。吾庐得地亦非宽，岁计常添一百竿。早识爱缘多结触，不应儿日事摧残。

和冯庵十五日晏起涛园扣门之作
夙兴弟子原当尔，高卧先生也谓迟。只似侯王惩倍约，那从传记觅嘲师。朝阳可吸功难学，夜梦能清神不疲。摩眼作诗余整暇，故应窃笑舍中儿。

冯庵诗云轩于晚翠早劬书
随地名轩无不可，得闲写字亦相宜。援毫未解心先画，入格深惭手似槌。此事养和承平日，几人变法中兴时。斫轮老去犹堪用，莫使后生空得师。

和外舅蓊花之作
长吏风流初著手，诗人欣赏两操心。剔搜一叶教无隐，蒙密逾宵禁更侵。西子贵时愁傅粉，丽姬嫁后悔沾襟。时来得意还如此，那记墙根草露深。

和两先生讽早睡之作

诗横胸际眠如魇，月近床前警若神。真怕打门租未了，颇嫌闭户相能贫。微吟渐有虫飞和，别室难将鹤怨伸。敢外先生求印可，尚从新得诱逡巡。

石榴请冯庵作诗

材官家里开能艳，书客瓶中供有常。怕热却成相对恼，过冬尚逮去年尝。寻思仙洞儿时句，狂想涂山旧日妆。敢乞先生为下笔，红裙白发看谁强。

小盆明灯掩映姿，浅娱斋里日长时。天生正色庄难笑，人道无情蹙自知。毒口只凭呼俗女，禅心原不恼毗离。诗家遇物须偿债，谁遣逢花便折枝？

读外舅石榴诗因述

树当夏日功尤赫，根渥淮流产自雄。火色贵人愁不再，余姿女乐叹无同。伤心鞯影云颓黑，照眼旗痕水飏红。感物造耑惭未逮，尚能寻绎发无穷。

外舅哀余皇诗题后

七日动心惊帝醉，百年被发卜人为。静观始验过庭语，尽瘁空追筹笔时。易佃䈞畬看灭裂，经行蓝苹付陨摧。分明家国千行泪，词赋江关漫道悲。

述祖德诗

父母不逮事，百事不足为。不讳王父母，此语深可悲。恭维吾祖德，敢云吾知之。外舅沈涛园，激扬多厚期。本于先公意，诏我家乘遗。谓言承积累，宜作为歌诗。小子实兢兢，靡日而不思。命名不得咳，抱孙未亲怀。永念临没叹，况积孤生哀。慎重良有以，闻见求无歧。托始三四岁，所记可依稀。闻人说公公，作官在安徽。信归向儿道，公公念著儿。分付教《尔雅》，明年为延师。堂上张小照，于此识须眉。憨跳畏嗔喝，每过首必低。寿辰五月八，学把阿婆卮。酒阑凶问至，惊哀终日啼。是年惟己卯，此后多伤凄。吾父麻衣归，迁居旗下街。庭中龙眼树，书案设当阶。手写不记纸，泪下时如糜。窃窥颜色恶，侧坐不敢咍。心目忆可见，祸酷痛交摧。易篑执手泣，太息儿尚孩。年至十二三，书簏恣翻披。吾父曩所述，手泽如新题。先府君年谱，男某谨次排。东流随宦记，言土瘠民疲。粤寇凡三至，城内冢累累。生齿既未复，文教非苟施。邑中邓析子，好持官是非。好召与之语，铺以酒肉糜。襦袴尔所利，鞭笞官有威。感愧或遁去，自此狱无欺。又云戊寅案，文书存可稽。别本逾寸厚，细钞累万微。叙述似未竟，欲传恨不才。童骏究未省，今知意在斯。犬牙相错地，自古言多违。争桑处女伤，沤麻吾水兹。寺门夜载藁，界上晨亡尸。岂尝饱毒手，直是支诬词。阅实赦无罪，诛张谓有私。风流秋浦咏，响绝不可追。_{池州府吴姓。}视钱即甚悦，含怒故多訾。人情易反覆，如萍随风吹。独持南山笔，岳岳难得移。媚人犹及止，杀人奈何哉。安庆孙太守，控告义所希。_{孙谷庭先生致书皖藩，甚激切。}手录存十纸，_{祖父手录。}兼有当时诗。天知民不愧，睡起心自夷。_{卸事将赴省，寄孙太守、林司马调阳诗，后半云：}"未必同舟皆按剑，谁知阴雨独吟诗。此心天鉴民无愧，□□何妨睡起迟。"_{前半不记。}纵如引舟去，寄语泪勿垂。白骨可覆视，黄泉岂遂埋？忝名为父母，那忍事委蛇。民冤苟不雪，罪大亦何辞。列书达制府，_{申请揭验。}制府惊且疑。为民能如此，岂非良有司。事实良未明，万一亦可危。私谊况桑梓，_{沈文肃公督江。}人言有阶梯。移文召伍伯，_{调江西著名仵作。}破棺求瘢者。万目见日月，一朝抉云霾。父老喜害去，_{池守褫职。}道路迎君回。还愁升擢去，岂悟运化摧。廉吏竟如此，天道谅可知。先世有薄田，亦足供岁时。为官而禄薄，不以家人随。五年古彭泽，清对菊花杯。中间更事故，斗米岂胜炊。负郭既不保，没身反得瘏。嗟此实明德，感念空增欷。匆匆二十年，一得而九遗。诚当书此事，留布诸方来。民情苟不诬，知有望江碑。天阍苟不远，恩泽敢妄几。吾父一片心，不与七尺骧。七月急归去，寻检旧书斋。情知渐徙失，谅未付尘灰。老师吴峰五，表叔魏幼施。当时皆目见，故实良可咨。县社有鸡豚，官府有档批。成诗余涕泪，令名思用贻。

申报送至冯庵相次成诗

邸钞不仕元堪断，申报无文那足看？
要见诗翁作诗手，风吹春水遣相干。

六月初一日

月朔重申晨夜命，贪眠自订奈吾顽。卧看露瓦笼金润，起待风帘扬练殷。花鸟鲜妍人气静，屋庐深远市声闲。诗人得意多斜日，不为朝阳一破悭。

初三日呈冯庵

难得先生说止诗，恰宜懒性与开眉。得闲眠食休相扰，无故悲愉只坐驰。飞鸟遗音情欲息，春蚕课茧腹忧饥。闲房长日闻微讽，便似苏门回首时。

初四日

黄花随折复随开，选事庭中日数回。吹面好风斜日下，厨烟拂草过墙来。寻诗竟日只无题，书卷都抛旋旋迷。如此长天翻不读，可知不及汉征西。

先师陈幼莲观察遗文缀言

断玑零璧散不拾，田父夜惊莫敢藏。青箱世守亦仅仅，深锁何殊尘网凉。当年有作必写与，楚亦有分旌与璜。时时开视宁忍读，六丁下取须提防。惟天生才加以学，小子辟席徒窥墙。追穿载籍吸元气，浅才薄艳下奔忙。古者文章重制诰，至今独数常与杨。圣朝责实所弗尚，诸侯侨戍争求良。由来陈琳阮瑀集，存者纵富已已亡。香山居士尚律切，少陵野老穷铺张。论诗宗尚见百一，空积腹中千万章。茅亭六月忆新落，左右花草罗丹黄。终日相呼语不尽，三复共赏味逾长。钟山回首竟终古，三年忽忽永心丧。独念遗文后死责，名山何日发辉光。

留别冯庵

四海舟车正大通，东西爰止总相逢。三年得侍看成易，一别方追忆可重。求道钻攻资苦语，治诗掔引美神功。古砖如石心如玉，持奉犹嫌比不同。

谢冯庵菜羹

一动归心食指随，盘飧为别已精治。菜园漂尽官厨洎，肉味三年亦未知。

客有询幼莲师世兄者书忆

重闱色养若亲身，别日麻衣感尚新。闻说今年当娶妇，师门归去见成人。

留别南堤

频来树下得闲行，临去何辞沾滞名。
水面风摇金一片，日光柳色晚天情。

与熊子锻

好事相寻信有缘，肯钞诗去愧流传。止堪留作停云记，不忘南堤五月天。借书每日见辛勤，自说家藏付荡然。乱后山川辉润少，要思人力可回天。兄事深欣长五年，处君当复许相镌。诗人元与穷人异，自致昂藏莫可怜。

马房沟

　　昨日老子山，雨打又风吹。今日高邮湖，过湖日未迟。雨气化为烟，何处露筋祠。金葩扬翠盖，空中见参差。径行忘混漾，难进渐逶迤。新蝉第一声，欣然得闻之。浅浅绿铺褥，高高青垂帷。霞光由外铄，倒蘸水之湄。蓝滑如泼油，红艳如凝指〔脂〕。扪之不著手，脚踏跌爬龟。千载苎萝溪，人言浴西施。扬州夸佳丽，此理信可推。如何杀风景，火轮衷而驰。何殊铁如意，打碎赤琉璃。刀劚织女锦，车裂文君肌。扣泥断萍根，吹灰黏柳须。惭极急遁去，犬吠非关谁。湖光挟堤树，苦苦远相随。清丽与幽淡，万状难具辞。仍为诗人觊，不同湖寇追。舵楼得晚饭，新月正如规。焚楮舟谢神，鸣锣官税厘。荷香不见花，暗里勾我诗。风浪一回首，既往亦勿思。

洪泽湖遇风

　　清晨过龟山，水势凌日盛。突兀淮渎祠，空影浮相映。我思无支祈，何得窃权柄。古后诅其诛，后世及以政。夏鼎民可知，鲁囚吾不敬。廿里老子山，私念未及竟。大风翻然起，天水势一迸。长桅势忽倾，连舫声相并。有力皆上掀，无雷欲下轰。南辕折不回，退鹢旋复迎。众喊张臂持，万沤陷胸迸。竭力乃抛锚，遇浪如碰钉。鼓轮就浅濑，牵绳依幽屏。船身顿而蹶，蟆腹号以膨。激石居未安，得雨势益横。家人吐狼藉，水鸟飞舰瞪。我心知其故，且卧待其定。召寇固有因，论理亦太横。欹枕久不宁，搴帷若有侦。何物类狉〔獶〕猴，跳踉赤臂胫。大笑至口耳，其语乃可听。轻薄神所羞，冯暴尔何轻。但遣稽程期，未至忧性命。禹老启方幼，威福惟予正。庚辰与童律，不用且久病。世人不悟此，辄思与我竞。大鹏犯天盖，长鲸搅海镜。以予较之彼，犹自羞陷阱。迂贸诩器利，矜盈谓气劲。一败遂为羞，大福至不更。无乃过梦云，制身宜自订。言毕忽无睹，风息梦亦醒。

与石遗大兴里饮罢过宿有叹

往日矜夸一任谩，远来共醉事殊难。高楼罢酒天初雨，短榻挑镫夜向阑。流落倾城同一叹，忖量终岁得多欢。此怀恐逐晨钟尽，留遣回肠报答看。

洋泾桥与太夷丈对月

河干风月足情文，暂获相从清赏分。夹岸人多俱有役，当楼曲好与谁闻。伤春日往心犹在，兴利时迁议尚纷。不遣诗人忧世事，还能回眼醉红裙。

沪寓即事

隔浦车尘涨暮天，虹边门巷渐含烟。独谣负手谁能喻，百计安心或未贤。王粲忧来空假日，嗣宗醉后只酣眠。河流树色宁知我，眼底怜渠尽意妍。

张园同旭庄四丈

树影鞭丝一瞬中，如何行乐绝匆匆。少年为客思还倦，举国从人懒独雄。隔座婵娟怜好月，回车駊騀梦凉风。平生看竹饶真赏，剩愧题诗总未工。

舟行一首

射阳天影接樊梁，湖水交流自一乡。蒲长坡陀难辨岸，舟行深窈但闻香。眉痕窥户江南绿，雨意斜空树外黄。眩卧海风吹忽警，似缘好景不能忘。

上海胡家闸茶楼

已近乡心那得休，谁曾一笑妄成留。依回避疫情何怯，牵率言欢意易道。十里人声趋短夜，百年海水变东流。闲来独倚原无事，只为凉风爱此楼。

还福州海行二首

客吴思越此成回，云水多情识我来。白氍千重遮日走，绿荷万顷泛风开。车音听入江干别，庭树归寻旧日栽。仰屋波光看不定，顿思微醉玩深杯。

其二

属水云垂日半黄，峰峦渐熟却深藏。轩轾岂是人能使，俯仰翻嗤山太忙。旱疫应知乡事苦，藩枑未识国谋臧。坐窗兀兀真当瘦，不为微生感独长。

福州寄内

人海投身未作谋，多君送我思何周。江干灯火残宵月，客里园林临别游。携手何当歌有道，寄居聊得顾无忧。入关志气吾能励，望远凭高莫自愁。

八月十四夜拔可宅中露台

家山风物别成忘，良夜乘高试一望。月静方知双塔闹，雾低惟觉满城香。惊枝宿鸟难安梦，闻笛离人易断肠。直恨清辉同万里，谁言秋思在他乡。

与拔可别后却寄

少年为道欲安心，莫以端居拟陆沉。丛桂小山真好住，白华处子孰能侵。书声课弟灯初上，竹影关门雨自深。新为高斋作寂寞，据梧不共夜分吟。

再寄拔可并讯仲奋

客还孤陋少情亲，厚我犹夸李与陈。绝羡杀鸡人有母，直呼作黍孰为宾。欲言已尽原堪去，相见方秋更待春。路曲树阴压清泚，记同诗客访经神。

寄陈仲奋

谋身或未能，辄有当世意。夫子愍其狂，登高共一慨。山河犹吾土，胡为视若异。珠玉久不生，凄怆少辉媚。呜呼谁使然，已矣非人事。

吾党二三子，望古期一至。卓哉岂不贤，行处人或避。群阴方刱阳，山高不绝地。政使随俗耳，谁得谓非智。烦君但一计，何以安吾睡。

丁酉九日泊舟烟台寄鹤亭二首

别君若翌日，登舟作重九。万里好家山，翩然得我友。主人掩户出，巨盗窥所有。已去俄复来，居心疑不厚。莫谓国无人，一旦落君手。

落叶未足悲，睹寒情一至。孰云东邻女，不下阮生泪。此意旋自隐，妄谓止礼义。不图扬其波，乃使惭无地。泥犁诚对簿，君亦无所利。

呈黄太守国瑊

戴义全家未敢喧，十年事往尚烦言。同舟有剑伤孤按，入井无绳赖手援。当日一州推直道，古人驷马望公门。心知邂逅非容易，恐是先灵诱幼孙。

邻鹤吟

剑题浸贵采，鹤唳延悲声。西邻有羁客，闻之绕室行。已无亲手饲，宁为告饥鸣。奴隶谓欲去，恩义怀无生。叶落树寡色，露寒天不明。婵娟掩中户，蝙蝠飞前荣。华表归来日，相逢或一惊。

代书与里中亲友

推户惊风大，听诗闻雨来。五年终夕话，三客异乡回。欢阻河塍月，心伤里社灾。别怀知未释，寄与短章开。

戊戌元日江亭即事

倚阑云起乱鸦呼，黯黯西山望未无。乍入暗虚催夕景，还连风色散平芜。主忧避殿当元日，臣职操兵见啬夫。如我闲官神所笑，何祥欲问自疑迂。

同陈清湘饮唐沽酒楼

儳儳船行烟尚屯，萧萧旗响水争喧。吴儿涕泣君休笑，忍见邢贞入国门。杜陵家室吾方问，通德乡门子自昌。逆旅匆匆聊命酒，相逢莫道马宾王。

寄内

晓色惊看月满窗，池廊雨歇水淙淙。酒醒作痛何情绪，梦见吴淞十里江。六月长安无一事，借人亭馆看西山。鹿车甚处堪同挽，留滞何因却未还。

同琴南拔可稚辛至云栖题名而去

江路山光百转新，灵关云木倏相亲。全收雄突归深窈，不露庄严自淑真。修翠含阴留宿润，杂花浮水散幽春。谁知未是逃名处，尚有亭前泚笔人。

礼莲池大师塔

天外飞禽逐磬音，石坛幡影见深深。诗人宿具开山手，世难旋移卜隐心。老树刺天青自直，空潭留日绿还沉。有情多是栖栖者，初地微茫岂易寻。

答幼遐前辈示词

邂逅真非常乐论，陂边鸥鹭怪纷繁。看山留目依吾土，书笏回思入小言。雨急更催愁日晚，花清自照忘杯浑。龙沙请念凭何物，政要先生秀句存。

直夜

凤城六月微凉夜，省宿无眠思欲殚。月转觚棱成曙色，风摇烛影作清寒。依违难述平生好，寂寞差欣咎眚宽。身锁千门心万里，清辉为照倚阑干。

呈太夷丈

闻命书思既竭才，池亭起早独徘回〔徊〕。寒生晓梦知方雨，雷转秋阴喜渐开。救伪未妨行督责，乘时自合仗雄材。先生平日吾师事，试问如何区画来。

颐和园葵花

瀛海分余润，秋晖亦圣恩。抚心无愧汝，飘落复何言。

狱中示复生

青蒲饮泣知何补，慷慨难酬国士恩。欲为君歌千里草，本初健者莫轻言。

西湖断句

贪看湖光犹畏雨，静思世事欲逃名。

杨锐

说经堂诗草

定远道中晓行

岩高石齿排云树,束火起寻江上路。岭头煜煜见明星,襟上涓涓泻凉露。露冷空山栖鸟惊,幽兰被径香风迎。道旁秃树似人立,林间飞瀑疑松声。石磴高巉碧峰顶,云气入窗行笄冷。木鱼晓动僧呗开,呗,一作梵。叫起西溪老翁醒。

游顺庆白塔归渡嘉陵江大风作

火云烘天作黄纸,须臾幻形成釜底。大风吹下白塔来,刮起嘉陵半江水。嘉陵水阔船如刀,塔尖回望明秋毫。放舟老叟簸欲颠,腥蛟掉尾涎龙逃。太阴黑入增冰涣,雪点翻空鹭群散。气冲尘埃阴霾昏,血沥泉源老株断。归来雨脚猛翻盆,夜静空闻风破门。

登阆苑十二楼

背后碧玉台,当前苍锦屏。灵山翼其傍,阊扇随开扃。嘉陵抱城去,罗带东西萦。长空万瓦白,飞阁双鬟青。远近笼变态,旦夕浮窗棂。此邦殊胜绝,壮观尤仙灵。阆苑驾高翔,真诀参鸾听。道子恐著画,佐卿偶遗形。斜日明远塔,孤烟上层汀。丹梯暝方迥,醒客闻风铃。

丁丑将赴酆寄怀叔云京师时方由水道还蜀

长安落木下，之子发卢沟。为客三年尽，防身一剑留。悲歌燕市月，归梦海门秋。一叶东流去，迟君到峡州。

其二

片帆云气昏，十月上夔门。峡势回看鸟，江声正断猿。林霜红系缆，山雨绿开樽。冬尽南宾县，交期子细论。

舟望

榜吏催人急，江干鼓角严。滩名铜柱险，峰势铁桅尖。水国分窭布，官网下楚盐。风波幽赏惬，不待酒杯添。

泊宅

泊宅夔巫去，巴江一线流。峡云朝易变，岩日午难留。猱玃窥渔艇，鸬鹚上客舟。此身何所寄，天地与浮沤。

入峡

稍入瞿唐峡，摩天有石门。藤留猿挂迹，松落鹤巢痕。米市依沙聚，盐船避碛喧。远游非得已，独畏虎狼存。

江雨

系缆如船重，沙头照火明。大江秋更张，危峡夜多声。水鸟群相噪，潜鱼梦亦惊。短篷愁屋漏，强喜说销兵。

闻官军收复准部四城

见说龟兹国，河源更尽头。羯胡终伏命，龙额会封侯。贰负尸仍梏，休屠像早收。昭陵大小白，连日汗长流。

其二

绝域通西极，平时万里疆。天徕汗血马，国集大头羊。水草千夫帐，旌旗六月霜。似闻陈校尉，亲斩郅支王。

其三

自拓伊犁地，频年费转输。先朝有深意，北徼绝强胡。异域归盟长，安边想庙谟。明明四夷守，经国意何如。

其四

瀚海封疆重，将军号令轻。准回初有议，中外本同情。贵胄仍专阃，獯戎屡畔盟。终朝立行省，藩部比陪京。

其五

甲子江南定，西征系圣颜。至今尧典在，回忆禹谟艰。王者真无战，中原不复关。凄凉告庙日，云气满桥山。

拟梁简文纳凉

余霭半城昏，淋池收夕暄。端居念徂暑，凉月敞东轩。芳蕙乘露炯，密筱滞风喧。滞，一作碍。鸣蜩眈树杪，流萤避草根。却扇情非故，停琴念已敦。无繇度清夜，飞盖集西园。

拟梁简文蜀国弦

星区临石镜，天府限铜梁。估客渝城乐，娇娆蜀国妆。名都实佳丽，被服炫姬姜。十千盛溢郭，三五艳专房。武都才化去，灌口且迎将。汉女流波顾，巫娥兰麝香。随风步罗袿，褫佩送琼珰。襃起兰台雪，裙煎锦水光。西音罢促柱，南市劝回舫。闻君下巴峡，先梦到高唐。

院中秋暝

日夕天气凉，飒然秋已深。虚檐切穹霄，广院下层阴。浮云颓高望，荒飙寒远音。冥坐易为感，孤怀下岖嵚。南雁肃哀唳，弭棹清川浔。所思谅多阻，皋兰绚幽森。愿移淮南调，且辍湘潭吟。无因盬尘虑，凄其江海心。

腊月十五夜月

锦官城里暂停鞍，红粉楼头独倚阑。
一十二回明月夜，可怜都向客中看。

读杜工部入蜀诗拟作四首
白沙渡

云门下清江，转棹巨石碍。解缆及长风，乘舟入青霭。威迟平地底，愁破寒天外。行人唤山坳，篙师面相对。浅水鱼龙逃，中流鹳鹤退。旷然心魂舒，喜见空宇大。狭岸逼岖嵚，奔湍谢砰湃。旅定息羁梦，惬意云涛会。

水会渡

久客畏长途，穷冬尚孤征。霜气瀬已冽，崎岖进前程。江夜渺无边，颎洞波涛声。方舟唤宵渡，凫雁中喧惊。竿镵石易响，岸火风还明。舍舟路方徂，登山愁屡更。俯看江流底，众星浩纵横。我行何当止，旅泊淹平生。

飞仙阁

飞桥青冥上，架木横空跻。历尽平地平，正登梯云梯。连山走长波，寒江带流澌。天色暮惨澹，风声昼酸嘶。危径下木杪，前壑望却低。登降苦劳顿，儿女咸饥啼。居人隔水饭，过客寻烟栖。我衰惭野老，生理安能齐。

五盘

人言五盘险，山险地亦偏。修阪造云日，乔木延炊烟。岩室昼恒肩，山居多笕泉。亭午昏雾散，群鸡号树颠。对此心目开，遂忘羁旅牵。他乡尚流落，旧国何当旋。东京久征战，庐里成空阡。此邦实乐土，忍说嵩阳田。

二月十九日行次宁羌远闻朱詹事师之丧以是日发成都归葬余姚泫然泚笔情见乎词率成二十韵

哲人不婴物，永世惟令名。一朝万化尽，恩义若平生。天道昧忠良，俾屏哀国桢。岂独斯文丧，焉知疹瘁情。岁月终靡盬，匪躬奉王程。金石乃销磨，矧此劳役并。反席北墉下，穗帐何凄清。骨月不在傍，白日惨光精。迎吊无敝庐，一陇何鏺耕。被褐非所恤，孤露犹茕茕。挽车东门外，反葬荣都城。浮云暮苍黄，寒郊闻哭声。来时万山重，去日一舟轻。三峡咽回波，流水漾双旌。雨泣感行路，未甚山梁倾。小子奉启足，敦匠谁亲营。治任独先归，零泪空缘缨。江汉无还流，时雨不重荣。茫茫万里途，山海浩纵横。终朝束刍奠，他时望两楹。

长安寄严雁峰秀才

我行迫季冬，凌寒不能发。客子今春来，尚见秦关雪。强得一尊酒，欲以慰饥渴。别后闻子规，思君霸陵月。

始发长安至灞桥

已发灞陵亭，还眺长安郭。云开见蓝岭，山明出紫阁。远树立森森，平田低漠漠。斜日马上晴，余霞鸟边落。列景归清晔，凭轩恣行乐。薄旭殿荒原，薄旭一作返景。韶葩绚遥墼。既欢游赏佳，稍慰离惊薄。青门迹可寻，丹梯望仍廓。

过太原作歌

太原公子虬髯客，笑指并州作王迹。龙起虚传晋水清，一作"龙虎千年霸气销"。至今犹见汾云白。此地从来王者都，百年腥秽经胡雏。三河节概向谁是，段干田子今时无。摧轮倏登太行道，黄沙屯云没青草。往者灾荒连四年，饱闻白骨高于田。古堠离离识官路，颓垣漠漠寻炊烟。揭来风尘厌辛苦，鸣铗宵深代人语。只为肝肠报信陵，肯令口舌夸齐虏。莫辞且作燕蓟游，有梦早到金台土。固关东连人去稀，山川霸气两依微。晋阳莫问前朝事，莫一作若。惟有秋风数雁飞。

客述越南战事

长星曾记出蚩尤，海沸江翻两度秋。夷舶波涛通鬼国，袄祠风雨变炎洲。越裳贡雉终无补，浪泊飞鸢且漫投。极目南云何处尽，汉家铜柱在交州。

闻倭灭流求

天书夕下贲鸡林，万里榑桑望德音。定粤犬牙原有制，赐秦鹑首竟何心。神仙已渺秋风客，帝子还飞碧海禽。头白怀王今系虏，咸阳终日泪沾襟。

朝汉台高北斗殷，谁从槎客问瀛环。人间志士虬髯去，海外孤臣马角还。职贡百年通上国，衣冠三代失中山。申胥徒向秦廷哭，虎豹森严卧九关。

定兴道中

自入燕幽地,平沙不见春。日高尘过马,天阔树如人。驿路遥通蓟,河流并向津。惭非游侠客,长剑亦妨身。

暮至城西古寺

傍水蝉声出槿篱,马缨庭际落红丝。夕阳下岭疏钟动,正是山僧入定时。

南苑

大红门外接郊坰,南苑秋风禁树零。被酒日斜桥上立,无人教放海东青。黄沙望尽草连云,芦管声高海户闻。射虎归来人不识,马前平揖故将军。

西海子

方丈蓬壶到眼前,团城雨过亦翛然。夕阳欲下觚棱去,遥见晴空水碧天。碧波黄瓦接瀛台,秋色芙蓉镜殿开。十刹海边人散尽,水禽飞过苑墙来。

九月十七日出都叔云茂菱晦若孟侯送于彰武门赋此却寄

征衣乍作十分寒,去住无聊两自宽。燕市悲歌将进酒,秦关残雪劝加餐。骊歌送客难为别,乌帽愁君不忍看。咫尺青门一分手,人间天上是长安。西风吹我欲销魂,秋过卢沟木叶翻。去国身如霜后雁,望乡心似月中猿。三年薄命随书简,九日狂歌对酒樽。蜀鸟燕鸿两愁绝,寒天一骑向并门。

过卢沟

柳色关河早带霜,危楼画角倚斜阳。天边候骑穹庐白,云外行人袴褶黄。水过田园同雁鹜,风来草木见牛羊。卢沟此处频回首,犹望西山气莽苍。

窦店早发

窦村夜半鼍更绝，空中行云走孤月。馆人见月呼天明，枕上寒鸡催我发。是时连旬罕晴霁，积潦浮空荡银阙。朔风琅铎响纵横，白露油鞋照明灭。云颓月转已复暗，倏忽晦明谁可决。穿帷急雨驱淋浪，破空惊雷下突兀。岂惟重褐无寸干，更恐联车同一蹶。仆夫驽马两怀怨，涂泥上鞍水过袜。奔流乱辙迷远近，奔流一作流澌。篝火惊人愁出没。愁一作时。前林有物畏豹虎，畏一作状，豹一作豺。朔野无声散鸦鹘。迟明已见琉璃河，晓寒中人砭肌骨。砭肌一作严刺。渐看飞雾卷长桥，稍喜炊烟出黔突。土床宿火呵手冻，铜瓶村酒浇肠热。村一作倒。田家正苦雨淫淫，劳者复闻泥滑滑。我生饥渴分自了，天意阴晴那可说。芦笳早动墟市开，石道凌兢惮轮铁。惮一作蹩。

过白河

大漠风声欲渡河，马头行色上京多。黄云叠鼓渔阳掺，白日弹筝易水歌。骏骨功名思郭隗，狗屠习俗问荆轲。论交尚有燕南客，斗酒相逢剑屡摩。

旅夜

风急下庭楸，孤吟凭绮楼。镫悬疏雨夜，门掩候虫秋。运命嘲萧远，平生愧少游。壮怀销铄尽，竟夕感沧洲。

登北极阁四首 一作太原抚署后有北极阁，暇日登眺，率成四首。

寒飙猎猎卷双旌，百尺危栏立暮晴。秋色五原秦故郡，夕烽孤戍汉长城。雁飞犹见汾云白，龙起虚传晋水清。今日衣冠非典午，管涔神物漫纵横。

绝塞凋年感慨多，"绝塞凋年"一作"匹马临边"。腰间白羽问如何。"腰间白羽"一作"凋年急景"。八陉风物征人度，风物一作风雨，征人一作愁中。三晋云山匹马过。匹马一作客里。城漏日光翻紫塞，沙连天色走黄河。时清不用楼烦将，枉唱阴山敕勒歌。

黄云画角到并州，倚剑天门壮岁游。李广数奇犹出塞，李广数奇一作坐啸刘
琨。刘琨坐啸已登楼。刘琨坐啸一作伤时王粲，已一作独。平川水阔牛羊夕，故国寒
深雁鹜秋。深一作来，雁鹜一作鸿雁。铁笛凌风一搔首，武侯遗叹在中流。

百载三边静塞尘，一作边柳青青没塞城。柘弓银砑此闲身。晋祠碧玉龙鳞
旧，燕市黄金骏骨新。流转关河长作客，流转关河一作表里山河，长一作空。挽回
天地岂无人。神州咫尺修门远，修门一作阊门。北斗阑干望北辰。

登镇海楼

槛外中原北望深，夕阳高鸟客登临。千军白马奔涛壮，万烬红羊浩劫
沉。化国楼台衔暮景，异乡云物发秋心。剑铓争割羁愁去，怅触儒冠学楚吟。

万户秋生画角哀，尉佗遗迹尚有台。盲风过岭桄榔响，蛮雨随船薜荔
开。边海碧吞沙地尽，绕城青见越山来。图南未必真乘兴，且酌曹溪水一杯。

题家书后

书剑飘零付酒楼，侧身天地入扁舟。衡阳雁断无乡信，岭徼猿啼独客
愁。别梦还飞珠海月，归心先渡锦江秋。茫茫身世无端感，寄与沧溟万里流。

和南皮师除日大雪元韵

腊酒噓冻得软饱，年丰乐事快自了。冬雪再餍春犹封，霁色模糊垩林
表。堆琼仍看万瓦白，烛照不待三更晓。市人屡泩不龟手，天公惯戏玉龙
爪。士如楚犷恒得挟，我愧袁门独不扫。迎年爆竹欢岁除，家家仓庾登万
宝。要丰餋饵馈邻里，更洁笋脼荐潆潦。尚书元精耿虹贯，昭苏万汇古来
少。驱蝗肯师梁公智，雨麦未神岐山祷。默知桃泛回百日，爇薪驿骆催县
道。九穴恐滋藕池讼，万城倚是荆郡保。今年大雪三袤丈，异事还谂百岁

老。梅苞噤寒不须吐,蕣根响温未应稿。瓶盎破裂惊粤洲,琼玉挥斥散台岛。造物无心无乃谲,行子归计定愈好。春风入律释土膏,积润回楛被萇草。百滩若失去楫轻,绮岸余花照苍昊。

潞河舟中
通潞扁舟上,牙樯尾自衔。潮声远过闸,河势曲随帆。塞雨天波涨,边春雪水涵。帝乡前路近,莫惜浣尘衫。

读谢康乐游览诗拟作
晚出西射堂
云敛霁初夕,夕暝山气寒。缭垣辏野阴,飞阁撼风湍。烧痕原野红,返照川林丹。岚变景多新,谷深趣易阑。征鸟逝逾疾,孤兽走复还。不值离索戚,焉知群处欢。金尊酹清醴,素弦促妙弹。造幽无人同,拊襟怀永叹。

游南亭
返照敛天末,飒林含萧条。万象归余晞,圆光半清霄。烦疴近疏散,旷望穷村皋。淑气变乔木,和风翼新苗。林卧昧时化,野行屏埃嚣。爰爰见逐兔,嗒嗒闻鸣鹩。庭卉忽改节,圆槿无终朝。赏心在天运,摄衣步逍遥。长生得自得,真隐谁为招。

游赤石进帆海
边海天气清,风静潮未落。解缆及沧波,驾帆戏海若。溟汨无垠崖,辰游泛虚廓。巨灵息威澜,飓母无时作。海白气微凉,波红日初跃。旦见众星淹,晚就羲轮泊。徐市求神山,成连越大壑。采药非空谈,乘槎讵云托。愿结阆风游,移情付冥漠。

石壁精舍还湖中作

物象湛清华，天气日夕霁。霁曀非一时，行客欢游诣。山将众壑昏，水与长空逝。峰翠澄余曛，湖云归夕丽。岩倾落照留，谷转凉飙厉。俯磴泻幽襟，临湍散风袂。初探稍有得，渐进遂真契。何当谢组来，及此关常闭。

登石门最高顶

阳崖眷东曦，阴壑敛西晖。童山凿石涧，峻阁敞荆扉。群岫围合沓，高冢抗崔巍。蒙楚入林莽，陵苔拂行衣。霭合迷远近，日沉澹熹微。钟高石杵乱，灯靓宵光晞。沉沦悦山性，偃息憩崖霏。鸿冥九霄翰，鸟遁孤云翚。岩阿苟绝踪，安命分不违。长揖商山侣，甘息风尘机。

于南山往北山经湖中瞻眺

扶策翠巘曙，息驾丹崖昏。舍舟倚石壁，理棹在云门。渌渊凝镜净，湫渚流璇温。峦映丛薄表，石泻长林根。复嶂屡回互，重岩自崩奔。膏分缀雨足，肤寸触云痕。菱牵紫角刺，笋折绿胎翻。危柯恋羁鸟，骇石坠惊猿。寻异迹多逝，凿幽念逾敦。山水有至性，丝竹难为喧。徒结流水曲，仆御偕谁论。

从斤竹岭越涧溪行

岭宿候晨钟，溪行冒残雾。微月阴荒村，晓星挂高树。坂峻搴帷衣，石横聚广步。崖吞仄涧悬，水涌危槎度。径缭疲东西，谷栖怍朝暮。清筱丽澄涓，泽兰蔚长路。若人在深山，室迩不可慕。丛桂有旧迹，竹柏无停趣。迹幽随境邃，心远入林悟。吾生理固然，谢尔惬所寓。

读李长吉十二月乐词拟作数首

正月

条风少女弄春晖，嫩寒宫禁漏声稀。雪酿红心浅草肥，花光糁入绿罗帏。银箭罢催窗送曙，镜槛荧荧堕朝露。轻批鱼钥排天阊，金鸡啼老扶桑树。

三月

艳阳烂烂薰瑶天，东郊望春春可怜。金衣斑剥雨声涩，蜀魄叫回花欲泣。曲江宴冷社鼓阗，酒香雨气红罗湿。女桑葱蒨欹岩扉，欧丝帝子祈神祠。同功作茧大如瓮，青春白雪缲寒机。

四月

梅炎瀚出千山雨，漠漠紫苔黏柱础。残红满地香雾喷，沙嘴凫翁相对语。浓阴幽暗无飞花，雕轮鸣玉转哑哑。水香五色作龙华。

八月

寄愁与明月，孤照泪痕斑。暮潮曲江曲，虆照山上山。山石不可照，山云无时还。不眠倚桂树，露脚湿云鬟。

九月

玉关柳红衰草白，金背虾蟆老蚀月。齐州九点融冷光，瘦尽溪毛见山骨。哑钟送响迷无处，山鬼夜夜啼枫树。胆瓶残菊露珠圆，孤鹤避人翔石坛。

十月

蜡泪啼红怨夜长，彩鸾帘额飞碎霜。空山古木惊鹕鹈，晓氛幂日昏无光。红叶飘零散遥野，蛰萤冻死钩栏下。朔风吹水水生骨，池冰片片蓝田玉。

十一月

天公玉戏电女笑，萼绿仙人斗清妙。劫灰不死缇室扬，洞庭春色飞千舫。酒酣卧起嚼冰箸，日毂瞳瞳挂高树。

十二月

草芽青青鸣腊鼓，堋边羽羽鸡方乳。一年将尽苦夜长，暗掷金钱卜钗股。

汴梁怀古

神仙策蹇正西行，一笑回头说太平。忍取黄袍孤寡手，竟忘红烛弟兄情。诸陵风雨悲南渡，四帅旌旗愧北盟。败瓦收从残劫后，宣和字迹尚分明。

晋阳怀古

恒山南下俯雄图，汾水东来绕旧都。虞夏故墟邻绝漠，汉唐华胄是胡雏。灶蛙乘雨时游沼，冀马嘶风老识途。一自晋阳龙去后，太原王气总荒芜。

钱塘怀古

潮头初射怒声张，白雁军来海不扬。两浙山川钱尚父，六陵风雨宋先皇。金瓯换后朝廷小，玉碗开时拱木荒。邓国未归瀛国去，西湖风景倍苍凉。

闽中怀古

九龙山势欲凌烟，五虎门前水拍天。都尉侯官秦印绶，将军横海汉楼船。关河自古称重险，割据由来少百年。余善覆亡延政灭，越王祠宇剧堪怜。

粤中怀古

城上遥临百粤空，南天愁绪正无穷。炎方不断四时雾，涨海常吹千里风。刘氏朝廷同妇寺，冼家巾帼是英雄。尉佗旧业如何有？惟见高台耸越中。

红叶

秋山弥望烂如霞，陌上停车当看花。冷逼驿栖才度马，烧明宫阁欲翻鸦。荒村落日衰梧老，古树边风塞柳斜。满地燕脂随处撒，翻嫌青女太奢华。

柿林掩映接枫林，绚烂秋光著色深。客路征衣游子泪，御沟流水美人心。古来重九愁如此，别后西风思不禁。曾见荆关名笔好，即今疑向画中寻。

柴门落木正葱葱，三径何因有坠红。人迹秋光山店树，马头寒色驿门枫。戍楼指点明霞外，旅栈荒凉夕烧中。自足傲霜饶酒态，莫教飘泊逐西东。

征衫踏遍板桥霜，红树关山引恨长。鱼网几家乘晚渡，乌啼无数送残阳。深林月出明官道，古木风高见驿墙。莫怪长年多感触，谢亭回首鬓毛苍。

前蜀杂事诗

王气青城久发祥，旋看兔子上金床。红旗一簇愁眉锦，跨取西川作帝乡。百廿人中尽出奇，八哥曾此泣登陴。十军阿父分明见，又向行间录义儿。国家金德旺西方，玉玺膺天祚永昌。贺表诘朝齐劝进，武成天子是新皇。舐创含血事犹新，总揽英雄世几人。寇盗未平邪说起，画红楼上吊功臣。阆州高竖纪功碑，翠驿双旌节使驰。一握宫娥弹泪别，大安楼下赐新诗。遂王名字隐铜牌，马上球场密弩排。一自城西诛道袭，梓潼祠下锁荒霾。印文入蜀未多时，麦秀风中唱两歧。翻出大梁新乐府，殿前褴缕满贫儿。巨灵夜半挟雷风，江堰催成一夕中。诘晓百官齐入贺，震蒙祠下酹神功。功德龙兴纪断碑，西平旗纛写生祠。金鱼宣赐延祥院，若个兰溪老画师。登楼褴襂笑行人，军府光扬丽服新。百姓才收危脑帽，君王头上著尖巾。兴义楼前饭万僧，佛牙当日出三乘。如何瑞应披图后，又见文州进白鹰。百两黄金托相公，斗鸡犹听夹城中。君王才别崇贤府，二十佳人纳后官。一幅彤霞百韵裁，金泥描印凤凰台。内廷别撰烟花集，艳曲飘零老善才。霞光劈纸写新诗，百首张蠙绝妙辞。内殿传宣催侍宴，伶官争唱圣琉璃。袄神万骑下梁州，清警边风卷翠旄。图画嘉陵三百里，锦屏山下泊龙舟。古洞千年辟焰阳，彗星舆鬼彻妖芒。官中吹得山棚倒，明月天师启道场。苑中然〔燃〕烛宴重阳，合座官嫔尽捧觞。唱到月华如水曲，几回流泪恨嘉王。翠盖清晨下九重，华严阁上觐真容。元元皇帝唐天子，虚枉官家动六龙。祸兆灵签识有殃，旗杆风紧掣贪狼。八龙未过漫天岭，羽檄先看报魏王。禹卿叩马泪斓斑，炀帝龙舟去不还。蜀土未成兴圣观，东兵先已度秦关。柳枝才唱旧春风，水漫楼台事业空。丹禁夜凉明月改，藕塘清露泣香红。会昌楼殿晓冥蒙，树上啼莺废苑东。一院牡丹红不见，御书犹罩绛纱笼。彩仗寒烟驿畔楼，黄云天半听鸣驺。不缘此去朝金阙，好结茆庐剑阁头。天回玉垒旧家乡，赢得繁华梦一场。他日陵前呼麦饭，九原应悔杀降王。

后蜀杂事诗

万乘亲临执皂旗，鸡踪桥下合全师。汉州未下先锋破，快意句龙贺捷诗。西山八国统荒遐，册宝迎门受正衙。紫绶未除黄服改，藩臣今作帝王家。重光新殿起高空，壁上笼绡字褪红。七十幅屏连内寝，大家今夕驻嫔官。十万金钱赐教坊，上元初放绿灯光。露台花月凉如水，舞妓深看李艳娘。斗米三缗事浪传，芋魁争说产林边。阆州一绢才充贡，又下秦中铸铁钱。穰芳宣赐立春时，异果园林到处宜。内苑名花栽未遍，青城山上贡红栀。太华亲宠贮离官，六扇泥窗锦地红。内殿一声康老子，君王不识艳词工。雪香扇子簇时新，花蕊翩翩解效颦。池上纳凉携素手，小词催制玉楼春。日午厨船贴水开，银鳞宣索又频催。紫衣官使教笼鸭，人报张仙挟弹来。芙蓉帐子缀流苏，刻钵沉香捧御炉。今夜池头催侍驾，珠玑抛唾水晶壶。张妃殂逝玉鸾回，金简长生度劫灰。今日白杨黄土地，宣华不见旧楼台。梅龙新种合江头，树杪芳华百尺楼。内地赏花排盛宴，银笙先炙按梁州。赵家别墅鹙池新，鱼跃花阴罨钓纶。莫问崇勋园旧事，锦筵图画采莲人。黄花归骑塞中途，大散关头万马趋。铁斧绣衣争斫敌，红旗新刺破柴都。一梦罗巾藻思鲜，掌中制草绝堪传。欧阳殿里曾吹笛，虚拟香山五十篇。香壁消融五十团，青山绿水未全看。画图欲记江南事，满幅秋光写伯鸾。锦衾装就不成眠，金阁牙床位置偏。抱出左宫青玉枕，官家今夜梦游仙。长春佳节贺成都，四十龙飞拥霸图。界出红蛮新隔子，君王御笔写桃符。全家万里去朝天，白马千官更执鞭。痛哭国人怀旧德，蜀王滩下送归船。紫貂全队出西京，一片降旗竖锦城。才过二江收涕泪，嘉州祠下拜花卿。数声蝉唱欲销魂，庭下丁香结泪痕。燕子不知人世改，斜阳飞傍蜀宫门。百首诗辞手迹陈，婵娟依旧汴宫春。昌陵明圣原从谏，谁信弯弓射美人。朝天高髻出宫嫔，瀼渡舟中乞后身。毕竟圣朝优礼数，秦川驿路更何人。

劇老弟

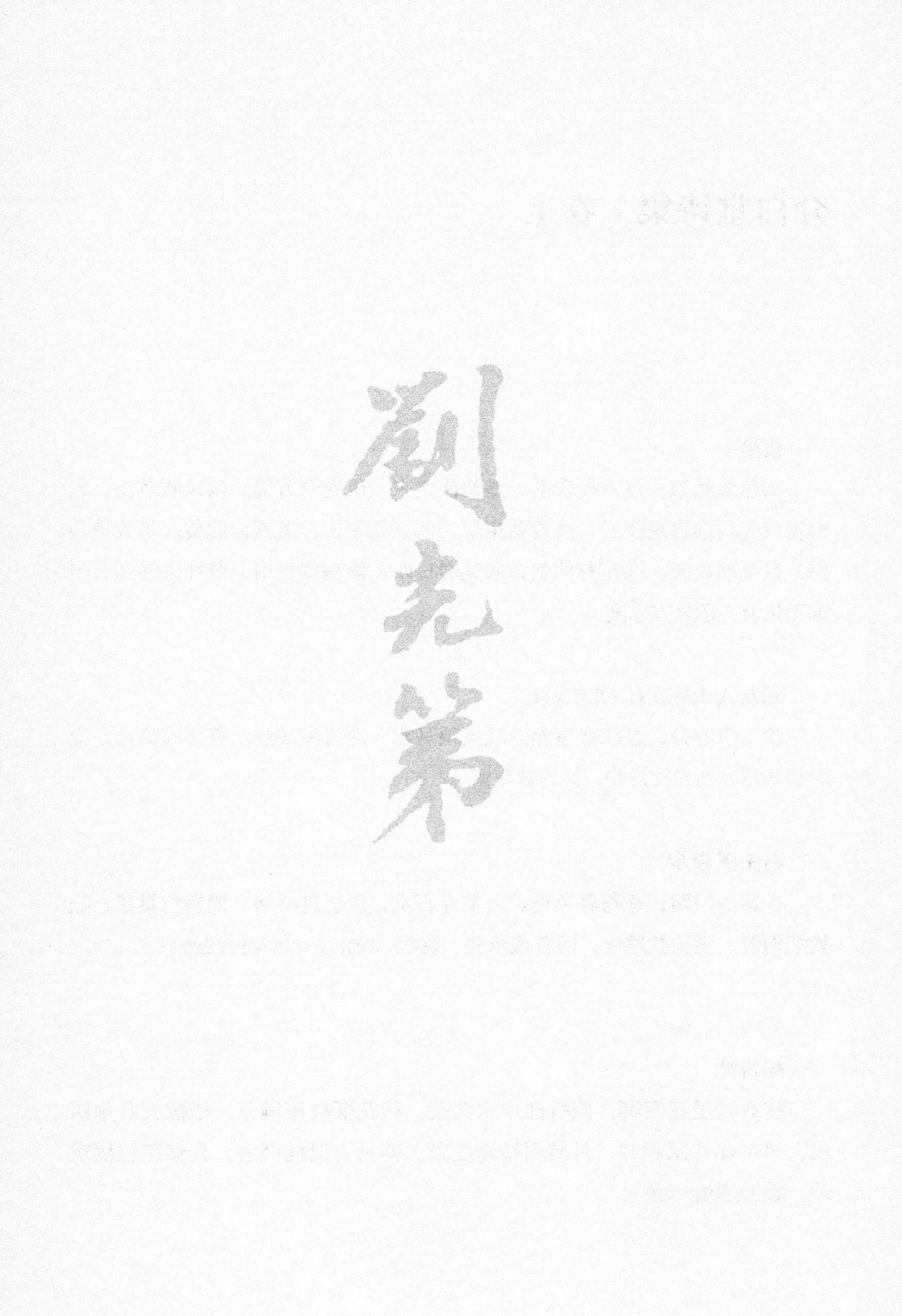

介白堂诗集　卷上

夜坐
暝色忽然堕,飞月投我前。是孰使之来,试究昔人篇。南风吹草虫,已得霜气先。谁言夏夜云,淡若秋空烟。何必鹰隼击,徂落自此传。治我菊与梅,且及明晨天。寒花有佳朝,未觉春日妍。候稽意已引,节往兴能还。坐览元化流,运之方寸间。

题友人山庄庄有三井号品泉
沙鸟引春舟,过江春事幽。暖风秧马水,迟日海棠楼。茶罢闻高咏,花时起暮愁。虹光发丹井,好为驻颜留。

石王溪夜步
古寨西门路,苍苍暮色连。月喧穿石水,风折过桥烟。栖鹘危巢黑,肥鮀细网鲜。溪头扶跳磴,阴善愧承先。跳磴石坏倒,先父曾出十数金修补之,而人无知者。

桂香池
桂香宫里花冥冥,桂香池中水荧荧。荷花低枝压满月,梧桐大叶扇疏星。星悬北斗阴朝鳢,月转西楼暗度萤。骑马当时桂湖去,直穿三百树珑玲。池中老黑鳢大如婴儿。

竹岩洞

铁炉坳下竹林疏，吊古澄怀一洒如。宦海渊源黄骆里，洞天雷雨宋明书。石幢寂寂自对客，芳草菲菲来袭余。劲节清风长照眼，谁能补种万箖箊。

拜周泗瀹丈墓

夙昔论诗地，今来暮〔墓〕道平。九原无日返，万古大河横。腹痛车知过，心惊草怒生。相期愧知己，高咏竟何成？

留别友人

尔爱渊明者，须知在复真。百年好持此，六籍与相亲。滞迹江山远，依辰日月新。古今中有我，莫误影形神。

峡门

晴雨乱崖根，鱼龙抱日昏。我行将远客，天为减清猿。不识苍茫意，凭窥造化痕。止今设险处，浸欲负灵坤。

滟滪石

滟滪深根出，翻宜近客舟。江枯残雪在，天远太阴愁。尽日摩孤鹘，当年饱万牛。河山今失险，持尔障东流。

峡江巨石奇恶赋诗纪之

至竟游人不可遮，多情怪石列如麻。丹黄粉碧青千状，龙虎龟蛇鸟一家。鲊瓮落穿嬉鬼国，箭船飞过簸雷车。输他泛到天河去，拾取支机伴客槎。

水程

截象鞭龙气自豪，水程万里况周遭。孤帆海岳天风远，一枕江湖客梦高。发我奇情同竹素，消人妄念有波涛。源泉本是饶清浅，尚费尼山赞叹劳。

河南夜发

美睡答行役，严装嗟已苛。雪风吹黑塞，珠斗挂黄河。残夜阴虫断，中原俊鬼多。萧萧怀古意，晓色入明驼。

河间赠友人别

丈夫争志事，温饱岂宜知。白日无穷去，青春不自私。九河天老矣，万国道通之。欲辨忘言意，征骖各首时。

洋芍药感赋

海风吹空紫云卷，海山绛霞落金鞠。仙人楼阁见分明，片片红波美清浅。中原芍药占春浓，何意海邦争妙选。古叶叠织炎洲翠，生葩密剥榑桑茧。流薰沉沉绝番鞠，见宝往往同中薛。亦知精婢少羞涩，谁言鬼母殊嫣娈。银圆买醉西洋鹰，胰粉弄妍东国犬。红冰镂雕罗粤馆，珠露摇曳滴吴蒳。一时群儿竞新异，况复妖奢费精腆。士女佩赠古风流，宰相带围金涣澼。初怜蛮花顾影泣，渐悲国秀无人昢。眼前万物愁失真，区区草木谁当辨。天上妆春笑更闻，人间感时泪犹泫。君不见，圆明园畔野烟青，天香已老门空键。黄昏风雨送愁来，寂寞花魂哭香辇。

舟夜

烟云万里送归舟，小泊清寥沁壮游。山月犬声寒似豹，荒江客梦淡于鸥。夜阑珠斗悬林杪，霜落岩钟恋寺楼。还忆胭脂坡上路，有人风雪走貂裘。

巫峡石

回楫转峡江，命轻兴能富。涛波压秋帆，云雨割荒岫。韵分九峰高，骨挟万古瘦。尺腹藏风雷，百怪入空漏。元精吐殊形，远势含众皱。文章善争奇，方寸鬼神斗。厥中有平淡，无复关雕镂。美人秋江上，倚天扬翠袖。心坚气自泽，春力不可透。笑我穷且痴，寒饿对天秀。

至家

一别缁尘乐意真，风潮雨雪转悲辛。时危易泪偏经险，家近能欢况接春。隔树乡音山鸟识，归船人意渚花亲。入门夜奉慈帏话，犹恐儿劳促退频。

赋盆池中小巫峰石

我乘长风渡海来，袖中东海亦何有。饱饮长江万里天，惊沙怒泥混苍黝。老虬嗟呀怪螭愤，尺玉不得供盘纽。峡江舟卧游石国，午梦飞云走苍狗。翠巘撑天五千丈，起拔云根擎在手。劐然高跂裂秋雷，瞥觉诗眸落仙阜。篷底峰峦卷入多，笔端云雨迷离久。骚客微辞工说梦，美人一笑争回首。葱河淼淼流玉乳，海月沉沉浸珠母。仇池万古老金天，壶中九华秀南斗。嗟余溷俗刓廉角，喜向案头添畏友。文心蛇径析丝毫，理窟蜂房辟窗牖。饥猿挂雨翻岩发，蛰龙抱烟眠洞口。尽把奇情种清浅，力张天骨洗顽丑。芥舟杯水小堂坳，愿携此石问蒙叟。

题过伯安画鱼

云影波光碧成片，河精风雨争奇变。此老胸中万鱼语，喜到人间泛芳练。生头生尾一笔中，安得猛火烧群龙？妙画通灵飞作雨，胜呵电母鞭雷公。时苦秋旱。生头见韩诗，生尾见欧诗。

山居秋夜客至

一笑佳客至，凉宵宜素心。灯花笛里落，木叶酒中深。天际初鸿过，松西半月沉。论文有真意，何止契幽寻。

读史

寂寂瓶花在案头，废书三叹只增愁。空将意气争屠狗，岂有功名到沐猴。运去众材倾大厦，时来一事即千秋。古怀今抱谁消得？落日无言榜〔傍〕小楼。

寄题友人山庄

竹雨松风处士庐，压檐花落见交疏。触墙牛角斜成字，食墨蝇头乱点书。古柳春微人老去，小槐晴薄梦圆初。笛声吹起陂塘月，卷笠收筒罢钓鱼。

偕放廷游东山寺山下人家有花不入

风吹津舫著渔矶，细路攀缘称夹衣。野水照天浮塔去，江云留雨入城飞。客心清镜开尘沼，人语疏钟共翠微。一笑看花须问主，海棠红落屐痕稀。寺有清浊二池。

罗汉寺

江路青烟散，山门绿竹斜。小桥存古树，远水见渔楂。战迹愁烽火，名心澹佛花。少时题壁意，可笑为笼纱。"空山黄叶客携酒，寒雨绿蕉僧闭门。"余昔游罗汉寺句也。

福田寺寺僧春澄精医化去十数年矣

楼阁劫灰重，春深万绿浓。客来寻大药，僧去有苍松。壁雨长垂画，溪云不掩钟。石桥渔唱远，相送过西峰。

读易洞在富顺四湖之坝宋李见读易处

易学古在蜀，卖香邛僰间。何人占烟月，复此注藏山。石壁天心满，湖楼客语间。我来借孤榻，清梦藕花湾。

宝鹅山访曾处士

长松不断春，古径少逢人。中有青霞客，今成白发身。钝吟天自老，熟醉道非贫。相送无言处，残阳在水滨。

晚晴别墅诗

观我石塘

今者吾丧我，穷追满埏垓。乘天御风遨，道真渺迷回。名心与理障，尽可倾灵台。如彼流有枝，奈先绝根荄。源头一活泼，水净心为开。精灵踏空无，照影面目来。所欣体初完，嘻叩汝谁哉。灰灰万古民，于我深所哀。

迎江草亭

江流长日月，顾我真顽惰。不知大化中，何为忽著我？宣尼叹逝川，斯意余岂左。寸心与之流，撰庐此清坐。远峰罗几案，圆櫩抱花果。澄怀观万动，愚智嗟已夥。智者巨鱼奔，愚者老鳖跛。何用返自然，新波送春舵。

陶家榭

酒国满人世，不能陶一厄。渊明信修洁，可惜非吾师。理荒树秋菊，庶用攀附之。心知诮系援，萧澹有韦脂。花花高隐字，叶叶孤濯姿。借问毓华子，焉思贫贱时？在淡谅不高，处浓已莫追。天地况沉冥，奚不丹其颐。餐菊将饮酒，胡事商山芝？

木堇籹
古今积朝夕，有生谁左之？粲粲素舜华，荣悴当劳疲。持此讯佳人，开乃正含凄。练脂比颜貌，琢玉为肤肌。所伤枯槁速，潜然独言悲。佳人且无悲，元化诚转移。缟綦亮自乐，英华匪我思。万秋为须臾，何论相萎滋？嚼以清翳目，且复遵藩篱。

游窟
君子生好游，海岳争对谒。如何阃奥间，变将山水窟？文沼扇清波，墨林芳未歇。营目非举足，咫尺满穷发。抱近诚知远，江山迹枉越。动静生游移，光景来倏忽。高外观八遐，洞张见心骨。方丈岂非促，好风荡夷兀。因之悟鸢鱼，理陷能勃窣。

习巢
天地以为巢，怪哉寄何枝？万类有栖息，两大无缺亏。大运肯滞淫，群动将住持。吾庐亦有意，消息得所宜。相彼拼飞鸟，谁当潜鼓之？大者击南溟，小者抢藩篱。各自有一世，不齐吁可悲。轩鸾随列仙，苞凤应昌期。识时与出俗，千代不知疲。

露坐
北斗挂天横，长风吹月明。谁令万古意，并向此宵生。露下且闲坐，海南方战争。壮心空有动，诗罢草虫鸣。

天河
自处高明地，谁知显晦缘。几人抛好夜，一水补情天。今古此颜色，星辰托渺绵。月凉能久坐，何事障孤烟。

睡起
软风片片响花瓷，睡起摊书兀坐时。翠幕客来双燕子，绿窗人静一虫丝。买僮戏检王褒约，课妇闲钩宋璟碑。自笑小诗近儿女，海棠红处夕阳迟。

大观楼叙州
迥出势不已，何当兴正酣。星光浮斗北，兵气静天南。远驭资雄镇，高情得极探。回风送鸾弄，便欲附云骖。

叙州主黄镜湖光鉴因赠
痼癖烟霞惜老馋，豪情韵格肯轻芟。歌筝学买吾宁侠，吟榻能容主不凡。方寸喜无山海隔，满腔谁有澍霖衔。文心别得玲珑处，一月双江面面嵌。

饮杜寉斋同年大恒家偕镜湖
霜园小集笋篮过，负郭人家讶醉歌。腐史盲儒心眼别，席间论史甚惬。酒龙诗虎角牙多。拍觥酣极呼铜钵，剪烛谈深落绛荷。更约涪溪松竹里，石魁文字共摩挲。

泸州登忠山感赋时海南用兵也
到眼江沱会合才，登高怀抱转难开。秋无燕雀嬉堂幕，夜有蛟龙泣凤台。南海艰危前局在，西山平远古愁来。武侯遗恨知多少，且向飞楼问老回。山有武侯祠吕祖阁。

其二

仙子无情出世宜，吾曹多感且吟诗。海天霹雳沉舟后，夕日羊牛下坂时。山气在眉留小坐，江流落手障东之。城头烟树昏鸦满，清听空寥鹤响迟。

泸州忠山访来青园过江山行泛龙马潭游古冲虚宫四首

一鸟坐树言，已过春之半。游兴浓于云，好风吹不断。言访来青园，幽轩胜台观。开门看大江，白日中流乱。荒冢散牛羊，好山盈几案。人立绿阴寒，莺啼落红散。中有一花丞，邱壑胸次烂。为我作墨莲，放笔得遒悍。不虞锦绣谷，复睹陂塘畔。春暄与夏凉，虚实各成玩。篮笋下忠山，幽意非汗漫。

其二

春思如藕丝，将断忽复连。看花兴已引，寻幽赏方延。夕照沙上敛，江楼天际悬。云阴压暝树，人语乱春船。中流骇轩簸，风起浪拍肩。下有猪婆龙，彼岂择愚贤。去年陟方山，暴雨倾崖颠。笠屐走木末，几堕如飞鸢。乃知天老意，习厄游人缘。无险气弗奇，得试而倍坚。气奇心自正，道岂殊天渊。

其三

登山行数里，天影乍如墨。舆夫绝飞尘，力疾赴暝色。颇喜仆役怀，亦入良辰逼。望见冲虚宫，尘虑倏而息。蓬莱在东海，何以翦羽翼。野航坐诗人，山容笑相识。竹风意欣欣，松径阴密密。钟鸣潭愈空，客歌花自默。手眼同读碑，好句催云黑。前楹刻卓海帆五言诗一石。奚奴发狂欢，披榛忘午食。始知心迹闲，雅俗均有得。

其四

长螺泛清涎，曲蚌浮半壳。片秀吐波心，白云随涨落。群山若渴龙，一一俯头角。想见真仙人，神渊施控捉。烟波有灵气，风籁余仙乐。古亭一振啸，苍翠落松桷。忆昔下夔门，淫预玩青驳。两孤锁彭蠡，三山镇海岳。不图流归停，共得鉴止学。天巧秘奇尤，地幽谢追琢。溪风吹我还，无乃忌吟卓。

游方山题名庆云岩下览新旧云峰二寺

紫天高悬墨屏风，卷收老日青冥中，四角塞天天欲穷。嚼云入毫写龙背，万田翦碧玻璃碎，乱磬浮空戛瑶佩。分风刺霆岭剥刀，长林如海翻波涛，楼台金碧廛市牢。幽人语响千岩裹，美人隔花醉钗堕，道人卖云山不锁。西望红岩双法冠，江沱带围苦非宽，谁䝂云霞簪石峦？

泸州载书归泊通滩夜雨江涨时过白露节矣

胡市西来泛夕光，笑编楚舫作曹仓。断崖风雨鸣金铁，阴火蛟龙攫薜琅。何处沧江虹贯月，是时天气露为霜。喜无玉帐符经在，免化兵书石一方。

买舟载花归口占

一梦扬州杜牧之，五湖网得众西施。安排细雨移橙计，消受春风啜茗时。反用《义山杂纂》语。龙让顽仙携眷属，鸟分艳福供亲慈。从来小丑讥尤物，要谱兰华洁白诗。

蟋蟀

振羽渐斜晖，吟情难故违。美人夜坐怨，王孙秋不归。灯火绿窗瘦，风尘青鬓稀。感余还有在，流响发天机。

蜻蜓

贪此虫粮美，蜻蜓接尾行。坠风怜汝弱，点水自身轻。不识老成意，能无飘泊情。多因有文采，爱惜苦分明。

蝉

流哀自千古，温厚一无言。妾命真成薄，秋身独自尊。去仙留幻蜕，与世著愁痕。安用灵龟察，登天诉九阍。

鹦鹉

羽族岂不美，何因羡倮虫？偶然学人语，端合在尘笼。忏悔心经外，神仙梦景中。凤凰能大圣，音迹与天通。

八哥

来巢止寄迹，尚使鲁无鸠。所恶覆家国，何当掉舌头。弄姿虽自巧，教语亦人偷。却怪寒蝉噤，西风无限愁。

松鼠

雨气满林皋，餐松剩老饕。浮生此么渺，托体得清高。尘世人思捕，风云尔亦豪。黠肠但与涤，何必学仙劳。

黑竹

幽壑极萧森，黑风吹日阴。全身异孤洁，晦迹并山林。自炼冰霜气，能虚铁石心。又元通众妙，坚忍绝窥寻。

梦中

梦中失叫惊妻子，横海楼船战广州。五色花旗犹照眼，一灯红穗正垂头。宗臣有说持边衅，寒女何心泣国仇。自笑书生最迂阔，壮心飞到海南陬。

排闷

灯暗乱蚕鸣，居人绕屋行。河山生苦战，风月与孤清。掷笔功何补，当歌意忽惊。遥怜老诸将，横海断长鲸。

述怀咏物诗并序

先太恭人治家不喜近利，为善、读书、种花而外，喜畜养也。豚鱼不计，花白犬、长鸣鸡、南诏鹦鹉、黄花狸奴，皆善解人意。今恭人见背周二稔，犬、鹦鹉随死，将老鸡不食，治而祭墓焉。惟狸奴在矣，饬家人善畜之，亦且充"至于犬马"之意云耳。四首存一。

聪明祸之根，微生抱本性。于天有独得，耻复争言命。文衣作人语，无乃非物正。气灵质始亏，性巧天为病。怜深反生妒，岂若无奇行。忏悔清六尘，将恐人事竞。劳君殉我慈，莲花发清净。

哭胡正之世杰秀才

昨来犹执手，恶耗忽悲传。怪梦汝为鬼，惊呼余问天。乱书堆作冢，良玉散如烟。不竟才人用，吾才更孰怜？

其二

五中竟摧酒，三叹到亡琴。重以别离恨，其如规劝心。妇来无暖席，子小未成音。搜取旧文在，嗟余尚苦吟。

梦正之

君从何处至？仿佛得平生。把臂相悲喜，回头失送迎。半窗残月在，四壁乱虫鸣。起坐翻遗稿，凄凄竹露清。

山居

山居绣画俯平皋，小住清安亦足豪。花气浸人浮蕙沼，天风吹梦泻松涛。连筒一水分岩细，卷幔群峰入户高。梧叶满阶秋色里，碧云凉月读《离骚》。

山行

深山物我共天真，渐学先生折角巾。屐雨乍喧吟木客，酒潮新涨醉枫人。石留仙洞餐时髓，云得奇峰劫后身。野老结庐追四皓，采芝骑鹿共长春。

感事戊子年作

蛮奴獠媪皆尸祝，龙章凤姿照人目。散发骑鲸汗漫游，家山精灵定追逐。卿云本是故乡亲，污吾子瞻尚不伦。却怪儿童胆如豆，不知雷电能惊人。贩卖到公真未有，金算锱铢米升斗。可怜糟滫灌鸱夷，何异衣冠被桃偶。倚门或挥况登堂，酹公以酒公肯尝。青楼读礼屠念佛，只助笑骂成文章。青莲仙语尧祠吐，双井樊侯句如虎。神巫何事苦吹箫，尧本无心尔击鼓。夔州昔时先主官，谁道祭苏乡俗同。一笑杜陵怀古作，岁时伏腊走村翁。

述张静山

运促气自长，斯人尚存生。茫茫区宇间，善气浩中横。富贵驭才智，所宝非荣名。张侯逍遥人，乃道德是争。雄谐寓敦谊，滂心吐宽情。末流竞利罗，害则鸟兽倾。秉义叶厥中，趋避反俗营。小人道甘秽，君子扬其清。灵台禀大曜，幽滞腠理平。病世此轩岐，但多医则轻。天闭积阴多，阳善未绝行。譬如野夜昏，而有日光莹。徂谢遘穷节，忧方濯濯婴。善后决萌达，帝命为常令。事往尚纷瞢，作诗见清真。张也信堂堂，高云薄虚明。

望峨眉山

插天菡萏是疑非，万古名山佛迹归。香象河流腾白足，潎峨江影照青衣。寸心尘外寻烟客，一笑云端见玉妃。绰约何人说冰雪，始知庄叟意深微。

峨眉山麓

石船流水落花初，铁索桥头走竹舆。平野方看蚕蜡盛，名山顿觉燕莺疏。松杉虎寺华阳墓，苔藓龙门玉局书。肯向人天求佛果，衰迟吾拟结诗庐。

虎溪桥

虎背有慈航，何人坐之渡？缚虎等缚心，冷月支茆住。神迹荒已古，惟余白足路。溪迂石理回，林缺虹身度。人语松上云，鸟鸣花间露。涧草碧如烟，僧楼红在树。寺隐襟渐灵，山空梦初悟。一笑过人忙，怀古自来去。

观蒋超书伏虎寺颜

槃槃玉殿材，名山宝真字。翛然笔墨外，四溢山泽气。日月送萧闲，烟雨流苍翠。高空舞龙鸾，深山走魑魅。余怀殊阔略，艺事非冲邃。学书情所远，但识古人意。豹隐惜文皮，斑斑雾中避。鸿飞留爪痕，冥冥天外寄。

华阳山人墓

松风鸣回溪，飒飒作飞雨。空山访文献，荒坟翳榛莽。道人东南秀，尘世声色苦。大海笑翻身，寥天从振羽。半生空道俗，一梦连今古。委蜕百余年，山水见眉宇。待题有道碑，且读名山谱。埋名重绝笔，高句压天柱。不得归空无，人间有抔土。

大峨寺

篁笋响沉浮，戛戛节风竹。七十二名庵，兹寺名所独。白云堕修除，丹霞吸空屋。天杪升鸐鹅，败叶矫麋鹿。机息玩乔林，梵清转回谷。三彭伏神泉，五浊清僧粥。搜奇迈〔遇〕香侣，采芳撷游服。大石善听经，贝多谁与读？

清音阁在双飞桥

妙音宣净心，闻根无外凿。生灭一随声，两受声尘缚。陡涧注危潭，悬波鸣杰阁。回林与杳嶂，宛转分碧落。尝闻战雷霆，大声坠猿鹤。风涛落方寸，梦寐随烟屩。到来符文隐，双桥缓肩钥。禅悦生细涓，听因解严壑。澹如有生初，见此真静乐。虚深得琴理，喷薄腾诗谑。空山想风雨，何止玩花药。

又

云中万马响萧萧，神鬼阴崖佛阁朝。片石雷霆撑众壑，一僧风雨立双桥。草香喷雪春眠麂，松气沉山瞑下雕。小憩床敷如梦醒，舵楼高枕听江潮。

双飞桥

晴风吹飞雨，洒白东南天。阴壑冰陷日，阳坡雪流泉。名山骨干胜，诸水系络连。一雨腾百脉，双桥束微咽。缺月共青嶂，挂虹摇紫烟。雷霆斗地裂，草木飞空悬。峡龙玉墨气，穴鸟翡翠鲜。渴虎惊沫乳，飞狖坠潭渊。此来温燠交，岩光媚清涟。不见白云湿，但睹苍石坚。云石两无心，分与静者便。芙藻未应把，竹杖立悠然。谁踏高生鲵，且拜望帝鹃。

又

天际双虹挂，何年堕劫尘？泉分太始雪，人立过来身。绝壑晴雷午，深山乱石春。遥知白龙洞，云气烂如银。

独临宝见溪危石上小坐

济游无胜具，览逸申遐想。幽偶亦翔盘，奇寄自宣荡。断术草丰茸，悬渊壁光晃。木形回精凝，箕坐苏骭䯊。是时春涧碧，小风扇蒲蒋。我心欢素闲，山灵助孤赏。鸟负溪日飞，鱼吞浸霞响。岩语落猱玃，潭气发蛟象。藏天水心宽，胎云石神长。真境隐暄涂，即之鲜畴党。脱履便乘危，一坠援仙掌。

登化游坡小憩会佛寺斯地为全峨至险处自诸香客外文人游山者多惮不敢到原名猴子坡余弗雅也举列子化人意而易之

化人谒周穆，腾祛止天中。神运失形魄，王精转泰鸿。我无腾化术，登顿与俗同。鸟道接青汉，猿怒挐紫空。竹涂鲇为客，发径虮则躬。悬踵界人鬼，飘心入云风。日晶闪澹澹，山气开濛濛。奇怀出天地，造化与我逢。墨客昔寡宣，绝境多畏踪。化城于险道，疲众嗟来充。各生安稳想，妄想已度终。半途势岂废，荒蹊运将隆。嘉名馈典古，出汝在暗穷。愿言告来者，匪直兴清雄。

玉液泉

希夷大笔入云根，风骨高奇气远吞。地接凤台栖楚客，水穿龙窟出荆门。石间万世雷霆斗，树底双桥日月昏。别派一泓清照我，尘容亦喜在山尊。

龙升冈 时有小旱

神冈布泽久通灵，怪物今知睡未醒。细细风烟蛮嶂雨，冥冥草木古潭腥。晓看瓦屋云空白，春过嘉州麦不青。我比惰龙差快吐，惟愁满腹少雷霆。

古化成寺

杖底香獐窜似飞，栴檀薝卜认依稀。到来云树生竽籁，上去烟萝挂石扉。雕眼射人风力劲，木皮衣屋雹声微。寒僧自说之溪产，迎笑乡谈羡息机。僧为吾里虎头城人，姓郑。

罗汉三坡

荒怪谁知不易登，都来觉路觅金绳。髯髻似鬼阴崖树，拗怒冲人大壑鹰。红日分云晴裹雨，青林戴石夏连冰。嗟余剩有贪奇癖，幽险能穷过老僧。

大小云壑

绝壑骄阳亦冻姿，云如潮白涨无时。倒嘘人影龙初过，半没松身鹤不知。涌地佛光喧震旦，浮天海色照西夷。入山渐觉衣裳薄，擘絮兜绵转粟饥。

大坪

到眼奇峰骇未经，岂论东岱禅亭亭。不知松柏云中绿，疑是蓬莱海上青。客子瘦筇阴磴雪，仙娥宝瑟夜池星。造颠已觉劳登顿，万佛楼高月入扃。

又

五岳如冕旒，厥巅恒不颇。兹峰亦有然，表奇壮三峨。凭崖一以眺，碧嶂连城罗。高抚玉女岫，下压金刚坡。舞火蹋阴焰，髧条陟阳柯。体直而性峻，攀阻叹何多。道旁有遗衣，疑是虎迹过。风林响暗叶，切切如牙磨。脱险力已疲,赏胜气翻和。山骨苍雪炼,松顶翠雨摩。初月挂西岭,天山斗扬蛾。何必弹鸣琴,池上睹仙娥。山阿或有人,安处寻薜萝。惟当招云下,听余一高歌。

仙姑弹琴池

玉姜迷寿年,阳娃感精变。寥天上清月,不鼓琴理善。坦坦古池平,凄凄漏泉咽。藉问谁动操,众山响葱蒨。岂拨琉璃弦,圣凡为舞遍。岂奏隐形钟,声闻不可见。黑蛇出阴火,黄獐窜僧院。荒涂遘新骇,元响遗旧恋。籁息心境空,聊理行滕倦。

象鼻崖

乐境苦不长,回迹复入险。峨峨寺门迥〔回〕,翳翳杉栎掩。斗削千丈梯,磨刮五光簟。旁纡入空霄,下窥坠虞嵁。委顿忧裂磏,疲息思凿广。周防恐晴莎,重厄况雨藓。悬祝眼昏瞀,滑甘足酸茧。豪强首慹服,交互牵带辫。兴新道非遥,境极情顿浅。吁噫昌黎翁,诀书掷崖巘。

钻天坡

钻天引鹁鸽,飞飞入青霄。人影共明灭,山云亦飘飖。呼吸通帝座,升攀俯仙桥。佳气东南来,郁郁千里遥。挥策拨氛霭,耸心寄霞标。小咳惊猛隼,侧身搏飞猱。造巅此半途,乘空乃一朝。方兴崇高叹,讵免多上嘲。独往意复申,绝俗讥或招。矧敢扬高吟,神仙笑且调。

洪椿坪

犯晓携竹杖,蒙密行且挥。客冲冷磬步,雉带泫露飞。俯石交流乱,回溪抱烟微。岩草恋宿雾,林花媚晨晖。山深气已清,朝爽更我归。广刹亮修洁，净域聊因依。宝峰出西檐，秀气生南厞。空翠自成响，如语静者机。元览随化迁，神听异音希。反涂见松栎，大椿应百围。

九老洞

白云肃轩驾，天皇咨至道。丹台俯阴冈，地牖日月老。山风吹森沉，栈溜踏飞绕。石气浸肝鬲，火光澹参昴。韬精学虫蛰，掠面憎蝠搅。婴姗气反扬，瞑眩情方矫。颇闻宅虎蛇，所惊栖猱獠。夔灵巢洪荒，雷孕蟠暗晓。鬼神昔相交，耳目今无扰。谁言波涛深，但觉天地小。奥心悔全画，游腹期半饱。如学无涯垠，岂不极幽渺。凛乎返冥迷，坐嗟大钧巧。相传地底有阴河，从前深入者，行十余里，闻水声汹涌而返。

又

仙鼠如鸦舞佛钟，夕阳洞口见诸峰。石泉洒洒森银竹，岩雪条条界碧松。乳窦云中眠虎豹，阴河地底走鱼龙。天皇九老分明在，轩驾今时可再逢。

九老洞阴崖积雪

空色证诸天，阴沉晕石烟。肯教风刮胆，吹作雹如拳。玉女青晶饭，枯僧白爪禅。应时能洒落，滋麦遍嘉犍。

接引殿

名山劈枝道，如气与食喉。净因浊谛闲，难听转磨牛。神师立冰雪，遑恤胫没周。垂放兜罗绵，掌语谁听留。晨登逼森冻，所托邈寡俦。白云生衣底，苍穹跨杖头。淫淫雾雨交，下有日气浮。冰蚕抱倒景，雪虹飞岩陬。寒晕一何阔，玉海皓以幽。吹冰风无春，化石木万秋。怪览信兀兀，净理良悠悠。欲问西来意，雪水为逆流。

雷洞坪在洗象池上

云中入雷地，出地似云鸣。云雷一以合，天笑与相声。绝壁音空圆，乱山响纵横。裂岩散冰雹，悬空划阴晴。回风荡成焰，白日照自明。下撼客屦动，上扫僧殿清。岂惟震群丑，直欲苏众生。警世教为宣，动物性斯成。宏声满天地，石室奚所营？

又

石洞何年霹雳胎，铁碑禁语亦奇哉。如丝龙气南天雨，小咳儿声下界雷。雹积阴林诸客肃，风吹残瘴百蛮开。何当池内莲花放，洗象渡河香界来。

华严顶

闻说金刚台外地，夜灯浮上独兹峰。老猿抱子求僧饭，闲客看人打佛钟。下界云霞招杖屦，夕阳红翠动杉松。风吹铎语天中落，似惜尘凡去兴浓。

金刚台

雪山气势瓦山岚，不敌峨眉秀骨含。九叠屏风回日月，一螺苍翠见东南。下方鸟泛红云海，上界龙分白石潭。心折岩头晴雨乱，问谁虎跃兴能酣。闻罗壮勇公思举，曾于崖头跃下十余丈，复决起，靴底为穿。

小金刚台

云中携句过，余韵满风松。忽断金绳路，如飞宝掌峰。洞雷生午屐，岩雪落晴钟。险得心夷处，何烦制毒龙？

天门石

空雨洒天青，烟开石壁扃。拂衣超震旦，拄杖接春霆。真宰愁分裂，凡心满刻铭。云窗窥夜半，星斗动冥冥。

锡瓦殿

真成银色界，晶殿隐葱茏。虎过人边石，雕盘佛顶松。木庐围上座，瓦屋见高峰。不尽登攀意，春云与荡胸。

白龙池

但洗双蛾出，池华饮百灵。云雷孕虚白，参井落寒青。天秀涵飞动，神功敛杳冥。嘉眉春旱近，鞭挞惰龙醒。

一白龙浮水如蜥蜴龙种也瞥忽不见

怪物天池出，蜎蜎五寸才。何人作脯去，初地洗心来。阴洞吹飞雹，晴潭起断雷。琴高如可接，一蹋鲵公回。

由八十四盘阅沉香塔天门石诸胜渐达山顶

桫椤八十四盘花，曲折凌空踏紫霞。怪石天门排虎豹，大云香塔护龙蛇。从来福地能遗世，上到名山转忆家。采药携孥吾有愿，君亲未报敢幽遐。

宿光相寺

天风吹客云中宿，五月披裘火始温。见说洞雷春扫殿，不闻山鬼夜敲门。高寒星斗窥人大，清净官骸对佛尊。光相地形全胜在，莫争金顶俗难伦。时寺僧因金顶与华藏寺涉讼。

华藏寺古藏经阁，俗呼金顶

娑罗花下佛无言，有客攀临证道原。云海楼台生日气，雪山鳞甲是江源。登参踏井双行屏，拜猓朝蛮五色幡。欲问藏经灰劫过，怪他铜殿不禁燔。

华藏寺铜殿明沈藩建

大藩当日祝华鬟，巧铸琳宫示不悭。但使金瓯长胜国，定教铜殿遍名山。黄扉篆刻光今耀，白屋脂膏力昔孱。余俗可怜捐顶踵，舍身崖畔泪潺湲。

宝云庵

松下须眉照雪青，桫椤云外送微馨。日光射井生虹气，风力飞人带虎腥。芝朵谁餐泥里肉，匏瓜且摘枕边星。铜宫锡殿支茆似，愿乞仙人水一瓶。地有井络泉。

峨眉山顶见月

新月峨眉埽〔扫〕碧天，峨眉山影斗婵娟。山藏蜀国逃封禅，月逐沧洲照谪仙。游客自生千古思，老僧留待一轮圆。未知毕世当来几？今夜杉西坐看年。

峨眉最高顶在锡瓦殿后

白龙池上走轻雷，万瓦如霜日照开。诗客入天争秀骨，神僧埋地结真胎。三秦鸟道衣边接，六诏蛮云杖底来。南北风烟通一气，雪山西望是瑶台。

夜灯

阴火潜然海上生，名山怀宝肯藏精。二更出地金银气，万丈腾空木叶声。久抱尘心伤黯澹，迟来世界住光明。如何无尽漫天焰，不照穷檐照化城？

接引殿望绝顶

骑羊人去不知年，未信餐桃便得仙。一水符文流日月，双蛾埽〔扫〕翠照云天。山僧化树春无著，雪虹如雷夜堕悬。老杜青城难唾地，兹游何故让青莲。

华严顶

雾阁动虚风，云窗埽〔扫〕翠空。棟香花凤窟，松黑老猿宫。一铎飞泉外，千灯淡雨中。铁师何处礼，回首万牛雄。

白水寺 唐孙思邈隐于此

石路昏烟月色新，扶筇林外一灯真。雪龛好共低眉佛，池镜曾窥大胆人。得道天怀甘白水，出山云气杂红尘。虬虫尸解嗟何酷，试叩金容丈六身。

龙门峡

云中万壑斗笙竽，峡锁双崖媚不枯。照日水光浮翠羽，洒天山腹散龙珠。飞流远过康王谷，记里曾言范石湖。他日开先亭畔去，白银青玉待评吾。

古犀角河

夹道满垂杨，风吹绿叶长。一碑春烧出，双屐古河荒。疏凿通神圣，经纶有散亡。遥心托江水，东去正堂堂。

青城山口

白云吐西巘，空翠荡成漪。俗客垂垂到，山春故故迟。幽花宜一笑，老鹳去何之。欲问丈人观，松声无定时。

游青城山

人间笑口开何处，三十六峰招我去。未须白日挂高名，且对青山澹吾虑。精通井络山气扬，心到沧溟江意长。欲骑石牛东入海，倒将诗句悬榑桑。

又

阴阳三十六峰尊，拨雨来寻古洞门。眼落成都疑井底，心归沧海识江源。一身天远岷嶓接，万鬼城深日月昏。游客纷纷吊花蕊，山中寂寞老人村。

游峨眉归偶成

海南笠屐遍经过，咫尺仙乡不到何？未倚青冥追太白，空谈翠埽〔扫〕笑东坡。心知吾道高深在，身入名山福寿多。宝瑟琼箫殊好事，一筇五日踏三峨。

自题游峨眉诗后

包奇孕秀势难穷，绝怪青莲语蹈空。太白游峨眉诗云："绝怪安可悉？"一自怨王来震旦，于今谢客少家风。千年石木云中黑，五月山花雪里红。不乞仙人餐绿字，光芒笔底出长虹。

介白堂诗集　卷下

老松
老松偃蹇似仙人，独立阴岩五百春。灵气得天成虎魄，古心阅世脱龙鳞。苍留劫火无同辈，白裹山云隐半身。木异不材能久寿，赖他尧栋在风尘。

白莲
野风香远忽吹回，一片明湖净少苔。残月自和烟际堕，此花方称水中开。碧波瑟瑟情无限，玉佩珊珊望不来。姑射神人藐天末，乾坤可爱是清才。

秋江怨别
怀人三十六溪湾，凄切凉波去不还。秋色苍茫生夕照，长年萧瑟满江关。别来浅水吹鱼处，望断平沙落雁间。苦忆停桡春浪软，桃花时节好容颜。

戊子三月赴京始发宿泸州偕内子登忠山作
朝发家门前，晚泊泸城滨。方舟却思劳，聊乐携綦巾。慷慨万里役，挈家以东征。入世自兹日，均此灌园身。江雒方合气，中干尽青崏。攀憩善窈窕，岂必朋知亲。再拜武乡庙，多谢侯夫人。何用佐澹静，貌寝心则仁。回望我故山，正及桑田春。

忠州

水驿得日记，昨涪今日忠。嘉名芬千载，浩浩理则同。无实浪得名，传籍可尽庸。此贤皆落落，今我何匆匆！功名各有自，身后天难穷。江山本无情，止著来去踪。空霄遗点尘，劫灰积已重。一为辨白黑，星霜敢销融。蝉蜕仙之人，要在氛壒中。名教群所赴，一往百川东。

一舟

自笑狂吟如醉僧，一舟万里寄行縢。忠州酒香赛白傅，夔府日斜悲杜陵。魄力掣鲸碧海水，梦魂饮马黄河冰。山川南北有奇气，史迁疏宕吾岂能？

瞿唐

尽唤蛮山压客舟，甲盐飞去入空道。双崖云洗肌如铁，一石江穿骨在喉。风静鱼龙排日睡，水还巴蜀接天流。涨时倒海枯时涧，安稳哦诗答棹讴。

峡中阻雨

诗心宜曲峡，更好雨如烟。江白孤槎客，云乌一发天。夜涛雷鼓沸，阴壁鬼车悬。百怪增奇气，文章自古传。

峡中见桃花

谁种白桃向青壁，花光石色相鲜新。系舟江水无情地，到眼阴岩一笑春。都说行云托神女，颇惭空谷有佳人。故山烂漫堆成锦，犹是蹊中来往身。

巫峡

忍尽经天泪，猿声不可求。大江随客子，万里送春愁。云散川湖雨，风盘细弱舟。艰危多感慨，剩欲傲沧洲。

巫峡舟中望江上九峰

九峰含万古，三月落孤舟。异境随人改，春江自水流。忆青行客眼，看白美人头。雪里奇情在，当年此快游。

新滩

数里滩飞上，风连峡响移。大波颓作阱，长舸立如锥。水势相天地，人心一险夷。空舲打箭过，翻爱鬼门奇。

晚泊汉阳

一舸楚云宽，芳洲长蕙兰。残春浮大别，游子上长安。天地心孤往，江流气自寒。高高北斗在，得有鹤楼看。

游思

马蹄杂花远，引我汉江滨。南国多芳草，东风长白苹。绵绵远道思，脉脉微波春。落日迴〔回〕车处，空怀解佩人。

九江望庐山

落日九江平，长风万里晴。湖山澄战气，吴楚变潮声。秀绝依南斗，清高想上京。云中五老笑，尔愿世间名。

天津吊谢忠愍公子澄

国步多艰日，吾乡得伟人。真卿动河洛，回纥满天津。冰雪莹臣血，京畿关此身。可怜垫江老，垂泪锦城闉。

京寓

市声如海沸宣南，中有诗人听雨庵。西壁枣龙眠共懒，东家槐蚁战方酣。半间斗室栖良友，三尺书床课小男。何似瓦沟鸣竹叶，故园兄弟夜窗谈。

悯忠寺

东海虫沙劫，西方象教传。英雄无起日，空色有诸天。钟过古愁散，花深春梦圆。无端感时会，归道谢祠边。

天宁寺

一鸟将山色，飞来照眼浓。空阶宜藉草，高阁恰无松。雨气浮春塔，城阴入午钟。何时携屐去，遍蹋郭西峰。

绳儿生时寓宣武门外绳匠胡同中间路西

呱呱声不恶，恨少老亲闻。苦我成孤露，生儿傍五云。空同人定武，井络士多文。何日赋归去，榜山随拜坟。先大夫太恭人墓在虎头山对岸刷榜山。

送张安圃师由给事中出任桂平梧道

安南今已矣，粤西无苦师。多事见边才，亦贵枢要治。东风吹柳条，袅娜千万枝。玉河始泮涣，曲折流冰澌。送公挹公车，安得左右之。孙公国元气，外出岂所希。举朝皆妇人，老海发狂嗤。当今圣明世，何处觅此辞。丹凤鸣朝阳，光采流赫爔。回首望乌府，古柏生寒凄。丈夫立勋伐，端在艰棘时。古人苦开边，守疆今不支。要当致太平，无用以为奇。区中武不满，实又非所宜。弟也性迂狂，隐忧兴嗟咨。公将秉大政，安用多言为？亭亭独秀峰，高照天南陲。

偕寔斋过万柳堂

京国饶高柳，兹堂发古愁。地偏春一角，天澹韵千秋。老辈昌文运，吾曹善末流。年年青眼换，阅尽几人游。

怀钱辛伯先生扬州

江南公亦老名士，日下贫如大布衣。锁院律吹丹凤起，璇闱棋笑雪猧围。曾陪杖履松筠饮，为道家山水石肥。二十四桥今隐去，竹西无限好斜晖。

九日京师

闭户作重九，未须游避灾。天长余弟妹，吾短在尊罍。令节摊书过，家山触菊来。隐心秋共远，多谢济时才。

城南行

驱车过城南，草绿波如镜。御夫指天桥，告余车马竞。朱门骋豪贵，王侯多绿鬓。畜眼识名驵，豪奴挟梃刃。长眉柳叶青，赤面桃花映。髻上绾瑶簪，腰中佩金印。彩罕飞飙连，香轮流波迅。火雷助声焰，沙尘动纷衅。路有殴死人，可抵蝼蚁命。将相勒马过，台谏尽阿顺。余曰辇毂下，乃有此暴横。想见天上人，天心为倾震。平时不法事，此间犹谨慎。复言天不容，其败一转瞬。先皇赫斯怒，降谓诸侯讯。穴社技已亡，肆朝法终正。吁嗟劳力徒，粗卤识纲柄。国朝好家法，祖宗实神圣。

美酒行

美酒乐高会，广筵开曲房。风雷奋笑谑，山海究珍芳。欢气之所流，引以日月长。中有餐霞客，逃席支在床。嗟余不举酒，天醉形能忘。去我壁上观，缩我壶中藏。客言乃何苦，酸凄起肝肠。众宾正欢笑，岂顾一人怆。云今东省旱，不下西省荒。告灾有大府，蠲振来邻疆。涸鱼久失水，微雨岂苏将。杀孩养老亲，子妇诚何当。亦有成童儿，不值两饼偿。明知非我子，肉颤心已僵。恩爱彼非人，残忍为故常。荒年情景多，一一忍得详。是孰能致之，天意真茫茫。在乐为苦言，当噬子不祥。漆女隐在中，一击纡轸彰。后堂进高烛，蹴屣来名倡。主人命射覆，还成赌百觞。

感怀
肯信村廛有是非，年来阅世学忘机。枕中车毂难妨梦，画里江船且当归。北地有人耕陆海，西山终古送斜晖。惊心寒雁程三万，似避刀弦并力飞。

重阳风雨志感
风雨情怀苦，惊心涕泪悬。又逢佳节至，空益去亲年。黄叶秋城里，凉蕉薄枕偏。横窗菊灯影，疏落照无眠。

神山
神山飘渺在，灵怪肯犹人。大鸟摇孤翼，驯龙化逆鳞。几存襞海意，一掷属云身。忍使风吹去，青珠散作尘。

百感
百感愁交集，群生劫始过。压云龙气郁，迷月雁行讹。变相逃殷鉴，雄心误鲁戈。东方非野烧，神王火天多。

庚寅五月京师大雨水
天心不可知，水气逼京师。北地江湖满，太阴雷雨垂。浮沉争万命，倾覆剩孤疑。只手成吁叹，芦灰念总痴。

漂没无人象，生存倍可嗟。衣裳浮蠛蠓，头角变鱼虾。更倒为巢树，将浮贯月槎。不如翻并命，波底见全家。

闻说通州野，连宵雨合围。乱声城互应，一烬水同归。在渚千头聚，冲天两翼飞。告灾遍行省，哀我止邦畿。

西山戊子水，夜岭下猪婆。妖浪挟岩走，鬼灯然雨多。人心饶陷溺，阴气兆兵戈。知有金源事，崩峰警若何？

与水争余地，何方补漏天。冰夷云里降，国命雨中悬。兽舞还金奏，鲸吞到饼捐。更堪龙伐木，官殿尾闻前。

内戏欢赏雨，皇心忧乞晴。犹停一日出，深感万方氓。志气能渊塞，疑丞在辅擎。诸侯工颂祷，畏使圣人惊。

水疾伤元气，阴浮损五中。何来医国手，安事信天翁？熊见思南竹，鱼菑觅鞠劳。病深今在髓，还愿越人穷。

面面墙声续，吾庐亦可哀。厦倾寒士戒，书浸古人灾。没马悲泥灶，鸣鸡避镜台。犹存己溺志，援手愧无才。

朝气

朝气回残夜，清秋逼壮年。似闻波息海，凭是日中天。来事殷殷在，高愁渺渺悬。连林有松柏，已识岁寒先。

秋夜忆弟

南檐鸣枣叶，槭槭警秋风。运极艰难会，天遥骨肉同。百忧乡思外，无语月明中。安得书窗底，寒灯共草虫。

游翠微山

半日到西山，入山苦不深。琼宫映丹壑，白塔出青林。微云堕马前，照我万古襟。虎峰带霞色，龙池转松阴。暗泉穿寺来，如听篁中琴。香界木兰花，高檐宿仙禽。珠洞漆僧体，檞风吹梵音。登高望天津，海气生微吟。皇州忽如画，白日西峰沉。空崖秘天魔，题诗满朝簪。欣睹近臣笔，在山鸟不喑。崖壁有翁尚书同龢《题宝竹坡诗后》五律一首，中有云："直谏吾终敬，长贫尔岂愁。"钟清世抱散，树古时忧侵。卢沟架长虹，令人想辽金。山灵对我喜，相看两崎嵚。多谢西城月，山中解相寻。

卧佛寺有叙

卧佛寺，唐寺也。枕京西迤北山麓，高崖如束，茂松斯挺，伏泉灵草，淬神澹志。言宿于寮，感元至治间观音保谏五华寺事。而今九月二十四日，黄州吴御史兆泰，因水灾言事，仅得褫职以去。乃兹寺实近五华之陈址焉。延景致兴，为隐于怀，赋此章。

一磬堕黄鹤，渺然还旧柯。天声沉石籁，佛意满杪楞。与世宜醒卧，嗟余愧小过。五华思故事，雨露圣朝多。

卧佛寺夜宿听人谈关外形胜

西山青断北山连，山脚南飞古寺前。但睹先皇行榻在，好寻卧佛共龛眠。夜凉空院杪楞雨，秋老雄关雕鹗天。闻道东边急形势，可能筹策学忘禅。

碧云寺溪桥

峨眉双峡水，龙洞冷萧萧。古寺满京国，好溪无石桥。华云栖塔秀，松雨响空摇。涧壑滋幽胜，家山况未辽。

登碧云寺塔座有感

杰塔传蕃式，名山镇帝灵。云通西域白，天盖蓟门青。海气吹寥阔，人材数剩零。凭轩多远想，高鸟去冥冥。是岁彭刚直、曾忠襄、潘文勤连下世。

天僖昌运观张永墓在焉

知有奄儿墓，幽寻废观难。柳风孤客远，松日九朝寒。松多国初时植。倦尽春云去，荒添佛火残。披榛读穹石，亦作表忠看。

听崔仪臣谈黄山之胜

三十六峰云，黄山天下闻。奇松与怪石，喜我得逢君。少日怀高鸟，何时断俗氛？未劳猿鹤怨，方寸有移文。

仪臣惠黄山白术

黄山有云海，白术云中生。采之白云窟，深我黄山情。孤鸟意何限，片霞身未轻。藉君灵药力，松顶得飞行。

重葺张烈公墓诗并叙

光绪十七年十月二十二日，盗发明兵部侍郎总督张公同敞之墓，获焉，治如例。广西巡抚以闻，奉旨下三法司议，议如之。墓在临桂县城外十里，北坐南向。骨殖犹全，由县官敛而重葺之。于是刑部广西司主事刘光第阅题稿，怆然慨之，而赋诗焉。

暴雷咻咻风骚骚，督师之头三跃高。血身挺立肉偃强，掉落豪帅手中刀。督师太岳之孙子，与瞿留守同日死。留守还归拂水岩，督师就葬唐家里。当时若无杨艺哭，忠臣肉饱乌鸢矣。里中生员唐兆祺，世传祭田祭督师。自从乾隆赐谥后，赴墓拜扫年年期。日二十五月十一，不知死日是生日？昌平云气郁桥山，荆渚愁波连漆室。何来地下摸金郎，鬼气所射绿眼芒。手挥金椎唱青麦，莫家兄弟不可当。万髅饮血伤陈魄，忍动文武忠义骨。此骨南撑半壁天，前身北射中原月。汉寝唐陵皆发掘，玉鱼金碗终销缺。青犊赤糜徒哽咽。快哉三贼尽成禽。宝镯依然殉灵窟。忆昔瞿公隔屋囚，四十余日诗相酬。形骸久已外天地，留此大明土一邱。虞山凭吊忠宣墓，陶公种梅赋诗句。欲乞吾师买桂花，补栽忠烈坟前树。时张安圃师署理按察使。

京师菊花

斜街市中菊花至，炫奇斗丽迎人意。颇惊花事亦知时，秋花能作春花媚。扬州芍药曹牡丹，尔岂不耐山中寒。胡为天然有佳色，也逐富贵来长安。裹露精神谁爱惜，傲霜节概空抛掷。低眉俯首二尺强，惭愧山中高八尺。山中之花伟丈夫，京师载花为侏儒。琼窗绮席供笑弄，朱门酒肉还遭污。岂无热官貌秋士，强吐瘦语终肥粗。竹篱仰看烂漫时，冷艳萧散神仙姿。野情高意迥出世，星冠佩珠扬翠蕤。冰天雪地愁香梦，水仙烟火盆梅冻。寒花北来变本心，惟有青松还可种。

先祖生日感赋

祖年百五父七十，四十二十年幽冥。我生三十有四年，我子长者方四龄。我子如我不见祖，安知祖意伤伶仃。含饴分甘古所乐，此事独缺于家庭。惟我祖母抱两孙，犹及我身长半屏。明灯吐花助微笑，诵声琅琅含喜听。八年我母驾云轺，但见我女嗟媌婧。竹笋穿苔抱龙甲，桐枝刺天条凤翎。自来京国举三子，我母而在喜涕零。月维十一日十九，祖之阴寿亦荐馨。我前拜跪两儿后，俯仰粗有吾模型。小者半岁抱旁立，眼射烛火如明星。一堂精气所凝结，神会岂隔貌与形。蜀南家山五千里，吾弟只影追先灵。傅家潭水碧于酒，春暖肥鮀浮可钉。烹鲜斫脯携上冢，时有沙鸟随归舲。鲲鹏云海思已扃，牛羊邱垄梦长经。转愁弟也将北上，花落墓田空草青。

白雪吟

大城冻色连虚空，雪花初结人气融。须臾宫殿皓天上，九陌十六城门同。王侯蝼蚁岂得别，一皆蛰入于其官。而我高歌破屋底，雪压欲倒心清雄。清凉宝山思一见，秀发五朵寒芙蓉。峨眉石骨冰作肉，烂云衣裳不可缝。蓬莱左股愁冻折，梅花尚倚寻仙筇。不然千树万树松，黄山之三十六峰。兴酣赤脚踏冰上，或骑白鹤哦云中。匡庐矍然五老翁，背负几叠银屏风。九关神童掩日角，一笑玉女开天容。大行雄起天下脊，掉尾忽落沧溟东。巨鳌戴山怪如瞋，烛龙衔火阴不红。可怜王母眉如霜，云情海思嗟方浓。石晶珠髓嚼虎齿，卷露雱舌惊东公。君不见，缟素风沙二万里，粉本可画无人踪。黑子变作白弹丸，海东一点光蒙蒙。竦身若木望南北，万古之事撞心胸。块磊所畏玻璃钟，麹生遇我偏无功。热怀直欲暖宙合，自笑拨火身方穷。夜深煮茗镇清绝，奇气郁盘多苦衷。不如杜门且高卧，待取南窗五丈之枣朝阳烘。

水仙

白石清泉供养宜，美人芳草化身奇。烟波袜影分明见，风露衣香有所思。万古别离湘女瑟，一篇忠爱洛神辞。如今北地花开早，愿伴冰梅缓弄姿。次句指三闾称水仙。

寒宵京寓

静气澄怀抱，森然耳目明。冰镫人影瘦，霜角月阴清。世事增慷慨，天寒念友生。悬心溪石坐，同钓夜桥晴。

杂诗

忽然中夜起，开户玩清华。飞心入明月，太息仙人家。仙童饱魑魅，心血化青霞。玉女妙成双，变为枭与蛇。阴精虽不老，已蚀众虾蟆。姮娥击白兔，正气为咨嗟。桂树根蠢蠢，渐亦扬其花。我欲扶烛龙，衔火照阴邪。九关逢虎豹，坐叹泪如麻。

东海阔且深，中有一灵鰕。撑天长甲角，非龙亦非蛇。白波涌如山，喷沫惊无牙。青珠散作尘，吹空忽飞沙。婉娈两雌龙，海气开清华。奉日出扶桑，阳恩周八遐。一龙欢游戏，一龙郁盘拏。鰕也迎其欢，虬螭无奈何。稚龙腹有雷，杀意通老鼍。裂之于青邱，乃不异井蛙。

登高望蒙古，言陟五台山。北风徒能劲，立于冰雪间。维昔荡中国，饮马长江边。北失鄂罗雄，东误苏奴孱。出入五百年，势积以钝顽。弱人自亦弱，道岂如循环。帏房岂不亲，隐贻屏蔽患。譬彼黄耇人，衣敝背已寒。颓阳澹澹下，我方悲外藩。

天上生琪树，托根极高寒。玉色光可鉴，奇香吹若兰。招摇绛宫里，旖旎瑶台端。上枝抱神龙，下枝栖凤鸾。中枝挂日月，嬉戏掷两丸。排云奏竽籁，华叶锵琅玕。音声一何美，天听生清欢。裁为六合柱，神工不肯觑。罡风忽吹折，王母独心酸。

穷阴满八极，天地泄烦冤。太行裂石藏，倒写〔泻〕飞泉源。泡泡出云岫，衮衮下天门。岩寺怒飘堕，安肯问平村。木石随佛走，人马同蛟翻。雨声挟哭泣，中有万鬼喧。神灯跳红波，欢喜照老鼋。妖孽不自作，所贵知燮宣。阳刚抱龙德，阴气散乾坤。主山遭厄圮，五岳噤不言。嗟余坐危屋，神伤命斯存。

吾乡李鸿猷，捧檄令赤峰。列县无城郭，谣俗杂民蒙。蒙汗久蠹挚，都统贪且庸。煽之以乱民，马贼起如蜂。蒙兵道路断，官兵村落空。杀烧所漏遗，逃山复严冬。饥火焚人肠，哀哉割面风。俱死目犹视，坐卧冰雪中。辉辉晶玉颜，惨惨土木容。岂不痛僵踣，血肉欣完同。跃马忍见之，急驰过鬼丛。急威此上帝，民牧亦梦梦。幸免于咎责，乃内丁鞫凶。过都为我言，使我泪如冻。

静坐观物情，慨然发深羡。一欣鸟惊人，再欣虎上殿。蜩螗争一哄，热风吹怒怨。饮露有寒蝉，空腹亦为贱。苍鹰饥著人，搏击非本愿。投躯啄腐鼠，何时纵英盼。六合一枭鸢，鹏子安得见。獬豸独能神，所食惟苦楝。

孔雀冲天飞，云日散光采。一朝饥无肉，不冻长呼馁。樊笼一以羁，啄腐甘自给〔饴〕。食蛇知有毒，尚负奇毛在。文章止悦人，品弗登鼎鼐。鸷华果何心，落实稍见悔。所以威凤翔，九苞度云海。

漫漫香雪海，梅花千万枝。天上春独早，亦由正逢时。何来蜡梅花，托根暗相移。弄妍云霞地，拔迹水石湄。玉女灿明月，近玩天人姿。王母闪电眸，一笑杂瞋痴。神仙烟雾中，岂容俗物窥。非种忽锄去，园客惜其私。

妲己倾有商，褒姒灭宗周。天意信遐邈，女祸亦因由。慨当伐国日，献此美无俦。山川享精气，民物含怨愁。并泄于一身，钟物岂非尤。方寸之祸水，胥溺及九州。颠倒怒笑间，恩爱藏仇雠。百物气相制，弱肉与强谋。谁谓伤人心，十世祸未休。片情累万族，念之泪交流。

神鹰击恶鸟，灵兽触邪臣。谁言物性蠢？智过于中人。猛虎戏山间，鳄鱼纵奇鳞。磨牙吮人血，鹰兽不敢瞋。鞭挞驱迫之，乃用丧其身。皇天散形质，万命各得真。哀哉使错迕，长短何由伸！

道逢行乞人，自言旧湘军。衣服鹑且尽，皮肉还垢皴。一从剿粤贼，立功救王民。转战遍南北，猛气冲风云。堂堂锡勇号，归仍饿其身。谅山复斯警，应募走兼旬。资装虽无多，亲友意已勤。孰知功不酬，志欲清鬼氛。且图饱战饭，捐命答吾君。况闻鬼马死，鬼妾号长裙。正可威南服，和议成逡巡。故乡不得归，又不死沙尘。含血空噗天，忠愤何由伸？且勿叹忠愤，乞钱周尔贫。

国有封将军，赐名为溥侗。龙种异凡子，拔身金玉中。希圣识攸归，向方且多通。感时每浩叹，忧国怀精忠。涕泣有所陈，小人势已雄。上言皮硝李，下言济宁公。天下久唾弃，胡忍不决痈？内则有权阉，战安得有功！帝曰女未知，岂予小子衷。予与汝徐徐，可且为闷蒙。海云升朝阳，光映殿角红。引之跪近前，惨澹亲天容。帝曰女勉哉，匪直光国宗。大廷实乏才，豢养诸疲癃。将军顿首谢，感激厉匪躬。问年十七八，雏凤鸣嗜嗈。何意宗室内，乃睹此奇童。一木千万叶，青黄各不同。一水千万派，清浊自朝东。

北方有二鸟，乃生在海壖。羽毛各丰满，一飞皆刺天。同巢却异梦，啁弄两不然。一鸟不知老，甘腐偕鸥鸢。性复解音声，歌舞鹓与鸾。竦身傍神霄，日月染痴顽。飞星激枉矢，尚恋青云端。一鸟抱仙骨，所食惟琅玕。八表高其翔，天海知周圆。文采照荒遐，心力彻空渊。群羽自求穴，但笑猛志偏。并力掣其飞，又不放使闲。终借彼高名，弗与恶鸟便。凤凰号大圣，臣哉尚慎旃。

臣始悲天下，天下亦悲臣。哀哉刘陶言，退然念其身。一身虽不保，谠议岂空陈。请为时主吟，愿一听其真。帝非人不立，人非帝不宁。譬如头与足，相须以得行。胡然假利器，芟刈于平民。耳无檀车响，目不鸣条亲。天灾岂切肌，震食非损神。一朝权去已，不得为众人。救乱须得智，扶危贵求仁。吁嗟此激论，允为后世珍。良药螫人喉，亦有安苦辛。荒君视熊胆，哲后视猩唇。

文凤见季世，鸣当不祥时。摧藏铩毛羽，岂不惜彼私。洛城何峣峣，下有数弃尸。一士独伴死，三日蛆上眉。亡命十五年，直性损忧悲。后来外戚诛，征诏复得谐。老寿还卒家，借问此为谁？云汉杜伯坚，邓后恶忠规。缣囊盛直士，殿上扑杀之。和熹岂不贤，根也实无疵。览书见遗烈，千岁感我思。

涿州有三坡，入山三百里。阴磴何险深，终古绝尘轨。虽乏桑麻秀，颇饶桃杏柿。外来贩酒布，但换山羊子。金钱无所用，巧利将焉起。差徭所不到，乡老坐已理。新妇礼亦苛，骑驴色悲喜。相传流贼余，窜兹辟榛杞。但闻满州兴，遑问张与李。山中生厚善，顽气荡心髓。日月照老寿，樵牧皆黄绮。与世既无争，世亦相弃矣。何必桃花源，将须武陵水。

忧端横八垠，溢作天际想。天风吹余梦，身骑白云上。白云如奔马，蹋天空不响。下视尘海间，日月争磨荡。万国灿可数，元气浮泱泱。所嗟目力穷，地球过三两。极外还人世，星中有天壤。谁能造化根，揽之证无象。

三古圣开国，道揆不可变。斟酌通天人，辅画尽名献。嗣王废率由，其败忽如电。奈何后世豪，草草为征禅。势力奏群雄，善者安苟便。何必待敝刓，本始粗缱绻。王道久沦亡，天难方宪宪。虽有老成人，由行亦堪贱。穷通贵神明，岂不在英彦。独伤言利臣，变法而府怨。

势力之所徙，道德之所都。人气各有持，以保清淑区。龙德屡易姓，越代宾王无。海内一世家，大与溟岱俱。蝉嫣重继体，崇饰开蒙愚。薪火续明光，果核传芬腴。宝兹仁义种，悬的要人趋。奈何教师宗，翻羡伶官奴。桓桓冠剑身，茸茸傀儡模。隆污信有时，行废道岂殊。日月亦有食，更仰在须臾。外邦富学祖，中州论精粗。法守已浮烟，道教须树扶。可如贵溪张，袭封惟咒符。

壬辰九月偕袁吉云廷彦王慕韩祖仁林康甫履庄游翠微山二日而返后二年康甫出西山纪游图记索题

虎头换却蛾眉长，龙尾不随鳌骨霜。飘然落我翠微里，何必把剑倚太行。昔者宗生写卧游，直以名岳收琴床。抚弦山响得妙会，况我踏遍西北冈。欲将丹青貌斯景，所恨不得如长康。对君图画如见山，当时君我山中藏。林端孤塔疑白鹤，忽被笑语穿青苍。玉兰翠老丹枫香，宝珠洞头望帝乡。海天去鸟送秋目，落日一抹城阙黄。晚来僧阁卧山月，呼吸清露洗我肠。忽忆前秋宿唐寺，桫椤雨打声浪浪。大雕盘天山海猎，听讷子襄谈。威凤背日江汉翔。感吴兆泰事。并为雄谈殷钟磬，欲闪卧佛碧眼芒。岂如此夕镇清绝，幽花无语眠长廊。仙岩瑶草朝可撷，肌发翠润松风凉。至今秋梦绕云壑，耳根泉响犹龙塘。那知君已尽收拾，坐羡林岫纷在旁。我诗岂足污君画，聊凭爪迹留飞光。

林玉珊惠鸡毫笔

枯藤怪石空山幽，老人抱膝松下讴。忽如风沙怒胡立，撦戈挺戟森星眸。又如云海襞金翅，风扇幽姿翻媚虬。珊枝刓削铁干屈，谁臂寒猿尻秃鹙。怪观骇景塞胸鬲，一一倾注来笔头。转平而奇忽归澹，由奥得峭俄入道。此法入尘瞠俗目，可嗟愚技空雕镂。为问出奇孰惊绝，写师今有何道州。胚苍乳籀隐规夺，攀汉揖晋争泡沤。平原吾师有衣钵，余子碌碌安足求。我不学书识书意，过眼都似云之浮。林君天授析鸡羽，神妙吞吐秋毫秋。鼠须麟角失颜色，中山除国汝南侯。凡材善用变珍贵，万物能弃须能收。迩来羽檄走东海，竹头木屑纷隅陬。时艰盘错需利器，毛锥肉食谁敢羞。安能盾墨作露布，倚马净扫欃枪愁？

庚寅除夕守岁作

岁积无穷意，全归爆竹声。帝城春浩荡，先垄涕纵横。薄宦风云感，新年弟妹情。灯花成独笑，的的向人明。

有感

京树红初动，乡园绿早成。人情重离别，地气忽纵横。近说卢龙塞，真闻杜宇声。朝廷长北极，空得壮心惊。

雨后杏花树下作

雨过树无尘，蝉声忽著人。美花偏结子，幽草况留春。小立芳菲惜，观空造化陈。隔墙车马竞，未觉妨吟身。

不酒思饮

入世酒能出，今来欲少欢。至无愁可说，宜得醉相看。灾见天心厚，穷知国手难。故园花木笑，招我醒盘桓。

万寿山

绵绵万寿山，园庄枕其麓。宏规岂虚构，颐和祈天福。基肩盘云霄，原野衣土木。铁路穿宫门，电灯照岩谷。百戏陈瑶池，万宝走珍屋。每蒙王母笑，更携上元祝。天上多乐方，奇怪盈万族。维昔经营日，淫潦迷川陆。海雨吸垂龙，村氓乱浮鹜。鼋头大如人，出水听众哭。伟哉乌府彦，涕泣陈忠牍。膏血为涂丹，皮骨为版筑。请分将作金，用振灾黎谷。天容惨不欢，降调未忍逐。海军且扬威，嬉此明湖曲。仙人且弄姿，媚此西山绿。

寄之寄庐坏圃

谁能甘寂寞，自是惜芬芳。北地少修竹，秋人思拒霜。枝梧后自别，弥补渐无方。此意愁扪舌，垂时满八荒。

京寓小园

短墙骑马客难遮，栽竹嫌窥寂寞家。戴笠吟身藏日下，闭门生趣满天涯。残蔬雨过还新绿，老树春迟得久花。剩有销沉今古意，夕阳庭际数归鸦。

屯海戍

鸷鸟久不击，金睛倦神霄。龙马絷其足，空阔徒见招。矧兹屯海戍，本自异雄枭。朘削虽已多，室家且逍遥。军中有妇人，武事空萧条。火炮止虚烟，扬旗惮回飙。一旦飞羽檄，驱之度韩辽。我友充海军，铁舰嬉且遨。独我迫东行，万惨聚府焦。况忍诀妻子，中道相牵号。哭声上干云，下压大海潮。入舟屡回盼，不战心先逃。运船猝被击，溃亦无由跳。可怜罗练躯，挂胃鲸齿高。空令鬘妇来，想魂祭波涛。大帅心有在，我方悲汝曹。汝曹死自悲，无为怨圣朝。

远心
远心无杂迹，随在得真还。阅世摩孤剑，围书坐万山。雪天生气出，人海寄身闲。愧少匡时略，梅花且闭关。

隐思
楚县今无苦，吴山尚有焦。信知时会在，未觉古人遥。江海自黄鹤，风尘从紫貂。客来如问道，矫首望烟霄。

不见
不见真为德，潜龙孰与期。天心非醉日，山气大佳时。性命通鱼鸟，妻孥恋菽葵。高情自出俗，多事绮黄芝。

得趣
得趣耕牧外，悠然泉石间。无名师苦县，通隐笑庐山。功到两仪塞，神争万古闲。早为尘网误，此骨失坚顽。

感事
白云楼近接天阊，空遣巫咸下问冤。王李风骚何济事，都成阴骘不堪论。传经况得文儒贱，巧宦徒知狱吏尊。只有西城无月夜，愚民犹哭未消魂。

送杨挺之志立之官溧阳

金粟香中三百树，桂湖秋水昔沿缘。新都失访名贤后，京国论交性命连。朱竹垞惊孙北海，白云史识恽南田。谈诗读画情亲在，无那离愁到酒边。

花之寺记隔年狂，各有心情付海棠。小宋醉骑红树上，子云笑倒绿樽旁。西留县圌骚人去，东指朱方驷驾翔。独把奇文谁共赏，出门怊怅日南坊。

大邑财雄俗自矜，地连江海便鲲腾。肯将鞭箠威儿子，尚念车弓畏友朋。诗句定传清似水，法曹曾共冷如冰。悬知风雨怀人夕，小坐清香燕寝凝。

莫为无儿叹老夫，得人为治岂区区。多兄友事宁称宓，五丈夫生早识瞿。身外浮云无点翳，掌中明月有还珠。秋来若报添英物，待咏黄家汗血驹。

送曾笃斋兵部培改官山东

山东今多盗，贵用武济之。久伤老妪仁，武亦不可为。岛夷方跳梁，兵力颇不支。所急内地清，可纵椎埋儿。不观胜国末，全力关东陲。终然覆神京，乃是贼米脂。曾侯古今怀，俊爽浮须眉。兵曹烂文书，一笑不肯持。往往杂谐谑，以入忧时辞。行当求补外，去恤吾民私。规然书生耳，搏击岂素知。要专用姑息，不足靖师师。侧闻李巡抚，廉悍能扶欹。莠稗痛扫刮，良苗始华滋。然后培养功，庶得次第施。汉时渤海盗，皆有田可治。惰农与乱民，分别差毫厘。曾侯晓事人，岂在多语词。盘错见利器，岁寒称劲枝。可待贼伤怜，而赋春陵诗。

厚村屡有北来之约年余不行既书促之复寄此篇

云间士龙西廓空，四海子由天末同。念君不共帝城隐，秋风何事吹飞鸿？黄叶打门惊汝至，白云过枕翻人意。道来不来中然疑，又不见汝于梦寐。巫峡秋涛隔远书，汝颇健饭今何如？榜山松柏拜佳节，寨园花竹罗修庐。出门水宿更星饭，复苦风尘悼行远。江海行人未有期，冰雪坐嗟成岁晚。今我欲归视汝身，免汝朝夕怀远人。身骑土牛动不得，口哦鹡鸰空自亲。岂如吾弟来相见，一水天津好携眷。我当迎汝到通州，且与先试潞河面。

遣愤
此肩真似铁，甘以荷锄灰。俗物何时尽，天机自尔开。异书儿共读，寒菜客还来。心事能多少，方栽百本梅。

猿鹤
猿鹤久招吟，西风满故林。白云依水静，黄叶与秋深。岁熟便幽梦，天闲积远心。渊明有高致，凭不厌追寻。

守拙
无才与俗违，守拙息岩扉。意思亲田水，功名远钓矶。相期我不丧，敢道昨真非。惟可野人说，无穷好夕晖。

闻人说永定河决堤之异
河身荡水水决堤，水中忽抛剑秉圭。乃是削土矗如梯，排空倒击黄琉璃，万目瞠骇谁敢批？人言水怪此穴栖，鼋头戢戢相撞挤，群怒变作触藩羝。老鼍助之声鼓鼙，爪脚力敌千猰㺄。不然亦碎百象犀，何至簸窟于骏騠。口门訇哆飞素霓，一溜岂止万鬼啼，堆阜鳞甲人凫鹥。青天白日气惨凄，阴云四扫无氛翳。水从塞外高注低，有似毒酒奔肠脐，使腹忽裂为刳剓。蚍虱具汤不用篦，蠛蠓酸死沉败醯，况兼妖物兴无倪。何仇仇民胜割刲？何恩恩官饱壑溪？安得宝刀莹䴗鹈，生斫其头左手提。风吹朱血腥河泥，其官可清庭可犁。有弩更能射鲸鲵，辇毂近逼诛可稽。神物不杀物不迷，修德释此天方臍。

过卢沟桥观今夏大水情状有作

卢沟桥石高三丈,水压阑干一丈流。拱极城低围马户,御碑亭没作龙湫。只知日月中天近,谁信江湖北地愁。我寄宣南犹破屋,当时听雨卧床头。

送宋检讨育仁充英法等国参赞

海邦玉帛久相从,忽忆当年靖海烽。白日鲸鲵愁鬼国,热河霜露泣文宗。似闻野火延空苑,真见花旗列峻墉。不尽万方臣子恨,昆明战舰有长龙。

城下盟成剧可怜,一时心坠炮雷烟。毁车若得荀吴策,赐乐宁知魏绛贤。乌啄九门空大屋,龙兴百战止穷边。独令争猷烦元老,重惜先朝挞伐权。

宝石珊瑚二品冠,谁持龙节驻机〔楼〕兰。张骞凿空徒惊俗,陆贾归装更美官。今日英雄资驾驭,古来蕃使有鹓鸾。旁人错惜蓬山远,正要蓬山海上看。

已识邦交不用奇,逍遥且合在天池。少留县圃须骚客,独抱遗经向岛夷。论语旁行新译字,璇玑东法本相师。四〔西〕法实中法所流传,梅氏定九详言之。流沙浩荡青牛没,吾道西来此一时。

水程八万走雷霆,阴火潜然飓母腥。麟凤十洲飞墨雨,鱼龙五夜识文星。城侵玳瑁潮痕白,花抱楼台海色青。想见螺房著书处,泰西从此有元亭。

远适殊方昔所凄,吾曹性命共提携。预愁送别冰开镜,却忆谈诗剑吐霓。四海文章稀日下,六官经纬落天西。君云须仍持所治《周礼》以往。苍茫家国无穷意,挥手春流散马蹄。

送蒋达宣茂璧同年改官广东同知乙未

海东诸将新罢战,海南词客初游宦。今日得辞薇省深,去年几睹桑田变。北极朝廷有中兴,清时乞外岂无能。浪言杜鹃叫析木,回望金爵栖觚棱。何处鲛宫连屋市,遥知岭表风物美。韵高争爱碧蠔油,内热少餐丹荔子。佐郡萧闲好读书，寿觞况得倾浮蛆。愿收天海入清抱，休向京华伤索居。杏已生人槐乍吐，春明柳枝攀折苦。万里君门念铜狄，六年威海鸣倭鼓。我游罗浮将见招，题洒竹叶如芭蕉。君有诗卷两牛腰，何妨归携二椰瓢。

潞河舟夜
野云浮作岛，河月散如星。风吐乱洲白，天摇双橹青。销兵乌鸟乐，报社黍苗馨。时事暂堪喜，夜舟忘役形。

泛海舟中怀寄张大成孝廉清溪
烟台高秋色，木叶落海清。九月余首涂，念子已在庭。回风吹紫澜，怀人在沧溟。系心空天上，亦在西南星。知子思我时，相岭对渺冥。去岁泊渝万，共命轻扬舲。清啸破月色，高谈见天经。夔州花船歌，灯前巨鱼听。美人杂豪客，写影江清泠。此景在目前，老趣仍峃亭。安得共番舶，险语惊百灵。借子倚天剑，一击蛟龙腥。

黑水洋
龙窟高眠过，愁时一惘然。日光西倒海，水气黑盘天。宣父乘桴志，师襄击磬年。谁甘白鸥没，万里意缠绵。

杭州买陆放翁诗集即题其后
二樊忠爱有遗篇，_{樊川、樊南。}逸气闲情愤所宣。南宋风骚犹此老，少陵衣钵各真传。苦悲铜马忧王室，闲跨黄牛学地仙。今日钱塘开互市，鉴湖行亦叹腥膻。

乘鲤门轮船至广州
三日真成海不波，鲤门船已虎门过。地看北极浮空浅，天入南荒让水多。去国未怀迁谪感，伤时聊诵远游歌。珠孃蜑妹争宜笑，可奈江中袂玦何？

海色
海色蒙蒙里，添余百怪肠。鹏蹲犹待扇，鳌骨已先霜。终古还名岳，忧时且异乡。山隔真避水，夜壑有舟藏。

偕蒋达宣茂璧紫璠茂瑜游粤秀山过江观海幢寺
台畔呼鸾道，园中瘗鹿亭。故人连作健，词客烂曾经。蜑雨秋船细，蛮花海寺腥。旧闻藏舍利，欲并越王灵。

舟过苏村
蔗岸云连绿，蕉田水映浑。炮车罗惠艇，帆叶拂苏村。妇戴东坡笠，人虚北海尊。浮山如雾里，醒眼看鹏蹲。

夜发峰市
飞瀫压滩声，推篷且夜征。橹边孤月吐，舟底百雷鸣。峰市诗偕过，京华梦欲成。何人拥灯坐，罢绣数江程。

望罗浮
四百仙官立，诗人笑比肩。鸡鸣满东日，龙力压南天。海气藏根脚，秋吟抵瘴烟。朱明问神洞，欲借枕云眠。

罗浮山半大风不得上

海黑立长鲸，飞天飓母横。地高笫共命，山好屐无情。造极关时运，乘危窄死生。悬崖邦士字，苍翠让镌名。

罗浮山中听客弹琴

一峰中作一晴阴，四百峰前客鼓琴。听去雨风随变化，坐来天海得高深。松篁隔水分仙韵，猿鸟空山定道心。曲罢暮烟岩壑满，樵歌踏叶出西林。

黄龙观

名山终古在，今夜宿罗浮。仙蝶人间梦，黄龙洞里秋。松声凉作雨，云气晓成楼。径欲捐瘦策，茅庵此地留。

黄龙观前梅树高五六丈大数十围殆数百年物也

竹叶似芭蕉，梅花落九霄。风吹绛仙子，月下醉琼箫。性定炎天胜，香清瘴海遥。何人托冰玉，佣贩到霜条。

宿黄龙观老人、玉女二峰在其侧

山云如花烂成朵，花下老人迎向我。何来玉女秀无央，淡倚南天笑垂鬌。众山肩背生虚空，负天抱海光无穷。入之峰翠静不散，万绿浸眼无青红。石磴蛇盘踏烟雾，幽泉如佩锵余步。鹤毛萧萧堕苍藓，龙气郁郁缠珠树。乱松瀑顶过吟身，一鹘空中绕诗句。黄龙道士粥鼓鸣，导我梅花林下行。指言香海五百树，何用热客来栽名。浙江徐琪督粤学，种梅罗浮，道士啴之云尔。夜煮砂泉瀹瑶草，云卧秋岩味清好。大声灭火榻忽摇，飓母东来裂蓬岛。浮山鹏蹲会掀去，南溟鲸立相舂捣。但将心定压雷惊，肯使梦飞随海倒。晓来云涨白成田，何处更寻黄野仙？二峰送我下山去，老人玉女飞上天。

白鹤观

仙人骑白鹤，招我傍云松。白鹤叫海月，烟波千万重。思弹绿水曲，远寄青霞峰。犹恐冰弦裂，飞天舞八龙。

冲虚观

丹灶泥留热，灵池水不浑。神鱼金石气，仙蝶凤凰孙。云动高松响，岩间瘦瀑存。黄冠住衰草，此日得重论。

又

昔乘大葛山头雪，曾访稚川烧药炉。万里罗浮携绿杖，千年铅汞问丹书。坡仙亭畔峰峦好，祁隐池前花竹疏。夜半天风吹破屋，止防飞去八龙鱼。

九子潭舟中作

片翠翦秋船，罗浮出稻田。坐来山送日，卧看客兼天。水鸟春高下，溪牛盘后先。奇峰忽飞去，回首白云边。

博罗

孤客乘流望，人家住画间。江中明绿水，城里好青山。风雨龙新过，罗浮鹤已还。仙翁赤玉杖，招手在云关。

朝云墓

杭州昨饮苏堤水，堤畔古余苏小坟。今日惠州湖上路，却因坡老拜朝云。已无榕树山长静，欲采苹花日又曛。一样南荒不归去，洞庭愁眇逐湘君。

南来

南来犹作故乡看，暂到湘湖意已欢。邱陇四朝身尽拜，桧松千尺祖曾攀。逢人竞说猴狲地，勖我承家獬廌冠。忽忆海疆新割去，愁时不觉涕汍澜。猴狲地在东坑赤土冈，明金事公墓在焉。

过当风岭 在武平北

神京已隔海漫漫，荒岭云生作瘴看。北地妻儿应忆远，南中草木不知寒。壮游蜀客无难路，僻处清时有盗官。虎豹天阍况狐鼠，何时一著逐邪冠。

白云山吊赖义士崧

真人入关神秀发，红缨柘袍坐金阙。南中君臣若崩角，争怪平西迎剃发。辫绳三尺系中原，谁扶倾天哭日月。况闻令下千雷霆，腰膂几人膏斧钺。就中亦有逃空虚，顶上如蓬尽芟绝。为存君臣亡父子，九有五伦同坏裂。武平赖生冠儒冠，誓将戴发黄泉没。白云峰头竟长往，孤竹鲁连比高洁。犹嫌鹞子矜爪觜，止将凫卵当薇蕨。双凫亦耻下山飞，高鸟高人斗清节。何物乡人鸟不如，阴断其头伺岩穴。河山百代逗兴亡，风雨万灵趋恍惚。心孤曾怨鬼神迷，项拗竟随天地折。匹夫殉国古亦有，杀人不死三章缺。监司徒与赒金钱，里老至今祠石碣。我过家山吊岩谷，恨少神弦奏金铁。但闻风籁响阴林，似悲故国还凄咽。杀身成仁心所安，析义要如筋入骨。苏卿嚼毛不忘汉，大禹文身为游越。黄冠归里傥得成，文山高操犹冰雪。

瑞金龙头山中

荒径少人迹，阴林寒日斜。半身枫子鬼，四足狗嫌蛇。水白栖云树，山红抱石花。殷勤觅龙角，何处访仙家？

登南康府门台望五老峰出郭观王太守作湖崖水嬉

昔闻五老游河壖，化为五星飞上天。何时风吹踏南斗，飘然忽在庐山颠。人间混浊不可处，天上叹息归无缘。五峰真骨秀日月，且住下界为顽仙。仙人爪天天有痕，匏瓜十手摘天门。紫霄抟弄雷电攫，堕作宫亭湖内墩。涛波春起磨石翠，謦欬散落翻神鼋。隆隆背负东南天，落落口绝江湖言。我帆吴风向海峤，独上高台炙清照。濂溪考亭凭槛处，大贤往矣山空眺。须眉浩荡尚依然，十四年前识吾少。如今憔悴为阿谁，坐对名山语难妙。南康太守故乡情，画船鼓笛相和鸣。楼台衔山野村远，钗扇动日长湖晴。此时五老放天眼，饱看太守嬉承平。佳辰有酒好行乐，无若杞国忧天倾。明朝踏云去，云里肯相违。且向青天团一笑，从他沧海有尘飞。

闻雁念舍弟光筑北上未至九月八之夜也

月明满地雁声长，佳节思亲倍不忘。有弟北来向江海，怪君南去避风霜。青山的的过吾土，黄叶萧萧在帝乡。明日征骖如好到，陶然亭上作重阳。

赠傅桐澂

傅侯去秋转海来，手携兰草三百本。情知空谷异五都，要与骚人论九畹。此花宜种玉阶前，此人翻避玉堂仙。欲把一麾乞作郡，何止半家输助边。此时疲俗骇有辞，翰林主人蜀二奇。堂堂检讨参赞去，赫赫编修报效为。群马争韔比肥瘦，帖耳垂鬃恋萁豆。岂无腾踶绝云霄，已伤驽骀破宇宙。萧条冀北空尘沙，王良伯乐亦已遐。龙性胡能不变化，驴鸣尚自相牵拿。琴弹花径春风曲，剑舞蕉窗秋水绿。诗思风云绝足随，傅侯天机脱羁束。卜式乃相诸侯王，汲生何事薄淮阳。今人舌抃凌云赋，谁知司马是赀郎。

题紫芉建南行役图

几人卖画长安陌，吾家紫芉声藉藉。指头千变出烟云，户外长年走金帛。忽然示我西川图，自著闲身南诏客。令我披图感慨多，万里边愁生咫尺。双流故国悲蚕丛，新津大堰眠长虹。临邛程卓今贤圣，欲铸铜山祀邓通。火井盐泉尽英杰，橘官铁祖真豪雄。相如空有凌云赋，如花坐对嗟途穷。从此津涂更回互，冰雪漫漫迷瓦屋。相岭风雷礜欸中，险过乌栊与赤木。经山青满元〔玄〕奘藜，汤泉绿灌张骞竹。藤盘笙秀富神奸，更说药笿盛番族。黎州五十四生羌，埋奴砍狗牛皮黄。李承旧署都耆帅，任贵自称邛谷王。哀牢犯徼古亦有，英俄今逼西南疆。将军边事足摹写，节度可有韦南康。汉唐陈迹纷在眼，拔剑高歌心慨慷。我亦东南倦游耳，仍隐王城钻故纸。叱驭心雄汉大夫，颂鸡文谢资男子。颇惭负弩驱县官，肯归建节桥孙水。惟当把笔记君画，补入嘉猷图说里。君不见，冰洋谁去持节旄，画界弃边罪莫逃！

答澂兰睹余宅杏花见怀之作

主人已出客不来，主人未归花自开。花开客到叹复去，为问主人何日回。高檐杏株大如斗，乱缀繁葩照空牖。隔墙游骑几回看，绕树何人千匝走？对花忆我示情亲，高生未老诗有神。草堂梅柳入佳句，我岂东西南北人。归来绿叶阴帘幕，一篇重读怀人作。上客烹葵未见招，人家看竹何须约。明年花下句同参，春雨江南味饱谙。愧无好语继梅老，醉翁激赏春酣酣。

厚村还蜀作诗四首送之

北风三日吹倒人，冰土惨裂干无尘。群雀蛰檐老鸦伏，何当送远平生亲。路人寒缩弗忍顾，况我与子同一身。岂无衣裘覆尔体，亦有羊酪偕禽珍。中原风雪几千里，日归遘此摇落辰。恒山沙坚血马足，黄河冰合舠龙鳞。秦关蜀道更险苦，使我别梦随归轮。可怜欲别未别时，强作慰语含悲辛。水仙初苞胆瓶冻，梅花虽笑惨不春。常时每诩丈夫志，对汝今为儿女仁。别时弟作家园图，动我乡愁涕如屑。池中鲤鱼长尺半，竹间好鸟调新舌。霜清龙目烂垂珠，月冷梅枝曲蟠铁。对花遥忆种花人，往往空樽过佳节。娇儿七岁长都中，吐语已如嚼冰雪。泚笔题诗满其上，亦说思乡情内热。落句直仿《离骚》经，作书还拟《龙门》阙。当筵惊起老兄弟，一笑别肠几拗折。京洛风尘缁客衣，榜山松槚青坟碣。何时携儿归拜冢，且与园花说离别。

孤鸿分飞寡鹄翔，我有一妹称未亡。颇闻抚子在婴幼，乳点泪痕凄断肠。自生女子名桂仙，想见丫角簪花长。生平未睹梦不得，安得抱之置膝旁。今年三十妹初过，早梅十月含冰霜。一妹以十月生，今年甫三十，守志已数年矣。杯盘灯火亦无分，空寄寿简称宁康。妹颜丰晳身颇健，不如弟貌瘦以黄。弟归岂免问及我，发凋齿豁心空强。一官夺守袁彦章，四旬称翁学欧阳。会当罢去返乡井，免与骨肉遥相望。

上界仙人足欢喜，万顷瑶池开玉蕊。手提日月掷坤图，虎齿磨天嚼珠髓。青鸟黄乌啄苍昊，光倒八极垂九尾。不惜海山吹作尘，睒睒旁窥攒万鬼。鞭挞神龙笞紫凤，溟岳倾簸翻云水。星官羽从酣琼浆，神仙饱食愁不死。猛犬猖猖吠阊阖，欲射天狼乏长矢。剖心嚾血请群命，那信浊河清泪泚。茫茫尘世向谁言，吾弟聪明差得拟。山中去埽〔扫〕旧茆庐，待吾归纂游仙纪。

送唐融川大令宗海之任来宾

清端昔论罗城书，赤脚坐卧几不兴。水汤山剑更烟瘴，猓獞狫狼弗予憎。荐章遂有合州行，泽州相国史笔矜。坚刚澹泊岂无自，动忍直比龙场丞。后来左侯督陕甘，大书兹书以厉能。乃知从仆环泣时，无异讲学相凛兢。吾乡唐子令来宾，喜无同年劝缴凭。罗城咫尺芳规在，清官有谱知相承。老桑怕夺柳州席，掀髯一笑岂所朋。况子活人有奇术，余事亦并荆关称。我帆南溟上罗浮，阳朔山水到未曾。政闲试写象州山，寄将无惜墨一棱。

京师蔬菜有最美者漫赋

关东鲟鳇骨堆霜，静海银刀争雪铓。鹿狍蠃蛤并钳舌，犹报菜园冲破羊。平生自笑藜苋腹，饱饭生夸作奇福。共指前身是戒僧，重抛蔬笋将粱肉。中央混沌帝所家，饮绝沆瀣餐明霞。腐儒犹愧虫蚀米，腥膻敢以置齿牙。何况雀鼠偷太仓，人材迂钝空踏衙。自锄片地试蔬蕨，胡卢挂鸭豇悬蛇。风中扑窗满蝴蝶，乃是抱檐篱豆花。韭肥葱壮肌玉雪，药薯儿臂雕菰膝。北地冰霜少蔓菁，瓢儿菜好甘如蜜。妻子澹泊岂足贤，都门晚菘天下传。饱食长祝太平年，不识国危吁可怜。草根树皮食已绝，故里哀鸿眼流血！

送桐澂之任凤翔族弟刚甫同往

去年送弟长新店，北风只搅情亲念。今年送友芦沟桥，晴雷乍起离魂消。夕照如花红万柳，我但哦诗不携酒。高轮动山蹄十丈，疲骡蹴踏为龙象。活画西垧送别图，平沙乱影争磨荡。使君五马笮云奔，几回回首望金门。北极长思鳌足稳，全秦漫诩龙头轩。岐山王气莽萧瑟，丹凤文章跃初日。莫愁栖迹老梧枝，惟要剖心当竹实。吾宗令弟学挥翰，定有新诗拟八观。家在闽汀九千里，从今梦绕沧溟水。芦沟清月向人猜，汝送行人已再来。相思寄我与将去，浑河不肯折西回。

送云坳出守梧州

帝二十三载丁酉，二月春寒雪犹厚。垂杨无叶杏无花，似怕离筵照杯酒。吾家云老古遗直，十年簪笔今怀绶。伯起金来挥臂谢，阮公钱入掉头走。斡旋天地虽无力，排击风霜犹有口否。岂无狐鼠昼侵人，往往遇之遭刺剖。漫言勾漏产丹砂，气足神完知此叟。黑烟番舶走雷霆，青嶂獠人惊洞牖。久识铜驼会荆棘，且令颓尾闲筴罶。

共欣粤峤得循吏，却恨京华失良友。利风百窍中人身，国脉一丝悬鬼手。颇闻周子道期期，频见史公呼否否。海风吹晴插南斗，牂江水暖生珠母。迩来疆域苦分截，日南一线思紫纽。良二千石古所重，但结民情固封守。郁林试访文山文，罗池莫让柳州柳！

楚枏大令将行因其乞诗作此以赠

黄生读书无所用，天上玉堂真昨梦。男儿今日重钱刀，引商自秽亦自豪。玉乳瑶浆白银髓，言之津津两眉喜。君今去过齐鲁墟，试吊夷吾访逸书。欲说五洲彼龙战，将攀九天臣蚁贱。梨栗枣荻抵侯邑，况君千亩山四十。郡守思营什一方，当时有鬼笑其旁。宋家新法研红穗，与君同抱光明志。

县官虽好不救穷，何如贫人登破瓮。不向人间铲皮骨，端从地底吸脂膏。宝明碧眼压波斯，利析秋毫走桑氏。为我一问鲁中叟，连骑弟子今何如？儒林循吏皆掉头，惟有倾心货殖传。西州大贾推细胡，那愁穿背英俄入洋？若把通商讥逐末，国家安得南北字？待翦秋蟾照夜窗，便余细勘农书

先是宋芸子检讨将集股造洋蜡。

送邓畅甫亨先员外归湖南

楚山北云漫空起，燕山春色黄尘里。东风一棹拨雄心，美人已隔湘江水。卧听空山杜宇声，知君忠爱有余情。只愁竹泪斑斑灭，沅芷湘兰不忍生。

沪上舟中

四边水底见繁星,远望吴淞夜火青。

江静忽闻船角动,西风吹帽酒人醒。

汉口

江上西风泊万艘,帆樯如阵挂旗旄。昔年苦战君须记,汉口夕阳秋浪高。

上鲍爵帅春霆时方大修第

将星耿耿钟夔岳,世局艰难待枕戈。臣子伤心在何处?圆明园外野烟多!

瓢湖

孤雁声中两酒桡,万荷香里一诗瓢。

吟身梦度〔渡〕西湖月,飞过钱塘看夜潮。

介白堂诗集跋

右裴邨刘先生诗二卷，吾师杜先生之所次也。诗旧分四体，自题"衷圣斋"。先生殁后，乡人在京者传移写之，盖先生所尝用以视人者也。吾师初得写本后，自其家取所有真草诸本以校，大抵同，以为此先生所手定，过去非宜，乃用编年之法比之，而易之曰"介白堂"云。鉴窃闻之人，先生尝曰："余与杜某论诗最合，他人不能及。"吾师与先生交最深，论诗又最合，其为订其遗诗，固先生之志也。独惜昊天不吊，写录未成，哲人遂殒，其意旨无由达之人人为可喟也。九原可作，吾将起吾师而问之。光绪癸卯三月爨心鉴识。

楊深秀

雪虚声堂诗钞

雪虚声堂诗钞序

同治甲戌夏五月，始识杨君仪邨于都门。余时年二十三，君长余三岁。见其言论丰采为倾倒者久之，既又读其《为寻管香丈题齐镈诗》，纵横恣肆，如壁上诸侯观项王破章邯巨鹿下，叱咤喑哑，不可仰视，乃知其雄于诗，然犹未窥其全也。厥后，余以知县赴豫，需次不见者五六年。其间，余两遭大故，读《礼》家居。值吾晋纂修通志，余与君先后膺聘来局，以文史相切磨。余所藏弆金石文字，君一一以韵语跋尾，因得尽读其旧制。盖至是始，有以论君之诗矣。余尝窃谓：我朝之诗教极盛，即以吾乡论，午亭、相国、莲洋、征君外，无虑数十百家。然讲王、孟者，或失于孱弱；仿温、李者，或病在纤缛；矜才尚气者，恒高自标，格于杜、韩之间。其弊也，外枵然而中无物，而矫之者，又袭乾嘉后谈性灵者之唾余，黜格律，废学殖，佻巧横生，而诗乃大坏。君少具宿慧，负奇气，复泛滥子史，自汉魏六朝暨唐宋名家，无不入其室而窥其奥。故其发而为诗，运笔于尺楮之间，寄想在九垓之表。对客挥豪，不名一格，英鸷朴厚，而出以和平。即偶作艳体，亦犹是美人香草之遗，是实能一空依傍而兼有诸家之长者。君顾欿然不自意，随手零落录存者才寸余，若将终秘诸箧，衍不出者。王顾斋师、杨秋湄先生并劝锓木以代钞胥，余亦敦迫再四，乃始付梓，署曰《雪虚声堂诗集》。是集出，吾乡从事于诗者，其将人手一编，以奉为津梁也必矣。虽然，余前与君契阔久，获聚处年余，知君乃日深，今又将赴豫，与君别，益自憾业不加修，自兹以往，欲求得如君者与之友，未可卜也。意惝然，殊不乐，乃愈厚有望于君。君以考据名家，是集也，故出其绪余而为之者也。出绪余而为之，已足一空依傍而兼诸家之长矣。他若天筭之精，地望之确，形声训诂之核，君故积有著述，其益辑而成之，出以问世，庶将与潜邱太原阎先生若璩、确轩介休梁先生锡玛、古愚阳城张先生敦仁、翼圣垣曲安先生清翘、半塘父子安邑宋先生鉴及其子葆纯诸老宿并峙不朽，而岂徒与前辈诗人斤斤然较短长于字句间哉？若夫读是集者，目未睹其他著，或竟谓是遂足以窥其全也，有识者当自辨之。光绪七年太岁在辛巳，长至后五日，安邑武育元伯申甫。

童心小草序

　　将欲发响神皋，振平林之落叶；回澜灵壑，涵众派之支流。声屏嗻呓，乃寂群窍；量宏吐纳，斯耸巨观。是必博通古今，包函雅故，珠囊列籍，犀镜群言，抗挥汉魏之间，结想周秦之上。辛觚癸鼎，都任摩挲；虱脑虮肝，尽归淘汰。送抱于周情孔思，撷腴于宋艳班香；托稊志之遥深，标阮旨之清峻。譬诸精耀，良冶六合，大以炉锤火盎，仙丹九转，深其鼓铸。庶几选楼独步，雅奏应声，成一队之雄师，树九门之通轨，谁与嗣音？实难作者吾乡杨君仪邨比部。殆其人乎，尝检箧中，出示旧作，始自成童，亦越弱冠。拣百许首，剩六千言，大都摅写性灵，本源伦纪，无錾凿俗状，合风雅遗规。班管缀花，代文通饰；笔古囊香，溢为长吉。存诗论者比之杨柳方春，便饶姿态；芙蕖初日，尽得丰神。谓非秀孕仙才，福分慧业，其能含宫振羽，能事聿肇孩提，翔玉锵金，出言辄惊长老哉！然而游倦龙门，史才益肆；年来开府，文律更成。仪邨历官京曹，交遍海内，磊落之气，既动于远游锡石之功，复精其磨琢三坟五典之义，天盖地舆之学，旁及窥窍测线，绘素镌文，靡不睥睨百家，开拓两界。故时出意解，汇为文章，踳驳者避席，磝碻者却步。如游五都，中有宝气；如合群乐，独听韶鸣。洵足以遍酹衢尊，咸得餍心之契；别开蹊径，皆归履齿所穷。是编者，则又全豹之一斑，昆冈之片玉也。河东古称帝都，代有贤者。太行左转，黄河西来，郁郁深深，苍苍莽莽，奇气所蟠，钟灵益信。又况涑水旧居，温公著史之才；汤山石室，景纯读书之所。希轨前哲，其在兹乎；把臂时贤，方斯蔑矣。时君主讲首郡，谋付手民，署曰"童心小草"，意归纪实，辞取鸣谦。余既服棨才，尤钦绩学，不辞谫陋，谨缀序言。语不惊人，愧我寒竽失响；射能通圣，羡君嚆矢先鸣。时光绪壬午七月既望，曲沃苏晋康侯甫序于并门志局之寄螺室。

白云司稿序

涑水之曲，景山之阴，有石室焉，世传郭景纯读书处也。余尝再至闻喜，过郭村，求其遗书不得。久之而得，交吾友仪村比部。仪村于经通小学，于史长地理，又精秫算，旁及绘事。诗则渊源魏晋，泛滥百家。盖生景纯之乡，而能为其学者也。余每谓近代经生为诗，恒患意滞于物，词蹇于韵，而才人逸足奔放，又华而不实，往往流于浅薄，为通儒鄙弃。虽班杨孔郑，造诣各别，要不可谓非限于才也。仪村少负神童，誉自髫龀。洎通籍，所为诗不下千余篇，巧缛而谢雕镂，奇崛而出以婉逸，实袪经生之弊，脱才人之习，而兼擅其长者。《白云司稿》一卷，皆其官京朝时所作，其中投赠之什，半及于余。余性懒，又苦才尽，恒置不报，仪村亦不自顾惜，脱稿后辄弃去。余尝谓之曰："君学如景纯，多能亦复似。景纯集十七卷，与所注《三苍水经》《易诗诸说》，久佚无传；《昭明选诗》，止录游仙之作，世亦第传其鬼眼狐首，诸书尽举神异怪诞之说。归之经学，且为所掩，又乌知其以诗雄一代哉！君之齿未也。名山著述固将有待，盍先集所为韵语，及时刊布，为注虫鱼，非磊落人一解嘲乎？"仪村不谬余言，始稍稍存稿，暇辄疏记旧作，虽遗忘过半，而就所存者论之，已足问世，况为之不已，且有进于此乎？抑余犹有为君告者。君笃好算术，旧制铺地锦筹马，方思著说以阐其用，而鄞周氏之《中西算学辑要》今岁新刻于沪上，其中筹式后出，乃与君暗合，君遂不欲卒其业。昨王顾斋丈闻君制天尺地球，亦笑曰："异时人恐复以京房管辂目仪村，仪村将与景纯并受神仙之诬矣。"时余同在坐，亦劝君穷经治朴学，勿再驰思高远，滋后人疑也，诗又其末焉者矣。仍弁诸简端，以告仪村，并以告世之读仪村诗者。乡宁杨笃虬麋父，序于太原志局。

并垣皋比集序

温柔敦厚，诗教也。而陆士衡乃更为缘情绮靡之说，前辈鄙为六朝之习言。吾友杨仪村比部独曰："是于六朝为习言，于近世则药言也。近世之称诗者，往往俭腹固陋，而蕲于速成。既揣难登昔贤之堂，遂遁而援性灵以自解，不难取鲍谢徐庾，概薄为绮靡之音，而唐初四子勿论矣。下至张王温李，宋之杨刘，元之天锡廉夫，明初之季迪孟端，以暨国朝骏公、贻上、锡鬯、天章诸公，胥指为绮靡而弗视矣。此诗之所以日趋于佻薄也。夫绮论其藻，靡论其声，藻恐其苦窳，而声惧其噍杀也，则绮靡真急务也。彼之诋而不为，岂真有以胜之哉？特欲为俭陋解嘲耳，不学之过也。学不厚则情不能深，而风韵色泽胥有所不足。是虽欲绮靡而不能，不能而反诋之，诚何心矣！使其人不甘文过，积其学以培其情，铸调于乐府，而储材于选楼，知所谓绮靡者，本乎情之不容已，音节可歌，风景可绘，而文采不可掩也。则虽士衡之措语如或小失，犹将视为性灵之补剂，足医吾固陋而当吾师资矣。故曰近世之药言也。"余聆其论，鼓掌称快，既乃得尽观其所作，婉丽缠绵，神味独绝，间出悲壮之音，清远之格，而壮不流于粗莽，清不邻于脆弱，则微会于绮靡之旨，而终底于温柔敦厚之归，不啻借径而造极也。以视夫空谈性灵之末流，盖倜乎远矣。比录其近作，将刊为《并垣皋比集》，而属序于余。余本固陋，敢辱君诗？然乡所承教于君者，与君诗若合符节，应即以君言序君诗，而救弊之旨，亦以著至所谓皋比者。君时主讲太原之崇修书院，讲经辨史，步天考地之暇，复欲以风雅为诸生倡，故以名其集云。时光绪壬午春王月人日，曲沃仇汝嘉楙侯甫序。

童心小草 庚申至甲戌汰录本

雪虚声堂诗钞卷一

初应童试以默经能赋入学学使江夏彭子嘉师赐手书观世音经因题后 时十二岁

蚕眠细字妙花簪，手写高王观世音。我似善才童子否，旃檀一瓣答婆心。

论婚 十三岁

孤儿依伯叔，取次与论婚。土物仪殊洁，冰人语亦温。俗同宜近里，名著属高门。仅觉私衷慰，终怜只影存。

　　前问名王氏，未成，赋诗有"生子当如李亚，娶妻岂必齐姜"句，通幅遗忘，不录。

冻脚

饿肠莫与饭，与饭亦须稀。冻脚莫向火，向火亦须微。所以求治人，贵示善者机。

壬戌元日 十四岁

往岁颁新朔，春回庆改元。飞龙仍上哲，封豕敢中原。粟麦今朝卜，衣冠古意存。太平真气象，大抵在山村。

赴省试过韩侯岭谒庙时甫念史记

寄食既不终，南昌一亭长。推食仍不终，泗上一亭长。食人死事纵自期，无那二人各有妻。亭长妻存漂母死，伤哉国士困牝鸡。

亲迎杂诗癸亥三月二十四日

果然练得此良辰，杏雨梨云色色新。
夹路桃花何预汝，红摊步障迟香轮。铺步障，俗名铺践子。

散花手重恐难胜，吉语同祈五谷登。
疑是今朝天雨粟，谁知红豆撒三升。撒五谷。

官窑瓷式两相同，腹插花枝耳挂红。
侍者双双齐抱入，日躔应值宝瓶宫。抱宝瓶。

两束黄禾簇簇新，侍儿提掇总随身。
聊将刈楚迎之子，敢道纯茅况玉人。提草把。

帖子题词小阁春，斜铺拜毯待新人。
无须喜字环三六，只画梅花谱喜神。拜喜神。

岂是双行赋锦缠，赤绳系足彩披肩。
刚从帐里徐徐曳，齐唱姻缘一线牵。牵红丝。

交斟绿醑溢陶匏，斜背银镫解粉包。
洗手羹汤何处进，伤心不忍啖嘉肴。合卺，俗名交杯酒。

镫前乍见解铃人，手赠红囊白毹巾。
自笑平生无长物，酬君约指一钩银。解辫铃，赠指环。

田间作四首有序

　　八九龄日大伯父恒令同子特兄芟草习勤，唱储、王句，若农歌焉。顷弟辈者，无复以亲稼为事矣，谷雨下辄率往田间种豆，为忆昔况，一泫然也。

一痴一醒童子，半读半耕秀才。记得饭牛刈草，茸茸苜蓿花开。
便有濠濮间想，自云羲皇上人。不妨日涉成趣，但觉掇皮皆真。
田中稳跨乌犍，山外时闻杜鹃。一带苍烟如叠，半规红日犹圆。
杨柳堤边孤堠，桃花潭上闲田。吾家旧业如此，世上浮名淡然。沙渠水入涑之交，有潭焉。吾家田即在此，亦直大路十里墩也。

闻邑竹枝词乙丑十七岁作

春鸡绚彩闹蛾华，几度镫前手翦纱。明日迎春郎去否？新成一串水荭花。俗于迎春日，杂翦彩丝作鸡及水荭花，簪帽上，游毕，投之河流。妇人则绚帛作仙人杂剧，麟凤虎鹿，背黏白鸡靴毛如云气，曰闹蛾簪，过元宵乃已。

新正十六好游城，燕瘦环肥取次评。爆竹斜飞裙底过，金莲瓣瓣火中生。元宵次日，乡人皆入城，穿街越巷，是曰游城。妇女辈列坐门前，靓妆祄服不避人。游冶少年或燃炮张，暗掷坐下以骇之。陋俗也。然大家无之。

百花生日斗新妆，拈取旃檀一瓣香。喜得头生儿子好，与君同谢石娘娘。昔年，邑东十里沟中崖土坼裂，出一石像，若好女子。土人立庙祀之，曰石娘娘。岁以二月十五日为香火之期，妇人往往祷子于此。

漫愁窄窄小弓靴，也上城南八里坡。但到香山休乞子，此山儿子博徒多。香山在城南，即《唐摭言》所载裴晋公还带处也。上有八里坡池。

绿阴蓊郁隐儿家，肯放墙头露杏花。伴我当依楸妳妳，啮人莫惹柳哇哇。楸花含苞日，大如绿豆，破之中有乳，甚甘香。小儿食之，呼为楸妳妳。柳叶上有起泡者，中皆蚊虻，俗名柳哇哇。榆叶亦有之，则曰榆哇哇。

野外游民懒灌浇，厨中拙妇厌烹调。山田半亩商量种，女曰蔓菁士曰荞。荞麦种即待收，男子无耘锄浇灌之苦。蔓菁煮即可食，女子无刀匕烹炙之劳。苡白诗已作荞。

白土河边杏子黄，紫金山下麦花香。今年四月风光好，七社轮番赛稷王。后稷教稼地名稷王山，本邑西境，后割为稷山县。邑城仍有稷王庙，每岁以数村主祷赛，例于四月十七日入庙，凡七年而周焉。白土河在城北，紫金山在城东北。

董湖西畔是侬家，艳似红莲敢自夸。不愿为花愿为藕，愿郎怜藕莫贪花。湖即《左传》董泽，在邑东四十里许，村曰湖村，多红莲。

霜红柿子满筠篮，蒸酒成花晒饼甜。妾自别郎醒亦醉，郎如念妾苦皆甘。邑北原多柿，蒸酒甚清冽，其上者泻杯中，泡影涨起，是曰对花，故河东盛称花子酒。或晒作柿饼，食之甘如蜜也。

苇簟精工蒜辫匀，镫前共作约村邻。休令女子偷看见，教女何殊教外人。邑东涑渠凡五堰，产苇产蒜。织席、编蒜之技，教儿教妇不教女，恐女嫁他处夺其利也。

警省清晨玉案钟，钟楼近日忽泥封。何人闭绝嘡吰响，天鼠空传治耳聋。邑三门楼上有巨钟，金时玉案寺物也。昔每夕击以节更，近忽封闭楼门，不解何故。

交杯饮罢甫团圆，何处曾缔一面缘。往岁郎看台阁否，儿身扮作牡丹仙。俗赛社日，选好女子缚铁杆上，扮小说杂剧诸故事，四人舁以游街，名曰台阁。有时扮吕洞宾、牡丹精也。

翠绕珠围助结缡，靓妆同醉婿家厄。旁人只道家门盛，那晓虚姑与假姨。俗送嫁者，往往数十百人，且女子居十之六七。故里语厌之，云是虚姑姑、假姨姨也。

泥金新印秀才衔，毕竟郎君才不凡。昨日闻娘亲口道，今朝来与送襕衫。凡始入学者，妻家为作襕衫，以鼓吹送之。

千花绣服蝶衣香，百叶裁裙鸳带长。赢得周身穿着好，一生魂梦绕瞿唐。邑多服贾蜀中者，以道远，故五年始一归省，夫妇一生不数数觏也，然衣服多华丽。

表兄翟海田师岁贡就职族人感其经理祠堂之无私也制屏以赠属作题句

平生大布黯无华，黼藻初贲处士家。绣服当心鹌火丽，未妨君实也簪花。岁贡就教职，例用鹌鹑补服。函丈清严得未曾，一生书味问寒镫。梦魂终少全身热，冷绝头衔一道冰。岁欠粢盛托荐饥，君来斗觉祭田肥。无他谬巧催租法，龙伯廉公自有威。共羡通经冠十科，胡然贺客总无多。可知家法传廷尉，世世门堪设雀罗。中丞绣裳方伯凤翥并光荣，荣及麻城鸿仪并太平。垣。一瓣心香三爵酒，文孙承诏举经明。卅载谈经精舍开，多文真个胜多财。家书何用贻王粲，公子新闻举茂才。

妻兄李雨艇茂才属题尊甫明轩外舅遗像集唐人句成转韵体

家占中条第一峰，王建。蔼然林下昔贤风。陆龟蒙。得从岳叟诚堪重，李中。妻父俗呼岳丈，故用此。今古悠悠不再逢。黄滔。暂惊风烛难留世，杨郇伯。想到病身浑不识。李绅。眼不浮花耳不喧，杜荀鹤。皂貂拥出花当背。施肩吾。夏腊高来雪印眉，杜荀鹤。光添银烛晃朝衣。岑参。貌堪良匠抽毫写，贾岛。何似先教画取归。方干。如今说着犹堪泣，徐寅。长愧昔年招我入。李建勋。挼碧融青瑞色新，徐寅。挂君高堂之素壁。杜甫。一时惊喜见风仪，刘禹锡。点笔操纸为君题。岑参。忆事怀人兼得句，李商隐。纵然相见只相悲。罗隐。相逢但说新正寿，薛能。相留且待鸡黍熟。沈佺期。翁初度在正月八日，每岁必往祝焉。须为当时一怆怀，皮日休。指似旁人因痛哭。元稹。六十衰翁儿女悲，白居易。嵩阳松雪有心期。李商隐。不知家道能多少，皮日休。今日河南胜昔时。岑参。翁有山庄及廛肆在河南嵩县，雨亭近整顿之，岁入益丰。七里滩西片月新，雍陶。劝农原本是耕人。李频。即今惟见青松在，卢照邻。冥漠重泉哭不闻。白居易。翁家田皆在邑城北之七里店，生时常课耕于此，卒亦葬焉。斗酒十千恣欢谑，李白。黄金用尽还疏索。高适。我闻此语心骨悲，元稹。今日偶题题似著。杜荀鹤。翁每以俭训两郎，因深戒酒食游戏之征逐也。在生惟求多子孙，张谓。闲夜分明结梦魂。权德舆。共羡府中棠棣好，刘禹锡。此谓两郎。和风迟日在兰荪。刘兼。此谓两孙男。龙马精神海鹤姿，李郢。行义惟愁被众知。张籍。借问路旁名利客，崔颢。争名争利徒尔为。骆宾王。

赴都留呈海田师

师真知我者，师事我尤知。身老文章慰，家贫礼义支。廿年深雨化，千里入秋思。朔雪龙沙夜，难忘侍立时。

赴都留题斋壁

一曲骊驹千里驰，衷怀料亦少人知。山中小草云宜出，阶下名花号可离。弱冠终童空壮往，远游屈子本艰危。瘦男无送伶仃去，尚念家园发五噫。

烈女赵二姑诗有序

　　二姑榆次农家女，生十四年矣。灼灼有艳态，强邻窥之久。女小无猜，竟罹暴横。事破到官，官受赇并蔑污其母。二姑腼腆之余，忽奋然曰："亦至此乎？吾何爱一死明母耶！死无知斯已耳，若犹有知，厉鬼亦人所为者！"袖小薤刀，遂血溅堂上。数年矣，京师御史始闻而奏之，淫人伏法，贞女得旌。墓前碑盖，顾南雅之词云四首。

榆次二十里，有碑大堤上。烈女赵二姑，遗骸此中葬。生小人如玉，双眉随意绿。雏凤自飞飞，却被鸺鹠辱。偏斜到纤履，身僵心不死。涤污并流香，十里洞涡水。古有女郎山，今有女郎墓。草有好女花，木有女贞树。

京师寄表兄翟海田师

娟娟皓月见春城，遥忆先生坐月明。绕屋树深添茗色，开帘花颤听书声。风狂廿四身无恙，路阻三千字有情。壮志未衰矜未去，旁人错道为功名。

怀旧诗

停云凝树，积雪皓墀，此夜怀人，能无惆怅？死者已矣，叹宿草之黏天；别去黯然，怜垂杨之踠地。每下西州之泪，为念南皮之游。永夕呻吟，万感垄集。呜乎！谢康乐述德之什，况出恨人；阮元瑜思旧之铭，都为知己。可能寄诸地下，尚欲问之天涯。方习试帖，未免俳体，虽无诠次，正有深情。

先伯祖博如公公讳全溥

盥罢蔷薇露，遗容捧德馨。先生亲赞柳，彼美合思苓。公小照有自题赞。少日饥谋禄，中年愤诵经。五常眉首白，先祖兄弟五人，公为长也。小阮眼承青。词韵歌残月，公有选钞宋词。游踪感客星。友于姜氏被，慎尔富公瓶。百载庭槐植，三秋墓草零。贻孙空有谷，何日负螟蛉。

先从伯父丕承公公讳崇烈

世本农家子，穷经四十年。阳刚真学问，阴德老因缘。蕊榜知谁捷，花楼与弟眠。不侯非战罪，乃圣已名传。公有厚德，兼料事如神，乡里称为圣人。至吾邑，询圣人家为谁，虽妇孺皆知为吾家也。以富郑公"六丈圣人"语论之，亦不为僭。扑我尘三斗，推人麦一船。道光丙午，邑大饥，公开仓以赈同里。耕余诗画地，病闲史谈天。兰玉空闻茁，藜床痛见穿。龙蛇嗟往岁，月已百回圆。

先从伯父明章公公讳崇炘

平生知己泪，第一洒家庭。适口铜盘食，低头玉屑听。当年初齿毁，镇日已心盟。伯道中途泣,康侯后阁扃。儿痴誉有癖,弟死痛无灵。杏绕求医路,蕉围问字亭。上殇怜稚子,晚节枉添丁。孑孑仓公女,凄凉出小星。

明经翟海田师名鸿飞,同里人。

夫子何为者,年来鬓欲丝。先人真宅相,后学大经师。似舅称多识,求郎惜少赀。书横翁子担,布补仲舒帷。鸦觜同兄作,豚蹄有母遗。高才惊哲匠,师曾以解经诗百首大见赏于学使沈公。厚德付佳儿。身老文章慰,家贫礼义支。昔曾题此句,至竟确难移。

许逸卿上舍名贞才,同里人。

大隐无泉石,儒冠入市游。万花严卜肆,一叶范扁舟。自服车牛贾,讵思缯狗侯。画山巫峡雨,饮水上池秋。品望陈惊座,声名赵倚楼。结交轻富贵,论古破穷愁。武库千人服,文林百代收。君贾于市,得钱除供母外,尽以买书。尝取丁卯句自镂印曰:"家为买书贫"。所收自唐以来古人集,多人间希见本也。平生虽强项,低首拜风流。

周康侯大令名晋,夏人。

周郎天下士,憔悴在京华。三北神仍王,双南价久奢。自蒙青眼对,甚感赤心加。醉聚春恒驻,谈深日易斜。春居骢使宅,剑哭狗屠家。人海余容膝,文坛少拾牙。芙蓉无赖月,杨柳莫愁花。君有古今宫词百首,皆试帖体,二语乃咏景华宫者,实可以燥栖隋炀一生也。十字须千古,荒寒问暮鸦。

妻兄李雨亭司训名润之,同里人。

自挟方严气,亭亭壁立端。闲邪蓬矢直,医热蔗浆寒。亦具中人产,常留大帛冠。父书佳日理,昆玉盛年欢。论出千言切,吟成五字安。家肥思豹泽，身苦答熊丸。须望芙蓉镜，胡求苜蓿盘。长材怜短驭，争忍付闲官。

徐芮南大令名林朝，邑人。

岳色河声里，斯人有故关。尊师知学邃，君为盠屋路闰生、泾阳许子中二公高足。爱客赖官闲。挈眷囊羞涩，耽书恰腻颜。似弹长剑铗，未唱大刀环。往岁槐花踏，清秋桂子攀。识韩惊异数，说项傲同班。今日知何处，斜阳隐远山。西方思彼美，引领碧云间。

侍讲林锡三师名天龄

当代文章伯，遥瞻在九天。早科森玉笋，夜语撤金莲。永叔持衡日，兰成射策年。红殊横卷帛，青选入囊钱。同治丙寅，师督学晋中。余年十七，以第一人食廪饩。侍宴常三爵，趋朝敢八砖。食蒿邪必却，谏草秘无传。福地张华博，高门□□贤。望洋人自叹，闽海浩春烟。

题刘景韩师像师名仰斗

蚤岁便余冷峭风，不因人热似梁鸿。图中今作羔裘燠，如此传神恐未工。青镫如豆雪初晴，夜作蝇头老眼明。案上一编农器谱，刚逢春及恰钞成。汉寝常哀麦饭空，族坟今置祭田丰。年年芳草清明节，酒絮香花总是功。处处皋比讲少仪，经师争合比人师。先生别有通经处，褚野无言备四时。

读华陀传

稻糠黄犬术何如，漆叶青黏世有诸。
烧绝囊书群叹息，问谁真解五禽图。

座师曹朗川夫子命画马因媵以诗

往日盐车下，谁曾拔尔身。耳批双竹直，鬃散五花匀。澡浴常宜水，腾骧不动尘。休言千里志，鸣处便惊人。

三月晦日送刘小渠比部旋里

软风吹绿燕南草，雨过御沟新柳袅。三载秋曹乡梦深，人归欲趁春归早。春归天末俟来春，人归汾上有故人。未审回头蓟门树，尚能念我天街尘。我今却忆髫龄日，试院同挥呵冻笔。弹指十年冉冉过，谈心一夕匆匆毕。丰台芍药金带围，欲赠翻嫌号可离。只应拂拭桃花纸，为君一赋送春诗。

赠常小轩

公子终筵爱客诚，论交坐满鲁诸生。同人自醉周公瑾，俗物谁撄阮步兵。日暮窥书星夜下，春深搦管雪时晴。高科正是君家事，努力前贤身后名。

落第

鹊噪镫花夜夜同，可怜头脑尚冬烘。非关月旦评无准，终是阴符练未工。末路桑榆在何日，比邻桃李独春风。二千里外深闺月，犹盼泥金一纸红。

下第次日送卫庄游游天津

风气新成绕指柔，问君能否曲如钩。几人漂落黄霉雨，有客思观碧海流。垂柳千条春夏别，扶桑一望古今浮。鸡虫得失须臾事，大鸟从他笑鸢鸠。

送周康侯西归

禅榻春风白发侵，朝来忽地动归心。三年衫色伤尘涴，一路铃声趁雨淋。人类文园余壁立，家邻汾水易秋深。平生正有名山业，莫为穷愁掷寸阴。

热河赠刘秀书司马

刘君才大何粲粲,别驾诚宜授士元。绝塞春风好相识,高斋霁雪夜不寒。蓖刀面香虸酱美,泥我屏间写山水。投刺便迎僮仆忙,挥豪虽拙主人喜。当日家贫乏立锥,成童已赋远游诗。关塞不讥仗剑者,英雄亦有捉刀时。终年不借尚须借,终日炙行谁识炙。撒手愤游宝山中,金银气照须眉碧。麦麸云叶粲成苗,君时游蒙古喀拉沁之孤山,见矿苗透出,遂请都统奏充矿商,以是大饶裕,登仕版。案《格古要论》载:金有云子、叶子、麦麸等名。药鼎丹炉爇自烧。直是天财输鬼役,人间十万已缠腰。何须马磨徒辛苦,何用牛车远服贾。喜换头衔且称觞,敬持手版来听鼓。鹊华山上草萋萋,趵突泉边柳未齐。客里终朝思寄鲊,目中何处著醯鸡。腰身岂为督邮折,臂血奚烦慈母啮。杜宇声中游宦归,山公背上同官别。东来荏苒五年余,两鬓萧萧赋遂初。只拟散财同马援,那知窃藏遇头须。伊我与君同磨蝎,中人之产一朝竭。只今妙手号空空,徒剩雄心书咄咄。风波虽复似同舟,就里事情迥不侔。自得自失君何恨,肯构肯获我则羞。誓将投笔学耕牧,缝掖何如短后服。雀鼠壮难窃尽仓,牛羊多且量成谷。谋生虽鄙免干人,百口况犹倚此身。岂以多财求作宰,愿因修德共为邻。

送许桂一孝廉

旗亭尽日共追攀,送尔西风独自还。
倘典征袍谋醉月,中秋计已到中山。

送杜英三拔贡

驿亭黄叶落深秋,下马重看破鹿裘。
可有红毡留裹背,燕南十月雪花稠。

近闻房师陶公商岩卒安邑任所不审旅榇何似其幕友夏渊如先生亦久不见消息

终古惟留一面缘,文章契合亦徒然。几人死友忧身后,三夜生魂恍眼前。灵几犹陈安邑枣,归舟不睹石湖莲。布帆他日南中去,濑渚谁为指墓田。陶潜初仕弹冠出,夏统曾闻卖药来。渌水芙蓉方结契,泰山梁木遽经颓。猪肝久受行厨供,马足应随遗榇回。独有门生千里外,只鸡絮酒总衔哀。

次韵沈云巢方伯重宴庚午鹿鸣纪恩之作四首录三

夹毂停观满道周,老成终是迈时流。初心不负寻梧月,晚节多香证菊秋。半壁东南方岳望,一生前后曲江游。大臣曼寿皇情豫,中使遥闻杖赐鸠。

福星灼灼照奎躔,帝念耆英征召联。蕊榜同升云里阙,蒲轮暂舍海滨田。珠围佳士三千履,瑟鼓嘉宾廿五弦。惜抱云崧当日事,渊源一脉接前贤。姚姬传、赵瓯北两先生,均于嘉庆庚午科重宴鹿鸣。

老竹孤枝嫩百竿,龙钟玉笋许同班。使来绿野三征尹,士到青云一识韩。荣世文章齐上寿,耄年德望耐高官。题名直作朱书耳,何待他时始改观。

送家春樵孝廉归里

独鹤飞飞饮太和,屡游燕赵无悲歌。有时老子兴不浅,依旧深情唤奈何。岁云秋矣露华冷,红蓼白苹香满艇。东海遥遥迁客途,西风策策念乡井。紫金山下草萋迷,我亦山村旧隐栖。玉楮三年成未得,铜鞮十日醉如泥。醉中送客况为客,春明门外杨柳陌。布帆空望顾凯船,胡床却少桓伊笛。行矣君子慎波涛,问天莫便搔二毛。到家犹及重阳日,满插茱萸好题糕。

赠贾小芸 同治丁卯十二月，贼陷垣曲。县令王国宝自焚死，是君姊夫也。君时在署，为贼所得，至直隶望都逸出。甲戌腊月，君谈前事而泣，为赋六诗，录四。

王郎作宰独贤劳，径上东床代捉刀。冀北礼罗初到幕，睢阳贼栅骤穿濠。焚身药替新磨剑，溅血花留旧赠袍。亲在那堪随友死，不妨忠孝两分曹。

当日缒城拟省亲，常山遗发尚随身。豺狼犹自纷围邑，魑魅公然喜得人。岂有空拳冒白刃，曾闻盛德感黄巾。求生恶死原非怯，每为高堂祷鬼神。

问君奚术得无伤，尚记逃来尧母乡。何日朝天泣摩诘，一时缩地走长房。民知长者椎牛享，虏诧奇人夺马亡。痛定回思当日痛，生生死死总难忘。

云山绝北望河东，尚忆英魂一炬红。城破身经铜马房，路难音少纸鸢通。亲看死节留传信，幸得生还撰表忠。腊粥年年供忌日，伯桃羊角两英雄。

生日至赵州桥次壁间韵

乌帽鹑衣驼褐装，长歌吊古入斜阳。城痕叠甓披斑藓，桥影横弓挂绿杨。燕市经年仍独返，平原异代为谁忙。今朝赵北逢生日，浇酒何须忆故乡。

汤阴夜过未能瞻礼岳祠用店壁韵书意

直抵黄龙奏凯歌，金牌不受奈君何。太行无限英雄骨，化石犹然望渡河。五国城中望眼枯，罪臣归骨竟西湖。他年把臂于忠肃，羡尔功成始受诛。又见金陀撰粹编，忠臣子孝更孙贤。颇闻近有汤阴岳，杀马不驮秦砚泉。相传秦大士公车至汤阴，不谒岳王庙，骤夫问曰："君秦氏乎？余岳姓，余马不能送君矣。"秦呵斥之，乃自杀其马于路。秦不得已，别赁乘而行。

雪夜寄刘选之猗氏

朔风吹雪花如掌，酒醒萧斋中夜朗。倚窗八尺青琅玕，谡谡向人发琤响。拥衾起掩敝貂裘，长啸寒甚却登楼。西望山川都一色，故人何处心悠悠。记得前年跨骏马，出门大笑游天下。三春桃李盛长安，杨柳风流胡为者。洗耳听鹂作针砭，自携斗酒佐双柑。素心数辈话人物，为说令狐刘孝廉。孝廉文名雷灌耳，目中落落无余子。本充骏骨到金台，翻共狗屠饮燕市。着屐即时访斯人，幽居毕竟远嚣尘。万花丛里兴圣寺，趺坐藤萝无主宾。有时君来直入座，据案呼伻今日饿。冷淘面成鲊酱香，看君甘于驼峰炙。又或冶游过铜街，鞭丝帽影群诽谐。斗然正色规我错，橄榄有味药无乖。未几秋空书咄咄，辞君饮马长城窟。闻君襆被即西归，依然高卧南斋月。而今我亦返故关，同在河汾百里间。把棹欲寻戴安道，闭门想类袁君山。高才定有聚星句，逸兴能无菟园赋。期君映雪类孙康，熟读旧书求无误。如能过我定何难，禅房文酒追古欢。不然努力崇明德，无事区区劝加餐。

寄讯山阴陆子善出都兼以宽之

见说空回偕计车，都中往返意何如。赀郎谁遣相如免，米价无难白傅居。到处贫交天下士，归来富有枕中书。五人捧檄为亲喜，莫学温生便绝裾。

九日有作奉送曹朗川太史师出守南康兼呈吉三太史师叔

日下勾留岂异乡，岁华荏苒此重阳。紫萸人祝明年健，黄菊天开晚节香。秋怀对此良无已，西去征鸿东去水。北阙忽闻择使君，南辕遂复送夫子。夫子玉堂余十年，双丁二陆俨星联。夜听风雨同舒被，晓入明光共步砖。今兹特授南康守，皂盖朱幡往江右。长孺何尝薄淮阳，乐天深喜临庐阜。绿涨官亭迟布帆，清悬石镜鉴冰衔。栖贤寺近先看竹，直节堂成合补杉。南康府署毁于兵燹，郡守借治试院，近闻议修。案宋徐师回守南康日，筑堂成，植六杉树于堂下，曰："吾欲守节如此杉之直。"因名曰"直节堂"，即府治堂也。作书偶到鹅池上，铁画银钩笔力壮。觅句或来鹤观中，棋声幡影吟怀畅。似此皇恩寄一麾，未妨夺去凤凰池。羊城接壤能将父，鹿洞放衙兼作师。师道南矣疑孰质，师资孰得我先失。最难矜字去三年，敢说阿蒙变十日。槐花往岁粲并垣，夫子曾乘使者轩。时月惟偕黄叔度，异才首拔王公孙。庚午，余以第三人获隽，主考即师与善化黄晓岱侍御师也。是科解首为河津王君凤笙。贱子文名殊录录，几曾累作三千牍。何期薛下一时遭，视若青萍与结绿。尔日刚过重九来，暂逢笑口当筵开。蜣丸尚欲推绝顶，虮户谁知暴两腮。于今屡阅登高节，古道长亭偏赋别。辞爨焦桐不胜吟，经霜红柳那堪折。送人作郡若为心，送者自崖思更深。况乃一堂丝竹响，今成三叠渭城音。我闻昔者杨中立，伯叔程门皆所及。未审先生编史余，可容小子持经入。代管三鳣岂异人，速驱五马慰斯民。他时召相二千石，日日沙堤永坐春。

朗川师将赴南康任以诗留别次韵二首

温纶一下九重闉，莫更东华踏软尘。郡国练才储政府，湖山循例付词人。穷檐有苦三时访，吏舍无权百务亲。记取来年听报最，下应如草泽如春。

蚤岁高科赋北征，菊溪蒲硐皆番禺胜迹也。达蓬瀛。雄州偶入三刀梦，乐国行添五袴声。江右学延朱子脉，匡山诗见白公情。讲堂如故吟坛在，牛耳同期来主盟。

朗川师命画扇一面书前九日奉送之作以当别念画成又系小诗

绿玉扶身替五驹，青鞋著脚抵双凫。
何当杖履追陪去，画取香炉瀑布图。

热河留别金元直西归

二月乌桓未识春，寒衣惜解远游人。乡心胜日闲中动，友谊天涯分外亲。立志莫矜依渌水，怀才何惮踏缁尘。吾侪政有千秋业，努力加餐爱此身。

塞花边柳蓟门东，乍入乡心尽转蓬。日下有声来旧雨，月余无福坐春风。销魂漫赋文通句，远志犹存伯约笼。记取明年京国聚，与君分折杏花红。

齐镈诗为寻管香给谏作

脽上后土祠，汉皇获鼎所。金气颎秋空，煸斓作伏虎。阴崖阒怀宝，阳侯盛赟怒。高浪掀天来，射岸丛万弩。石鳞阓然裂，镏出古镛虡。伊谁窟室悬，乃有歌钟拊。黄门钟鼎家，昆季并嗜古。脱贯径购归，通夕手摩抚。绿绣刐藓斑，墨华搥麻楮。举例先辨体，析疑自画肚。微霭带繁星，平畴擢柜黍。涎迹盘蜗交，斗形瘦蛟舞。旁行忽斜上，中栾左右鼓。齐字秀三禾，铭文围九乳。齐景族铸钟，鸿烈典堪数。钟大镈乃小，高陵注《周语》。独怪此齐钟，何繇埋晋土。葵邱会所悬，崔氏挜所取。我闻晋义熙，霍山得钟五。篆古识者希，箝口尽龃龉。嗟我河东郡，法物兹焉聚。即欲考古文，何用寻《岣嵝》。况乎古之乐，悬钟必成堵。此镈既来归，应为啸匹侣。鼎有盖底铭，剑分雌雄股。神物不独见，试更觅故处。齐人有韶乐，所铸备律吕。上以考籀文，下以佐杜举。太平既有征，逸经何难补。

再为管香给谏题齐镈拓本

齐镈齐镈，乃出葵邱黄河所啮之绝壑。给事家居茂陵获鼎处，并得其鬲与其铎。为拓镈上文，绿涩墨光错。首云五月吉丁亥，中云齐师嬰叔作。嬰字乃家秋湄孝廉所辨识出者，释作鲍字，其精核在诸家上。人征《世本》遗，字补《说文》略。铭辞百七十又二，《盘庚》《大诰》同《灏噩》。前诗引晋中兴书，比之义熙得钟在太霍。今再送数难，聊试发一噱。昔者韦曜郑康成，镈钟大小若相争。我云二者各自有大小，物之冤雪人讼平。独怪王肃陈统辈，强谓妇人尚柔不用镈钟声。如使女器同不迯，郲婰燕姞孰为铭？况此大钟用享祀，胡然三著姜女名。又怪杜预解《春秋》，乃云齐桓会地在陈留。果使兹役非晋地，安得惶遽赴会之晋侯？况自班固《汉志》来，鄈上久矣名葵邱。今者齐镈又出此，益信西河攘翟有方舟。数事皆足证经义，环宝真欲胜天球。无怪好事潘司寇，千金购存攀古廖。我闻北魏张恩发汤冢，钟磬尽向河中掷。同出尻脽一片土，兹遭拂拭彼沉溺。又闻唐时宋沇精于音，塔铃车铎尽能识。广平文孙知律吕，倘见此者更不释。噫嘻贱子敢一言，此器千金良不易。古今出地第二钟，自宣和来难再得。何不悬置汾阴后土祠，永与焦山周鼎张南北。

岁寒三友诗有序

　　甲戌冬，阎梦岩师消寒小集，或醉写松竹梅花，随俗名之《岁寒三友》，诸君皆有题句。余不预会，异日方命继作，忽值遏密，八音声律不能谐矣。时甲戌腊月也。

愁惨如读《北风》篇，兹寒不减尧崩年。宫槐叶落生野烟，谁者天生多节坚？君子幽贞美人妍，大夫苓舍与周旋。泪斑欲比湘浦溅，缟素普将官阁环。支离莫逮攀龙髯，冰天雪地同泚涟。来岁东皇春改元，铁石心肠贵任专。拔擢青士植苍官，勿任一暴十日寒。诸君树立共勉旃，千古人从晚节观。老柏森森葛庙前，劲节贞操试一攀。呜乎！莫让独支半壁天。

为外祖母孙太孺人撰书事一篇撰毕凄然赋此

我昔遭闵凶，七龄惨失母。明年父见背，生人乐何有。共道癖书深，偏思逃塾走。孑孑吾何归，茫茫丧家狗。暂得依阿婆，孤儿计诚苟。借事幸来勤，托病希住久。怖鸽近即安，放豚归斯受。维时外家衰，生计割膏肓。老人辨色兴，躬自任箕帚。涤拭遍几榻，安顿及罂缶。我方起迟迟，恃爱挽襟肘。褪衣搜虮虱，解袜搓腻垢。柏庐格言帧，指字详告诱。悬知能理解，喜赞不容口。旋闻叹息云："吾今已中寿，早晚闭双睛，难见尔成偶。我有约指环，碧玉宜素手；即今以畀儿，他日畀儿妇。"洎我十二龄，游泮采芹茆。孺人垂泪言："五婢尔知否？先母于姊妹中行第五也。夫妻有佳儿，命短不厮守。但得儿有成，是汝死不朽。"明年咸丰末，太岁在辛酉。老病临春三，厄数遇阳九。姻戚致赙禭，邻里断杵臼。严霜摧树萱，高坟挽广柳。追惟平生训，事事蕲忠厚。佩我必韦弦，贻我况琼玖。尔时有痴念，得第拖紫绶。迎养奉板舆，介眉进觞酒。庶持将母忱，代为祈寿考。岂知总空空，徒尔呼负负！虽复一榜列，远在十年后。扫墓果何知，枉用荐春韭。孺人赐玉环，室内偏粗丑；孺人教家训，家事几分剖；孺人期高第，而我拙进取；孺人勖明德，而我愧多咎。经济束高阁，文章覆酱瓿。纵使功名成，金印大如斗，既难答恩慈，只可炫宾友。中夜起思惟，存者余吾舅。大布缝春衣，小麦奉粮糗。再拜告孺人，可得一颔首。

里门外有郭景纯碑因题长句

神仙安得谤经师，智士忠臣独任之。偏王预陈天下统，成仁甘赴日中期。阳明异代诚知己，忠武同岑信可儿。案温峤谥忠武。我愧先生乡里客，摩挲石阙有余思。

谒裴赵二公祠有序

唐裴文忠度、宋赵忠简鼎胥生吾邑，乡贤祠外别有两公合祠。间尝披读本传，一则曰"臣誓不与贼俱生"，一则曰"誓九死以不移"，迹其严毅刚正，如出一涂，此实难矣！

天下安危际，何人只手扶？一乡名世薮，两代中兴书。耻发俱生处，忠坚九死余。臣心同此誓，几辈尚全躯。

白云司稿 乙亥至戊寅
雪虚声堂诗钞卷二

刑曹初直四首
隐囊团扇只身孤,暗祝今朝个事无。但得讼庭长寂寂,不妨秋色满平芜。
印匣铜封涩绿斑,笔床铅黫蘸红殷。放衙枯坐空厅里,也抵浮生半日闲。
食罢公然事不烦,转因落寞怯黄昏。官厨净肉官仓米,权当今朝咬菜根。
伍伯持刑面色蓝,三曹抱册目光眈。几回开口翻无语,新妇遑当问拊骖。

赠家秋湄孝廉兄
仪征太傅掌院日,特为国史创儒林。我朝经学超前古,一一胪列无湮沉。有时致书何东洲,谓补经籍赖吉金。更端乃及张月斋,硕舟硕儒折服深。阮文达与何子贞书,谓张硕舟乃硕儒也。硕舟觥觥晋男子,著述等身傫然死。自后吾乡盖多儒,有两魁儒近百里。曲沃闻人曰卫一,注经点史奋巨笔。明眉秀目饮十斛,醯鸡来前皆奴叱。吕香美人蔚吾宗,身如植鳍声如钟。精核水地潜邱比,博识金石亭林同。少年束发走代北,宏州一志何处得。磨笄之山桑乾源,千年文献皆增色。君前年撰《直隶西宁县志》。前冬忽遇上计车,出门大笑走京国。文章虽复解憎命,斯人诇论通与塞。五月不雨盛京尘,胡床坐啸若无人。我时解衣槃礴裸,风期暗与君子亲。读君篆籀味君诗,即此便当作吾师。况为善长纠不逮,兼与尚功补未知。经史纷纶寄玉麈,每闻一义为起舞。郎署无由窥中秘,似此便欲胜稽古。就令季野自无言,预决子云有必传。更忆传人号六福,卫庄游自镂一印,曰"六福传人"。索居远隔绛山烟。噫哉聚散恒如此，西去飞鸿东流水。我今又欲出塞游，奉手才逾两月耳。何当秋老木兰归，一骑款段随君西。执经问字规廿载，为辟蒙翳发天倪。

柬柴赋嘉茂才 尊甫子芳明经，名桂森，有书名

见说而翁寿且康，平生篆草老清苍。何人换帖遗红友，得尔工书替墨王。漏屋无痕模晋法，磨崖有字仿秦章。与君南望中条雨，柏塔遥遥天一方。

刑曹直宿读秋湄诗及所撰西宁志辄题四首

吏散云司烛影寒，携君诗卷共盘桓。短歌九首俱奇绝，明远休矜行路难。

不其城下老经师，余事犹称婢解诗。今日诵君裙屐句，知君侍史亦如斯。集中《寄王姬蕊真》有句云："何日趋庭同问字，展裙相对两书生。"

高柳安能溷柳城，频为善长订遗经。《水经注》云："高柳，故代郡治。"又云："高柳在代中，连山隐隐，东出辽塞，昔牵招斩韩忠于此。"是郦误以高柳为即辽西之柳城也。君于志中有辨甚核。石州精撰《延昌志》，见此犹当畏后生。吾乡张石州先生撰《北魏延昌地形志》。

俎豆宏州乡社尊，不教遗漏到金源。编诗秀野功输此，拜谢犹来月夜魂。世俗袭明人谬论，外视金元，故西宁先达，如李屏山、王遯斋、魏玉峰、魏青厓、王伊滨诸公，皆不得与于乡贤之祀。其入乡贤祠，自君修志始也。

题柴子芳明经杂临诸帖卷子八首

某家书法费搜寻，纸尾题明即度针。枣木初雕银锭本，明窗一日几回临。临《阁帖》。

妙笔传神得伯时，图来驸马好山池。西园雅集频频写，一瓣心香炷虎儿。两临米芾《西园雅集图记》。

馆筑犁邱缣素香，空闻鹦鹉属渔洋。石庵题识覃溪跋，不让南人拜墨

皇。临邢侗书及刘墉、翁方纲二跋。

燕子红笺小楷书，狡童狎客总相于。请君珍重松枝笔，只写真山莫写渠。临王铎《拟山园帖》。

小说荒唐二度梅，开场尤合飘然哈。其开场曲云："离了朝官位儿，跳出是非窝儿"云云，甚俗俚。高人一纸庄书出，竟似柴桑归去来。书《二度梅》小说开场曲。

人居晋鄙德余薰，古墨流香佐苾芬。得志何须重裂诏，正书批敕答吾君。君自署曰"晋之鄙人"，盖所居柳谷，即唐阳城故里也。

老癖临池似此稀，麻笺斑管不停挥。初时得髓人知否，圣教胚胎定武肥。

大字锋芒不可鞘，趋庭犹哂小儿曹。从今莫论家鸡事，公子翩翩有凤毛。次君亦工书。

戏柬贾小芸员外四首

屡索槟榔诧忽须，更堪携客扰郇厨。知君故意邀吾辈，自显罗敷夫婿殊。小芸是日拉往其岳家张枫廷员外宅午饭，余力辞。

一弓摇曳两弦吟，不藉铃声得雨淋。是日遇雨。寄语射洪陈正字，能文何事破胡琴。王向甫比部胡琴最工。

莫问开头与反唇，两人同此詈申申。纵令人世均无恨，刘四谁云可骂人？小芸与刘小山虞部相骂，几至挥拳。

定子当筵拨恨声，烧槽玉手可怜生。不缘金凤衔花曲，争得词人录小名。歌者陈喜凤琵琶。

满洲同年常小轩屯田今总宪皂荫坊先生犹子也总宪新遇丧明之痛小轩又将假归热河祖席口号三首送之实以留之云

中年谢傅近无欢，玉树生阶差自宽。
为告封胡休远去，棋前屐后劝加餐。

君家正有狄梁公，只合宽心住药笼。
未必当归胜远志，劝君今日且从容。

词人例合作屯田，柳岸新词柳七填。
我道哥哥行不得，当筵代唱鹧鸪天。

和贾小芸寓斋即目原韵

兀坐蕉窗绿浸裾，寓公应亦爱吾庐。导行旌节栽花处，倚读瓶笙试茗余。十笏龛成诗界拓，一垆〔炉〕香好睡魔祛。何时赁皋通戽，愿为抄书代小胥。

墨牡丹障子为王槐堂孝廉题 原题云"仿新罗山人"

名花艳冶似环妃，几见身披坏色衣。每笑山阴田水月，墨丸涂染美人颐。如何便作解酲看，滴粉搓酥几日残。见说新罗工墨戏，风姿绝世效颦难。

自题所作画

泉声瀼瀼破平芜，大好岚光澹欲无。
政有高人支脚坐，一窗松影读《阴符》。

送乔翰卿大令游天津就幕南皮八首录三

雨霁山光俨画图，故人辞我赋骊驹。轻舠满载春明梦，红蓼香中到葛沽。
东海扬帆大谢奇，南皮较射五官宜。归来试解奚囊看，定有鲸鱼掣得时。
少年便赋芙蓉镜，故里犹饶首蓿盘。怪底轻离安邑市，天涯何处觅猪肝。
君即安邑人，前两年掌教本邑书院。

虞部刘小山大兄见问诗法酒次成转韵体答之

鹡袭貂帽水部郎，迟我金尊琥珀光。自踞胡床诵小说，精神不减东阿王。燕都十月霜威冷，美酒羊羔替苦茗。轰饮兼听作雄谈，剑光霍霍逼人醒。却忆髫龄扃试时，一堂雪战斗英姿。咸丰十年冬，学使江夏彭子嘉师按临，至平阳，天大雪，吾辈幼童凡五人，提堂面试。骤惊杜牧风流句，稷山杜英三拔贡时十六岁。坐爱王戎简要词。河津王凤笙解元时十三岁。君家兄弟号联璧，呵冻书成片玉策。君年十五岁，令弟小渠比部十四岁。贱子齿稚最末行，谈笑赋成日未夕。余时十二岁，于诸君中最幼也。才声一日喧郡城，夹毂人看那得行。吾辈小时俱盛气，只能彼此一通名。归来十载不相见，百里而遥各异县。闻道诸君共一龙，何甘自作不鸣雁。今年同踏软红尘，面目依然肺腑亲。只此浑浑有雅致，便应尽尔瓮头春。为君画作的卢马，知是支公心爱者。却更殷殷问作诗，岂非扨抑多问寡。尝云此事有元音，勿论疾书与苦吟。弹扣虚空成气象，销融破碎得胸襟。映发安能泥处所，苍茫非必啸侪侣。铿然天籁齐横吹，隽绝人寰汉乐府。芳草生池挹自然，杂花发树状鲜妍。清新不在添僧字，秾郁岂因忆妓船。果有高怀余远眺，脱喉便抵苏门啸。若无奇气寄长征，吹角奚关边塞调。诗教良须如是观，为君计者定何难。此中况乃极渊博，读史兼能读稗官。古者多文便曰富，非论鸣玉与衣绣。何哉坐是掩文名，里语徒称财力厚。愿君已博更贯穿，囊中原足买书钱。千金散尽来还易，一往不留此盛年。噫嘻狂歌聊尔尔，嵚崎历落君应喜。酒阑不复著言辞，冷月窥窗吾醉矣。

明末，吾邑上邱村赵加爵，字璘玉，与弟加品乞食，养病母。母殁，庐墓三年，每饭必哭奠焉。一时无识不识，咸称曰"孝子赵四郎"。初，父工医术，至是，四郎嗣业益精。洎闯氛日逼，逃山中，众谓"孝子所止，必有神守护"，故随之者常数百千人。四郎独部署饮食之，卒不遇寇。康熙中，同里朱小晋司农与家少宰起斋公，合词奏于朝，乃得以巡检官辽东，孝子之名大噪天下矣。崔子高学使居与比邻，为作传，徐卧云山人摭其事迹，绘为图，凡七番。国初，诸老题咏者，册厚盖尺余矣。光绪初元，其元孙翔凤仲翔官中书，出册重装池之余，为征海内名宿诗亦甚夥，与原册埒厚。仲翔仍丐余作，乃逐七图，各系以诗，诗亦无定格，期于达意而已。

负米谣原第一图曰"负米百里"。盖孝子父行医蒲、解间，日得升斗，必使负归贻母。孝子时裁十一岁耳。

吁嗟复吁嗟！阿娘在家嬲田种麻，麻子落满地，扶犁不任伤其臂。吁嗟阿娘，娘臂伤，父医良，父在蒲反或解梁，日日得米一囊儿负回。儿臂尚强，阿娘道儿扛不起，但看阶下两黑蚁，扛去一粒米，比身大几倍，儿之负米正如此。阿娘煮饭儿饥矣，今日负归二百里，明日再往二百里。

哺饭歌原第二图曰"哺饭七年"。盖孝子母病瘫痪，每食必使弟拥背，而自以口哺之，凡七年云。

母齿危，母臂痿，母唤荷荷知母饥。枣糕豆粥烹露葵，扶母倚床跪进之。母思下咽苦伸胚，羹饭蓬蓬气馈馏。口口嚼碎送入喉，生儿岂嫌儿口臭。饥鼠窥壁雀噪檐，垂涎半盏黄米泔。舍汝残沰汝慢吃，穴中老饕正自馋。我亦不向黄花洞，为母祈寿饭僧众。黄花洞，梁时志公尝卓锡于此，即在上邱村南。

挽车吟原第三图曰"挽车觅食"。案：崔传中有曰："母既病废，孝子将出营食，则左右无人，乃乞钱为母制一车，兄弟或推或挽之，丐食近村，得食则跪进母，歌舞车前为母寿。"

咿哑声来四椎轮，双条绳迹碾绿春。阿弟力推阿兄挽，牛衣严覆龙钟人。柳阴跪地朝未歇，丽旭胧胧射皓发。洮河水碧冷淘时，沃国烟清寒食节。隐辚震耳集童媪，糍团炊饼掷多少。嚼余密裹衣上絮，驮去深藏窑边草。晚霞绚艳照村明，夹路杂花引归程。辘轳转入柿林去，扫叶共炊仁里鲭。

守窑词四章 原第四图曰"守窑待旦"。崔传云："家惟一土窑，无门，母卧后，兄弟共守门焉。典史巡夜见之，叹息不已，与一刀使备虎狼。"

奉母卧破窑，曲突而厚土。突曲能障风，土厚能遮雨。窑边兔丝子，宛转不离根。采供阿母睡，兄弟左右蹲。兄持汲水瓢，弟持爇火籆。赠刀作守卫，贤哉此督邮。阿母告两儿，弄刀莫伤手，竟夜循刀环，不敢按以拇。

蒿庐哀 原第五图曰"蒿庐拜墓"。即母死，庐墓五年事也。

灼灼东升日，照我华表颠。忆昔亲闱在，朝厨起炊烟。蒸饼茆屋中，韭卵佐芳鲜。祝哽余几日，杳杳归穷泉。蚯蚓窃酒浆，乌鹊衔纸钱。痛哭当闷绝，坟草青如毡。呜乎儿在此，一庐年复年。勿回长者车，蒿莱森山阡。勿赐仁者粟，禾黍绕墓田。寄言供职者，愿迨母也天。

药肆铭 原第六图曰"药肆养亲"。母服阕而嗣父业时也。

大药不煮，内则惟经。菽水捐碗，乃理参苓。闷尔药肆，画像徽灵。泽笋挺膊，陔兰缛檼。十笏闲敞，二簏丰盈。垂帘言孝，刀圭佐馨。愿人父母，千载长生。受兹元炁，以寿以康！

举孝诗 原第七图曰"士民佥举"。

涑水出黍葭谷，至周阳侯城南合于洮。其水清绝滔滔，其人忠烈如毋邱。镇东乃在闻喜之近郊，毋邱之里曰"上邱村"。流风千古存，忠孝非二致，国初赵子以孝闻。尔时知县王景皋、卢士魁。乡先生曰杨永宁、朱裴。此人皆不轻许可，独于赵子动其怀。生孝死孝一身该，士民罔不推。二公奏之天子，天子曰俞哉，嘉尔行其试尔才。巡检辽海，敷政无乖。乡有画师徐卧云，七幅绘其真。邻有进士崔子高，一传具其文。题诗作颂海内纷，至今披读若有神。呜乎赵子信有神，将何以答我士民，宜隐佑其子若孙，俱为孝行人。毋邱山兮高入云，涑之水白石粼粼。陵谷变迁，仁里永春。

自题所作画三首
折角乌巾扫塔衣，携书尽日坐苔矶。年来奇字无人问，山锁空亭碧四围。
曾闻福地有奇书，可欲移家画里居。为报此中人语道，琅环不许俗人租。
花围亭子树遮山，一卷横披腕晚间。十载尘中牛马走，胸襟正不减荆关。

　　湖南宜章宋蘅，少好剑术。里有邪教讲堂，不逞之徒聚焉。或以药术迷里中儿，取儿睛。蘅怒，纠里人，毁其堂，互有殍者。教徒贿官名捕蘅。蘅亡至黔中，又念老母弱妹，恐陷狱，乃阴归省，而捕者数百，围其宅。蘅孤剑转斗，出威勇关，卒无敢逼者。事既解，绘仗剑入关、出关二图，志其痛。其同邑吴醉琴农部与余善，代为索题，乃各系以诗。

鬼子何敢尔，壮士有如此。紫气缠客星，剑在身不死。冲开一丸泥，倒提三尺水。看君倭铁刀，正似铅刀耳。却笑张俭弱，望门便投止。
　　右入关图
若耶水淬赤堇英，未许世间有不平。千里携来鬼夜哭，十年磨出月失明。有客黔中丁窘蹙，得君何敢呼君仆。同归为揭广柳车，此去何须短后服。吴钩一日飞著胸，骨肉相逢此夜中。霜刃三更跃出匣，咫尺垣外有伏戎。爱丝缕缕一挥断，鬼火荧荧四面散。山深月黑拔来看，生死天涯终结伴。悬崖矗立天西南，对插一双不见镡。密箐森排岭上下，横磨十万不能函。大剑小剑威关下，彼之剑多吾剑寡。仗君胆气无风鹤，得君尻轮有神马。君是何年铸得成，骈诛魍魉血花腥。当关试一摩挲否，不信旄头无陨星。
　　右出关图

赠家秋湄学博大兄八首录四

蹄涔萦道周，瀺灂发繁响。溟涨包洪纤，无声自洪漭。怪彼片长徒，逢人便技痒。尽罄乃中藏，量之得盂盎。不辞北海笑，仍诮西山爽。惟君有若无，胸次巨川广。与人故无争，依然重名享。寄言名子者，浑湛学王昶。

倚剑望燕台，此中忽郁塞。骏骨何时无，昭王不易得。我昔乘一马，方瞳掩圆骼。金络玉连钱，千里直瞬息。官路野花紫，长城边月黑。自爱汗血姿，不作骄嘶色。颇欲持赠人，无人有马癖。乃至强梧年，丁卯冬也。遂入绿林贼。以此举似君，君亦应噱啧。吾侪老枥下，谁肯走南北？

南园有一树，理坚而心赤；实难充筐筥，身奈多棘刺。北园有一树，夭夭粲花红；既以荐嘉果，又以荫清风。主人将移植，何者宜庭中？谓枣实恶木，谓桃乃佳丛。匪主人摈汝，实汝自求摈。谁遣草木姿，而外具芒刃？我好面折人，人益不相信。君但微感人，受者自无愠。呜乎我师君，久久当有进。

青阳二三月，微服游平康。女儿皆春态，三五自相将。前者盘龙髻，后者堕马妆。朱樱发艳曲，玉笋弄清商。娟娟秋水外，有女蛾眉长。上无金钿钗，下无罗衣裳。坐使深闺秀，不如大道倡。此语不忍道，道之令君伤。

题黄太守采芝图八首录四代

现身真在此山中，莫莫歌成唱未终。甪绮东园都不似，黄公只是夏黄公。

君家旧有谢公墩，谓令叔尚书公。拂拂庭阶兰玉存。寄语逶迤深谷者，休疑此草本无根。

金光餐罢寿齐天，天与名儒驻大年。自当陆家杞菊吃，不须谤道是神仙。

南方草木有专书，百卉俱详此品无。我欲亲从高士问，九茎三秀状何如。

中秋对月有怀杨大笃蔚州乔八皴保安州

美人隔秋水，遥夜同月明。桂树散仙馥，桑乾流客情。多文腾虎采，晚达迟鸿声。何日捉刀手，弯刀亲荐腥。

和陈小农计部秋晚元韵

残阳忽西匿，城市若疏林。积雨将寒至，停云向夜深。蟹倾高士酒，雁度故人琴。有客孤镫里，怀归千里心。

和许韵堂同年秋怀元韵二首

一往深情唤奈何，非关薤露与阳阿。馨香远路谁能致，哀感中年顷已多。不忿浮名消福尽，更堪沉痼带秋过。日来新得排愁法，自唱曹公对酒歌。

露坐凄清对月明，空堂容易又三更。短檠张夜双鱼讯，长笛横秋一雁声。屠贩亦侯惭术误，钓游有侣觉官轻。雄飞雌伏寻常事，戒向人间号善鸣。

无题

当日鸣声彻九皋，稻粱分得饷寒号。
如今一一飞天鹤，非复氄氉旧羽毛。

出塞行

大螺巢巢刺晴濛，高下槲隐长城红。女墙缭曲关势雄，辇路分峙九骊宫。一径行人鞯覆狁，书生善骑有军容。花榆鞍子悬雕弓，鞭丝剑匣意雍雍。自笑频年度卢龙，眼中落落谁适从。独念别业在关东，先人耕牧称素封。洎余头脑殊冬烘，泽有牛羊术未工。好读已自得途穷，远宦更将减产空。今又遇讼讼终凶，耻争魑魅安得聋。誓将解组出蠛蠓，短衣射猎罄椎峰。罄椎峰在热河。《水经注》云："武列水东南历石挺下，挺在层峦之上，孤石云举，临崖危峻，可高百余仞。"即此。虾菜香与辽海同，山间榛栗欲成丛。名场热客可怜虫，速去勿复溷乃公。

寄秋湄蔚州志局二首

塞垣西望暮天青，昴毕分中见客星。晋乘藩篱先志代，案：蔚州，古代国。史才根柢在穷经。埶齐环极无双品，谓魏敏果公也。此直行山第几陉。郡国志兼耆旧传，居然尽出子云亭。

迩来书体半冬烘，君志宏州迥不同。君前撰《西宁县志》，有声畿辅间。人表古今班固例，水详西北郦元功。剜苔寺墓碑痕绿，削稿衙斋烛影红。此日重膺书局寄，勉求文笔媲寒松。蔚旧志乃敏果所撰，故云。

送许韵堂南归二首

三年米价贵长安，一日西风返故山。
大好龟莼龙鹤菜，垂虹亭下劝加餐。

风来北固蔚江时，舴艋声中鬓欲丝。
今日重吟怀古句，青山鬱鬱佛狸祠。君前有北固怀古诗，甚工。

鞠歌行四首

酹酒金台下，泪落心惨伤。易求惟昌国，难得乃昭王。霸图一例滔滔水，东望棘城西楼桑。古人已矣伤春目，岁岁蓟邱春草长。意者燕市今犹有狗屠，愿从痛饮击剑去，不愿三十尚为儒。

吾昔年十二，号为千里驹。常思蹑足青云上，岂有下民敢侮予。大来渐渐更事久，忽复嗒然丧其耦。剑敌一人书记姓，所著只堪覆酱瓿。如此头颅欲何为？只应闭户学雌守。呜乎当时神骏姿，岂意今成牛马走！

曳裾富人堂，金多欲相役。结客少年场，酒酣动遭叱。至竟悠悠谁可亲，愤极归家自休息。秋树根头日醉哦，眉宇高寒照空碧。二八文婢气如兰，笑倚吟声吹玉笛。多谢二豪莫相轻，如此高韵不易得。

久宦减兄产，远游废父书。仆本农家子，何必怀此都。拔刀斫柱誓归去，求食不争鹅与鹜。身后名与身外事，蹀躞十年被尔误。陆沈金马门，不异虱处裈。念此世间无穷已，中夜涟洏不能言。

溧阳怀人诗十五首

经义群推井大春，谁因学富念官贫？仪真悔识月斋晚，阮文达尝叹张硕舟为硕儒。见《与何子贞书》。硕舟者，吾乡张月斋先生穆也。宰相胡应失此人。右乡宁杨秋湄广文笃。

清远吴兴代有人，难将花草比精神。君诗胜处君能道，政似蘼芜冒雨春。右德清许韵堂孝廉德裕。孝廉旧有"人随鸿雁向阳去，春逐蘼芜冒雨生"句。

太史昔时在北边，骊歌送我杏花天。余壬申春自热河西归，君时未第，游幕祖道四律，诵之不觉感泣也。今秋重过销魂处，一读君诗一黯然。右桐乡金元植太史星桂。

边生经笥亦诗囊，北曲悲歌慨以慷。鹖子飞天群雀寂，不容凡鸟说文章。右任邱边竹村水部保枃。君有拟北齐横吹诸曲。

记得旗亭酒一瓢，君家兄弟阿龙超。而今怊怅南云暮，不见扬州皂荚桥。右萧县张枫廷员外翊宸。君近居扬州。

梦里同填双豆词，碧云笺纸界乌丝。君工填词，自制纸曰"碧云馆笺"。不知秦七与黄九，甚事关人日日思。右夏县贾小芸水部璜。

杂诗风格自堂堂，不著心源傍景阳。莫问同衔杯酒未，谈君便觉齿生香。右荣城陈小农户部福绶。君近著杂诗数十章。

绮语禅心两两兼，病中参彻首楞严。君病中从余受《楞严要义》。诸君听唱黄金缕，何减瞿夷花笑拈。右仁和蔡黼臣比部世佐。君近制《蝶恋花》词，倩余书之。

具有渊源虔礼谱，羌无故实子荆诗。才名翻被书名掩，谁见雨零秋草时。右襄陵孙石卿水部毓琇。

居贫特立士无双，需次三吴文献邦。但祝见闻皆第一，莫同枫落冷吴江。右安邑乔翰卿大令骏。

心香一瓣在停云，楷法精能迥不群。濯濯王恭春月柳，君书秀绝亦如君。右太平刘小渠比部笃敬。

落落难逢笑口开，诗成何处著尘埃。寄声当世中郎道，貌寝公孙有异才。右太谷王粹父农部汝纯。

岳色湖南万里青，焦桐长与吊湘灵。香兰微笑红泉咽，落落琴心正尔馨。右宜章吴醉琴农部楚梁。

翩翩公子著文声，三绝居然一座倾。我似并州刘越石，悲凉万绪念卢生。右天津卢梅初秀才炳麟。

楷法鸥波斗笔姿，辱书常道欲相师。哀哉呕出心肝后，犹据乌皮写拙诗。右宜章姚星台上舍棣。君于去年以咯血卒。

自题所作画

深林叠巘隐牛官，略彴弯环处处通。槲叶冷翻千嶂溜，稻花香飐一川风。鱼龙卷水江翻白，燕雀穿云日漏红。闻道故园春不雨，聊将泼墨补天功。

题画

虚堂寂无人，恐是王官谷。春尽不归山，竹柏为谁绿。

除夕感怀四首

又送残冬去，飘零尚客中。镫花旧年似，爆竹故乡同。壮志星犹灿，牢愁雪未融。春风无不到，真见几英雄。

虚生三十岁，自命竟何如。过虑乾坤大，空谈日月除。哀鸿中泽集，异鸟国门居。无用成迂阔，徒矜万卷书。

黔首纷沟壑，苍苍意未休。舟空输粟国，辙涸监河侯。耗鬼镫难照，芳春价不酬。遥怜焚柏叶，尚欲辟鸺鹠。

宦情真鲁酒，才笔尚齐纨。往事千般悔，今宵五字安。祭诗权作佛，卜灶不因官。痛饮高歌意，人生贵自宽。

春暮得秋湄太原书却寄

美人在雁门，寄我一端绮。春风吹我愁，忽满晋祠水。晋祠春水绿沄沄，万树桃花粲锦云。长亭短亭一百五，茅龙一夜度吟魂。却从天际路，邂逅云中君。月映群帝佩，风摇列仙裙。红尾小凤臆语我，使我手摺碧玉称外臣。臣家赤野无春草，麦苗桑叶青欲了。往日膏腴比龙鳞，即今灼裂成龟兆。臣谨顿首伏俯，私告帝旁玉女。何不排青云、撒白雨，使我士女前歌而后舞。帝乃嘘万里之天风，送我太行之西、洪河之东。鲸波百丈悬瓮寺，羊肠九折铜鞮宫。美人幽居怨瑶瑟，明睐垂泪双玉红。告我春欲尽，寂寞无花丛。台骀之帝子，藐姑射之神人。赤豹云辂日六博，屯膏不下愁吾民。美人美人尔莫愁，三十六帝余亲见。无须膜拜祝香花，会有唾咳激竹箭。君不闻唐祠峨峨晋水曲，自昔能为一方福。若令群黎靡孑遗，至今谁为荐椒菊。还君锦绣段，持作荒年谷。不用蓬首怨春归，行看夏雨生众绿。

和陈小农海淀二首元韵

数枝风柳曳残鸦，辇路今无迎辇花。见说毅皇临御日，不耕官道望官家。

金源遗址属吾清，稗史流传姑妄听。落日晾鹰台下望，更无人放海东青。

再和陈小农海淀元韵

玉颜散尽剩寒鸦，寥落宫中临砌花。坏殿不修谁识得，我朝恭俭足传家。坏道哀湍满耳清，行人掩泣不堪听。玉华宫畔吟诗老，凄绝阴房鬼火青。

陈小农三索和海淀元韵

畏吾村畔起昏鸦，耶律坟前见野花。毕竟天心留有待，五云晴护帝王家。先皇盛德契穆清，工事垂成谏即听。今日工人犹感泣，东陵岁岁哭冬青。

送梁曦初侍御出守兴化二首代

闽疆要郡简名贤，不比潮阳路八千。一鹤有缘翔碧海，百蛮无瘴翳青天。建兰香里诗龛寄，谏草焚余贾舶传。闻道吏民齐额手，福星来处兆丰年。

蜑雨霏霏趁布帆，海明如镜鉴冰衔。八闽遥望长安北，二曲应知吾道南。公为鳌屋路闰生先生高足。美政不将茶树拔，高怀岂为荔支馋。只余桃李公门下，坐惯春风别不堪。

祁子禾侍郎招祀顾亭林先生因嘱绘顾祠雅集图慨然有作

宣武城南慈仁寺，郁郁双松发寒翠。西南偏有亭林祠，寿阳侍郎董祀事。招集诸君作文游，饮福不为无名醉。使我为绘雅集图，图成再拜更题字。有明中叶儒风陋，学术无用丛诟訾。高者盛传姚江衣，下者竞树竟陵帜。一二不学求举者，附会元镫务制义。亭林挺挺生东吴，其出愈晚学愈粹。万卷穷探古圣心，诸陵偏〔遍〕洒逸民泪。仇家任作叶方恒，门生肯伏钱谦益。南冠犹是庄烈臣，布衣不负贞孝志。称曰王佐曰经神，未必尽合先生意。国朝蔚蔚盛儒林，筚路蓝缕功谁比。往者吾乡月斋老，排纂年谱豁蒙翳。吾乡张石州先生撰先生年谱。公家文端实倡首，醵金共买十弓地。建祠于今三十年，年年不废上丁祭。公也传经若韦平，未愧汉学一线寄。贱子举觞贡一言，迩者吾晋学稍弊。诗书既多束高阁，文章颇似饰鞶帨。青主匪莪复何人，_{阳曲傅先生山、曲沃卫先生蒿，皆亭林道义交。}恐难再回高人辔。迆西更有潜邱祠，闻此语者愈生恚。惟愿公及我同人，益倡实学回风气。勿令梏腹谈经徒，滥厕国家春秋试。亭林先生如有灵，歆兹丹诚庶一至。

下第绮感八首

淡粉楼头明婳姿，一回觌面一回痴。亦非太上忘情者，难得相逢未嫁时。刘蘖染黄终是苦，拗莲作寸转多丝。分明十二巫峰近，矜护朝云到反迟。

林风何意落平康，低首羞为时世妆。拾李从知儿命苦，食瓜那得我心凉。微波尔果通辞好，永昼谁教惹恨长。毕竟鸣鸠佻巧甚，终朝只会妒鸳鸯。

更比黄花瘦几多，无言脉脉意如何。迟来常带翙珊韵，早嫁难同捉搦歌。但使情深南浦碧，未妨计拙北山罗。秋霖腹疾谁排遣，只合宽胸代按摩。

深颦浅笑吐愁难，软语喁喁夜欲阑。交甫逢仙原是梦，周郎作婿讵为欢。久拼眉黛双弯秀，剩有腰围一尺宽。如此精神如此地，好花无语遣谁看。

袅袅风前弱柳腰，春寒无力曳生绡。痴情每欲窥眉曲，庄语何缘晕脸潮。扇叶日遮黄子影，鬟花天助白人娇。谁怜圣签三更卜，半穗旃檀迄不消。

滴粉揉酥出意新，妆成自诧十分春。门前桐树惟吾子，核里桃瓢少别人。车走雷声终自去，杯邀月影欲谁亲。鹅鹅飞过真堪羡，碧海青天共一身。

迩来禅榻学维摩，黯黯春愁忏益多。当日萧郎成陌路，明年织女隔天河。谁怜有口衔碑石，自誓无心起井波。回首前尘成底事，苍茫独唱懊侬歌。

月过中秋迄不圆，谁将离恨作遥天。仙人下嫁终成别，主簿为媒讵有缘。素袜难谐蒲子履，青衫悔遇荻花船。凉宵独诵湘累赋，犹道他人怅我先。

边拙存兄见示秋雨夜话之作次韵书怀

凄风凉雨耸吟魂，读彻《离骚》眼不昏。镫灭耻争山鬼照，诗清拟配水仙尊。已捐秋扇仍挥麈，尽典春衣且曝裈。为问候虫终夜语，欲将哀怨向谁论？

世情翻覆日为新，米贵长安孰赠囷。冰似头衔留故我，铜成面具向何人。庚寅纫佩芳招忌，丁卯贪书读致贫。闻道今秋稍有熟，儿童拍手望归轮。末韵原唱"䚛"字，此用王粹甫和韵。

再叠前韵送令弟竹潭同年改官浙鹾

壮怀最耻赋销魂，百幅蒲悬海月昏。破浪方酬豪士愿，看山未觉上官尊。客囊羞涩书为枕，公廨萧条屋作裈。似此襟期何处得，升沉后事不须论。

葛岭苏堤景物新，公余诗胆尚轮囷。简书藏袖思名父，谓尊人方伯袖石先生。盐铁持筹得士人。一棹藕红宜客泛，半斋茄紫耐官贫。春明门外天涯路，行矣风波慎画䚛。

有怀雨夜

半榻维摩病，枨触秋宵雨。嗟我怀故人，萧寥知何处。著书蚤虱丛，饥来字难煮。舍游诸君子，呕血终何补。兀坐秋树根，寂寞松枝麈。何如酒满瓢，相赌作危语。顾影客衣单，寒逼镫一黍。开门听履声，秋气满平楚。

怀旧

结习从来喜论文，穷途何意复离群。阮生一掬英雄泪，日向长空洒碧云。

题常小轩庶常所藏欧阳九成宫醴泉铭 有引

初唐人正书信本第一，信本书《醴泉铭》第一，昔人称"草里惊蛇，云间电发，森森若武库矛戟"者，殊未尽其妙。予尝谓：正如郭河阳界画楼阁，纤微合度，了无安排，庶为近之。此本文氏停云馆故物，又归煦斋相国藏奔，定为宋元间毡蜡，正不在"宫"字，左捺点伪，而竖真也。至题名王良常、沈子大诸人，并是恶札。而行间朱圈累累，似亦此人所为，急觅良工洗去，重加装池，乃称耳。昔唐彦猷得《化度塔铭》数行，精思学之，遂以名世。矧吾小轩，既以工书，更锐志临此郁珠，黍罗界岂远哉！可憙之至，作诗张之。

勃海甲观推醴泉，良工蝉翼妙椎毡。墨王曾记归文璧，鼻祖安知出李璇。此册原无肥本相，君家合得指头禅。能书万遍胝生手，岂让兰台得髓全。

外姑李母杜太孺人寿诗 正月初九日

往日牵丝绣幕前，左家娇女小偏怜。婿乡原自惭潘岳，子舍新来有郑虔。老福无烦封大国，芳春正好在斜川。一杯持祝人长健，岁岁慈云照绮筵。

新年共拜水仙王，似此神明合寿康。大练裁衣留后福，小舆推板趁春阳。女同德曜随春庑，儿嗣宣文主讲堂。独有金龟京邸婿，惭无长物佐瑶觞。

井垣皋比集 辛巳壬午

雪虚声堂诗钞卷三

题冯鲁川廉访所藏米芾芜湖县学记为武养斋大令作

老颠洁癖深，祭裳涤藻火。想其俊逸情，礼法无一可。何意仍书学官碑，天马能教羁靮施。蛇惊电发不可状，凤泊云纷信有之。芜湖月皎砚山洁，一刻挥成八尺碣。放衙脱帽踞胡床，正对石兄矜奇绝。代州廉访有拓本，满纸纠蟠见春蚓。可怜墨宝易朝餐，仍似黄金掷虚牝。君今何处得此书，莫令泪滴玉蟾蜍。

题成哲亲王杂临诸帖七首为养斋大令作

乌丝满册总成阑，算子连行妙染翰。凤术龙芝天挺秀，不教专美有红兰。前辈云："成邸书如凤术龙芝，人间不可多得。"

中郎汉法散如烟，太傅新工劝进笺。小楷群夸宣示帖，争堪妩媚敌孙权。临锺繇《宣示帖》。

俗书姿媚一生多，只合山阴换白鹅。不藉邯郸黄绢笔，可能葩艳似曹娥。临王羲之《曹娥碑》。

春松秋菊靓风姿，想见桃根侍砚时。侥幸佳人能再得，九行先出四行随。临王献之《洛神十三行》。

《道德》《黄庭》迹已微，重闻贵主写《灵飞》。锺生秀骨姗姗甚，合被仙人一品衣。临锺绍京《灵飞经》。

并世定文曹与杨，《戏鸿》书法亦堂堂。文人知己千秋事，何意君家爱晚

香。_{临董其昌书曹植与杨修书。}

帝子挥毫雅甚都，何缘行押出奴书。玺螭折角琴焦尾，未碍人间异宝储。_{跋尾两行书迹劣甚，不知何故迹真而款伪也。}

题英煦斋相国所刻刘文清帖为养斋大令作

东武老子工执笔，法彻中边类石蜜。龙保贻留地黄方，临王大令《地黄汤帖》。鼠须磐礴天香室。_{公书斋榜曰"天香深处"，乃御书也。}纹裂大龟兆庚庚，体结灵蛇珠乙乙。小章似慕汪水云，_{公有印曰"水云居士"。}大字颇同苏玉局。世上沾丐脚汗人，慎莫近前讨奴叱。

寿王遐举先生_{正月初八日}

先生汪汪千顷波，闻道最早读书多。寔事恒被儒者服，寝言永矢硕人薖。我从鬌髧应郡试，高名震耳鼓灵鼍。同时虽见大人赋，异县其如饮马歌。见说先生春官捷，射策独对金銮坡。一官大似因人授，武库森严富矛戈。尔时才杰萃帝里，海曲之许道州何。寿阳代郡洎平定，并州男子无媕婀。一一忘年似孔祢，日携樽酒往烟萝。先生此时饮一石，手捉松枝口悬河。训故累累有深细，形声凿凿无偏颇。日暮诗成新月上，半天霞绮绚纤蛾。得句西山秋气爽，谈经东鲁春风和。十载不迁细事耳，头童齿呿颜常酡。緐我计偕走京国，已闻归山事养疴。裴裵仪征履道宅，_{先生在京寓阮文达故宅。}缅望真予安乐窝。主讲安邑宏运书院，_{曹自梁故居也。}往岁假归省亲串，始见君子赋菁莪。猪肝虽贵体不惫，貂蝉既脱冠仍峨。湘乡官保好贤切，钦仰高风设礼罗。文献百年书局启，云山千里蒲轮过。远溯虞夏近昭代，南尽汾洮北虖〔滹〕沱。此邦人地归述作，析疑举要蠲小苛。黄钟大吕噌吰响，不遗下里与阳阿。何意寡陋如贱子，亦蒙奖借少谴诃。折楮教画新距度，剡苔俾识古隶蝌。经史大义骈云集，挑镫危坐纷缕騃。孟陬之月皇览揆，朱颜粲粲鬓蹯蹯。占书古重八日谷，典礼今逢九门傩。弱孙戏秉阿爷笏，侍史深护进士靴。蔼蔼门生通家子，锵锵佩玉鸣相摩。或羡仙服金光草，或称凤食玉山禾；或引大夫赐鸠杖，或祝老人处鸡窠。贱子举觞贡一言，古来大师寿不磨。桓子五更荣何极，伏生九旬语无讹。矧乃吾乡诸老后，应遗一老独委蛇。孔林之桧葛庙柏，森森千古无改柯。吾晋尚留汉槐古，如见林宗有道科。乔木贤人同大耋，养生安问郭橐驼。永为人伦作楷式，讵曰将寿补蹉跎。晋祠碧流斜川似，岁岁称觞舞婆娑。

外姑杜太孺人三周禫祭令嗣制屏索诗拟垂家范内子亦寄书代乞因案来状件系之得截句十四首

分明小女嫁黔娄，射雉曾非贾大夫。惭愧升堂初拜母，蒙称快婿比周瑜。

门第城南尺五天，身传礼法自笄年。林风闺秀均无愧，却恨今无中垒编。孺人事实前年已登邑志"烈女门"。

唇边樱颗额梅花，妆点燕支未足夸。异相天昭贞白性，脚心生带守宫砂。案来状云："孺人生有异相，足心志〔痣〕如砆粒。"

父亡亲手纳珠含，母老终身供脆甘。五女尤推中女孝，仓公何必羡生男。孺人父无子，有五女，孺人其第三也，葬父养母终赖其力。

鸠遭妇逐竟无归，鸡遇牝晨尤有威。每代仲嗜怜故伯，不妨桓妇送新衣。先是外舅明轩翁之兄娶妇，悍甚，遂至出居于外，衣不蔽体，孺人每具衣遗之。

常为前女绣腰襦，肯使衣中絮有芦。翻笑杜家亲母女，女衣颠倒补天吴。孺人初来时，前室有遗女甫周晬，抚之恩勤备至，人不知为异腹也。

寇来逃窜死如麻，独议婴城静不哗。古有夫人城守者，保全何翅万人家。咸丰癸丑，粤逆逼境，逃窜遇害者甚众。孺人以为有城可守，继城破死于家，尚胜死于野也。坚守不肯出城，竟以无虞。从孺人议者，皆得保全。

老人痿惫处窠鸡，日敛双眉举碗齐。绝似宣王风痹发，躬亲执爨有贤妻。丁卯夏，外舅明轩翁得瘫疾，孺人老矣，犹拮据数月，衣不解带而事之。

　　螟蛉藉得慰幽忧，卵翼兼为赋好逑。寡妇孤儿仍一脉，不同牵合自三州。从孙妇郭，孀居无子，又从曾孙金安，少孤无依，孺人为金安娶妇，俾侍郭同居。又有从孙鹞子，亦为娶妇。

　　荒年闭籴正纷纭，升斗寻常孰肯分。教子麦舟与戚友，妇人中有范希文。光绪丁丑戊寅，晋大饥，人相食。孺人捐赈戚友，全活者甚众。

　　儒侠分途孰是非，攻书习射代弦韦。岂望生儿为将相，两男聊抵尹翁归。孺人命长君雨汀读书，次君菱川习射，曰："此各传一艺之法也。"

　　教子诗书劝母餐，广文清福得来难。敬儿妻梦全身热，那解令儿作冷官。孺人尝谓长君雨汀曰："读书岂必望大官，教职清闲，能事亲教子足矣尔。"雨汀今就教职，孺人志也。

　　斋臼辛勤到外孙，梳头虮蚤总蒙恩。痴儿睡醒啼双下，犹有桃花靧面痕。三年岁月白驹驰，日代闺人念母仪。我似闲居潘骑省，每怀东武有余思。

母舅刘公讣至云临终哭念余也泣作舅讳月桂，武生。

　　吾母仪容记不明，典型今复丧同生。文传家法偏能武，贫得人心只积诚。道洽庚桑千户税，患除周处一乡清。舅以排解有德于乡。临终儿女当前侍，独望并垣念外甥。

哭卫庄游学博

　　曲沃卫庄游与余投分十年。所作《囊室经译》，余一一亲见属草稿时。独时人道其狂诡，余所未睹。岁丁丑，湘乡官保延主金石志局，家秋湄学博兄既婉辞，余竟未至。君之狂名，乃愈噪于兹时矣。一官虑虎，块然遂死。故人酸楚，知复何言！

　　积雨空阶五月寒，思君生世倍汍澜。奖成后辈翻招谤，瞠视中丞屡见宽。磊块填胸增病易，文章糊口矫廉难。凉宵独检当时札，字字分明不忍看。

鹏集枭鸣觉不祥，少微真已失光芒。卖文金到多仍尽，使酒名成醒亦狂。旧羡青毡叹福薄，新亡碧玉竟神伤。君姬人张氏，以产难新亡。戢棺何日能归去，麦饭香花冷署凉。

拟何大复明月篇有序

夫歌行之制，原于乐府，心声绮靡，斯歌喉渺绵。故自魏帝《燕歌》，晋人《白纻》，庾子山之《折柳》，卢子行之《听蝉》，斯并清便婉转，乃唐初王、杨、卢、骆之权舆也。若夫鲍明远之《路难》，《行路难》，明远诗中只称《路难》。太白师其俊逸；斛律金之《敕勒》，裕之叹其英雄。一则才人下位，抒感慨而击唾壶；一则老将穷边，唱横吹而答觱栗。杜子美一生歌行，与此貌异神似间不尽似，要于四子者不似也。是则身际其变，不期而成变徵之声矣。明信阳何景明仲默，与李献吉并世大名。献吉专学少陵，仲默暇日乃独有意于四子者之所为，选声练色，作为《明月篇》，虽至今代，新城王文简、长洲沈文悫，皆极称之，以为妙悟从天矣。仆闻士衡文采乃赓苏李之篇，康乐风流遍撰曹刘之体，矧四子者，杜老所谓江河万古而可废乎？闲亦效作一首，不敢显然附于四子，姑于仲默执窃比之义焉。亦题曰《明月篇》，从其朔也。

长安月，皎皎出云端。千门万户凝秋碧，五剧三条荡夜寒。寒生白玉宇，光泛黄金阙。觚棱花隐望犹迷，辇路草生芳未歇。觚棱辇路月婵联，天上今宵是何年？郁郁九霄偏灿烂，迢迢千里共婵娟。戚里豪情飞羽盏，宫人细语炷龙涎。梁家画阁金流甓，赵后文窗玉叠钱。画阁文窗帷半卷，金樽绮席镫初翦。正见酒人著接䍦，如闻园客弹独茧。长堤杨柳未藏乌，小院芙蓉犹吠犬。笛里关山怨别离，楼头河汉望清浅。别有倡家花满蹊，人圆如月正双栖。光摇银掠妆初罢，色晃缃裙舞乍低。誓作生生比翼鸟，厌闻膈膈长鸣鸡。长看锦帐千金笑，那记璇闺双玉啼。闺人啼彻董娇娆，戍客长随霍嫖姚。
幽恨万千看破镜，凉宵三五念征袍。却从舍北闻砧杵，未识辽西认斗杓。
白草牛羊君梦远，黄芦鸿雁妾心劳。黄芦白草边亭见，佳蕙崇兰官阁绚。
关门柳色已经霜，禁籞花林正如霰。草绿萤飞长信门，叶黄蝉噪未央殿。
秦宫怨女卷罗衣，汉代婕妤赋纨扇。纨扇年年捐素秋，一轮皓月几时休。
凤阙偏涂云母粉，龙宫高捧水精球。齐卷蒜帘临镜阁，仍雕瓜瓣拜针楼。
织女隔河终有耦，嫦娥广殿竟无俦。借问嫦娥若为心，青天碧海冷谁禁？
盛年迅似东流水，良夜珍如南土金。旅人紫陌玩桂魄，思妇红闺念藁砧。
归去来，计已审，我心如醉不关饮。直将喜字写如环，莫令回文织成锦。
月明似锦圆似环，应照离人双解颜。胡麻饭好须先种，丛桂花开正满山。

题吴道子画佛像帧 旧在太原崇善寺，乃明晋恭王棡所赐，今亡矣。

皇觉真人统天纪，萨迦思巴西北徙。手裂舆图王诸男，三男曰棡分参觜。
中朝有诏赐高僧，道场无遮荐皇妣。崇善古刹城东偏，素车白马王来止。
特颁佛像招提中，天龙八部大欢喜。谁能如许出神奇？云是前辈吴道子。
妙湛总持三世尊，圆融无漏两大士。犍连尊者横大目，菩提长者老无齿。
青螺髻子旋顶光，紫金卍字沁肌理。如闻狮吼震动声，法界缤纷雨香蕊。
吴生画笔盖有神，谢赫姚最那堪比。元精直贯雀明王，余力犹胜龙眠李。
大李将军王右丞，南北分宗写山水。若令写作如来像，正恐庄严未及此。
自唐迄明八百年，金刚呵护灵无已。玉炉恒受旃檀香，锦赙仍装藏经纸。
我闻道子水陆图，今在平阳废寺里。康熙诗人王西樵，曾赋长歌盛称美。
胡为崇善访此帧，寺僧谢云已亡矣。闻氛昔到晋阳城，竟随藩府同销毁。
噫哉有明三百载，恒与沙门作缘起。北固和尚竟能兵，西山老佛疑未死。
晚有隆庆李太后，唤作菩萨竟奇诡。只余一幅九莲像，供养长椿坏殿址。
唐贤妙迹尚云烟，此像虽存安可恃。不如太原铁弥勒，劫火荼毗终不毁。何况一颂镌墨王，清河房璘妻高氏。

前题乃王鼎丞观察课试之题闻意主论画再拟示诸生

曹顾陆张日已远，画家一脉递盛唐。将军金碧格明丽，右丞水石气清苍。曹霸韩干貌人物，犹逊吴生远擅场。蜀江千山挥殿壁，洛庙五圣绘宫墙。既工天尊复工佛，弹指华严无尽藏。如来趺坐师子座，阿难迦叶侍其旁。正眼慧运青莲色，舒臂神耀紫金光。手轮海印胸卍字，广长说法听琅琅。三十二相妙俱足，千百五众肃成行。文殊师利合掌白，憍陈阿若两眉长。一切无漏阿罗汉，雷音海潮震十方。下列比邱优婆塞，龙王鬼王夜叉王。灵鹫森森上下顾，怖鸽翾翾左右翔。雨散万花贝多树，烟飘千穗旃檀香。八流环绕水功德，五色迷离云吉祥。观者如生极乐界，欢喜赞叹不可当。奇哉前辈真能事，不知几日方成章。晋中佛画凡二本，一在平阳一晋阳。习闻崇善老僧说，赐出明代晋王枫。非徒妙迹酬古德，实为冥福资高皇。身居人上崇佛事，北有姚秦南萧梁。此举琐事无足论，此画绝作试评量。笔底精心通道妙，篇终元气接混茫。直与菩萨争慧业，那能弟子传芬芳。衣钵千年得髓少，宋惟伯时元子昂。十洲秘戏剧亵渎，两峰鬼趣太披猖。便有老莲青蚓辈，每画盗魁志亦荒。<small>陈章侯画《水浒传》像。</small>可知古人诚难及，初时命意已堂堂。神品不知今何在？能购何惜千金偿。非学沙门瓣香供，只同宋殿古锦装。得暇有缘开玉鐏，历劫不坏同金刚。

卫静澜中丞课试晋阳书院有晋中景物四题拟示诸生各二首

三门激浪<small>在平陆县</small>

莽莽黄流万里奔，龙门甫过又三门。桃花春涨残冰裂，瓜蔓秋潆孤月翻。轮坂浪淘虞虢去，漕仓址溯汉唐存。于今盛世阳侯靖，古冶何须勇断鼋。

河流东注划乾坤，阊阖天开日月昏。石裂黄熊神禹凿，涛驱白马巨灵奔。洪波广受千川注，砥柱孤撑三晋尊。天下巨观何所似，临江龛赭庶同论。

五台连云在五台县

法王趺印偏中台，杖策登临实壮哉。光拥佛头山北向，法流龙颊水西来。六时梵呗禅堂课，百宝输将属国财。自古清凉称圣境，薝葡今日几花开。

佛月光华澹不摇，曼殊圣境矗层霄。千年古雪明驰道，百尺飞虹现彩桥。绀宇花围龙象吼，阴崖松拥鬼神朝。宵来恍梦称檀越，烟穗三生迄未消。

洌石寒泉在阳曲县

知是人间第几泉，松根草际日溅溅。崖开石鳞千珠迸，井受天光一镜圆。廉让终依鸣犊庙，神灵遥合起龙渊。管涔神剑殊多事，独守清泠不计年。

远望云根点数星，近寻山脚一泓渟。悬流瀑曳千条练，落井风摇九子铃。侧石熊蹲披碧藓，圆波鱼唼破青萍。何当谢弃人间世，漱齿晨翻贝叶经。

蕊罗春色在阳曲县

蕊罗孤秀崛嶰东，山隔城闉入望雄。芳草仍沿隋道绿，桃花直接晋祠红。酒旗蜗屋三春雨，油壁羊车九陌风。莫向游人谈险塞，霸图销歇禁烟中。

峰攒嫩蕊砑轻罗，大好岚光浸黛螺。万灶烟清寒食节，千村鼓间太平歌。听鹂花底红飞槛，叱犊秧边绿上蓑。卜筑秀容良不远，系舟山下素心多。

题冯习三广文诗集令息佩芸夫人婉琳属题也四首婉琳适亡友洪洞董芸盦舍人文灿，今孀居。

寒山秋水各成家，又见枯梅尽著花。集中句。七叶人人俱有集，方知大树富奇葩。

代北词人盛道光，鲁川诗笔独堂堂。官阶虽逊才名并，马磨宁输许子将。

六十论诗工别裁，老来技痒语无乖。集中有论诗绝句六十首。留将玉尺传谁子，合有衡量天下孩。上官昭容生弥月，母问曰："尔非衡量天下孩耶？"曰："是。"

磨笄石畔女郎祠，闺秀而今又在兹。浪说山阴映然子，王季重思任女端淑，号"映然子"。几闻传得乃翁诗。

武养斋借得宋拓娄寿碑双钩见示因题四首

题额元儒作易名，东都处士善蜚声。文中贞曜纷纭起，作俑谁知在熹平？额题元儒先生，此汉碑以处士而有私谥之始，文范先生犹在其后。熹，汉人或作羲。

三世颜严蔑以加，春秋家学薄浮夸。征南未出刘歆死，贫士应归卖饼家。

仿佛鸥波小印存，此本末有赵子昂印。斯人讵解隐衡门。碑中有"栖迟衡门"语。倘能微学元儒节，何愧天潢安僖孙。

祠堂遍画忠贤像，武梁祠堂画像。石室全雕祥瑞图。武氏石室祥瑞图。持此双钩填廓笔，何妨尽拓武家书。

养斋因余诗故尽模祥瑞及画像为跋长句

汉碑多者惟孔林，其次吾杨及武氏。武宅山头断碣纷，开明荣班世济美。石室瑞图文吉祥，祠堂古贤画奇诡。一础别存榛莽中，题作宣圣见老子。此阙直钱十五万，孝子用以享考妣。因是颇笑南北朝，竞造佛像结欢喜。先汉去古良非遥，法物堂堂宜难毁。仙吏嗜奇勤搜爬，尽汇家碣萃一纸。敝帚犹然享千金，此本万金更不止。

拟杜秋兴五首绍方伯课士题

西风瑟瑟动南天，每望京华一泫然。白发江湖三戍雪，素秋云物五陵烟。招魂乍睹枫林落，作客长看菊蕊妍。暮色萧森巴子国，山城雉堞此何年。

支离一病卧夔关，万里风尘两鬓斑。乱石草深鱼复浦，残阳树隐麝香山。百年戎马天方蹙,三峡吟猿夜未阑。永忆中书簪笔日,纵横老泪独潸潸。

曲江一曲草如烟,皓齿青蛾记满船。杨柳高楼春旖旎,芙蓉小院月婵娟。孤臣去国天心醉,老病依人地主贤。屈指少年歌舞侣,隐囊纱帽几翩翻。

始皇当日凿昆明,高驾戈船治水兵。金狄千秋依北阙,橐驼一夜满西京。青槐夹道群嘶马,红藕飘波尚拂鲸。毕竟秦中王气在,无须哀感赋兰成。

骊宫佳气接终南,树里皇陂浸紫岚。丹凤东来阿母辇,青牛西驻圣人骖。和诗左掖宵镫朗,赐酺昆明春酒酣。今日溪蛮同涸迹,髭须密箐两毵毵。

景龙观钟铭歌为养斋大令作

玉匣茧纸入昭陵,雏奴潦倒书品能。老狐瘦金亦奇绝,生儿不愧祖武绳。相王飞白曾一见,太子谁云仙可升。立意止媚控鹤监,謷说无识到今称。我云钟铭推第一,隶法入楷媚藏棱。缩头体乃如春蚓,入骨筋尤比秋鹰。中宗崇道作宫观,悦妇勿乃类裂缯。及帝即位尤聩聩,踵事更复有所增。当时黄气生炉鞴,至今绿绣隐崚嶒。金器出土世所贵,狻猊镜子雁足镫。况此大钟应无射,鲸工凫匠共作朋。正书三百古秀绝,蒲牢声发龙气腾。四栾法天乳象地,地平天成圣主兴。帝之铸钟岂解此,女谒宫室坐相仍。摩挲此本三叹息,听钟思武非所胜。只合案头作文玩,寻常一纸剡溪藤。

题欧阳询虞恭公碑为毛寉生学博作

武库矛戟颖森森,信本正书字千金。《醴泉》《化度》并奇绝,妙迹第一温大临。行行不肯排算子,笔笔正欲度金针。羚羊挂角迹虽灭,惊蛇入草法可寻。君从何处得此本,毡椎岁久墨光沉。翻雕未被曾滋蕙,未有曾恒德印。装池原出梁蕉林。前有真定梁相国收藏印。金坛王氏书名盛,始知从此入法深。中有王虚舟印。谛观神物久愕眙,舌挢不下口欲喑。迩来馆阁成结习,规模勃〔渤〕海称宜今。侧艳合上金陵腿,刚态谁识铁石心。闻君工书富藏弆,近有韭花远来禽。既得妙拓能宝贵，莫令煤尾坐生蟫。他时得髓可名世，岂止兰台称嗣音。一镫青荧题诗罢，黍罗世界夜横参。

游恒山诗拟谢康乐体

　　　　是日澄霁，引望神尖，阳林耀葩，阴冈停素，此心飘然，已在山麓矣。恒山又名神尖山，见唐《括地志》。

日余乐青山，积载成淹滞。解组期转迥〔回〕，披图志逾锐。蠿蠿紫岳峰，陉岘构灵慧。岭拔摩苍穹，岩列朝黑帝。仙者闷清都，隐沦驻末契。丹房叠红蕍，铜磴散芳蕙。梦游缅无像，翘望阴霾霁。异花媚人外，古雪划天际。增嶂排修鳞，群松栉云髻。怀新料多奇，鼓勇揽大势。杖策裹糇粮，明发谢再计。

　　　　言入云路陟琴台，昔有二鹤，化为美人，舞斯台上。已而，拊落霞之琴，歌清吴春波之曲，四崖响答，山虚水深。

谢公足佳游，宗生秉微尚。岳图既历四，履齿仍余两。兹辰啸侣俦，高兴追天放。日出空翠明，千霞非一状。竹疏系马进，苔滑连臂上。数武陟琴台，万巘环青障。缅昔操缦人，天际动高唱。理深泉欲凝，声远云如涨。并啸青鸾吟，初回白鹄舫。斯人已千秋，余韵留丹嶂。神女化鹤归，两忘人禽相。莞尔语山灵，洒然齐得丧。

　　　　翠雪亭下，万松翳碉；虎峰风至，飒然而已。

径仄诚知劳，溪回未觉远。郁郁碧松林，横掩石梯断。挽镍陟增巅，菌阁张如伞。苍耳铺坐茵，绿荷解包饭。涧溜寒漱齿，餐余稍僵蹇。午际凉飙生，万松仰复偃。碧云渟不流，翠盖纷欲踡。方夏白夹单，未雨黄尘散。五粒拾花香，千针摘叶短。中峰勇欲登，斜景恋忘返。坐久乘夕凉，松下蹑鹿疃。

　　　　岳庙北崖，壁立万仞，凿石架木，构楼崖半，是曰"悬空精舍"。
　　蜃楼事匪经，贝阙语多袭。谁信华构奇，无根空际集。维兹悬空寺，经始由孰茸。画栋树杪横，丹梯石罅入。翘颈栏如危，蹋臂级堪拾。窗户摘星明，衣裳蒸雾湿。高鸟迷俯瞰，真宰接平揖。九烟罗南州，五云拟京邑。大哉造化伟，神尖古欻岌。卧游世转低，高唱天通吸。褆望典久讹，朔巡瑞此辑。昔事瞬成空，佛舍乘空立。

仿元遗山论诗绝句五十首专论山右诗人（编者按：今存四十九首）

镇东忠义欲匡时，一表魂飞司马师。
记得嘉诗酬杜挚，哀鸣凤鸟系人思。毋邱俭。俭答杜挚诗曰："凤鸟翔京邑，哀鸣有所思。""嘉诗"亦原诗中语也。

虫鱼注罢薄雕虫，不道游仙语倍工。
经术湛深诗隽上，千秋只见郭河东。郭璞。

磊落英多数子荆，无妨恶剧学驴鸣。
若论零雨被秋草，百鸟喧时鹤一声。孙楚。

兰亭墨妙笔尤工，亘古无人与角雄。
谁识永和修禊日，先诗后序有兴公。孙绰。

百升明月剧英雄，健将能诗有乃公。
敕勒牛羊千古调，南朝竞病恐难同。斛律金。

女郎袨靓太纷纭，艳到齐梁诗可焚。

绝代高情柳文畅，亭皋木叶下秋云。柳恽。

魏收工赋傲温邢，只有中书赋豁情。
不意恃才惊蛱蝶，能令对酒忆公荣。裴伯茂。伯茂有《豁情赋》，甚工。卒后，魏收论叙之诗曰："临风想玄度，对酒思公荣。"

裴佗文季六男儿，酬答徐陵有让之。
为诵五郎公宴作，谁云不及乃兄诗？裴让之、讷之。

雁后花前名士题，吟成昔昔恨长赍。
微辞自是瞋鱼藻，佳句空云妒燕泥。薛道衡。

唐初将相尽门墙，有弟偏思隐醉乡。
余事作诗犹矫矫，东皋集合冠三唐。王绩。

闲云潭影咏滕王，绮丽独先卢骆杨。
水府效灵消受得，一帆风送到南昌。王勃。

鹦鹉须令振翼双，宗臣一语定家邦。
赋诗摩厉郑丹刃，何事今犹刻石淙？狄仁杰。

锦袍应诏几人工，少保诗篇独古风。
一首陕郊留异日，尚能倾倒浣花翁。薛稷。

翠华春幸到昆明，一代才归女子衡。

至竟夜珠明月语，精神十倍沈云卿。宋之问。

魂如厉鬼髯如神，闻笛高吟虏马屯。
万古睢阳城下路，阵云边月不成春。张巡。

诗中有画调无弦，学佛真宜住辋川。
解识维摩祖师语，渔洋殊得指头禅。王维。

几篇宫怨韵翛翛，不让青莲独自超。
今日太行岚翠满，茆亭花影忆龙标。王昌龄。

蓝田游侣秀才名，绿野诗怀圣相清。
毕竟裴乡多作者，又闻觞咏岘山亭。裴迪、裴度。又裴均有《岘山觞咏集》。

春风不度玉门关，隽绝三唐谁可攀？
千古艳称红袖拂，争如绝句唱双鬟。王之涣。

元凯从来作美谈，多才不仅号多男。
谁知秀气河汾聚，两见王家珠树三。王勃兄弟及王之涣兄弟。

潞潞河流入断山，山河两戒此回环。
朗吟鹳鹊楼头句，逸气飘飘天地间。畅当。

谁妄言之谁妄听，故将韦柳两相形。
渔洋不识唐灵运，真赏终输野史亭。柳宗元。案元遗山诗自注云："柳柳州，唐之谢灵运。"

鄙论从来出腐儒，颇嫌白傅负姑苏。
怀民忆妓衡多寡，曾见香山乐府无。白居易。

生纸红描金凤凰，太平万岁颂吾皇。
宫词百首谁堪比，合与仲初称二王。王涯。

鹊喜虫吟格律高，边情更赋寄征袍。
回刀翦破澄江色，佳句真将掩法曹。裴说。

早闻一箭取聊城，老去逢人说项生。
古有齿牙誉孔颢，怜才同此发丹诚。杨巨源。

轻薄嗤人太叫嚣，金荃浮艳玉溪佻。
千年论定功臣在，顾秀野同程午桥。温庭筠、李商隐。

耿沨秋风动禾黍，卢纶大雪满弓刀。
两君同出河中产，笔挟洪河万丈涛。耿沨、卢纶。

坠笏朝堂伪失仪，吟成廿四品尤奇。
王官谷里唐遗老，总结唐家一代诗。司空图。

可怜元载负贤妻，大似欧阳与介溪。
何物胡椒八百石，遂忘扫路两相携。元载妻太原王韫秀诗曰："路扫饥寒迹。"又曰："携手入西秦。"

　　约指银钩弹落雁，搔头宝髻咏佳人。
　　漫因绮语轻温潞，著手能成天下春。文彦博、司马光。首句用潞公诗，次句用温公词。

　　秃节苏卿五字工，坚贞司马颇相同。
　　遗诗弁冕南冠首，不愧忠清涑水风。司马朴。案：朴字文季，夏县人，文正犹子。使金被留，不降，教授以终。元好问《中州集》录南冠五人，以朴为首。

　　皓首丹心倔强名，丰公气壮本神清。
　　杏花吹尽东风紧，何减梅花赋广平。赵鼎。

　　邱濬犹容桑悦妄，雷渊却忌李汾能。
　　馆中犹有李钦叔，屈宋衙官总不胜。雷渊、李汾、李献能。

　　南山翁后得云卿，京叔归潜老更成。
　　独孕恒山千古秀，史裁诗品一家清。刘挚及孙从益、曾孙祈。

　　太原常与合河刘，数岁齐名麻九畴。
　　五字诗成天籁发，神童何意萃并州。常添寿四岁诗云："我有一卷经，不用笔写成。展开无一字，昼夜放光明。"刘滋六岁诗云："莺花新物态，日月老天公。"

　　系舟山上采薇餐，野史亭中削竹看。
　　三百年无此作矣，闲闲公外解人难。元好问。

郝氏文章接祖孙，裕之师友互渊源。
科名何似诗名重，试问陵川七状元。郝天挺及孙经。

范揭虞杨何足论，豪如太白丽如温。
中州万古英雄气，又产才人萨雁门。萨都拉。

立诚仍不废修辞，尽识文清百世师。
谁见河东三凤集，晋溪虎谷白岩诗。薛瑄。又王琼、王云凤、乔宇，号曰"河东三凤"。

巢云文谷并清新，四海论交谢茂秦。
愧杀登坛王李辈，名成不认眇山人。裴邦奇、孔天允。

真山奇石寿髦工，绰有太原王霸风。
父子齐雄四家选，霜红知己在丹枫。傅山及子眉，戴廷栻。

渔洋声望盛康熙，进御常同午壁诗。
圣祖知深频下诏，积词累句几能窥。陈廷敬。末句即诏中语。

金鹅馆集本无瑕，苦被河间诮柳葩。
品鹭终推秋谷切，莲洋诗格如莲花。吴雯。纪文达讥莲洋以柳花为柳葩，见义山诗批。

玉昆仑碎为檀超，韵比阿龙旧句调。
多少长安苦吟客，平阳蒋五擅诗瓢。蒋仁锡。

汾水绵山二妙存，何刘佳句动随园。

风流更有张风子，细雨骑驴度剑门。何道生、刘锡五。又张道渥改官四川，罗聘为绘《张风子骑驴图》。

天南万里失劳臣，闺里能宣抚字仁。

传得午桥诗一脉，女公子与少夫人。裴宗锡卒云南巡抚任所，女与媳各有诗，袁简斋亟称之，采入《诗话》。

四山人后一容斋，衣钵流传竟有涯。

艳雪楼中师友盛，松溪荔浦总清佳。介休四山人及茹伦常。阳城张晋、李毅延君寿及子厚。

经生诗调每钩輈，老学工吟得石州。

死拟青蝇为吊客，一人知己射鹰楼。张穆。闽林氏著《射鹰楼诗话》，录石州先生诗甚夥。

杨漪春侍御奏稿

请御门誓众折

顷岁自安南失、缅甸亡、琉球灭、朝鲜去，属国已尽，遂翦辽、台；近乃割及胶州、旅顺、大连湾、广州湾、九龙等内地，其他练兵、铁路、轮船、矿产、商务日朘月削，我国权不能自主，岌岌待亡，此何时耶！幸而皇上圣明，考察时势，明定国是，知守旧之误国，以开新为宗主，可谓神武天纵、首出庶物者矣！使当甲申、甲午后为之，自强可立致。及今乃变，以大势论之，实已太迟。故必如救火追亡、被发缨冠犹虑不及。而大小群僚泥于旧习，不深维地球之大变、通考万国之比较；不内思吾国无兵、无炮、无舰、无坞、无学校、无财赋、无制造、无商务之故，一有敌患，拱手待亡，恐惧震惶，毫无一策，听客所为，坐受束缚。及边患稍定，又复空腹高心、端坐讽议。与论危机，彼以为故甚其辞；与论新政，彼以为大叛吾教。究之五六十年来与外国交涉，有所争则不得要领，有所允则顿伏隐患，良由士大夫皆不明时务，实由不多读书，不勤访问，事过则偷安，事急则冥行。孙坚责王叡之罪曰"坐无所知"，正此辈之谓也。今既奉上谕明定国是，而守旧之徒，迂谬指摘，日夜聚谋，思变乱明旨；或仇视开新之人，思颠倒是非，造作谣言，以惑圣听。臣不敢谓此辈不忠，要由暗愚不知大局致之。然暗愚如此，足以亡国有余，五十年来，其已事矣。夫举朝如此，皇上一人欲更新庶政，将与谁共为之哉？上谕骤下，则稍悚动；过数日，则忘之；又数日，则诋諆复生；又数日，则聚谋变易之矣。天下岌岌，众论沸沸，臣愚睹此，窃用隐忧，恐维新之徒托空言，而自强之不可望也。臣日夜思虑，为我皇上筹之，盖皇上未有大誓群臣之举、大施赏罚之事，以悚动观听也。夫数百年之旧说，千万人之陋习，虽极愚谬，积久成是，诚非一二言所能转易也。故古者有大誓之义，《书》有《甘誓》《汤誓》《泰誓》《牧誓》《费誓》，凡有大事大政，皆集群臣大众誓之，以革其面而易其心。此吾先圣之大法，经典之大义，但承平累世，忘之久矣。夫王者之于天下，非能以法令卧而治之也，必有雷霆以震其郁、风雨以散其气，而后万物昭苏，人有生气也。乃者上谕频下，人人动色，其效已见，比之畴昔之怠惰废弛，固有间矣。我朝自世祖章皇帝开创百度，圣祖仁皇帝、世宗宪皇帝厉精守成，其讲求庶政，犹频御乾清门，训励群臣，面相戒谕。楚庄王所谓"日诲国人"，教之以民生不易，祸至无日，戒惧之不可以怠也。我祖宗所遇天下一统，四海盛平，御门戒励，犹尚如是，况今所值之时危亡岌岌至于此乎？若坐听群臣之迂谬，亡国则已。若犹欲维新图存也，非有大誓群臣，大施赏新罚旧之举不可也！伏乞皇上采先圣誓众之大法，复祖宗御门之故事，特御乾清门，大召百僚，自朝官以上，咸与听对，布告维新更始之意，采集万国良法之意，严警守旧沮〔阻〕挠造谣乱政之罪。令群臣签名具表，咸去守旧之谬见，力图维新。其有沮〔阻〕挠诋諆、首鼠两端者，重罚一人以惩其后，必使群僚震动恐惧，心识变易，然后奉行新政，力图自强。一日之间，风云俱变；更月得数诏频下，则海内咸动色奔走矣。若皇上有日月之明而无雷霆之震，臣未见其能行也。臣为大局危急起见，谨具折沥陈，伏乞皇上圣鉴训示。谨奏。光绪二十四年五月初十日

请惩阻挠新政片

近者伏读上谕,明定国是,停废八股,明守旧之迂谬,定改弦而更张。国是一定,则天下争讲维新之政;八股一废,则士人争为有用之学。有此二次诏书,则天下想望,以为自保有基;外国动色,以为自强可望。此固皇上圣明高出诸臣之上,亦由祖宗积德累仁而有我皇上此举也。然臣闻守旧者安其所能,保其所恃,忘国家之大患,狃习俗之陋风,议论汹汹,聚谋鼎沸,冀幸我皇上持之未坚,意图恢复。或言新旧之不宜,分明危言耸听;或言八股之能阐义理,饰说欺蒙。大僚中旧习更深,亦多乐为助力者。虽以皇上忧愤危机,深筹全局,审之甚熟,见之甚明,必非守旧迂谬之说所能疑误。然外廷既渐萌此论,不可不预峻其防,深恐彼等言之有故,持之成理,稍不加察,即售其欺。伏乞皇上遇有此等迂谬奏章,严加申饬,明降谕旨,著其阻挠之罪,重则立加褫革,轻则薄示罚惩。饬刑部定律,凡有复言更易国是、规复八股者,科以莠言乱政之罪,使无识自是之徒不敢轻为尝试,然后天下悚动,人人皆知我皇上变法之坚,决策之明,争自濯磨,以副圣意。盖数百年之谬论、千万人之积习,藉皇上一人雷霆震动以转移之。若精神之运稍有未周,疑似之间微有不察,则群言淆兴,国是摇夺,八股复昌,新政不行,人才愈涸。方今国势岌岌,救焚拯溺尚恐莫逮,岂堪此辈再误哉!皇上实亟欲变法自强,则何爱此偷安迂谬之徒,而不为惩一警百之举耶?臣为时局至急、众论未定起见,区区愚诚,伏乞圣鉴。谨奏。

请厘定文体折

窃自取士之法未善，用非所学，学非所用，制艺帖括，削磨人才，因有建议，欲变科学，废四书文者。臣窃惟制艺之科，行之已数百年，沿袭至今，适承其敝，若不思变，计固无以得人才，若骤更成法，亦复猝无善策。尝统筹利弊，熟计重轻，以为非立法不善之为害，而实文体不正之为害也。故欲求真才，必自厘订文体始。查经义之体，肇自宋代，因文见道，意美法良。宋人之文传于今日者，如王安石、苏洵、苏辙、陆九渊、陈传良、文天祥诸大家，类皆发明经意，自摅伟论，初无代古人语气之谬说，无一定格式之陋习。故观其说理，可以知其行谊；观其发论，可以知其经济，有本有文体最善矣。明世沿习既久，防弊日周，于是创为代圣立言之说，谓不得用秦汉以后之书述当世之事，夺微言大义之统，为衣冠优孟之容。诬已〔己〕说为古言，侮圣人而不顾。于是束书不观，争为谬陋，文体风俗之坏，实自兹始。有明中叶以后，始盛行四股、六股、八股，破承起讲之格，虽名为说经之文，实则本唐代诗赋，专讲排偶声病，如宋元词曲，但求按谱填词，而芜词谰言、骈拇枝指又加甚焉。以经意论，则无所发明；以文体论，则毫无取义。格式既定，务使千篇一律，稍有出入，即谓之不如格。是以习举业者，陈陈相应，涂涂递附，黄茅白苇，一望皆同。限以三百七百之字数，拘以连上犯下之手法，虽胸有万卷，学贯三才者，亦必俯就格式，不许以一字入文。其未尝学问者，亦能揣摩声调，敷衍讲章，弋获巍科，坐致高位，是使天下之人相率于不学也。今夫国家设科举之意有二：一以鼓励天下之人，使之向学，以成其才也；一以试学者之才不才，择而用之也。今用此种庸滥文体，既使天下相率于不学，而人才之消磨已十之八九矣。苟有一二自拔流俗者，则其才华学识不能发见于场屋文字之中，偶或发见则以不合格黜之。然则使衡文者究何所凭藉以别择其才不才哉？故用今日之文体，其弊亦有二：能使天下无人才，一也；即有人才，而皇上无从知之，无从用之，二也。更有甚者，各省岁科童试、县考、府考、院考，多出截上截下、无情巧搭等题，割裂经文，渎侮圣言，律以祖制，咎有应得。而各省沿用，毫不为怪。此种文体，惟讲手法，不顾经意，起承转收，擒钓渡挽，其法视文网为尤密，其例视刑律为尤严，遂使天下百千万亿之生童，日消磨精力于此等手法之中。舍纤仄机械之外，无所用其心，恐有旁骛，而法因以疏也；舍串珠类腋之外，无所用其学，恐有博涉，而文体因以杂也。夫天下之士子，莫多于生童也；盈廷之公卿，皆起自生童也，而其用心及其所学如此。驱天下有用之才而入于无用之地，一旦而欲举以任天下之事，当万国之冲，其可得乎？今夫四书文之所以足贵者，将使人读书以明理，穷经以尊圣也。今截搭枯窘、割裂破碎之题，非以通经，乃以蠹经；代古立言、优孟傀儡之体，非以尊圣，乃以侮圣。故臣谓立法不善之为害，而文体不正之为害也。请特下明诏，斟酌宋元明旧制，厘正四书文体，凡各试官命题，必须一章一节一句语气完足者，其制艺体裁，一仿宋人经义、明人大结之意，先疏证传记，以释经旨；次博引子史，以征蕴蓄；次发挥时事，以觇学识。不拘格式，不限字数。其有仍用八股庸滥之格、讲章陈腐之言者，摈勿录。其有仍入口气，托于代圣立言之谬说者，以僭妄、诬罔、非圣、无法论，轻则停廪罚科，重则或予黜革。如此，则观听一新，人务实学，有经义取士之效，而无其弊矣。夫因文体之极弊而并欲废四书文者，过激之说也；因四书之足贵而并袒护今日之文体者，不通之论也。正文体乃以尊四书，变流弊乃以符旧制，其为事至顺，其图变至易，其所关至大，其收效至神。伏乞断自圣衷，即降谕旨，布告天下，咸使闻知，似于维持正学、培育真才必有大裨。臣愚，一得之见，是否有当，伏乞皇上圣鉴训示。谨奏。光绪二十四年四月十四日

劾局绅贾景仁折

窃古圣人深戒小人之勿用。小人者，见利忘义，上不顾君父，下不顾物议，得隙钻营，遇事把持，稍拂其意，又必倒行逆施，大肆厥毒，而美利终不能兴。山西之设商务局也，以自开矿务、修铁路为要事，只以局员非人，遂致有害而无利。抚臣胡聘之初调之绅士，除赴官及抱病外，到局者惟刑部郎中曹中裕一员。其性柔懦而诈，因人始能成事。至续调之国子监学录贾景仁，则桀黠跋扈，利欲熏心。自未经奏调之前，业已入局办事。曾赴外县劝集股本，乘势胁取祁县富室乔氏之婢为妾，兼之气焰凌人，各绅富望而生畏，而股本转因以难集。迨奉调入局，乃竟拉同严旨降调之方孝杰至晋，力保其承办铁路。抚臣想亦知其劣迹，初不允许，而该员为之百计斡旋，出死力以营护，凡他商具呈领办者，俱遏抑之，使不得达。即以同局周玉麟，能为局中自借洋款，六厘息外，不索股分，视方商之款甚为有益，乃亦遭该员阻挠而去。夫众商云集，本可择利益较多者而用之，及俱被摈绝，而只留方姓一人。抚臣虽不愿，亦无可如何矣。及刘鹗来晋揽矿，初上禀而抚臣驳之，一经谄附该员，遂得不劳而定。近日，籍隶晋省京官具呈请都察院代陈所定章程之不可，而方刘二商奉旨撤退，而终不曾明指该员之劣迹。其实二商虽退，而该员尚在局，则所汲引者，仍如前也。讵意该员近以会试来京，乃敢明露强悍，声言"二商虽斥，终当极力引还"。夫该员之心，不过贪图所许股分之厚，可以尽量中饱，而遂谋翻明降谕旨之案，彼其心尚有几微知尊皇上乎？且该员乃祖乃父俱读书筮仕，今虽皆谢世，而其叔父工部主事贾璜现在，初不以其所行为然。彼家庭之曾否劝诫，与该员之有无挺触，外人固未得而知，而贾璜固公呈列名之人，闻该员议论，谓其叔父又何能为彼，其心目中亦岂尚有其叔父乎？臣所谓不顾君父者，固非深文周内言之也。至合省京官，初未明指该员之贪横，而俟其警悟，则局事尚可渐臻善美。讵该员在局内挟妓酗赌，挥霍宴乐。及至京，而负气恃强，未与一人言及转圜之理、酌改之条，直欲各现神通，扼众人之吭，而使之嗫不能言。既胜朝官，则小民愈易欺凌矣。风闻该员于原定潞、泽二府，平、盂二州县外，又欲将太原、平阳混入章程之内，臣所谓倒行逆施，美利终不能兴者，此也。臣意抚臣初奏调时，未必料其跋扈至此。此事实不应中止，而此人万不可姑容。合无请旨，即将该员撤退，并请交部议处，以儆官邪而维局务。至该局接办需人，可否由合省京员公举详慎练达之人，以期有裨时局。臣愚昧之见，伏乞皇上圣鉴训示。谨奏。光绪二十四年闰三月十三日

康廣仁

康幼博茂才遗文

致□易一书

易一吾兄足下：

书悉。承以人心未一、大事难成相告，诚是也！弟此次三月来京，其始专为卓如病，以伯兄爱之，故弟护视其病，万里北来，亦以卓如固请，不能却之。及卓如病痊，则国事支离，纷乘沓至，始则割旅顺而鼓各方上书，继则开保国会而收集各省同志，皆伯兄主持之。伯兄昼则讲学，接见人士日以数十，户外屦满；夜则代草奏稿，鼓言路及能上折者上言。及四月伯兄召见后，上奏及见客益忙，夜又改定《法兰西革命记》《突厥削弱记》《波斯分灭记》，因频奉上命索取故。弟须一切照料，昼夜商榷。伯兄草文皆夜深高卧，诵之于口，而弟笔之于书。其有宜商者，即弟与辨议，即写成折，夕上而朝行，故弟亦忙极不能行。伯兄规模太广，志气太锐，包揽太多，同志太孤，举行太大，当此排者、忌者、挤者、谤者盈衢塞巷，而上又无权，安能有成？弟私窃深忧之。故常谓："但竭力废八股，俾民智能开，则危崖上转石，不患不能至地。"今已如愿，八股已废，力劝伯兄宜速拂衣，虽多陈无益，且恐祸变生也。伯兄非不知之，惟常熟告以上眷至笃，万不可行，伯兄遂以感激知遇，不忍言去。但大变法一面为新国之基，一面令人民念圣主以为后图。弟旦夕力言，新旧水火，大权在后，决无成功，何必冒祸。伯兄亦非不深知，以为死生有命，非所能避，因举华德里落砖为证。弟无如何，乃与卓如谋，令李苾老奏荐伯兄出使日本，以解此祸。乃皇上别放公度而留伯兄，真无如何也！伯兄思高而性执，拘文牵义，不能破绝藩篱。至于今，实无他法，不独伯兄身任其难不能行，即弟向自谓大刀阔斧，荡夷薮泽者，今亦明知其危，不忍舍去。乃知古人所谓"鞠躬尽瘁，死而后已"，固有无可如何者！兄在远，不知情事，易于发论。倘在此，岂能远遁？若能遁，则非人情，又何以为人？固知为志士仁人之不易也。嗟夫！易一相望，若何追思昔者，风月啸歌，携手举杯，纵谈山河。今婴国事，如陷阱罗。书不尽言，复问曼福。溥言。

又

易一先生足下：

昔在澹如楼中与兄日纵谈天人，七桧园中拾落叶以煮茶，步明月以临水，倚阑笑语，其乐无量。吾辈自得自证，无所愿于外，即使黄金遍地，亦程子所谓"尧舜事业，如半点浮云"。即使有大炮破裂地球，亦不过诸天中飞落流星一点，虽与同尽，亦何增损哉？伯兄所自得，常以显微镜推物小大，至于无穷，小者不足以尽至微，大者不足以穷无极，故轻万物，齐得丧，而归于现在，无如其不忍之心何？兄与引伸至恒河沙、无量数，不可思议，相与俯仰天地，可谓极哲学者之至乐矣！近阅历南北，见人至多，然通达天人，诚无如吾门。若文道希博极群书，以此自骋，然实亦为图铺缀来耳。湖南某太史辨慧甚，惜流转如丸。吾乡某太史者，以名节自命，然所谓名士画饼者耳。所见名士之最者，不过尔尔。昔陈庆笙好学者，然昔与谈欧美之故，乃茫然，此今之第一流矣。伯兄思虽高妙，而办事拘文牵义，而其志又太高大，恐推行多阻。卓如熙熙可人，行事如婴孺，性多流质，将奈何？孺博宝器内藏，人不识之。伯隽定慧金刚，若燃灯古佛，但恐面壁，不恐下山耳。余子无可言，人才鲜少，横览可欷。兄谓自穷理以来，有无限之全权诸天出入，视我悲喜。白沙所谓"泥涂轩冕，锱尘金玉"者，抑何浅也！弟亦得此在心，阓阓操纵。所虑离群索居，入人间世，与接为构，日以心斗，缦者窖者，惴惴缦缦，莫使复阳，则有失之者耳。仆之涉览，虽不若诸公，然其自信，假使铁轮顶上旋，定慧圆明终不失。惟兄能知我信我，望时惠嘉言，庶几起予。敬问动定。溥言。

与经莲珊太守书 康君时在上海与经君创办不缠足会及女学堂

今日复上一书，想察收。顷奉到惠扎〔札〕及杭函，备悉一切。中国风气未开，内地诚实之儒，外间迂曲之子，不以为然，不知几许，原可置之不辨。不缠足会且有以为不然，况聚女子集于一堂乎？将来骂者必有其人。欲止谤，惟勿办耳。既有公命，当拟稿，两日间送上，俟复乃发报。

又

手示敬悉。曾函当转交《沪报》，函与之辩论，无甚益处。拟衍一论，交《新闻报》，刊否听之。此等日报下流无识，实不足与较。以为然者，虽日报言不可，亦然之；以为不然，无论矣。一言归之，朝廷科举误之，无伤于女学堂焉。顷间当过访，希珍重。

又

示敬悉。似先与曲江商，使其作主为是。盖彼与朱谋之不得，必有愤心，今由其拨出女学堂，似亦冠冕。俟明早晤商。禀已脱稿属抄，正今日择一日旧案也。徵明实非笃实，一洛亦极聪明，见识与大欲相去不远，可借即借之为用耳。曾诚大通，而惜为嗜欲所蔽，最可惜也。□□□□则较二君而相去远矣。尚未开眼。一国之人才如此，岂不可惜可叹耶？

又

今早奉诵惠教，令承不弃，所感无量。欲办事自以陶镕异己为要着，陶镕之自当以有力而无气为上才也。昨刚与友人谈德国据青岛事，随复尊函，盖气尚不养也。公与卓如转待鹤书，昨晚细读，仍似实事略多，未送其余。家兄书及卓如书、公廿四惠书各件，昨晚统送待鹤矣。余俟面 陶斋指为洋票收。施衔已列入点石中，郑衔即送，不知能否耳？张复书亦云感冒，陈则必到。

又

今早示并悉，抽印件亦收。捐册十本送上，此稿抄二分，谨送复。昨晚能否将与蔡观察所谈交报馆刊之也？昨日，弟于稗文女士处，行时将所记列琐琐一纸，并有西国各女客名，以无华文，故交钟。若彼取送公处是原纸，乞留出掷下。蔡道太太肯来否？

又

刚覆一书想达览，桂君阅女学堂文件，少有斟酌，已一一细心校勘，既毕缴来，今谨奉上。或俟积之到，再为覆阅。今日报中所刊上谕，有变科举之基，可为欣喜，此皆常熟虚心讲求而得。苏人勿谓不可用。江建霞亦其一也。昨日与江电卓如，此电已覆，云教习超信请则。昨电已收，此电是覆昨日之电者，想未细阅，故公覆电，闻江建翁电候覆也，然否？桂是桂赤伯华，江西德化人，举人，后以佛学名。龙是龙泽厚积之，知县，笃志好学。江建霞，京卿名标。皆当时同办女学者。

又

凌君及各位几时能来？现事既已发扬，似不可久待，久恐变生，乞速之。新闻申报馆有复信否？原可置之不问，盖维新之人不能为彼等一论所动，守旧党报馆虽极恭维，彼亦不然之，故可置之。惟与其多一异己，诚不如多一相助之人。试陶镕之若，彼不归服，则维有听之而已。

黄爱堂已来谢过，步昨日又来拜，弟未见之，以衣冠匆促不便，不知有何事。日间拟往拜之，并探其女学消息也。

又

凌梦周东甫　沈希椿　陈先修　周万鹏　孙廷璋　严大钟

今早两示敬悉，谕内名字已前六名是文学士，住四马路鼎升栈，不请酒亦可耳。大约明日必行，不及事。京稿今日拟成送上，以此恐不暇相过，担文请酒当遵告张君，告知补添。

又

此事细思似无不可,成然能与张经甫一商,尤为省事。盖金陵试馆既已绝望,清丈局行文永不准卖故也。既不准卖,则事必不行,今对说不必云凌已允当,谓此地如果欲议建试馆之人,允拨归女学堂,则学堂遇科致送三二百金义塾,董若不允,由此间另设法。如此措词,似可得朱骏经甫之允矣。两造俱允,则无可争,从容入道县各禀,亦无不可。究以两造允方洽心也。顷得□□□函,谨奉。此函尚无他,然其见识议论,曾文则相去万里也。晤李提摩太后,晚间或可过谈也。

又

曾函已送粤,电复必惠告。国家多故,甚念念。今早张园之行甚畅,主人翁颇欣欣致意,亦大乐事也。终日想忙,陈敬如夫人所议规条,昨日忘记送上,其跋语请正之。

又

手示敬悉。月之九日,为家母寿日。弟等少孤,老母抚育勤劬,今年已六十七矣。始以伯兄出京南归寿母,弟可留此。今一人不归,似万难过去。日月相感,思之弥用凄然!学堂事独劳吾公移玉,令人不忍。然弟归必出,且现船尚悬悬,苟两日内不能行,则不行矣。纵行,数日必复沪,万不敢稍久也。此间吴君,弟明日十一下钟,当同其过访,畅言之,幸勿过为怆然。弟于此亦无可相助也。汤君与弟同经手女学事,亦同来女学堂,章程捐款等事,弟与其共之。捐未办,禀已发。年将暮,一切尚须少停,然否?

又

江已面见,约明一点至三点再商。请明日何时可暇到此约建霞谈?彼意仍欲请来也。但商修从何函,不必却其意,使其锐力筹款,何如?

又

今日送上一书,言西人回请各事者,想收。再查担文所请名单,陈敬如夫人想是陈太太，弟匆匆不能无糊涂耳。究此客单之来，顷张君又谓陈敬如府中开来。刚陈敬翁到谈，云西国各夫人或欲拜往，或欲回请，到彼处索客单，正在，内人以不知故属来请教，此单并不晓得，并再三属将各女客住址及名字开示。弟以刚飞函公请示，俟覆到送上，是则此名单又不是陈敬翁家所开矣。此非大要事，惟有听之，候尊处示下，即分送各处。

又

弟今夕行，十余日即回沪，或同积之来。此十日幸捐未办，若工作事，弟在此亦不能助。此十余日一切稍为少缓，毋太急，至幸至幸！女学堂章，汤君午间亲送来，已请其每日一到尊处矣。<small>汤觉顿，后为中国银行总裁，名叡。</small>

又

手示敬悉。早固虑及此，请必静养多日，安心调理。为己即所以为人，万勿惶急，急亦急不来也。口苦切宜少食物件，肚饥则惟苏打饼干为宜。仁于医不深，而卫生道稍有留心者，乞然之。

又

送上信稿。此函出于至诚，故言之痛悉有不合处，仍请公正之。今晚不及过谈矣。

又

今日有要话欲过谈而未暇，故于票未交上。至今尚未能相过，抱歉无似。票二纸谨上。陈敬如今早见蔡和翁，和翁乃有说男子许多未能读书，不办而办女学堂，诸公以有用精神置之无用之事云云，殊可骇人，其余不必问矣。此等臭气，想是唐杰臣昨晚席上之余波。何前次言之佳，今日乃如是如是耶？顷得北京函，属相候，见各报深知公勇毅，惟年内恐不能出京相助，云云。昨复一函未交，今并补之，以见弟之凡下。<small>和翁即蔡钧。</small>

又

今早以舍侄往日本，清早出行，归道走谒，适公有事，留上北京来信，想览悉。学堂事连日太忙，公劳苦过甚，非大且急者，幸次序办去，勿使费神太过，致有采薪之虑也。积之来固大佳，幸公电催之。时务之席似是二十五金，然非其所欲，不过于沪无事，姑就之耳。梁、龙各有短长，未可甲乙定也。阅历梁固甚深，但人各自有所谓轻重者在，遂或异其旨耳。来示并缴。

又

示悉。《希夷梦》，归粤当借之，然恐不克行矣。家兄住米市胡同南海馆，付信至此即妥。积之年内可到《时务报》。论当属欧君为之，梁、徐皆不在此也。欧文亦极佳。归善欧榘甲、三水徐勤。

又

午后手书亦悉。致杏城再稿，此间当多抄一分，乃付京湘也。此复。请德安。

又

昨拟商量尊札，而家兄谓陶斋与公交旧如此，非如寻常之交，不便责言。若陶斋能过悔修好，未必惮逆耳之言。若渠不能，惟媚悦以求之，若不可得也。应否照报之？

又

奉书，知公病少痊，至慰。致卓电亦悉。房屋何时兴作，尚当小节其劳，以养元神。西药考究精审，中药向无察验，漫然尝试之，遂谓然耳。其理俟面言之。

又

公南归静养，望必三日乃可出。顷得湘函，送上同前耳。望必日惠一书，俾知精神何若也。病从口入，口苦是胃不能消化之病。少食饭及干咸之品，宜食苏打饼干及易销化之物至当，不知公然之否？幸推诚见信，药剂更以少食为宜。古人谓不药是中医，近医生于方剂药性皆昧然无知。若能就西医，似较妥速也。

又

昨晚凌□议得如何？此事无论如何，亦惟有稍将就之，以为女学堂根基而已。女学堂事，天下有心人所共许，惟守旧太过者庶不以为然耳。今黄君潄六写一信来，议论颇有可采，谨送上。

又

示悉。公今日又苦了一天，且有认五百之捐，二十日之期良可虑也。然为办女学计，只可如此应酬。爱堂不知何如？又过此恐亦未必能假我力也。公今日何以不强其捐耶？笔谈件谨奉缴。

又

手示敬悉。昨夜九下钟到贵局，公已睡，未敢惊动。与待鹤长笺未有收回，不审何故。《新闻报》尚未见刊，月结究能刊否？《游戏报》似不可也。银收，票一纸附呈。

又

两示皆读，章程亦悉，顷间送复。梁府辞昨晚弟始知之。彼恐扰尊府过甚，大会日必到云。弟昨晚已劝其明日必到，顷又奉来示，当再告之。其老太太广东人，不甚晓言语，少出门，不必绝之，大会亦不能到。卓如夫人必到也。京函已付。

又

昨日敬如到郑公馆叙章程，再三问之，谓已译起，惟须稍一过目乃送来。买洋货今已约两打钟同往，不知能如约否？若其失期，三打钟弟乃到尊处同往如何？

康幼博茂才遗诗

题潘兰史独立图

迢迢香海小阑干,独立微吟一笑欢。我亦平生有心事,好花留得与人看。

马嵬驿

鼙鼓震天十四载,胭脂埋地一千年。佛堂灯暗凄秋雨,野驿花明泣暮烟。天子莫将妃子保,美人徒令后人怜。将军仗钺何为尔,锦鞯犹烦过客钱。

右康幼博茂才遗文一卷,诗二首。元济丁巳辑刊六君子遗集,仅得其一诗。阅二年己未,长素以此卷相示,亟补刊之。海盐张元济谨识。

附录　追述戊戌政变杂咏

张元济

余羁栖沪渎，卧病有年。友朋眷念，存问不绝。谈次每以戊戌政变时事相询。瞚隔多年，太半遗忘。病榻无聊，偶忆及当时闻见，或身所亲历者，随得随记，成杂咏若干，不能依次叙述，敢云诗史，聊答客问而已。壬辰（一九五二年）冬至节日，张元济。

南洲讲学开新派，万木森森一草堂。谁识书生能报国，晚清人物数康梁。

万木草堂，长素与其及门弟子在广州讲学之所也。

君门入告有嘉谟，直继公车再上书。惟恐帝心多启沃，故争体制是臣奴。

长素尝以所著《新学伪经考》及《世界各国变法小史》送至总署（原注：即总理各国事务衙门），呈请进呈御览。闻有满洲某堂言，进书应自恭缮，今用印本，纸墨装潢均极草率，不合体制，不应进呈。后卒以有所忌惮而止，照常奏进。

天禄石渠非所眷，喜从海客听瀛谈。丹毫不厌频挥翰，诏进新书日再三。

德宗喜读新书，尝以朱笔开列书单，交总署购进。署中均以委余。时都中书店新书极缺，余因以箧中所有，并向知友乞假，凑集进呈，寒俭可哂。

崛起东陲新建国，交邻未可袭常仪。宸衷独具先知觉，一字低昂未可欺。

　　中日战败，许朝鲜独立自主。我国遣使修好，应递国书，总署拟稿进呈。稿中将"大清国大皇帝"提行高一格，写"朝鲜国王"低一格。德宗严词批饬，斥为腐败。

一代斯文妖孽尽，英才教育此权舆。河汾自有千秋业，早赋归与计未疏。

　　时诏各省广设学堂，考试并废八股。余劝长素乘此机会出京回籍，韬晦一时，免撄众忌。到粤专办学堂，搜罗才智，讲求种种学术，俟风气大开，新进盈廷，人才蔚起，再图出山，则变法之事不难迎刃而解，而长素不我从也。

松筠遗迹吊孤忠，又上江亭眺远空。不见西山朝气爽，沉沉散入暮云中。

　　中日战败，外患日迫。忧时之士，每相邀约在松筠庵陶然亭集会，筹商挽救之策，讨论当时所谓时务西学。余亦间与其列。到者多一时名下，然毫无组织。其中亦有奔走权门者。"党会"二字，当时视如蛇蝎。闻见既歧，趋向各异，未几星散。

欲识民间真疾苦，故开言路到乡闾。臣愚愿学涓埃献，家法朝仪试革除。

　　德宗下诏求言，许各部司员上书言事。余连递封奏，请满汉通婚、去发辫、除拜跪，阅者为之咋舌。

微官幸得觐天颜，祖训常怀入告编。温语虚怀前席意，愧无良药进忠言。

　　余与长素同膺徐学士致靖之荐，四月二十八日预备召见。是日黎明至西苑门外朝房预候，长素已先在，未几荣禄亦至。膳牌下，长素先入，约历一小时出。余继入，至勤政殿东偏室。内侍搴帘引入。余进至军机大臣垫前跪。德宗问：汝在总理衙门供职。又云：闻汝设一通艺学堂，有学生若干人？作何功课？余答现习英语及算学，均是初步。德宗云：外交事关紧要，翻译必须讲求。又问有无铁路课程？余答：未有，将来大学堂开办，必须设立。德宗云：闻印度铁路已开至我国西藏边界，现在云南交涉事繁，由京至滇，路程须两三月，相形之下，外交焉得不受亏。余答要开铁路，必须赶紧预备人材，洋工程师断不可靠。不但铁路，即矿山、河渠、船厂、机器厂，在在均关紧要，应责成大学堂认真造就各项人材。皇上注重翻译，尤为扼要之图，如公使领事均能得人，外交必能逐渐起色。臣在总署，觉得使领人才殊为缺乏，亦须早为储备。现仅有同文馆及外省之广方言馆，断不敷用。德宗语音颇低，然辞气和蔼，屡谕畅所欲言，不必有所戒惧。余见御座后窗外似有人影，亦不敢多言。未几，谕令退出，约时不过三刻。

为拯国危频发愤，反违慈意竟成仇。幸灾乐祸心何毒，岂是人鸣戴畜头。

  德宗发愤为强，力求自立。西后惑于奄竖之言，渐成乖忤。宵小乘机煽构，日进谗言。西后厌于听闻，谓屡戒不悛，任其横行，彼必自食其害，我们尽可坐观。噫，此何言也，岂尚有人心者乎？

帝王末世太酸辛，洗面常留涕泪痕。苦口丁宁宣国是，忧勤百日枉维新。

  当时内侍亦尚有忠于德宗者，如寇良材之徒，尝对人言，德宗在宫内，每于无人独坐之时频频叹息，掩面而泣。又言西后性情暴躁，对德宗一言不合，即责令长跪不起。故德宗入觐问安时，觳觫万状。

何处鸡声鸣不已？风潇雨晦倍萧寥。分明阴盛阳衰像，应是司晨出牝朝。

  德宗厉行新政，守旧诸臣私相诋毁，造为种种谣言，谓变法为西后所恶，母子不能融洽，将来必有变故。至八月初六日懿旨宣布由颐和园还宫，于是人心惶惧益甚，咸知大祸即在目前。

围宫何事能轻举，疑案今犹万口留。莫须有成三字狱，只缘压日有秦头。

　　袁世凯有八月十四日日记，载民国十五年二月《申报》，云得自苏州张一麐君，见《三水梁燕孙先生年谱》卷上二十五页。果如所言，则"德宗之有亏子道，谭嗣同之胆大妄为，荣禄之忠荩老成，袁世凯之有功社稷"均赅括无遗。此中奥窔，概可窥见。

东市朝衣胡太酷，覆巢余卵亦难完。只应沟壑供填委，土芥臣原一例看。

　　四卿既诛，党人捕逐殆尽。有劝余出亡者。余有母在，此求生害仁之事，余何能为？惟有顺受而已。

不安卑位竟言高，妄欲回天气自豪。未必挥戈难返日，老臣胡事若辞劳。

　　西后垂帘训政，已奉明诏。余不自揣量，妄思消弭，拟谋之李文忠。此何等事，文忠岂能挽回？自今思之，童騃可笑。余既见文忠于贤良寺，直陈来意，谓强邻遣人觇国（时日本伊藤博文以聘问为名，昨甫觐见），设将变法之事遽行停罢，甚或对皇上别有举动，恐非社稷之福，中堂一身系天下之重，如能剀切敷陈，或有转移之望。文忠闻言，瞠目视余者久之，默然无语。余知其有不能言之隐，未敢多渎，遂即辞出。

权奸只惯工欺蔽，直以官场作戏场。欲纵故擒聊布局，逋臣稳渡太平洋。

　　夏穗卿语余，闻都中政变，任公避入日本使馆，已由日人送至天津。日领郑永昌伴至塘沽，将登日本兵舰，即追至塘沽，觅得日领汽船，与任公话别。旋登岸，遇王菀生、陶杏南于河滨。时菀生以候补道官北洋，询以何来？菀生言捉拿要犯，一笑而散。后菀生告以当日荣禄传见，云奉电旨，梁某由日人护送至津，潜图出国，经探报日领已偕至塘沽，将登日本军舰，汝可速往塘沽，设法拿捕，务须慎重。菀生心知其意，请带日语翻译。荣云陶大均可。菀生即请同行，荣允之。急派小轮追至塘沽，遂遇穗卿于途。既登日领汽船，说明缘由，见任公正在船中，佯若不识。时任公已去发，着日本服。日领诿云我船中并无此人。从者指任公形迹可疑。日领云此为我国人。菀生言带有翻译，愿与一谈。任公坚不开口，杏南尝试无效，彼此厮混一场，毫无结果。王、陶遂与日领道扰，还登小轮，回津销差。任公既托庇于日人，无从逮捕。王、陶与任公均系好友，荣岂不知？知之而故为之者，正欲遮掩外人耳目。菀生请派日语翻译，正是心心相印。王、陶二人既销差，而荣禄遂以追拿无着，电覆总署代奏矣。

满朝钩党任株连，有罪难逃心自安。分作累囚候明诏，敢虚晨夕误衙班。

  时谣诼纷纭，谓逮捕即将及余。余母处之泰然。余惟恐缇骑到门，不免惊及堂上。时步军统领崇礼兼总署堂官。余因每日进署，早到晚退，俾知余在署中，可以就近缚送，不必到家查抄也。

同罪岂能行异罚，宽严妙用特恩叨。若非早放归田里，怎免刑书列二毛？

  九月廿三日余与王锡蕃、李岳瑞同拜"革职永不叙用"之命。越数日，谒廖仲山师。师时值枢廷，语余是日王、李处分既定，德宗特谕枢臣，张某亦尝上书妄图国事，应并案办理，盖隐有保全之意。余封奏语涉狂妄，设有人弹劾，必膺严谴，即幸而漏网，余亦不能乞假出京。逗留都下，逮至义和团起，余亦必步刘葆真同年之后矣。葆真任大学堂教习，有"二毛子"之目，后竟失踪。时都中舆论对喜言新学者，均称为"二毛子"。义和团辄送至坛前，焚香上表，以候神谶。余亦久负此名，葆真既以此丧生，余亦岂能幸免？

无官赢得一身轻，犹望孤儿作范滂。老去范滂今尚在，不闻阿母唤儿声。

　　余既褫职，晨起见邸抄，送呈吾母。母诏余曰："儿啊，有子万事足，无官一身轻。"言下抚慰再四，余不觉捧母手而泣。岁月如流，回首当年，言犹在耳，而吾母弃养已五十有四年矣。

1952年12月

（原载《中国近代史资料丛刊》第八种《戊戌变法》第4册，中国史学会主编，神州国光社1953年版。转引自《张元济全集》第4卷，商务印书馆2008年版，第231—236页。）